El viento del mundo

Pierre Pelot

Ediciones B
GRUPO ZETA

Barcelona • Bogotá • Buenos Aires • Caracas • Madrid • México D.F. • Montevideo • Quito • Santiago de Chile

Título original: *Sous le vent du monde*

Traducción: Teresa Clavel

1.ª edición: noviembre 1997

Bailén, 84 - 08009 Barcelona (España)

Impreso en España - Printed in Spain
ISBN: 84-406-7935-1
Depósito legal: BI. 1.888-1997

Impreso por GRAFO, S.A. - Bilbao

El viento del mundo

Pierre Pelot

PREFACIO

Un buen día de hace tres o cuatro millones de años, la Tierra se estremeció; su órbita, en términos cósmicos, se había alejado un ápice del Sol. Los trópicos se secaron de golpe; allí donde reinaba el bosque, se instaló la sabana; allí donde la sabana ya se había implantado, se abrió la estepa. En el interior de la cuna esteafricana se diferenciaron entonces dos grandes linajes prehumanos, *afarensis* y *anamensis* —uno, de los bosques, todavía un poco arborícola, y otro, de los campos, ya totalmente bípedo—, que aprovecharon la expansión de estos paisajes hacia el sur, el oeste y el norte para desplazarse con ellos, el primero hacia el África austral (donde se le llamaría *africanus*) y el segundo hacia el África central (donde se convertiría en *bahrelghazali*). La historia de nuestra familia había llegado a ese punto, a esa trivial dicotomía cuyo desarrollo está condicionado por el desarrollo del grado de cobertura del medio, cuando el estremecimiento del planeta se hizo aún más intenso. Para los australopitecos, en su mayoría vegetarianos, la escasez de vegetales supuso la necesidad imperativa de un nuevo esfuerzo. El agravamiento de la crisis no tardó en provocar dos respuestas disuasorias: la primera, a través del cuerpo; la segunda, a través del espíritu.

Hace entre dos y tres millones de años nacieron, en el este y el sur de África respectivamente, Zinjantropo y Parantropo, el australopiteco robusto, solución especializada con dentadura tipo cascanueces destinada a acceder a una alimentación vegetal más coriácea y fibrosa que la dieta anterior; y además, tan sólo en el crisol esteafricano, *Homo*, el Hombre, solución generalizada con dentadura susceptible de comer de todo y destinada a consumir en lo sucesivo tanto carne como vegetales. El acontecimiento —denominado en un mal juego de letras del «(H)Omo», porque fue descrito y comprendido por primera vez en el valle del Omo, en Etiopía— podría considerarse benigno, ya que era climático y, por lo tanto, obligaba a los seres que se encontraban allí en aquel momento a adaptarse, tal y como venía sucediendo desde hacía miles de millones de años. Sin embargo, dado que permitió que uno de los prehumanos (sin lugar a dudas el *Australopithecus anamensis*) se transformase en humano para sobrevivir —cabeza grande y régimen alimentario de muy amplio espectro—, era realmente un acontecimiento de gran envergadura: en efecto, las características del género *Homo* están vinculadas a comportamientos con desafíos considerables.

Un cerebro grande supone mejor reflexión, mayor curiosidad y, en última instancia, conciencia, lo que significa —por primera vez en el universo, que nosotros sepamos— materia pensante. Una mandíbula susceptible de comer de todo supone consumo de carne y, en consecuencia, caza y mayor movilidad. El primero de estos comportamientos inducirá a los humanos, y tal vez incluso a los últimos prehumanos, a crear en el medio natural un medio nuevo: el del conocimiento. Les hará comprender sus dimensiones espiritual, moral y ética, así como desarrollar y acumular conocimientos teóricos, técnicos y de observación; poco a poco, les ayudará a conocerse a sí mismos, a conocer su planeta, a conocer su universo; y les proporcionará libre albedrío, libertad y responsabilidad, diferenciando materia pensante, de la que están hechos, y materia inerte y viva, de la que han salido. El segundo los empujará progresivamente hacia nuevos territorios: a lo largo de dos millones de años se extenderán por todo el mundo, visitarán el sistema solar y emprenderán una prospección de su galaxia.

¿Cómo se puede demostrar que esos caracteres nuevos, curiosidad y movilidad, emergen de la vida pensante? La curiosidad —por no decir la conciencia, más difícil de definir— se reconoce fácilmente en la aparición de un útil fabricado con otro útil (hace 3.300.000 años en el valle del Omo, en Etiopía), fruto de un encéfalo de estructura nueva desde hace ya algunos millones de años y casi con el doble de volumen precisamente en ese momento, hablando en términos geológicos, por supuesto. La diversidad de los restos óseos que se han hallado agrupados en el suelo de los hábitats demuestra la existencia de actividad carroñera y cazadora, y constituye asimismo una auténtica prueba de que las piezas cazadas eran transportadas y compartidas; y la movilidad que ello presupone se deduce por el reparto de los emplazamientos donde se han encontrado homínidos, por sus útiles y por las huellas de su ocupación a través del mundo, hace tres millones de años en el este de África, al menos dos millones en Eurasia, tal vez cien mil en Australia y América, y treinta en la Luna.

Nos hallamos en una época excepcional, en uno de esos virajes decisivos que no se comprenden realmente hasta que han pasado. Con los últimos prehumanos anteriores a los robustos o con los primeros humanos, es decir, hace entre dos millones y medio y tres millones y medio de años, aparecen a la vez, aunque no forzosamente al mismo tiempo, conciencia, emoción, útiles y lenguaje. *Australopithecus afarensis* (Lucy), *Australopithecus anamensis*, *Australopithecus africanus* y *Australopithecus bahrelghazali* ciertamente habían alcanzado un determinado nivel de conciencia, al menos de vez en cuando un determinado nivel subsiguiente de emoción, un nivel elaborado de comunicación —aunque la laringe parece estar todavía demasiado arriba para que el lenguaje sea algo más que modulado— y la capacidad de arrancar deliberadamente lascas de las piedras e incluso, en ocasiones, de retocarlas. *Homo* articula, enseña, reproduce hasta el infinito útiles estereotipados, ama y piensa en la muerte.

Pero, al parecer, las cosas se complican en el momento de este gran emerger por razones a todas luces ambientales: la población de los primeros Hombres —*Homo rudolfensis*— se ve fragmentada en pequeñas unidades y, como en los casos de aislamiento suficientemente persistentes, la especialización se produce con gran rapidez, mucha más de la que cabría imaginar. En ese momento existían, quizá, diferentes tipos de Hombres: *Homo rudolfensis*, *Homo habilis*, *Homo microcranous*, *Homo kenyaensis*, *Homo okotensis*, *Homo antecessor* y *Homo ergaster*.

Lo que Pierre Pelot cuenta con su extraordinaria capacidad para sumergirse en otros mundos, exteriores o anteriores, es una de estas historias: los del grupo de Ni-ei son *Homo rudolfensis*; los del grupo de Moh'hr, *Homo habilis*. Se la confié sin ningún pesar, presentándole a grandes trazos científicos —la ciencia apenas puede hacer más— la vida en la época de los últimos australopitecos llamados gráciles y en los tiempos (posteriores) de los primeros australopitecos llamados robustos y de los primerísimos Hombres. Él ha construido un relato cuya acertada ambientación puedo garantizarles casi al cien por cien. Por mi parte, sólo me resta reconocer que yo no habría sido capaz de situarme tan íntegramente como él en ese decorado.

Yves Coppens

1

La noche lamía las altas hierbas y las hojas aceradas de los árboles con su perezosa lengua azul. De tarde en tarde, en medio del alboroto de los pájaros que se agitaban y saltaban entre las ramas, se alzaba la llamada de un animal, el grito convulso de otro.

Ella permanecía atenta a la noche circundante.

A veces se oía como el ruido de una piedra raspando la capa superficial de una rama al pelarla. No era un ruido único y repetido, sino varios, que surgían, aquí y allá, entre aquel murmullo acariciador.

Poco después de que acabara el día al hundirse en la tierra la bola de luz roja, se había levantado un poco de aire; parecía salir de cada una de las briznas de hierba que se agitaban para retenerlo o atraparlo, para impedir su carrera invisible; lo mismo hacían, entre cielo y tierra, las hojas y las espinas de las ramas más cortas. En el suelo el polvo se arremolinaba y desaparecía, perdiendo su calor al tiempo que la oscuridad se deslizaba sobre las laderas erguidas de las montañas y los árboles se volvían negros como cuerpos huecos recortados en el duro cielo.

Un día ella había visto un agua profunda de ese color que adquiere el cielo cuando la noche cae. Aquella imagen se le había quedado grabada en la cabeza.

La corriente de aire no había cesado de soplar, más o menos deprisa y con mayor o menor fuerza, acariciando las hojas y las hierbas secas que aún cubrían en gran parte el techado del refugio. Al principio ella había creído que ese ruido lo producían los demás, dormidos bajo las ramas entrelazadas; pero ahora ya lo comprendía, y no volvería a dejarse engañar: no era más que el frotamiento de la carrera invisible sobre las hojas marrones, apergaminadas y quebradizas como pieles resecas.

Ella no dormía con los demás. Desde hacía ya mucho tiempo, casi desde la última vez que los grandes árboles de espinas duras se habían cubierto de esa otra clase de hojitas blancas que no duraban. Permanecía la mayor parte del tiempo fuera del refugio, contra las piedras que agrupaban las ramas cortadas, descoloridas y nudosas. Se había preparado un lecho como el de un pájaro, con hojas, puñados de hierba y tallos reblandecidos con una piedra. Los demás la habían dejado hacer, intrigados, mirando el nido que iba acomodando. No le habían preguntado por qué actuaba de aquel modo. Ninguno se había sentado ante ella para dirigirle algún gesto interrogador. Semejante pregunta no les había parecido necesaria. No se sentaban delante de ella casi nunca, pero habían pronunciado las palabras *ni ei* señalándola con el dedo y la mirada.

El dolor había aparecido cuando la luna superaba la línea plana del acantilado. Un dolor en su vientre gorgoteante y pesado, con la piel tensa, que un día se le había ocurrido sujetar pasándose en torno al cuello una tira de tallos retorcidos que le ceñía la cintura y, de ese modo, le dejaba libres las manos para arrancar matorrales o excavar el suelo. También en aquella ocasión, provista de tales arreos, los otros la habían mirado con curiosidad; habían cruzado miradas e intercambiado gestos que delataban su incomprensión y esa expectativa que se creaba en cuanto ella atraía su atención... El dolor. Y también el miedo, como otro sufrimiento que acechaba en el cerebro, de ver elevarse el disco rojo de la luna en ese instante preciso.

Después, la noche reptó en torno a Ni-ei, la rodeó, trató de tumbarse encima de ella para arrastrarla hasta sus territorios invisibles; pero Ni-ei resistía sacudiéndose con regularidad. El dolor, como una mano que se cierra y aprieta cada vez más fuerte, había aumentado en el vientre e invadido poco a poco todo su ser, adquiriendo progresivamente la consistencia de una piedra pesada, dura, plana, adherida a su espalda, y luego extendiéndose también por las piernas y los hombros. Aunque tal vez lo que adquiría esa forma era el miedo, alojado ahora bajo su piel como si jamás fuera a marcharse de allí.

En cuanto se levantaba, intentaba identificar ese ruido de raspadura sobre una corteza y entonces olvidaba un poco el dolor, lo empujaba hacia atrás, hasta el fondo de sus músculos pétreos. Permanecía en cuclillas, inmóvil y conteniendo la respiración, escondida tras los cabellos que caían ante su rostro, con los ojos entrecerrados por una mueca y escrutando a través de los mechones, mientras aquello le atenazaba el vientre.

Ni-ei sabía lo que era.

Aquello mordía y desgarraba con uñas afiladas. Aquello debía de parecerse a uno de esos seres que saltan de rama en rama con ayuda de la cola y pueden partir con sus dientes cortantes y curvos un fruto de cáscara dura, que caminan por el suelo apoyándose indistintamente en manos y pies (allí ya no quedaban muchos en los árboles desde que el grupo de los *nam* se había instalado por encima del agua que surcaba profundamente la tierra roja). ¿Acaso podía una de esas criaturas de cuatro patas despedazar el vientre de su madre para salir? Ni-ei jamás había visto nada semejante, pero el súbito temor de que pudiera suceder la dejaba helada: una herida abierta en el calor que tiraba de la piel de su vientre y corría en forma de sudor por la depresión de su espalda dolorida...

El ruido sospechoso procedía de los árboles, que hablaban entre sí entrechocando sus grandes dedos secos y retorcidos. Ni-ei, incapaz de prestarles atención en ese momento, no comprendía su lenguaje. Desde luego, los árboles sabían lo que ella estaba sufriendo.

Y también sabían por qué.

Ni-ei, al igual que los árboles, sabía por qué. No había olvidado las imágenes precisas del acontecimiento que estaba en el origen de ese sufrimiento que, después de tanto tiempo, la había invadido al llegar la noche.

La brisa había desaparecido. Ahora, las hierbas finas y sin color permanecían erguidas al borde del espacio de tierra desnuda, sin estremecerse siquiera. En el otro extremo del cielo, la luna se había hinchado, de nuevo roja y a punto de hundirse otra vez en la tierra. La ligera y fresca corriente de aire errante había vuelto a introducirse de forma gradual bajo el suelo, como si temiera la nueva luz del día que se avecinaba. Sucedía exactamente lo mismo desde hacía varias noches: la corriente de aire se manifestaba y resoplaba, pero acababa por desaparecer sin que nada cambiase, sin aportar el menor signo de lluvia al cielo cada vez más desvaído.

Y los que habían dormido a ratos, o habían permanecido en vela, a la espera, con los párpados entornados, abrían los ojos y carraspeaban para aliviar la sequedad de su garganta o, por el contrario, los mantenían abiertos largo rato antes de pestañear, observando un punto situado ante ellos a través de una abertura entre las hojas trenzadas que ahora colgaban sin que nadie se tomara la molestia de volverlas a colocar en su lugar, sin que a nadie le preocupara, observando un punto mucho más allá, más allá incluso de la cabeza oscura de la tierra que se alzaba mucho más lejos que el gran valle llano por donde ya no corría el agua; y más lejos aún, observando un punto que en realidad no existía, mirando obstinadamente hacia allá abajo, de donde el sol ardiente surgiría de nuevo, como si su mirada tensa fuera suficiente para retrasar un poco su resplandor, como si pudiera acelerar el regreso de los animales del agua, de los menudos pájaros grises que pueden atraparse con tan sólo agitar los brazos, y de la blancura suave de las pequeñas hojas pasajeras sobre los grandes árboles de dientes puntiagudos... Pero los ojos clavados tan lejos no podían permanecer abiertos mucho tiempo; los párpados doloridos siempre se cerraban demasiado pronto, pese a los esfuerzos realizados para mantenerlos levantados el tiempo necesario para que la súplica muda hiciera su camino.

Desde algún rincón del valle encajonado se elevó el grito convulso, burlón, único y terrible de un *iek*.

Ni-ei sintió un estremecimiento intenso, y de sus labios gruesos, marcados por grietas oscurecidas por saliva seca, escapó un gemido. Bajo el techo roto de hojarasca, alguien gruñó y otro masculló sonidos confusos. Los accesos de dolor eran ahora demasiado fuertes y Ni-ei había empezado a alejarse del refugio, sentada, desplazándose a pulso y empujando con los pies y un muslo. Se había mordido el labio inferior para reprimir el grito que no quería dejarles oír, y la sangre le corría por el cuello, le llenaba la boca de un sabor que no se parecía al de la carne de *nam-ni*... Era su propio sabor, y le dio fuerzas para reptar más deprisa.

El grito del *iek* se elevó de nuevo. Todavía lejos... aunque ¿ya no tanto como la primera vez? ¿Por qué motivo el *iek* gritaba como si estuviera solo, cuando aún no se había ido la noche?

Un mar de sudor pegajoso impregnaba todo el cuerpo de Ni-ei. Las gotas le resbalaban desde el rostro hasta los pechos hinchados, separados y levantados por el vientre, de un volumen monstruoso; notaba una viscosidad entre los muslos, en la hendidura dolorida que ya no podía ver, ni siquiera tocar con los dedos, cubierta de pelos apelmazados por un polvo irritante. El movimiento repetido que hacía para moverse puso su boca en contacto con el hombro izquierdo; se lamió la piel, y el sabor del sudor se mezcló con el de la sangre. Era otra vez su propio sabor, y le daba fuerzas. Casi había llegado a la línea de hierbas altas y rectas que marcaba el perímetro del espacio despejado elegido por el grupo para instalarse.

El aullido del *iek* de pelaje moteado vibraba en el resplandor rojizo de la luna, semejante a una pedrada contra un tronco duro, blanco, desprovisto de corteza; su eco seguía flotando en el aire mucho después de haber surgido de las profundidades lejanas del valle. Por lo general, los *iek* no hablaban en plena noche, sólo se los oía al acercarse el alba o más tarde, cuando el calor temblaba fundiendo el cielo y la tierra. Entonces los gritos se multiplicaban: los *iek* avanzaban en manada y siempre tenían mucho que decir, incluso cuando no estaban hambrientos. Pero ¿por qué gritaba ese animal solitario? Ni-ei no encontraba ninguna explicación. No había sabido interpretar ese grito, sorprendida por una nueva oleada de desgarros en su interior que la obligaban a apretar los dientes con todas sus fuerzas hasta llenarse la boca de sangre, tan fuerte que todos los murmullos de la noche declinante parecían estrellarse contra sus orejas.

Se detuvo un poco antes de llegar a la brecha, marcada por los tallos descoloridos de las hierbas, que los del grupo habían abierto a fuerza de tanto pasar desde que habían construido aquel refugio, en ese lugar suspendido sobre el agua que fluía al fondo de la hondonada... Esos pasajes conducían al agua. Ni-ei escuchaba con la cabeza levantada, los párpados entornados y ardientes por el sudor, las aletas de la nariz muy abiertas. La gran boca redonda y roja, allá en lo alto del cielo, se había tragado el eco retumbante del grito. No se percibían olores peligrosos; el olor predominante era el suyo, protector, y se replegaba dentro de él.

¿Qué explicación tenía el grito del *iek*? ¿Por qué había gritado el *iek*?

En el vientre de Ni-ei chocaban piedras, piedras rotas, cogidas del suelo cuando el sol está justo encima de las cosas y de sus sombras, sus dobles. En ese momento, incluso los dobles de las cosas, de los *nam-ni* y de los *nam*, intentan protegerse del calor y se hacen lo más pequeños que pueden antes de volver a caminar despacio hacia el otro lado. El calor hace que las piedras muerdan cuando se las toca; las que le machacaban las entrañas y la espalda eran de esa clase.

¿Qué hacía ahora el *iek*, después de manifestarse a cuantos quisieran escucharle?

En las comisuras de los labios de Ni-ei brillaban hilillos de saliva sanguinolenta. Resbalaron por su cuello estirado y se juntaron en la cavidad formada por el pliegue de sus pechos separados y la parte superior del vientre. Hubiera querido estar a orillas del agua. Apoyándose en el bastón, se habría sumergido en su frescura benefactora.

Se dio cuenta de que se había dejado el bastón.

Recordó la gran extensión de agua en cuya orilla habían construido el refugio anterior, la última vez que los árboles de espinas se habían cubierto de flores blancas. Se habría sumergido y allí, sentada, el frescor habría apagado el fuego de las piedras que se agitaban en su vientre, el agua habría entrado en ella para ayudarla a liberarse de lo que mordía y despedazaba. A ella le había gustado mucho esa agua cerrada y tranquila que además no endurecía la lengua cuando la bebías. A orillas de aquella extensión la propia Ni-ei se había sentido durante un tiempo serena y tranquila como el agua, hasta que se produjo el brutal suceso responsable de sus sufrimientos presentes. Pero ni siquiera así se habían borrado las imágenes apaciguadoras del agua. ¡Ésa sí que era asequible, no como el hililllo, cada día más estrecho y menos susurrante, que se abría camino trabajosamente por entre las rocas y la tierra roja y dura!

Había sido necesario alejarse de las orillas del agua tranquila porque en una sola noche ésta se había llevado a tantos *nam* que el grupo había quedado reducido a la mitad. Entre los desaparecidos había dos mujeres, cada una con un niño agarrado a sus pechos, lo que reducía a dos el número de las mujeres todavía vivas, incluida Ni-ei, pero ella estaba marcada, y aunque había una tercera, ya no lo era realmente, hasta tal punto iba cargada de imágenes vividas, con escasos cabellos blancos y la piel casi como la corteza del arbusto espinoso en que se convertiría cuando dejara de moverse.

Balanceó el cuerpo. La masa de sus cabellos, sembrados de ramitas y manchados de arena y saliva, se entreabrió un instante para cerrarse de nuevo, enseguida, ante su rostro. Desde que estaba marcada, se había dejado caer el cabello sobre la cara para que sus ojos y su boca no hablaran sin que ella se enterase o quisiese, confesando por descuido lo que jamás había dicho, lo que siempre había mantenido en secreto. Ellos no lo sabían. Nada (ni nadie) de lo que recorre incesantemente los invisibles territorios había revelado a los demás miembros del grupo que seguían en pie en qué se había convertido Ni-ei. Ellos no habían preguntado. Quizá ni siquiera se lo habían preguntado a sí mismos. Se limitaban a dirigirle miradas que se prolongaban durante más tiempo del que es necesario para ver, como esperando, y finalmente continuaban con el gesto que habían interrumpido.

Ella era la única que lo sabía. Había empezado a mirar al grupo como si fuera un elemento externo. Ella era *nam*, como ellos, como otros sobre las tierras y bajo el viento del mundo, y al mismo tiempo ya muy distinta de ellos, atrapada en la trampa de ese silencio que llevaba consigo alrededor de las palabras y los gestos que no daría a entender, aterrorizada por el convencimiento de que no sería oída ni comprendida, aunque lo cierto es que había estado infinidad de veces a punto de pronunciar las palabras y de hacer los gestos, y se había contenido en el último momento, del mismo modo que, con un sobresalto, se evita caer en el fondo de un agujero.

¿Acaso el *iek* andaba por ahí? Hubiera querido que gritase de nuevo, pese a saber que no tenía ningún sentido y temiendo al mismo tiempo que lo hiciera. Esperaba que gritara y le dijera en qué lugar del fondo de la noche estaba, cuáles eran sus intenciones...

¿Podían saber los del grupo que estaba marcada? Se había hecho esa pregunta muchas veces. Si era así, ¿por qué actuaban como si no lo supieran, sin decir nada, sin aparentar nada...? Era como mirar un árbol y sus hojas trémulas y no lograr comprender la dirección del viento a su alrededor.

Se movían bajo el refugio. Entre las estacas torcidas distinguió la silueta de uno de ellos, que se incorporaba, alzaba la cabeza y miraba en su dirección. Debía de ser 'Hna, el más pequeño. 'Hna la miraba con frecuencia. Tenía ese nombre para el resto del grupo; Ni-ei nunca lo había pronunciado.

Sujetándose el vientre, se arrastró de lado rápidamente hasta su nido, del que se había alejado poco antes, y encontró el bastón. Lo empuñó por el lugar que el roce de la mano había alisado. Durante unos instantes no hizo otra cosa que apretar los dedos cada vez más fuerte hasta que ese dolor se diferenciara del otro. Luego volvió a dirigirse hacia las hierbas altas. Un zumbido le machacaba la cabeza y asestaba golpes precipitados en el fondo de sus ojos.

Al llegar a las hierbas volvía a estar bañada de sudor. Miraba ante sí a través de los cabellos enmarañados, sin volver la vista atrás. Que el más pequeño del grupo la siguiera aún con la mirada o no era algo que ya carecía de importancia. Ni-ei lo había olvidado.

'Hna había metido la cabeza entre las estacas clavadas en el suelo y apoyaba en ellas los hombros. La luz de luna menguante brillaba entre los pelos finos que empezaban a cubrir su rostro; una ramita se había enganchado en ellos, bajo la nariz, y la respiración la hacía vibrar. Después de que Ni-ei hubo desaparecido detrás de las hierbas altas, arrastrando el vientre de lado con ayuda del bastón, como si no pudiera ponerse en pie, exhaló por la nariz un breve suspiro que hizo que la ramita se desprendiera y cayese sobre sus labios, donde la atrapó de un lametón para deslizarla entre sus dientes. Las hierbas altas habían dejado de moverse y el olor de Ni-ei, todavía presente, se diluyó en el frescor del aire.

Al fondo de la torrentera, el *iek* solitario emitió su aullido en tres tonos.

'Hna dejó de masticar y permaneció inmóvil. Ni uno de sus músculos se estremeció ni vibró mientras los ecos del grito se debilitaban en la noche a punto de concluir. Detrás de él, procedente del centro del refugio, un murmullo ahogado le indicó que se acercaba uno del grupo al que identificó por su olor acre. Soltó un breve gruñido, provocando de inmediato la inmovilidad de la silueta rota, e inmediatamente después, en respuesta al gruñido, recibió un golpe con la palma de la mano, no muy fuerte pero aun así enérgico, en la base de la espalda.

—¿*Ni-ei*? —preguntó el hombre agachado detrás de 'Hna.

'Hna asintió con otro gruñido breve y sofocado, mucho más agradable que el primero. Un rato después seguían allí, al acecho tras las ramas separadas de la tosca choza, mientras a su espalda el resto del grupo se levantaba, bostezaba y dejaba salir del vientre los ruidos que la noche había apresado, respirando de nuevo como los *nam* que eran, recobrados sus cuerpos y de nuevo visibles a las miradas de todos.

De entre los matorrales de espinos que sembraban los alrededores comenzaban a surgir otra vez los primeros crujidos de minúsculas presencias. La esperada lluvia, que finalmente la noche no había concedido, tampoco caería con el día venidero.

Otro grito entrecortado del animal había inmovilizado una vez más a Ni-ei, que permaneció a la escucha. El bastón en el que se apoyaba acusaba su temblor. El grito había subido del fondo de la torrentera, una distancia considerable si se tratara de un hombre, pero en absoluto significativa tratándose de un *iek* de cuatro patas. Ni-ei estaba ya casi segura de que el solitario *iek* iba en busca de lo que ella llevaba en el vientre, de aquello que mordía tan fuerte en su pugna por salir. Si era así, no se podía hacer otra cosa que esperar, y el bastón no serviría de nada.

Alrededor de Ni-ei, las hierbas se estremecían como murmullos entremezclados con respiraciones visibles. La nueva luz no tardaría en volver, y con ella el doble de las cosas y los seres pegado a sus pies, reptando por el suelo.

No quería seguir el camino abierto entre las hierbas desde que el grupo se había instalado allí, en dirección a la torrentera y al hilillo de agua que corría al fondo, pero en su decisión no influía la posible presencia del animal. Con ayuda del bastón se puso en pie, encorvada por el peso del vientre tenso que sostenía con la otra mano. Las hierbas, que la doblaban en altura, formaban un muro trenzado de tallos y hojas finas y alargadas, secas desde el suelo hasta la altura de los ojos. Encorvada, avanzó, apartando la cortina vegetal con el dorso de la mano què sostenía el bastón.

Había dado unos diez pasos cuando el fuerte dolor que sentía en el vientre brincó sobre sí mismo, y fue como si un animal, uno de esos peces dorados que se deslizan por la orilla de los lagos, saliera sinuosamente de su interior. El agua resbaló por sus muslos, tibia y a la vez ardiente. Ni-ei siguió avanzando, con paso incluso más rápido y decidido, como si la inminencia de lo que iba a provocar aquella expulsión de líquido la azuzara con otro estallido de terror. Golpeaba las hierbas altas con el bastón, ya no se conformaba con apartarlas con el dorso del brazo. Las hojas enmarañadas, secas y quebradizas se diseminaban en fragmentos y polvo bajo los golpes.

Las hierbas se hicieron menos densas. Ni-ei, sin fuerzas, dio otro golpe con el bastón. El agua seguía corriendo a lo largo de sus piernas, impregnando los pelos finos y los trocitos de hojas y despidiendo un olor de vientre abierto de animal. El dolor había desaparecido parcialmente, como si escapara junto con el líquido caliente, fuera de ella y de debajo de su piel.

Un animalito atravesó rápidamente el espacio despejado que se abría entre la muralla rota de hierbas y los primeros árboles, y desapareció en un repliegue de terreno todavía sumido en la oscuridad.

El suelo era claro, salpicado de matas de espinos no

tan altas como las hierbas, aproximadamente de la altura de Ni-ei. Tras los matorrales se alzaban los árboles de ancho tronco retorcido y nudoso, con los grandes brazos tendidos hacia el cielo, erizados de hojas puntiagudas que brillaban en la noche declinante. El soplo de una corriente de aire volvió a refrescarle la piel. La nariz dilatada de Ni-ei percibió la bocanada de olor peligroso, aunque demasiado fugaz y tenue en el caos de sensaciones que se agolpaban en ella para que le concediera la atención debida; pensó maquinalmente que el *iek*, silencioso desde hacía rato; probablemente se acercaba a ella, o tal vez permanecía agazapado cerca y la seguía con sus ojos amarillos... Pero no era un *iek*. Detras de los árboles había más árboles, unos muy juntos y otros dispersos, y pasados éstos, más aún, hasta la tierra elevada y humeante a la que no suben ni los hombres ni los animales.

La tierra elevada estaba demasiado lejos, y la oscuridad era todavía demasiado densa para que la mirada de Ni-ei pudiera posarse en ella. Ni-ei sabía sin ver... Había visto antes y conservaba las imágenes.

Más tarde iría en esa dirección. Lo había decidido.

Ni-ei cruzó lo más rápido que pudo el espacio que la separaba de los primeros árboles, entre los matorrales de espinos que la arañaron varias veces. De su brazo lacerado, con el que se sujetaba y protegía el vientre, brotó sangre. Los espinos también tocaron el sensible pezón de uno de sus pechos, pero ni siquiera hizo una mueca. Dejó atrás los primeros árboles y prosiguió su camino con el mismo paso regular, un tanto bamboleante, con que había atravesado las hierbas. El calor seguía adherido a sus piernas, pero ya no fluía. Las piedras cortantes comenzaron de nuevo a removerse en su vientre. Dio unos pasos más y se detuvo. Su mano se deslizó por el bastón y, pese a sus esfuerzos por agarrarse, cayó de rodillas. El choque, aunque no fue muy violento, provocó en Ni-ei un gran sobresalto. Sin aliento y con los ojos entornados, intentó rechazar la onda mordiente que se propagaba bajo su piel. Unas lágrimas brotaron de entre sus párpados y rodaron por sus mejillas, pero se limpió prestamente con el pelo.

Ahora era como si toda clase de ruidos se agolparan en su cabeza, los del exterior, deformados, acentuados, multiplicados, y muchos más, desconocidos, jamás oídos, que se alzaban desde el interior de sus carnes trituradas. Asió con fuerza el bastón y, de rodillas, tomó impulso en dirección al árbol más cercano. Cuando logró alcanzarlo, se inclinó hacia delante al tiempo que soltaba la respiración contenida, y apoyó la frente en la corteza rugosa, surcada por profundos cortes.

Permaneció así un rato, con la cabeza y después también las dos manos —sin soltar el bastón— apoyadas en el tronco. Unas hormigas que iban y venían por los pliegues de la corteza corrieron sobre sus dedos, y varias treparon por sus cabellos; ella sacudió un poco la cabeza, sin que el gesto impidiera el ascenso de los bichos.

Un día había visto a la que se llamaba Jarh agarrada con las dos manos a una rama, a considerable altura, y el chorro de sangre que manaba de su vientre, con la carne fofa y de un rojo vivo que hay bajo la piel, y al niño que profería un grito de *nuks* respondiendo a un bastonazo. Más tarde, el animal que aquella noche diezmara al grupo se había llevado a Jarh con el niño colgado al pecho. Las imágenes que Ni-ei conservaba de Jarh no eran las de la infeliz arrastrada por el gran *sh'rah* de largas crines que le había clavado los dientes en la nuca y se la llevaba hacia la horcadura sobre la que, cómodamente instalado, había empezado a devorar el cuerpo descoyuntado de la mujer, cuyos brazos seguían estrechando al niño, mudo y con los desorbitados ojos clavados en la boca del animal que trituraba y desgarraba las carnes de su madre a dos dedos de su nariz, mientras se aflojaba el abrazo empapado de sangre y él no dejaba de mirar la boca, sin soltar un grito, hasta que, cuando estaba a punto de caer, los colmillos se cerraron de golpe sobre él para atraparlo y enviarlo de una sacudida al otro extremo de la horcadura, en la que permaneció abandonado durante un tiempo, mientras el *sh'rah* bajaba del árbol y acababa de engullir la parte de Jarh que había caído al suelo tras escapársele de entre los dientes y garras.

Allí permaneció varios días antes de que los animales del cielo que habían empezado a comérselo dejaran que les arrebatase la presa el *iek* que se había pasado la mitad de un día (un período completo de sombra progresivamente reducido hasta que el sol había llegado a lo alto) merodeando bajo el árbol antes de intentar trepar y lograrlo... No, no eran éstas las imágenes que Ni-ei conservaba de la que a veces llevaba por nombre Jarh, sino las imágenes del día en que la vio de rodillas, con los brazos levantados, asiendo con las manos la rama alta de un árbol, rugiendo de rabia y dolor, y con el chorro rojo y el niño que más adelante atraparía el *iek* trepador de troncos —algo que nadie había visto jamás hacer a un *iek*—, con el chorro rojo y el niño vivo que caía entre sus piernas.

El árbol contra el que Ni-ei se apoyaba no tenía ninguna rama al alcance de la mano. El árbol de Jarh no era de aquellos cuyas lenguas puntiagudas formaban frondosos matorrales muy por encima del suelo, sino que tenía hojas redondas y ramas flexibles. El territorio de aquellos árboles se hallaba más arriba, en la montaña, y mucho más lejos, en la dirección hacia donde se mira cuando la sombra se alarga en el suelo hacia el lado de la mano que golpea. Allí, sin duda alguna, la propia Ni-ei había caído un día del vientre de una mujer. Los *nam* casi siempre vienen al mundo de esta forma. Las imágenes más lejanas que podía evocar eran las de aquel lugar y las de la gran extensión de agua tranquila.

Las imágenes giraban ante sus ojos cerrados y seguían danzando cuando abría los párpados. Ni-ei se debatía, sacudía la cabeza, gruñía, babeaba la saliva y la sangre que le inundaban la boca, escupía con rabia, como se lo había visto hacer a Jarh, como le volvían a mostrar las imágenes, y seguía escupiendo, y gruñendo, no porque quisiera imitarlas, sino porque no podía hacer otra cosa, porque sin lugar a dudas era lo que hacen todas las mujeres antes de que su vientre se abra al chorro de sangre que contiene lo que aún no es el niño, el *ni-nam*, vuelto al mundo visible.

Así que tendría que prescindir de ramas de ayuda al alcance de la mano. Levantó los dos brazos, cogió con la mano izquierda el bastón por el extremo tallado y lo puso atravesado en el tronco. Dejó caer su peso sobre ese apoyo. Los dientes le rechinaban como piedras de río frotadas lentamente unas contra otras. Las lágrimas volvían a resbalar por sus mejillas, trazando en la amalgama de sudor, polvo de hierba y tierra unos regueros que se cruzaban bajo la mandíbula, a lo largo del cuello, sobre la piel brillante de sus pechos hinchados.

La fuerza enterrada en su cuerpo desgarró las carnes internas, como si una mano invisible le hubiera asestado entre los hombros un fuerte golpe con una piedra cortante y tirara hacia abajo siguiendo la cadena ósea de su espalda, y continuara tirando y hurgara en sus entrañas... Una vez más, el calor del cuerpo se desbordó, salpicando los músculos duros de sus muslos rígidos, el suelo calcinado de grava, de tierra friable, de hierbajos ralos y erizados. Un empujón brutal, terrible, desgarró más su vientre. Al principio opuso una resistencia instintiva, con la respiración entrecortada. Le temblaban las piernas y unos escalofríos recorrían su piel, cubierta de sudor, de marcas terrosas y rojas. El bastón del que tiraba con tanta fuerza crujió, pero ella no hizo ningún caso, no aflojó la presión. Y dejó de oponer resistencia.

Desgarrada, vibrante, dejó caer los hombros. El bastón que asía, con los dedos más apretados que el nudo de una rama, rascó el tronco. A través del cabello y las lágrimas vio que en los matorrales más próximos la noche empezaba a retroceder, quedando ya fuera del alcance de sus espinas. No muy lejos de ella sonó el grito entrecortado del pájaro que sobrevuela la tierra cuando despunta la nueva luz.

Y también otro grito. No el del *iek*, sino la voz ronca y ahogada, baja, de un macho *sh'ohr* negro. Como una llamada breve.

Ni-ei apoyó el vientre en la corteza, y una breve sensación de frío, a la vez agradable y repulsiva, la atravesó. Dejó caer el bastón y abrazó el tronco, rodeándolo con los brazos, que sin embargo eran demasiado cortos para abarcar todo su perímetro. Apretó, se estrechó contra la corteza rasposa. La contracción hizo patalear al niño. Al seguir apretando, notó que los relieves de la corteza penetraban en su carne, pero apretó más, y más, con las uñas clavadas en las protuberancias abiertas y agrietadas de la madera. Separó los muslos todo lo posible. El borde de una piedra encajada en una raíz saliente le hizo un corte en la rodilla; ella apenas lo notó, y la presión que ejercía con todo su ser agrandó la herida.

De repente llegó el nuevo día, surgido bruscamente del interior de las cosas donde permanecía agazapado, bajo la tierra, las cortezas, la piel de las hojas y la piel de los otros, hombres y animales.

Ni-ei había abierto los ojos. A través de los cabellos, que se enganchaban en las asperezas, vio que la corteza sobre la que babeaba y profería rugidos sordos había recobrado, liberada de la oscuridad, su verdadero color. Esta señal de que el día había regresado al mundo una vez más le infundió nuevas fuerzas, mezcladas con una sensación de alivio que pulverizó el miedo sordo, plano y frío que la había invadido durante toda la noche. Había resistido hasta la llegada súbita del alba. El ascenso de aquella fuerza interior agudizada, completamente nueva, transformó la simple impresión de liberación en auténtica percepción y provocó otras alteraciones inesperadas. El dolor se difundió como la salpicadura que se desgarra al saltar hacia el cielo, cuando se arroja una gran piedra contra el lomo blando y sin piel del agua serena. Pero de inmediato, antes incluso de que las ondas hubieran acabado de propagarse, se produjo un cambio: otra presión, un boquete cada vez mayor en la impalpable oleada de sufrimientos entremezclados. El vientre de Ni-ei se abrió desde la hendidura carnosa, bañada de líquidos sanguinolentos, hasta el otro orificio, que expulsó violenta y ruidosamente un chorro de excrementos que azotaron el suelo; se abrió como si quisiera partirse y hendirla de arriba abajo, mientras la caliente y blanda masa ondulante, similar a un animal acuático, pegajosa, escurridiza, salía de ella. Sus entrañas maltratadas emitían ruidos. Aquello seguía agarrándose y aferrándose, aquello parecía no querer venir y hacía esfuerzos desesperados para evitarlo... ¿Era tal vez aquello lo que rugía sin parar, debatiéndose con todas sus fuerzas?

Ni-ei se deslizó sobre un lado contra el tronco manchado y se puso de espaldas a la corteza, haciendo muecas tras la cortina enmarañada de pelo dorado por la nueva luz. Los dobles, visibles gracias a la claridad, estaban por todas partes. Ni-ei respiraba con precipitación. A su alrededor, las palabras cada vez más numerosas de los pájaros giraban como siempre lo hacen para relatar la noche transcurrida; seguramente algunas de esas palabras chillonas y entrecortadas se referían a lo que ella estaba viviendo sola en aquel instante, en el corazón del mundo ocupado por los *nam*, para decírselo a todos, a quien quisiera escuchar, hasta lo más lejos que pudieran llevarlas sus alas.

En aquella incómoda posición aún no podía ver lo que había salido en parte de entre sus muslos. Estiró las manos, y sus dedos se cerraron sobre la cabeza blanda y viscosa del *ni-nam*; identificó la nariz, las orejas y los ojos, que se hundieron un poco bajo la presión de sus palmas. Ni-ei gruñó. No le encontraba la boca. A lo mejor se había quedado dentro de ella..., era lo que mordía...

Tiró con las dos manos. Arrastrada por un nuevo torbellino de mordiscos, gritó. Pero siguió tirando sin soltar la cabeza, ya totalmente extraída, y prosiguió con violencia, arrancándose a sí misma tanto como arrancaba al que estaba naciendo, que se estiraba y se retorcía entre sus dedos.

Llegó de golpe, como si hubiera caído desde una gran altura. Con sus primeros gritos de animalito —gemidos de *sh'na*— se llevó una gran parte de los dolores de sacudidas de piedras.

Ni-ei buscó a tientas el bastón hasta que dio con él. Se apoyó en el tronco y, clavando los talones en el suelo, retrocedió. Se alejó todo lo posible del recién nacido, que se agitaba, amoratado, entre los líquidos, la sangre y los excrementos salidos de su vientre y que el suelo duro no había terminado de absorber... Pero aún había carne que la unía al niño. El pequeño movía los bracitos y las piernas, todo él del color de la carne bajo la piel, cubierto de sangre y de babas brillantes, y profería breves gemidos, tres sonidos estridentes que se iban repitiendo. Era un pequeño *nam*, no un *nam-ni*.

Ni-ei volvió a dejarse caer lentamente contra la raíz rugosa. Cerró los ojos bajo la luz rasante. Su sombra estaba tendida junto a ella, respiraba al mismo ritmo que ella.

Permaneció largo rato en esta posición, con las piernas abiertas y el niño agitándose en el otro extremo de la piel que lo unía a ella, hasta que los gritos de la criatura se apaciguaron y otras carnes sanguinolentas fueron expulsadas de sus entrañas, y eran las entrañas a las que el niño seguía unido. Después, Ni-ei se incorporó apoyándose en los codos y reanudó el movimiento de retroceso, deslizándose sobre las nalgas y empujando con los talones. Así llegó a la sombra del árbol, se introdujo en ella y se quedó inmóvil. Si hubiera alargado un brazo habría podido tocar las carnes humeantes expulsadas por su vientre, pero no lo hizo.

No había percibido su llegada; los olores que ocupaban su olfato eran los suyos propios. Oyó a la fiera justo antes de que apareciera, saliendo de la masa de los matorrales de espinos, con el sol a su espalda. La bestia negra. El *sh'ohr* de lomo surcado, de paletillas prominentes y altas, de vientre balanceante, de ojos de piedra de montaña y dientes semejantes.

El *sh'ohr* observó largamente a Ni-ei y al niño, sin moverse. Luego su mirada se hizo menos penetrante. Se tumbó con las patas estiradas hacia delante y movió la cola una vez, dos veces...

—*Sh'ohr* —dijo débilmente Ni-ei.

Él cerró los ojos y volvió a abrirlos, alzó el morro y volvió a bajarlo, bostezó y, tras haber mostrado todos los dientes, chascó la lengua. Esperaba. Tenía mucho tiempo. Sus ojos amarillos se reavivaban al menor movimiento de la mujer cuando ésta, tumbada boca arriba, apartaba con la mano libre y cansada a las hormigas que trepaban por su vientre plano y sus pechos, que en esa postura caían hacia los lados. Al pie del árbol había cientos de hormigas; cubrían al niño y la masa azulada de carnes unida a su cuerpecito hueco.

El *sh'ohr* tenía mucho tiempo.

A su alrededor, el mundo seguía su curso. A su alrededor, los dobles de las cosas y de los seres habían empezado a arrastrarse para volver a viajar en círculo una y otra vez.

Tendido entre las hierbas quebradas, 'Hna permanecía inmóvil; el calor le tiraba de la piel de los hombros y la espalda, le producía picor entre las nalgas. Había visto salir a la fiera de los matorrales, pero no se había movido. No se había levantado, no había corrido a buscar refugio en el grupo. Él también esperaba. El sudor se le metía en los ojos, irritándolos, y él sólo se defendía cerrando con fuerza los párpados de vez en cuando. En algunos momentos oía parlotear a Efi-e, la anciana, más allá de la extensión de hierbas que lo separaba del lugar ocupado por el grupo. ¿La oía también el *sh'ohr*?

El *sh'ohr* lo oía todo.

Al igual que el *sh'ohr* y que Ni-ei, 'Hna-el-más-pequeño esperaba.

Y entonces el niño dejó de gemir y de moverse. Tenía la cara vuelta hacia lo alto de los árboles, la boca abierta, y las hormigas no tardaron en meterse por ese orificio y por los de la nariz.

El *sh'ohr* se incorporó lentamente sobre sus cuatro patas; en esa postura ya era más alto que un *nam* erguido tan sólo sobre dos piernas, y se estiró como si quisiera hacerse más alto aún. Avanzó tranquilamente. El doble de su sombra llegó antes que él al rostro del niño, por encima de las hormigas.

2

Pausadamente, con un movimiento coordinado, Moh'hr se pasó uno de los bastones a la mano izquierda y, con el extremo redondo, pulido, empujó la piedra y la levantó, preparado para golpear con la estaca que llevaba en la derecha, mientras el *n'arsha*, descubierto, alzaba su cola mordiente. Moh'hr no utilizó la estaca, sino el bastón, abatiéndolo con un golpe seco y de una precisión temible, aplastando al animal contra el suelo duro para rematarlo mediante una breve torsión de la muñeca. El *n'arsha* se retorció en la punta del bastón.

Moh'hr había encadenado los gestos con la tranquila eficacia de una costumbre arraigada y prácticamente sin mirar, puntuando la operación con apenas tres o cuatro miradas parpadeantes bajo la luz cegadora. Él miraba más lejos. Siempre había mirado más lejos, y el nombre inventado por los del clan para llamarlo así lo demostraba: Moh'hr, «mirar la montaña lejana».

Miraba esa parte del río ocupada desde hacía ya varios días y varias noches.

No era el único grupo nuevo, ni el primero; había otros tras las pantallas de árboles que descendían a unas zancadas del agua, y otros que irían a las laderas de la montaña, pero el grupo que Moh'hr vigilaba era ése.

Eran ésos los que le interesaban. Nada más despuntar el día, había cogido sus bastones y traspasado los límites marcados del lugar de concentración. Quienes lo vieran partir no se habían sorprendido, no le habían dicho nada.

No era la primera vez que actuaba así desde que habían llegado los otros y se habían instalado en las proximidades, aquellos *Loa-nak* venidos con el río y el viento caliente, a través de las hendiduras de las montañas, en la dirección de la mano que golpea cuando se mira salir el sol. Cogía los bastones y se iba. Cuando regresaba por la noche, ya había comido y no decía nada, no respondía a las miradas interrogativas de Neh-Ishri'n', no traía nada más que los bastones. Una vez se había marchado con piedras cortantes en las manos; había vuelto con las manos vacías, pero tampoco había dicho nada, tampoco había respondido a la pregunta precisa formulada dos veces por Maaq' con una palabra. Había desviado la mirada y, al ponerle Maaq' su mano de dedos cercenados sobre el hombro para zarandearlo y atraer su atención, se había desasido volviéndose de espaldas; Maaq' no había insistido.

Salía de la tierra llana del campamento plantado en lo alto de la torrentera, descendía entre los árboles cuyas ramas más altas rozaban la luz y se adentraba en la sombra. Avanzaba lo más recto posible entre los troncos. Luego seguía el río en sentido contrario al del agua y a bastante distancia de la orilla; nunca se acercaba más, sin dejar de caminar hasta que el sol devoraba la mitad de las grandes piedras, hasta que el sudor adhería los mechones de pelo a su frente y el vello a los músculos endurecidos de sus piernas. Aquél era el lugar. Entonces se agachaba.

Las grandes piedras, pese a ser tan duras y tan pesadas, formaban líneas superpuestas que indicaban que habían rodado por la pendiente sin árboles hasta allí (casi permitiendo creer que seguían rodando), hasta el curso del agua. Lanzada con fuerza desde la altura de un árbol, una piedra del tamaño de una mano pequeña cruzaba el río. En la otra orilla había pequeñas rocas dispersas, tierra y hierbas espigadas, todavía a un tiro de piedra; después, árboles rasos, los más grandes no más altos que un *Loa*, y después el hueco en la pendiente de una colina herbosa.

Allí estaban ellos.

Desde su puesto de observación, agachado aunque sin intentar realmente esconderse, Moh'hr los veía. Ya habían terminado el refugio..., porque era eso, un refugio sólido, un techado duro hecho con estacas, trozos de corteza reblandecida y anchas hojas del árbol sin pie..., hecho para que durara mucho tiempo.

Con la punta del bastón atrajo hacia sí al escorpión con la cola aplastada hasta tenerlo al alcance de la mano, y durante un rato siguió dirigiéndole únicamente miradas furtivas antes de cogerlo, arrancarle la cola y las dos patas más fuertes y arrojarlas lejos. Dejó al animal sobre uno de los bastones que estaba en el suelo, colocó encima otro y apretó para que el jugo verdusco saliera de debajo de la piel crujiente; una vez hecho esto, se lo llevó a la boca y acabó de triturarlo. Masticó largamente tras haber escupido el primer líquido que le inundó la boca, como debe hacerse cuando se come un *n'arsha*. Todavía no tenía hambre.

Gruesas gotas de sudor corrían por su frente y se le metían en los ojos, irritándolos. Él cerraba con fuerza los párpados, sacudía la cabeza. Las moscas giraban a su alrededor, se posaban en las comisuras de su boca; tenía que soplar constantemente por uno y otro lado para espantarlas.

Era un grupo menos numeroso que el clan de Moh'hr. La superficie de todas sus sombras juntas habría sido cubierta dos veces por la de los *Loa* de la orilla de la gran agua. Iban y venían alrededor del refugio terminado, indiferentes a la vigilancia asidua a que los sometía Moh'hr desde el día siguiente a aquel en que se habían detenido allí. Eran totalmente conscientes de su presencia. Las mujeres habían sido las primeras en verlo, casi enseguida, y lo habían señalado para mostrárselo a los demás con grandes gestos que Moh'hr comprendía, pero gritando palabras jamás oídas, o demasiado lejanas para resultar claramente audibles. Sin embargo, estaba seguro de lo que significaban aquellas palabras. Le habían transmitido sosiego, satisfacción.

Aquéllos no habían venido nunca antes. Moh'hr no conservaba ninguna imagen que coincidiera con la que tenía ante los ojos, contrariamente a lo que sucedía con otros grupos de paso. La mayoría de las imágenes de esa clase que conservaba pertenecían al clan de los que se designaban con el nombre de *Booh* y que habían compartido varias veces seguidas con los *Loa* la estación de las lluvias, *nar-tonikhr's*, la estación de las aguas de la tierra y del cielo. Los *Booh* seguían a las manadas de grandes cornudos con las hienas (que ellos llamaban *'riekek*, dejando tras de sí después de partir, además de las imágenes, el nombre del animal que ahora muchos *Loa*, y Moh'hr entre ellos, utilizaban con más frecuencia que *i-errek*, que era el nombre que los *Loa* daban al animal) y regresaban a sus territorios, más allá del cielo que se une con el extremo de la gran agua tranquila.

Esta vez, los *Booh* aún no estaban allí. ¿Sabían quizá por qué *to-nikhr's* tardaba en llegar, por qué el cielo permanecía tanto tiempo sin nubes? Los *Booh* sabían cosas distintas y las nombraban con sonidos nuevos y precisos... Después, las cosas se dejaban ver cuando se pronunciaba la palabra, lo que evocaba al mismo tiempo la imagen agradable de los *Booh*. Tal vez los *Booh* sabían por qué no habían llegado aún las largas lluvias, y por esa razón no se habían puesto en marcha hacia la gran agua tranquila. ¿No iban a venir? Y si venían, ¿qué harían al ver a todos ésos instalados para mucho tiempo cerca de los lugares que ellos ocupaban habitualmente?

Moh'hr no dejaba de darle vueltas a este asunto. Imágenes jamás vistas realmente se agolpaban en su cabeza, dentro de sus ojos, cuando pensaba mientras miraba al nuevo y pequeño grupo moviéndose sobre la elevación de tierra y rocas. Imágenes difuminadas y borrosas.

Cuando llegaran los *Booh*, sabrían cómo actuar.

Al principio, como les esperaba, Moh'hr había creído que los recién llegados eran *Booh*. Pero al dirigirse hacia ellos, justo cuando estaba metiendo los pies en el agua para cruzarla, se había percatado de su error, había regresado rápidamente sobre sus pasos, escalando las gruesas piedras lo más deprisa posible, y después se había agazapado, sin aliento, en la sombra de la más alta para empezar a observarlos... Los otros lo habían visto, naturalmente, pero no habían intentado seguirlo.

Los otros no habían hecho nunca nada en absoluto respecto a él, aparte de los gestos de las mujeres y sus palabras incomprensibles.

Moh'hr permanecía sentado sobre los talones, con las rodillas en el suelo y las manos sobre los muslos, abiertas las palmas hacia arriba. Había dejado caer los hombros y su espalda se había encorvado gradualmente. Apoyaba el cuerpo cada vez con más fuerza en los brazos, que transmitían la presión a los músculos de los muslos. Había entornado los ojos, bajo la sombra protectora de los arcos ciliares. Sus cabellos revueltos conservaban aún algunos fragmentos secos y desmenuzados de una protección que se había hecho el día anterior, para lo cual había bajado a la orilla del río, donde había tenido que cavar prácticamente toda la longitud de su bastón antes de encontrar tierra húmeda con la que embadurnarse la parte superior de la cabeza. Lo había hecho sin prisa, ante la mirada atenta, desde la otra orilla, de varios niños a los que no habían tardado en sumarse algunas mujeres. Los niños bajaban a menudo a la orilla, a un espacio despejado entre las hierbas que la esperada crecida de las aguas anegaría, pero que de momento se partían como si fuesen ramas delgadas. Nunca estaban solos; una mujer los vigilaba siempre desde el borde de la tierra elevada. Ellas habían mirado a Moh'hr, esta vez sin decir nada ni hacer ningún gesto, como él esperaba. Le lanzaban miradas y luego se dedicaban a arrancar las hojas secas de los tallos de las hierbas, mientras una se quedaba con los niños. A ésa era a la que Moh'hr miraba más. Al menos uno de los niños había salido de su vientre, a juzgar por cómo lo estrechaba contra ella, cómo lo llevaba sobre la cadera, sujetándolo con un brazo, mientras él se asía a uno de sus pechos para mamar. Sin lugar a dudas dormía con un hombre y, por lo tanto, no tenía intención de abandonar a su clan, como hacen con frecuencia las jóvenes que desean encontrar un compañero fuera de su grupo durante las concentraciones de *to-nikhr's*. Al subir de nuevo hasta lo alto de las piedras, a su puesto de observación, a Moh'hr le pesaba la cabeza debido a la protección de tierra endurecida y adherida al pelo (que había seguido endureciéndose hasta acabar produciéndole más calor que si le hubiera dado el sol directamente en el cráneo, por lo que tuvo que decidirse a romperla utilizando el bastón, pues con la mano no podía, y se había hecho sangre en dos sitios).

En otra ocasión había depositado bien a la vista las piedras cortantes que él mismo había tallado, convencido de que su gesto llamaría la atención. Pero nadie había cruzado el agua baja, ni los hombres, ni las mujeres, ni los niños con la altura suficiente para hacerlo. Las piedras cortantes seguían allí.

Moh'hr llamaba a aquéllos *Nak-Booh-Loa*, porque no eran *Loa* y sin embargo se les parecían, como los *Booh*, pero tampoco eran *Booh*, sino otros que se parecían a la vez a los *Loa* y a los *Booh*; y porque a todos los animales, que no son como ninguno de los hombres erguidos, se les llama *nakoa*.

Moh'hr mantenía los ojos cerrados cada vez más rato. Todos los bichos del calor del día hablaban a su alrededor. En un momento el griterío de un combate rápido se había alzado por encima de los árboles, en la ladera de la montaña, que parecía totalmente vertical, a la vez infranqueable y vibrante, como agua erguida o como una humarada de cielo. La presa, había deducido maquinalmente Moh'hr, era un pequeño cornudo de lomo blanco. A continuación, el silencio resquebrajado se había instalado de nuevo por doquier, hasta donde alcanzaba la vista, en el temblor turbio del calor.

A su regreso hablaría de los *Nak-Booh-Loa* a los del clan. Diría esa palabra, nueva como una palabra de *Booh*... La pronunció varias veces con los labios apenas entreabiertos, como si expulsara agua golpeando repetidamente los dientes con la lengua, y los sonidos de la palabra parecían resbalar como gotitas brillantes por los pelos recios que le cubrían el cuello, desde la boca hasta el pecho, donde se tornaban más suaves. *Nak-Booh-Loa*. Hasta el momento no había dicho nada a nadie, ni a Neh-Ishri'n', la pequeña mujer roja, ni a Maaq', ni a ningún otro, ni siquiera a Nar-iaw, en cuya compañía le gustaba sentarse a menudo para contemplar la superficie brillante de la gran extensión de agua en dirección a la montaña caída en la otra orilla, o hacia la línea donde se mezclaban el agua y el cielo..., y cuando estaba sentado así, con Nar-iaw, sin mover los labios para emitir el menor sonido, era como si intercambiasen numerosas palabras, las que todos conocían y también otras que ellos comprendían.

Nak-Booh-Loa.

No había dicho nada, pero sospechaba que el resto del clan estaba al corriente de la presencia nueva de los *Nak-Booh-Loa* a orillas del angosto río que reptaba como una vieja serpiente cansada, desde la montaña hasta el lago. No les preocupaba, y hasta el momento los *Nak-Booh-Loa* no habían hecho nada preocupante: se parecían a muchos de los que aparecían por allí en la estación de la lluvia.

Los *Nak-Booh-Loa* actuaban como si estuviesen solos, como si no quisieran ver que, antes de su llegada, otros hombres ocupaban ya ese territorio en el que se estaban instalando, donde estaban construyendo un refugio sólido, de gran tamaño, hecho para durar mucho más que la estación de *to-nikhr's.*

Pero ¿dónde podía estar la estación de *to-nikhr's*? Moh'hr empezaba a preguntarse si los *Nak-Booh-Loa*, al igual que los *Booh*, sabían cosas que los *Loa* ignoraban acerca de *to-nikhr's*, que no llegaba...

Pues bien, puesto que las mujeres de los *Nak-Booh-Loa* se negaban a ver a los hombres de los otros clanes que se encontraban frente a ellas, cuando regresara a la orilla alta de *atanik-to-nik-nik*, la gran extensión de agua, hablaría con los del clan...

Se sobresaltó, arrancado bruscamente de la somnolencia que se había apoderado de él a causa de los gritos agudos que subían de repente desde la orilla del río. Lo que tenía entre las piernas y hacía de él un *oa* había empezado a endurecerse y a erguirse, como sucedía con frecuencia cuando estaba a punto de pasar a los otros territorios del sueño, la mayoría de las veces, casi siempre, ocupados por imágenes de mujeres. Pero aquello volvió a ponerse blando enseguida, mientras Moh'hr, instantáneamente alerta, cogía los dos bastones que tenía delante y aquel gesto repentino provocaba la huida del lagarto aparecido un momento antes en la mancha blanca de sol, sobre la piedra grande más cercana. Al tiempo que observaba por el rabillo del ojo el punto preciso de la anfractuosidad, en la base de la roca, donde el *nakoa* de rabo quebradizo había desaparecido, Moh'hr se arrodilló. Tuvo que avanzar hasta el borde al descubierto de su puesto de vigilancia para ver la escena que se desarrollaba abajo.

Los gritos los proferían dos mujeres *Nak-Booh-Loa*, una de las cuales era aquella a la que Moh'hr había mirado más desde la primera vez que la viera (antes de comprender que tenía por lo menos un niño y no quería mirar más allá de su clan). Ahora, unos niños sumaban sus chillidos al estrépito. Moh'hr vio que *Nak-Booh-Loa «oa»*, hombres, acompañaban a las mujeres hacia el centro del río y calculó cuántos formaban el grupo: *neh, neh, oa, oa, oa*. Todos, hombres y mujeres, llevaban bastones, cada uno como mínimo los mismos que Moh'hr —uno de los hombres más—, y las mujeres los agitaban más alto, golpeaban el agua con más convicción, salpicando a diestro y siniestro. La que Moh'hr se había entretenido más en mirar llevaba, además, a su hijo sobre la cadera, sujeto con lo que parecía una atadura de hojas trenzadas, y no parecía que eso la molestara para golpear el agua con los bastones.

Luego, otros hombres *Nak-Booh-Loa* procedentes del lugar donde se alzaba el gran refugio recién construido bajaron por la torrentera hacia las hierbas, corriendo, rodando y levantando muy alto las piernas, como los pequeños *nuik'ik* que viven en agujeros en las tierras sin árboles; los recién llegados no gritaban, pero llevaban en las manos piedras y bastones para golpear.

El causante de aquel revuelo era Maaq'.

Moh'hr lo reconoció sin dificultad por sus cabellos de color tierra, que se recogía en dos partes ceñidas por un trenzado de tallos reblandecidos. Un breve gruñido escapó de sus labios, fruncidos por la sorpresa.

Seguramente Maaq' había llegado por el río, remontando su débil corriente, o quizá caminando bajo los árboles y entre las hierbas de la orilla, y acababa de toparse súbitamente con los *Nak-Booh-Loa* allí. Tal vez antes de ir ya estaba al corriente de su presencia o tal vez no; tal vez se había percatado de las maniobras de Moh'hr y había decidido seguirlo o tal vez no.

Moh'hr vio que Maaq' esbozaba unos gestos para indicar que su actitud no era amenazadora, pero la tentativa fracasaría. Moh'hr llevaba algún tiempo observando a los *Nak-Booh-Loa*, y le había bastado para conocer sus maneras en determinados casos, como si además de su propia cabeza tuviera una de *Nak-Booh-Loa* donde se acumulaban las imágenes. Por más que Maaq' se empeñara, todos sus esfuerzos tan sólo podían conducir a un resultado... Y era lo que estaba sucediendo: Maaq', que había empezado a cruzar el río en dirección al grupo de recién llegados (¿o acaso se encontraba ya ahí cuando el grupo lo había sorprendido?), daba ahora media vuelta rápidamente, después de que una piedra lanzada por uno de los niños, entre la confusión de gritos y gestos hostiles, lo hubiera alcanzado en pleno torso. Otro niño cogió una piedra pequeña y la arrojó en dirección a Maaq', sin tocarlo, mientras que un pequeño cuyas piernas torcidas apenas lo sostenían, sumergido en el agua hasta su minúsculo *oa*, lo rociaba riendo. Las salpicaduras brillaban bajo la luz, iluminadas por fugaces destellos de sol.

Cuando Maaq' hubo alcanzado la orilla opuesta a la que ocupaban los *Nak-Booh-Loa*, la orilla donde estaba Moh'hr, exactamente en la prolongación del reguero inmóvil de piedras, los *Nak-Booh-Loa* se dieron cuenta de que no representaba el menor peligro para ellos. No lo matarían, hasta el momento no había ninguna razón para que tratasen de hacerlo. Tampoco la había para que los *Nak-Booh-Loa* se arriesgaran a enfrentarse con un clan mucho más fuerte que el suyo (conocieran o no su existencia, se trataba de una posibilidad que había que contemplar), como consecuencia de la muerte de uno de sus miembros. Tal deducción era exacta, ya que Moh'hr vio que la otra mujer ordenaba gesticulando a los niños lanzadores de piedras que dejaran de atacar. Ellos obedecieron. El más pequeño, que seguía salpicando al tiempo que profería chillidos, acabó por caer hacia delante, y un hombre lo levantó y se lo pasó al lanzador de piedras que había alcanzado a Maaq'. El segundo hombre cogió al niño, que tosía debido al agua que había tragado. Ordenaron a los niños que se reunieran con los hombres que habían bajado por la torrentera y que esperaban en la orilla, entre las hierbas peladas y desmenuzadas.

Los gritos proferidos por las mujeres se habían ahogado en las pequeñas olas brillantes del río; habían sido arrastrados tras haber rebotado en Maaq' y haberle hecho retroceder, tan disuasivos como los bastones en alto y el lanzamiento de piedras. Ahora, ellas simplemente intercambiaban palabras entre sí y con los hombres que permanecían en el agua, a su lado. El grupo continuaba vigilando a Maaq', que a todas luces no sabía qué hacer, pero ya con los brazos caídos, sin enarbolar los bastones.

Moh'hr se puso en pie (sabía que los de abajo lo veían) y gritó:

—*¡Maaq'!*

Los *Nak-Booh-Loa* reaccionaron quedándose inmóviles de inmediato. Maaq' se tambaleó como por efecto de un empujón invisible. Se volvió hacia el lugar de donde procedía el grito, alzó los ojos y también se quedó inmóvil. Moh'hr agitó un brazo por encima de la cabeza, sujetando el bastón puntiagudo por el centro. Acto seguido Maaq' comenzó a escalar por las gruesas piedras sin mirar atrás.

Tanto los *Nak-Booh-Loa* que estaban dentro del agua como los que permanecían en la orilla y en el terreno elevado, bajo los árboles y alrededor del refugio, siguieron con la mirada la escalada de Maaq'. Seguían manteniendo los bastones bajos, las palabras dentro de la boca y los gestos agresivos en su interior.

Moh'hr miró cómo trepaba el hombre de su clan, miró a los *Nak-Booh-Loa*... y en ese momento vio la humareda en el cielo, la humareda de lluvia allá arriba; al dirigir una de esas miradas hacia los *Nak-Booh-Loa* del refugio, vio el borde oscuro de la nube sobre la cima plana de la montaña, allí donde el sol desaparecía justo antes del anochecer. Un sonido que expresaba sorpresa escapó de su garganta sin que él pudiera evitarlo ni controlarlo. Se tambaleó del mismo modo que le había ocurrido a Maaq' un momento antes al oír su nombre. Entornando los párpados y colocando el antebrazo sobre los ojos para protegerlos, escudriñó los temblores del cielo ardiente.

Una humareda de lluvia. *Ff'hurs*. Estaba seguro de no equivocarse.

Maaq' se reunió con él, desfigurado el rostro por el esfuerzo y los cabellos tapándole los ojos después de que uno de los trenzados de hierbas se hubiera deshecho. Sin darle tiempo a recobrar el aliento ni a proferir un sonido más alto que el de su respiración ronca, Moh'hr lo tocó con el bastón plano en el pecho y señaló el cielo en dirección a la nube.

—*Ff'hurs* —dijo en el tono bajo apropiado para que la palabra crease la imagen exacta—. *Moh-us. Ff'hurs.*

Repitió la palabra.

Maaq' apenas le dedicó una mirada. Lo que más le importaba era lo que acababa de sucederle en medio del río. Bajo el vello de su pecho, entre los dos pezones, la piel que bordeaba el corte había adquirido el color de la piedra que lo había golpeado y manaba sangre, que fluía por su vientre y sus muslos. De momento, Maaq' no estaba dispuesto a conceder su atención a una minúscula nube formada sobre la montaña, un atisbo de *ff'hurs* del que era imposible saber si aumentaría y se convertiría en otra cosa.

—¡*Nak!* —vociferó Maaq' en un tono en el que se mezclaban la cólera y la incomprensión, al tiempo que señalaba a los *Nak-Booh-Loa* del río como si Moh'hr no hubiera visto absolutamente nada, como si no supiera nada—. ¡*Nak-Loa...!* ¡*Maaq'-hr-loamoh jui-Nak!*

Gesticulando, contó que se había visto sorprendido por el grupo mientras cruzaba el río y que ellos habían comenzado de inmediato a proferir palabras desconocidas, aunque su significado resultaba evidente dado el tono con que las pronunciaban y el movimiento de brazos alzados que las había acompañado. Moh'hr asintió con un rápido parpadeo.

—*Iw* —dijo.

Había visto algo y conocía parte de lo ocurrido. En cuanto a lo que no había visto, preguntó tocándole un hombro a Maaq' y señalando el río con un gesto que expresaba ignorancia. Maaq' respondió gesticulando. Era como si Moh'hr hubiera construido una serie de imágenes posibles: intrigado por su actitud y tras haberlo observado varios días, Maaq' se había decidido a seguirlo, deseoso de saber...

—*Iw* —repitió, para indicar que entendía lo que había dicho Maaq'.

Miraron hacia el río. Los dos grupos de *Nak-Booh-Loa* se habían reunido; el de la orilla, compuesto por hombres, se había acercado al que permanecía en medio del agua centelleante. Hablaron entre sí, sin hacer apenas gestos... o tal vez se trataba de gestos que los dos hombres *Loa* no captaban ni entendían.

—*Nak-Booh-Loa* —dijo Moh'hr como en un susurro, aunque pronunciando con claridad.

—*Loa-nak* —dijo Maaq'.

—*Nak-Booh-Loa* —repitió Moh'hr con firmeza, subrayando la palabra *Booh*.

Maaq' contuvo la respiración un instante, frunciendo la nariz y el entrecejo y levantando el labio superior, cubierto de pelos rígidos.

—*Nak-Booh-Loa* —admitió, subrayando también, dócilmente, la palabra que representaba con más exactitud la imagen de los desconocidos.

En el río, los *Nak-Booh-Loa* se habían vuelto a dividir en dos grupos prácticamente iguales que los de antes. Unos hombres habían regresado a la orilla, mientras que los de en medio del agua —*neh, neh, oa, oa, oa*, uno por cada dedo de la mano— se ponían en marcha. La mujer a la que Moh'hr miraba con frecuencia había dejado a su hijo en manos del que era casi un hombre, el lanzador de piedras, pero seguía llevando cruzada en el pecho la bandolera de hierbas trenzadas, de la que colgaban otras cosas de la misma naturaleza. Iba la primera, y la luz doraba su piel de color tierra claro.

Maaq' expresó su sorpresa con un breve resoplido y cruzó una mirada con Moh'hr.

Los *Nak-Booh-Loa*, con la mujer al frente, no intentaban cruzar el agua baja del río casi dormido; caminaban hacia las pequeñas olas luminosas de la corriente, sin dignarse mirar a los dos observadores encaramados en las grandes piedras, cuya presencia evidentemente no ignoraban. Se dirigían apresuradamente hacia la montaña que se alzaba a este lado del mundo. A Moh'hr le bastó echar un vistazo: en esa dirección revoloteaban dos grandes pájaros bebedores de sangre, donde algún tiempo atrás se habían elevado por la pendiente arbolada los gritos de una breve lucha entre una fiera y su presa...

La mirada de Moh'hr buscó la de Maaq' para decirle lo que iban a hacer, y Maaq' asintió con un parpadeo.

Los dos hombres esperaron a que el grupo desapareciera de su vista, bajo el saliente de piedras, antes de ponerse en marcha a su vez. En la orilla opuesta del río, los otros *Nak-Booh-Loa* subían lentamente la cuesta de la torrentera, en dirección al refugio y al resto del grupo. Era evidente que ya no les preocupaba la presencia de los dos *Loa*, como si supieran que eran inofensivos hicieran lo que hiciesen, como si supieran que aquellos de los suyos que avanzaban por el río tampoco tenían por qué temerles.

Los *Nak-Booh-Loa* eran gentes sorprendentes, imprevisibles.

Mientras se deslizaba entre las grandes piedras que repelían el calor del cielo, Moh'hr intentaba comprender su actitud y construir las imágenes que pudieran explicarla. Y había otra cosa que le preocupaba; dirigía frecuentes miradas hacia el trozo de cielo donde la humareda de lluvia no sólo no se había disipado, sino que iba en aumento... Se la señaló a su compañero tras haberle tocado el hombro. Maaq' no pareció más interesado en el fenómeno que la primera vez.

Lo que Maaq' quería saber ante todo era adónde iban los *Nak-Booh-Loa*, por qué actuaban como lo hacían, quiénes eran. La sangre de la herida se había secado sobre el vello de su vientre y sus muslos; con la mano a la que le faltaban dos dedos, espantaba de vez en cuando las moscas irritantes que se posaban sobre él y giraban a su alrededor sin cesar.

El vientre de Moh'hr se puso a gruñir, emitiendo un lamento circular y repetido que atrajo la atención y una mirada circunspecta de Maaq'. El simple hecho de oír esos ruidos, asociado a la mirada de su compañero, hizo aparecer en los gruesos labios de Moh'hr y en las comisuras de sus ojos un mohín divertido.

Las riberas del río encajonado se fueron elevando progresivamente hasta que el borde de su escarpadura, invadida por la oscuridad, alcanzó la altura de un hombre *Loa*, y luego el doble, y el triple, y el cuádruple. A uno y otro lado, una franja de tierra llana seguía la falla, subiendo y bajando entre los bloques dispersos de roca ardiente, cubierta de hierbas de diferentes tamaños y formas que la proximidad del agua mantenía flexibles y verdes, así como de árboles con hojas apretadas y de tamaños igualmente distintos. Los matorrales de espinos que no sobrepasaban la cabeza de un *Loa* eran cada vez más escasos y dejaban paso a aquellos cuyas hojas se comen cuando el vientre duele por dentro sin que haya recibido ningún golpe. Moh'hr había arrancado algunas al pasar por delante y se las había tragado sin masticarlas, como es conveniente hacer no sólo para los hombres, sino también para los *nakoa*, que se les parecen y que también conocen esta práctica desde hace tanto tiempo que nadie sabe quién lo ha aprendido de quién, si los *nakoa* de cuatro patas de los *Loa* de dos piernas o a la inversa. Su vientre seguía gruñendo a intervalos regulares, pero no le dolía. Era simplemente hambre, y Moh'hr lo sabía. Había cogido las hojas más como una respuesta instintiva que para aliviar un dolor real, y las había engullido como se engulle ese tipo de hojas, por costumbre; sus preocupaciones eran también muy distintas.

Conocían el terreno. Pertenecían al clan de los *Loa* instalado al borde de *atanik-to-nik-nik* desde hacía muchas vidas, muchos pasos de grandes cornudos en manadas, muchas lluvias y muchos calores, desde hacía muchos niños surgidos del vientre de las mujeres y muchos hombres secos regresados a la tierra. Tanto Moh'hr como Maaq' habían recorrido prácticamente todo el territorio conocido del clan y una vez incluso traspasaron sus límites, ocasión en que Maaq' perdió un par de dedos de una mano. Era mucho más fácil, y ellos lo sabían, seguir el río por la parte superior de las riberas; más fácil y menos peligroso. Allí, las fieras que atraviesan de una dentellada la cabeza de un hombre no iban casi nunca debido a que escaseaban las presas, a las que el terreno, demasiado estrecho y hundido, ofrecía pocas posibilidades de huida en caso de ataque.

Por primera vez, casi con toda seguridad, los *Nak-Booh-Loa* se aventuraban en el encajonamiento. Si habían hecho algunas incursiones de reconocimiento en torno a su posición en el reducido terreno elevado, era más bien por el lado de *atanik-to-nik-nik*, el gran lago; durante su paciente vigilancia, Moh'hr jamás los había visto cruzar el río. Y sin embargo, aquel grupo caminaba sobre las piedras oscuras y brillantes que había dejado al descubierto el agua baja como si conocieran el lugar. En ningún momento habían mostrado ningún indicio que diera a entender que sabían que los seguían. Caminaban con determinación; la mujer a la que más había mirado Moh'hr seguía en cabeza, avanzando a un paso regular y ágil que acompañaba de armoniosos quiebros de cintura. Él la miraba saltar de piedra en piedra, y le gustaba ese movimiento en la curva de su espalda y sus nalgas. Le gustaba más verla así que llevando a su hijo en brazos, con el cuerpo ladeado. El *oa* de Moh'hr se había endurecido como consecuencia del roce de los muslos al andar. Maaq', al percatarse, había considerado oportuno emitir un débil gruñido sin significado muy preciso, para desviar inmediatamente después la mirada hacia el grupo de los *Nak-Booh-Loa*.

Estos últimos caminaban sin vacilar ni adoptar las precauciones habituales cuando se recorre un terreno desconocido. Y si continuaban así, al mismo paso decidido, iban directos a la trampa.

Los dos perseguidores iban dándole vueltas a esa idea. Ambos sabían que de un momento a otro el curso del río cambiaría bruscamente de dirección y se haría más ancho y profundo, mientras que las orillas abruptas de tierra oscura se extenderían, prácticamente desnudas bajo el ralo pelaje herboso y las garras de la sombra de algunos árboles raquíticos con las ramas secas como piedras cortantes. Las laderas violáceas de la montaña abierta parecían estar muy cerca; daba la impresión de que era posible descascarillarlas simplemente dirigiendo la mirada hacia allí, cuando en realidad las laderas cubiertas de árboles se alzaban a casi un sol de marcha.

En ese punto en que el río se ensanchaba y formaba una pequeña gran agua y al que no tardarían en llegar, vivían varios grandes *sklaa* desde las últimas lluvias. Los *Nak-Booh-Loa* se dirigían directamente y a buen paso al encuentro de sus terribles mandíbulas, y probablemente algunos no llegarían al lugar al que parecían dirigirse, allí donde una fiera había matado a su presa, el lugar que ya debían haber ocupado los grandes pájaros de cuello pelado, ahora desaparecidos del cielo.

Moh'hr veía imágenes terribles; veía la enorme boca de dientes cruzados de un *sklaa* cerrándose sobre la mujer a la que miraba a menudo, y aunque comprendía la indiferencia de Maaq' ante semejante posibilidad —Maaq' había sido rechazado violentamente por los *Nak-Booh-Loa*, había recibido una pedrada—, no la compartía. Él no asistiría impasible al drama, y si podía evitar que se produjera...

Con el extremo de su bastón plano, tocó a Maaq' en el hombro para atraer su atención e hizo el signo del *sklaa* con la boca. Maaq' respondió con una breve mueca que expresaba satisfacción. Moh'hr hizo el signo de advertir a los *Nak-Booh-Loa* y Maaq' repitió su mímica.

—*Iaw, Nak-Booh-Loa. Neh, iw* —dijo, mientras con la mano a la que le faltaban dedos agarraba prestamente la punta del pene blando de Moh'hr y daba un pequeño tirón.

Moh'hr gruñó y retrocedió un paso. Acto seguido realizó un gesto circular ante él, con la palma de la mano hacia el suelo, precisando:

—*Nak-Booh-Loa. Neh, neh, oa, oa, oa.*

Pero Maaq' negó con la cabeza, sacudiendo los cabellos que colgaban fuera de la trenza deshecha.

Por encima de los crujidos de los pequeños animales, un rugido lejano rodó frente al sol, en el borde del cielo. Apenas resultó audible, y sin embargo provocó como un tajo de auténtico silencio, limpio y cicatrizado antes de que la respiración quedase en suspenso para escuchar mejor, como si todos los bichos que pueblan las hierbas hubieran percibido también el ruido e interrumpido su crepitar.

El grupo de los *Nak-Booh-Loa* no lo había oído a causa del chapoteo del agua a su alrededor, pese a que éste era muy tenue. Estaban llegando al lugar donde el río formaba un recodo. Ante ellos se alzó de pronto una barrera de hierbas altas y a continuación la pared completamente recta que parecía encontrarse a un tiro de piedra.

En el pecho de Moh'hr retumbaba cada vez más fuerte; notaba los impactos amortiguados que de repente subían hasta su cabeza. Pero, aunque Maaq' y él todavía no se habían puesto de nuevo en marcha, desde donde se encontraba ya no podía ver el trozo de cielo sobre la extensa y lejana tierra alta que había dejado pasar la nube: la barrera de la estrecha garganta al fondo de la cual fluía el río era demasiado elevada, y todas las miradas lanzadas en esa dirección chocaban contra ella.

Moh'hr se estremeció. En la sombra encajonada, un atisbo de frescor corrió bajo su piel y la palabra *tonikhr's* salió de sus labios sin que él la llamara; la palabra acudió por sí sola, y Moh'hr la oyó como si la hubiera llevado un soplo de aire. El corazón seguía latiéndole con más fuerza de la habitual; notaba una presión en el cuello y en el fondo de la boca. Unas lágrimas humedecieron sus ojos.

De entre los labios de Maaq' escapó un silbido.

A la altura del recodo del río, la orilla por la que avanzaban los dos *Loa* descendía entre las hierbas hacia el agua... más exactamente hacia los guijarros y las franjas de arena negra, lustrosas como pieles viejas, que la corriente menguada ya no cubría. La otra orilla, repleta de espinos y pegada a la pared de rocas caóticas, únicamente perdía un poco de altura. Si el nivel del agua hubiera sido el que era la última vez que Moh'hr había llegado hasta ahí (tan sólo un rastro tenue señalaba las zonas de roca y tierra dura dejadas al descubierto), la única forma de pasar por el recodo, aunque acrobática y peligrosa, habría sido agarrarse a la roca cubierta por la maraña de espinos trepadores. En el estado actual, los *Nak-Booh-Loa* no tuvieron más que descender hacia el agua de color rojo oscuro y sumergirse hasta el vientre.

Un murmullo de espuma corría en torno a la cintura de la mujer a la que Moh'hr miraba, cada vez que empujaba el agua con el vientre y las caderas. Arrastraba tras de sí la trenza de hierbas con las cosas que colgaban de ella, y que debían de ser esas bolsas que las mujeres confeccionan para llevar al emplazamiento del clan el producto de su cosecha; y eso no era aconsejable, puesto que un *sklaa* podía atrapar el cordón y sumergirla hasta el fondo. Uno de los hombres caminaba a su altura; los demás hombres y la otra mujer iban detrás. Sondeaban el agua opaca que tenían ante sí moviendo los bastones, y además los hombres golpeaban a su alrededor con el otro brazo, como si eso bastara para ahuyentar a un *sklaa*...

Moh'hr reemprendió la marcha a saltitos y se reunió con Maaq', que lo esperaba sobre la hierba de la orilla baja. Débiles gemidos escapaban de su garganta, atenazada por la angustia, sin que fuera posible saber si los provocaba ese peligro que corrían los ignorantes *Nak-Booh-Loa* o un nuevo rugido del cielo, esta vez claramente perceptible, que retumbaba entre las altas paredes de la garganta. Un rugido que también oyeron los *Nak-Booh-Loa* pese al gorgoteo del agua. El hombre y la mujer que encabezaban el grupo alzaron los ojos hacia el cielo al mismo tiempo que Moh'hr y Maaq'.

Allá arriba, a través de los tallos curvados de las hierbas, la pesada crin negra de la nube avanzaba por el cielo, desbordando la cresta de la falla cortada en la montaña.

—*¡To-nikhr's!* —susurró Moh'hr—. *To-nikhr's...*

Antes que las del cielo, las primeras gotas de otra lluvia brotaron de sus ojos.

Y el sol fue engullido en medio del ruido aterrador que cayó de los territorios desgarrados de las alturas.

3

'Hna sabía que el animal había detectado su presencia.

Los latidos de su corazón golpeaban con demasiada fuerza la tierra y no cabía duda de que el *sh'ohr* los había percibido a través de sus garras, tal vez incluso los había oído. 'Hna se había vuelto tan pesado como una piedra y, al igual que una piedra, era incapaz de moverse.

Cerró la boca, apretó los dientes y contuvo la respiración, pero eso no hizo cambiar en absoluto el ritmo desenfrenado de los impactos sofocados ni su fuerza. Al poco, una bruma veló sus ojos, irritados por el sudor, nublándole todavía más la vista y obligándolo a expulsar el aire dolorosamente retenido en los pulmones. A menos de un palmo de su rostro, un bicho de lomo brillante que avanzaba apresuradamente entre los tallos de hierba, arrastrado por su sombra, atravesó su campo de visión... En otras circunstancias no habría vacilado en atraparlo para engullirlo de un bocado. Apenas lo vio.

El *sh'ohr* permanecía junto al niño. Lo había olfateado distraídamente y había mirado a Ni-ei por encima del cuerpecito inerte y rojizo, mientras un estremecimiento recorría su pelaje negro y brillante y breves sacudidas agitaban el extremo de su larga cola. Luego, sin mover todavía la cabeza, había clavado los ojos en 'Hna.

'Hna había sentido sobre su cuerpo la mirada amarilla, como si una astilla brillante y dura se le hubiera metido en la cabeza en busca de su sombra oculta, y había comprendido que no podría hacer nada cuando el *sh'ohr* se decidiera, que cualquier intento de combatir contra él sería inútil.

La fiera negra volvió a olfatear al niño. Su morro bigotudo, ligeramente levantado, mostraba parcialmente los dientes blancos; agitaba pausadamente las orejas, primero una y luego la otra, para alejar las moscas y su incesante zumbido.

Las moscas también giraban en torno a aquella carne blanda y viscosa, unida por un cordón fláccido de piel azulada y negra al cuerpo descuartizado del niño; giraban sobre el vientre ahora plano de Ni-ei, y Ni-ei repetía regularmente el mismo gesto cansado con la mano para ahuyentarlas cuando se agolpaban sobre su pelo o ante su cara, un gesto que no trataba de ocultar ni de disimular, como si la presencia del *sh'ohr* a dos pasos de ella no la inquietara lo más mínimo.

Los tallos de las hierbas impedían a 'Hna distinguir el rostro de la mujer que acababa de parir; ella y el *sh'ohr* habían hablado y se habían entendido: él sabía que sus rasgos no reflejaban miedo. Esta convicción, en lugar de tranquilizarlo, endurecía más la piedra en el cuerpo de 'Hna. Hubiera deseado cerrar los ojos y enterrarse dentro de sí mismo, al igual que un bicho de lomo brillante se entierra en el suelo, pero ni podía hacer eso ni tampoco era capaz de levantarse y salir corriendo. Había seguido a Ni-ei hasta allí. Tenía que ver.

Adelantando una pata, el *sh'ohr* tocó y empujó suavemente la cabeza blanda, con la boca muy abierta, del niño. Hizo esto varias veces seguidas, primero con una pata y después con la otra, tras lo cual cerró la boca de golpe sobre la parte superior del cuerpecito y se tumbó boca abajo. En esta posición, semitendido, su altura era casi la de un hombre de pie. Colocó una pata sobre el cordón de carne, que se tensó, y lo rompió de un tirón haciendo girar el cuello con un movimiento seco. La sangre que brotó del vientre reventado del niño salpicó las patas del animal. Por un breve instante, los pequeños miembros se agitaron en todas direcciones, como si la presa medio engullida tratara de escapar de las terribles mandíbulas. Los dientes trituradores, más largos que un dedo humano, entrechocaban con un ruido seco y toda la boca emitía sonidos gorgoteantes. El *sh'ohr* ladeaba la cabeza cada vez que daba un bocado, sin que por ello su mirada del color del agua opaca dejara de ir de Ni-ei, junto al árbol, a 'Hna, tendido entre las hierbas a varios saltos de allí. Los huesecitos crujían débilmente, sin violencia.

A continuación, el *sh'ohr* lamió la sangre que manchaba el contorno de su boca, su pecho y sus patas. Un trozo de antebrazo del niño que había caído al suelo, con la mano encogida en un extremo, al parecer ya no le interesaba.

No era el hambre lo que había movido al animal. Ahora, 'Hna estaba seguro de ello.

Ni-ei continuaba ahuyentando las moscas con el mismo gesto cansado, unas veces entre los muslos abiertos o sobre el vientre, otras delante de los mechones de pelo enmarañado que le tapaban la cara. El *sh'ohr* movía las orejas imperceptiblemente y agitaba la cola, que al barrer el suelo levantaba polvo.

Después el *sh'ohr* abrió la boca, inmensa, en un breve bostezo acompañado de un débil grito amortiguado. Al cerrar las mandíbulas se oyó un fuerte crujido. Con una pata atrajo hacia el morro, a ras del suelo, la parte de carnes blandas y repletas de sangre que había estado unida al niño y la engulló ruidosamente de un lametón, sin ni siquiera clavar los dientes. El cordón de piel negruzca quedó un momento colgando bajo la boca, y le costó un poco desengancharlo de entre los dientes, sacudiendo la cabeza y ayudándose con las garras, hasta que al final pudo aspirarlo.

Las moscas revoloteaban ahora sobre la tierra manchada que las hormigas recorrían en todos los sentidos, sin orden ni concierto, en busca del festín desaparecido y tal vez también de un puñado de ellas engullidas por la fiera.

El *sh'ohr* agitaba las orejas, de arriba abajo y luego lateralmente. Su cola azotaba el polvo flotante, produciendo un ruido sordo y repetido. Pasado un buen rato, pareció recordar el trozo de brazo del niño que había caído entre sus patas. Lo cogió con los dientes, lo envió al fondo de la garganta y se lo tragó junto con unas hormigas suplementarias. Acto seguido exhaló una especie de suspiro, como un bufido, se sacudió y, lentamente, se irguió sobre las patas.

Desde hacía un rato, las hormigas corrían también por la espalda, las piernas y los brazos de 'Hna. Él no hacía nada para apartarlas y las picaduras no habían provocado ninguna reacción. Vio que el *sh'ohr* se acercaba a Ni-ei. Abrió la boca y los ojos desmesuradamente. Tenía la garganta y la lengua secas.

Una fuerza terrible corría por los músculos del animal, bajo su pelaje negro. Dio dos pasos y se quedó inmóvil, con el cuello ligeramente estirado. Hubiera podido tocar uno de los pies de la mujer sentada, pero se limitó a olfatearlo. Su sombra cruzaba el vientre liberado de Ni-ei, sus costados se hundían y palpitaban como si el niño devorado hubiera empezado a gesticular en el fondo de sus entrañas.

Apoyándose en la mano libre y en los talones, Ni-ei retrocedió un poco. Seguía sosteniendo el bastón con la mano que golpea, pero con la punta señalando hacia ella, sin ninguna agresividad. El *sh'ohr* la miraba. Los huesos de las paletillas formaban dos protuberancias idénticas sobre su cabeza gacha. Atrapó con la boca una mosca temeraria y emitió otro bufido breve y sordo, un nuevo suspiro.

'Hna oyó elevarse la voz de Ni-ei, suavemente, en una especie de suspiro entrecortado que habría podido salir de la boca del animal. Si eran palabras, no las entendió. El movimiento de retroceso realizado por Ni-ei le permitía ahora distinguir su rostro entre los tallos de hierba. La luz cálida le daba de plano, atravesando aquella maraña de cabellos constelados de briznas. Podía vislumbrar su expresión mientras le hablaba al animal, y no vio en ella el menor signo de miedo, sino todo lo contrario, una verdadera y tranquila seguridad.

Entonces se percató de que su propio miedo había desaparecido con el peso de las piedras que presionaban sobre su cuerpo estirado en el suelo. Tragó saliva varias veces seguidas, hasta eliminar la sequedad que le había endurecido la boca. El silencio circundante, puntuado por los numerosos ruidos de los bichos que se ocultaban del calor, adoptó otra forma. Era como si pudiera verse a sí mismo, como si formara parte integrante de la escena. Ese silencio peculiar aislaba el paraje, apartando desde hacía ya un rato el parloteo lejano de Efi-ei y los demás.

Vio que la fiera de pelo negro y liso daba otro paso hacia Ni-ei y se detenía de nuevo con el morro a la altura de los talones de la mujer, apoyados en el suelo. Vio que las pantorrillas crispadas de Ni-ei temblaban mientras ella seguía hablando en el lenguaje del animal en voz baja, pero con claridad, pronunciando palabras secretas que 'Hna no lograba entender.

El *sh'ohr* escuchaba. De pronto respondió, mostrando la carne pálida del interior de su boca y sus dientes deslumbrantes, pero tampoco aquello era un signo de cólera, no era peligroso. El *sh'ohr* meneó la cabeza y, estirando el cuello, la alzó hacia el cielo. Después se tumbó, adelantando al hacerlo una pata con la que tocó el pie de Ni-ei. Ella calló. El *sh'ohr* volvió a tocar con la pata el pie de Ni-ei, quien acompañó el movimiento. La mujer no intentaba resistirse, ya no retrocedía. Entonces el animal se sacudió otra vez y, arrastrando lateralmente su sombra, se volvió. La mujer, sentada y con las rodillas levantadas, guardaba ahora silencio.

La fiera husmeó el suelo, que conservaba algunas huellas oscuras de lo que había sucedido y donde aún se percibía la presencia del niño devorado. Luego miró en dirección a 'Hna, que se había incorporado apoyándose en los codos, y clavó en él sus ojos amarillos. El *sh'ohr* dio un paso, otro más, se detuvo. Balanceó la cabeza, enseñó los dientes... 'Hna comprendió que el *sh'ohr* se sentía satisfecho: invisible, inaudible, aquella sensación emanaba pese a todo de su boca abierta.

No cabía duda de que el *sh'ohr* sabía que estaba allí. Seguro que se había fijado en él desde el primer momento y seguía viéndolo entre las hierbas. 'Hna esperaba que las palabras acudieran a su boca, unas palabras que él desconocía, pero que no podían dejar de aflorar a sus labios como habían aflorado a los de Ni-ei y que sabría dirigir al *sh'ohr*... Pero no tuvo que hacerlo: el animal le dio la espalda, se alejó, se marchó balanceando la cola indolentemente, arrastrando su sombra, volvió sobre los pasos que lo habían llevado allí y se adentró entre los matorrales de espinos; cuando estaba a punto de desaparecer en la espesura, soltó un largo rugido tras el cual se produjo un silencio que evocaba la imagen de un gran agujero, como si una falla súbitamente abierta se hubiese cerrado sobre el animal desaparecido. Una vez más, se oyó al *sh'ohr*, pasada la línea prieta de troncos retorcidos, más allá del entramado de ramas espinosas que formaba, visto de lejos, una barrera aparentemente infranqueable.

Transcurrió un rato. Las sombras disminuyeron medio palmo antes de que 'Hna se pusiera con precaución a cuatro patas, con la sensación de que la piel de su espalda, sus nalgas y la parte posterior de sus muslos se cuartearía por el calor si hacía un movimiento demasiado brusco, como la espuma rasa de las piedras cuando el agua se ha retirado.

Ni-ei, a unos pasos, desde que el *sh'ohr* se había marchado no se había movido prácticamente del lugar que ocupaba mientras hablaba con éste. Primero se había replegado sobre sí misma; después se había recostado, permaneciendo un rato en esa postura que resaltaba el movimiento regular de su respiración, hundiéndole el vientre y haciendo subir y bajar sus pechos con los pezones apuntando a ambos lados del torso; por último, se había acercado al árbol, no hacia la cara del tronco que había soportado la presión de su vientre para ayudar al niño a salir, sino hacia la de su sombra, en la que se adentró reptando, apoyada en las manos y las rodillas. Allí permanecía aún, desplazándose con la sombra que había acogido la suya y que, pese a acortarse gradualmente, seguía recubriéndola por completo. Tras permanecer otro rato inmóvil, Ni-ei había escupido en la palma de su mano y se había puesto a limpiar la sangre y el líquido coagulados sobre sus muslos. 'Hna no le había quitado los ojos de encima. Su corazón había latido con fuerza antes de calmarse finalmente, mientras la observaba escupir y frotar primero con una mano y después con la otra, tras haber dejado el bastón puntiagudo; frotar y escupir, y luego retirarse el pelo, que volvió a caerle de inmediato sobre la cara y cuyos mechones apartaba con los dedos, echándolos hacia atrás, lo que permitía entrever en su rostro una expresión nueva, jamás vista, como si la luz casi directa del sol hubiera atravesado las ramas, el tronco, la propia sombra del árbol, para clavarse en sus ojos, como si sus labios abiertos, con las comisuras hacia arriba, preparasen una risa ruidosa dispuesta a aparecer de un momento a otro. En cierto modo, sin que él comprendiera la razón, el indicio de esa alegría a punto de estallar en el rostro de Ni-ei había reavivado por un instante el miedo en el pecho del joven, al acecho entre las hierbas. Las imágenes que conservaba de la joven, desde la más lejana hasta la más reciente, no reían jamás. Pero el atisbo de inquietud había desaparecido nada más surgir. Su propio rostro imitaba la mímica que descubrían intermitentemente los mechones semiapartados de la cabellera enmarañada de la mujer.

'Hna había visto esto: el *sh'ohr* había atrapado únicamente al niño, y había hablado con Ni-ei, y había mirado a 'Hna, le había susurrado una palabra y se había marchado. El *sh'ohr* también lo había mirado a él antes de marcharse.

Se diría que 'Hna no sabía nada más. No tenía otras imágenes en su interior; ésas eran las únicas, y lo llenaban por completo.

Jamás la había visto reír antes, ni con un miembro del grupo ni con él, que la miraba con frecuencia. Tampoco la había visto nunca hablar con un *nam-ni.* Desde antes de las últimas aguas altas del río y las grandes lluvias, ya antes de que presenciara la desaparición del que llevaba el nombre de Ohr, pero sobre todo desde esa época, antes de que el *sh'rah* con crines se llevara a Jarh con el pequeño colgado del pecho, ella era como un trozo despegado del grupo, como una lasca caída de una piedra, fragmento de la piedra aún, pero aparte. Cuando los demás dirigían la mirada hacia ella era para confesar que no comprendían el silencio en el que se había encerrado ni sus gestos cotidianos, como si se hubiera convertido ella sola en un grupo; cuando pronunciaban su nombre era para preguntar. No la miraban como la miraba él. Probablemente por eso, porque la miraba de esa forma, había sido testigo del encuentro con el *sh'ohr*, y en lo sucesivo sin duda el animal estaría a su lado para protegerlo también a él.

Sin embargo, no se sentía con fuerzas para caminar hacia ella. Si sabía que estaba allí, no se lo había dado a entender, no le había hecho señal alguna para invitarlo a acercarse. Tenía ese indicio de risa en el rostro, paralizado, oculto tras los cabellos, y algo le decía a 'Hna que no deseaba exhibirlo ante la mirada de todos. Lo sabía del mismo modo que se sabe que un *nam-ni* de orillas de la gran agua tranquila sale huyendo si se acerca sin precaución la mano a su cabeza plana. El movimiento que había realizado para ir a su encuentro había quedado interrumpido antes de completarse.

Durante un breve instante, agachado, continuó siguiendo con la mirada los gestos repetidos de Ni-ei limpiándose los muslos, pero en su cabeza había otras imágenes desde que el animal negro se había marchado. El calor que abrasaba su piel también corría por debajo de ella, produciéndole un cosquilleo cada vez más intenso. Por más que prestaba atención, ya no oía el parloteo de Efi-ei ni el menor sonido indicativo de las ocupaciones habituales del grupo, al otro lado de las altas hierbas. La deslumbrante luz del sol se encontraba en ese momento encima de su cabeza. Las sombras se protegían del excesivo calor refugiándose en el corazón de las cosas y los seres, como sin duda también lo hacía el resto del grupo bajo el techo protector de ramas y hierbas trenzadas. Su sitio, su único sitio, estaba entre ellos, en ningún otro lugar.

Retrocedió de la misma forma que había ido hasta allí al inicio del día, en aquel momento que ahora le parecía tan lejano, agachado, arrastrando los pies y trazando dos marcas curvas en la tierra roja. Cuando los tallos de las hierbas ocultaron completamente a Ni-ei, se irguió, giró sobre sus talones y corrió hacia el refugio, donde su sitio entre los demás, a falta del de Ni-ei, lo esperaba.

Al pasar entre las hojas colgantes y ajadas, varios pájaros amarillos emprendieron el vuelo con un aleteo entrecortado.

El repentino batir de alas, más allá de la franja de tierra desnuda, atrajo la atención de Ni-ei. Dos pequeños pájaros amarillos surgieron de entre las hierbas. Revolotearon en círculo unos instantes, saltando uno tras otro, azotando con las alas los remolinos visibles y vibrantes del calor. Ni-ei los siguió con la mirada. Los pájaros amarillos no eran nombrados por ninguno de los *nam* del grupo ni tampoco por Ni-ei; se los designaba mediante un triple signo hecho con el dedo que evocaba el vuelo, el tamaño reducido y esa manera única que tenían de trenzar briznas para construir sus nidos (en varias ocasiones, después de haberse comido los huevos, Ni-ei había cogido el nido vaciado y los tallos a los que se hallaba sujeto, y utilizado esa sólida bolsa, más sólida que si la hubiera hecho ella misma copiando el modelo, para guardar las bayas recolectadas que no se comía enseguida). Por lo general, los pájaros amarillos no se quedaban entre las hierbas de las tierras bajas cuando las lluvias azotaban violentamente y los ríos rugían cada vez más fuerte, como si estuviesen encolerizados; se iban a otros lugares, seguramente a la montaña, tal vez más arriba de la lluvia, para protegerse de las ráfagas directas. Pero esta vez aún estaban ahí, no se habían marchado. Al parecer estaban a punto de empezar a construir los nuevos nidos, tal como solían hacerlo a su regreso del otro lado de las lluvias. Estos dos volvieron a sumergirse entre las altas hierbas, aproximadamente por el mismo lugar de donde habían surgido, tras haber repetido varias veces el círculo saltarín de su vuelo.

Un animal, o un *nam*, alguien, los había molestado.

Ni-ei se apartó el pelo con las dos manos y lo mantuvo un instante sujeto a ambos lados de la cabeza. Frunciendo los párpados, observó la cortina de hierbas sin descubrir nada sospechoso. Todavía podía distinguir el lugar por donde había pasado gracias a los tallos doblados, los que ella había partido, y le parecía que aquello había sucedido mucho tiempo antes, que desde aquel momento varios días, uno tras otro, habían regresado bajo tierra, que varias noches, una tras otra, habían salido de ella y descendido de nuevo.

¿Y si la impresión no fuera sino la marca todavía perceptible de una realidad? ¿Por qué no? La actitud del *sh'ohr* tampoco correspondía a lo que se sabe del animal.

Entre las hierbas volvió a reinar la calma. Los pájaros amarillos habían desaparecido, ya no se los oía. Más allá de las torrenteras, en dirección al gran espacio desnudo situado entre las laderas huecas de las montañas, donde el curso del río, cada día más estrecho, serpenteaba ahora lejos de los árboles, se alzó de nuevo el grito huraño del *iek*, e inmediatamente después más gritos, indicando que ya no era un solo *iek*, sino una manada. Justo bajo el color liso y duro del cielo, uno de esos que comen con los *iek* volaba en círculo, trazaba planeando, al contrario que los pájaros amarillos, largos recorridos al final de los cuales siempre parecía a punto de caer de golpe, como algo inerte y pesado, antes de que un potente batir de alas, fuertes, más grandes que varios brazos de *nam* extendidos, lo lanzara de nuevo hacia arriba.

Ni-ei miró cómo el pájaro daba vueltas hasta el instante en que otro se unió a él.

Retiró las manos de la cabeza, y los cabellos que

mantenía apartados recuperaron la forma que ella les había dado y volvieron a caer sobre sus ojos. Así se ocultaba, tras los mechones enmarañados, de las miradas curiosas de los demás desde la caída de Ohr al fondo del barranco de piedras al que ella lo había empujado. Los apartó de nuevo y volvieron a caer lentamente. Había aparecido una fuerza nueva en ella. Ni-ei ya no quería esconderse.

Porque el *sh'ohr* la había ayudado apoderándose del niño, liberándola del que había reaparecido dentro de ella.

Había permanecido a la espera y había acudido, empujado por lo invisible que lleva a actuar y hace que las cosas se muevan. Había cogido al niño venido del mundo sin sombras, que de otro modo habría crecido hasta convertirse en un *nam*, y con él el miedo instalado en el vientre de Ni-ei. Había cogido lo que había caído del vientre de Ni-ei, con el miedo asentado en ella desde que había sentido el primer sobresalto en el centro de sus entrañas; el *sh'ohr* lo había cogido todo, y lo había hecho antes de que aquello encontrara y siguiera el camino para convertirse en un *nam*, de que aquello reanudara, prosiguiera los pasos interrumpidos del hombre caído al fondo del barranco y que los pájaros como esos que revoloteaban en ese instante en el cielo, y luego los *iek* y todos los bichos sin nombre, habían acabado por hacer desaparecer, dispersando y triturando sus huesos, aunque a una velocidad insuficiente, demasiado tarde para impedir que la fuerza invisible de aquel hombre se refugiara en ella pese a que él no se hubiera levantado tras la caída.

En el mundo sin sombras que los *nam* no pueden ver aunque abran los ojos, ni tampoco comprender aunque presten atención, se encontraba lo que había impulsado a la fiera a ir a liberar a Ni-ei del miedo caído de entre sus piernas. Allí se ocultaba, inaccesible, la razón por la que se había aliado a ella.

El dolor todavía atenazaba el interior de sus carnes, pero no era comparable a los arañazos y los mordiscos que antes le desgarraban el abdomen, pesado y tenso. Ella ya casi no le prestaba atención. Se sentía sobre todo pesada, como después de una larga caminata por las piedras, subiendo una cuesta.

En su vientre sonaron unos agradables borborigmos. No había comido nada desde ese mismo instante del día, antes de que transcurriera la noche, y lo que había ingerido había salido de su cuerpo, por la boca y por los dos orificios de la entrepierna al mismo tiempo, antes incluso de que expulsara al niño, y mientras lo hacía, y después.

Abrió las piernas, se inclinó hacia delante y apartó con la yema de los dedos los pelos adheridos bajo el vientre, en el pliegue todavía sangrante que el niño había magullado y rasgado al salir. Si separaba los muslos demasiado le dolía y temía que, si no llevaba cuidado, lo que aún permanecía en su interior, tras la hendidura entreabierta en la carne viva y nacarada y hasta debajo del pecho, se saliese por ese conducto forzado en cuanto se pusiera en pie. Juntó las piernas y las miró, estiradas hacia delante. El fino vello sin color que las cubría, apenas visible, retenía pegotones terrosos que empezó a desenganchar distraídamente, escupiendo de nuevo en las palmas de las manos. Se daba palmadas, satisfecha de sentir la carne bajo los dedos. La sonrisa para ella sola había aflorado de nuevo a sus labios. Las lágrimas que inundaban sus ojos ya no venían del terror o del sufrimiento, sino que brillaban con la sensación de bienestar que surgía de debajo de su piel.

El cordón de hierbas reblandecidas con piedras y con los dientes, trenzada tal como le había enseñado Jarh (a semejanza de los pájaros amarillos entrelazadores de briznas), con quien siempre estaba cuando aún no sabía casi nada, cuando todavía no era completamente *ei*, le colgaba alrededor del cuello, entre los pechos hinchados. Le había resultado muy útil para sujetarse el vientre y dejarle las manos libres, pero ahora ya no le servía para nada. Retiró el cordón y empezó a romperlo con las uñas y luego con una piedra. Cortó un trozo y, con él, se esforzó en mantener retirados de los ojos los mechones enmarañados de pelo, tras los cuales ya no quería seguir ocultándose. Lo consiguió con más o menos fortuna tras varios intentos; este esfuerzo, aunque insignificante en comparación con los que había realizado durante toda la noche y hasta ese momento, le dejó los brazos y la espalda tan doloridos (¿quizá por sumarse a los anteriores?) como después de haber transportado largo rato una pesada carga. Esperó que se apaciguaran los latidos de su corazón sin hacer otra cosa que apartar con el dorso de la mano las hormigas que correteaban de nuevo por sus piernas.

Luego cogió el bastón y, apoyándose en él, se levantó con cuidado. Primero se puso de rodillas y permaneció en esa posición un instante, prestando atención a esos ruidos interiores, más fuertes que nunca. Algo caliente resbaló por sus muslos, pero era simplemente sangre, más sangre. Nada más. No eran las entrañas, como ella había temido.

Con la otra mano se apoyó en el tronco del árbol. Finalmente se puso en pie; las piernas le temblaban. El reguero de sangre oscura le llegó a las pantorrillas y descendió hasta los tobillos. Ni-ei alzó los ojos; lo que había a su alrededor comenzó a temblar más que sus propias piernas. Era como la bruma que algunas veces llegaba con el nuevo día, a orillas del agua tranquila... una bruma metida dentro de sus ojos pero que envolvía las cosas a su alrededor. Luego la bruma se diluyó.

Ni-ei dio un paso, dos... se separó del árbol. Entre las raíces que asomaban como animales semienterrados apenas quedaba rastro de lo que había sucedido allí

—las huellas de los pies de la mujer, las de las patas del animal—, y en la corteza escamosa del tronco, a la altura del vientre de Ni-ei, tan sólo una gota de sangre seca que una *na'nam-ni*, una hormiga de gran tamaño, se estaba comiendo.

Se puso en marcha, al principio despacio, desestabilizada tanto a causa de su actual ligereza como de la debilidad que le atenazaba el vientre, y luego cada vez más deprisa, a medida que recuperaba el equilibrio. Lo invisible del que formaba parte, que vigilaba dentro de ella y se exteriorizaba en su sombra, caminaba delante, la atraía hacia el refugio situado entre las hierbas altas. Ella lo seguía, como es conveniente hacer para no oponerse a las fuerzas que los ojos no ven. Había esperado ese momento en que la sombra la guiara. Era una sombra cambiada, diferente, con una gran cabeza desgreñada. Y sin embargo, era ella.

Ni-ei seguía sonriendo al adentrarse en las hierbas altas, mientras se encaminaba hacia el refugio donde el resto del grupo la esperaba, donde de nuevo estaría con ellos.

La visión de los pájaros amarillos que habían emprendido el vuelo ante 'Hna había provocado bruscamente una serie de borborigmos de protesta en su vientre, inundándole la boca de saliva. Habría podido agacharse y esperar al acecho que regresaran los pequeños *nam-nihu*, fáciles de atrapar en las hierbas altas, pero no lo hizo. Lo que tenía que comunicar a los demás prevalecía sobre el hambre y lo impulsaba a correr lo más rápido posible, sin tomar precauciones ni hacer caso de los caminos abiertos entre los tallos frondosos. Era como si la cabeza y el pecho se le hubieran llenado de hormigas cosquilleantes que lo obligaban a apresurarse. Sin desviarse ni aminorar el paso, protegiéndose la cara de las hierbas que lo azotaban levantando los brazos a la altura de los ojos, arrancó un tallo y limpió la parte desenterrada, frotándola entre las manos y contra el torso, antes de metérsela en la boca para masticarla enérgicamente.

El gusto acre de la raíz rugosa le inundaba la boca, y seguía salivando abundantemente cuando salió de la barrera de hierbas unos pasos por detrás del refugio, en el lado opuesto a la entrada, no muy lejos de las huellas que llevaban a la torrentera. Nam, aquel a quien se escucha antes que a los demás, estaba allí esperándolo, de rodillas y replegado sobre sí mismo, blandiendo el peculiar bastón, curvado en un extremo y con la punta del otro uniformemente tallada, que nadie salvo él podía utilizar.

Nam reconoció a 'Hna. Bajó la punta del bastón y se levantó.

Cuando estaba de pie, pese a acumular más fuerza en los brazos que cualquiera de los otros y a ser aquel al que se escuchaba antes que a los demás, era el más bajo de los *nam* del grupo diezmado, incluso más bajo que las mujeres, debido a su espalda encorvada, que ya no podía enderezar. Seguía llevando en las carnes, alrededor y sobre las protuberancias que formaban los huesos de los hombros y el cuello, las marcas blancuzcas y lisas que le habían dejado las garras de la manada de *iek* moteados a la que un día había disputado el cuerpo despanzurrado de un gran *nam-ni*-como-un-pájaro-pero-que-camina-por-el-suelo. Y había acabado por hacer retroceder a los *iek*. Empapado de sangre, seguía aullando cuando los atemorizados animales, que jamás habían visto nada semejante, se retiraron y le dejaron la presa ganada tras haberle partido los huesos de la espalda. Durante casi todo el espacio de tiempo contenido entre dos grandes lluvias había permanecido acostado, sin apenas moverse, bajo aquel refugio improvisado en una anfractuosidad de la roca, en la parte inferior de una pared vertical totalmente desnuda. El grupo de los *nam*, entonces mucho más numeroso que ahora, no había abandonado el lugar. Habían permanecido a su lado, le habían sujetado la espalda con un trenzado de ramas, tal como uno había visto hacer a otro hombre de un grupo con el que habían coincidido a orillas de un agua tranquila; lo habían alimentado, conscientes de su importancia para el clan, conscientes de que incluso con esa espalda tan encorvada que lo convertía en el más bajo de todos aún sería capaz de ahuyentar a los *iek* y de arrebatarles un buen bocado.

Él, Nam, había sido testigo con 'Hna de la marcha de Ni-ei, poco antes de la brutal llegada del nuevo día.

—*¡Ni-ei!* —dijo 'Hna cuando estuvo a dos pasos de Nam.

Su expresión decía muchas más cosas además del nombre. Demasiadas.

El hombre con la espalda doblada y nudosa como el extremo despuntado del bastón que sostenía con ambas manos hizo una mueca de incomprensión y asombro. Porque si bien a 'Hna se le había puesto ese nombre que evocaba «al más pequeño de todos», también podría haber sido designado como «el que no habla». Nam no comprendía la alteración de sus facciones, que por lo general hablaban tan poco como su boca, ni el brillo de sus ojos, habitualmente ocultos tras los pesados párpados.

—*¿Ni-ei?* —preguntó.

A continuación dirigió la mirada hacia la cortina de hierbas por donde 'Hna había aparecido, pero este último hizo un gesto negativo con la cabeza.

—*Ni-ei, ni* —insistió 'Hna, hablando de nuevo y descartando con un gesto el lugar por donde había salido de entre las hierbas, a su espalda.

Luego asió a Nam por el brazo y lo arrastró hasta el

otro lado del refugio, al espacio llano y despejado situado ante la entrada y donde el clan solía sentarse. Allí estaba el último hombre del grupo, que no tenía nombre o, para ser más exactos, que ya no lo necesitaba, puesto que todos continuaban pronunciando los de Nam y 'Hna y, en consecuencia, él era simplemente el último con ellos. Estaba sentado con las nalgas apoyadas en los talones y los brazos descansando sobre las rodillas separadas, y ante él había cuerpos parcialmente despellejados de esos *nam-ni* de cola larga que viven en agujeros bajo tierra. Había tantos como dedos en una mano, sin contar el que se dobla hacia un lado. Y lo primero que vio 'Hna fueron esos *nam-ni* con la carne al descubierto, la piel retirada hacia la cabeza. Mientras se agachaba ante aquel que no hacía falta nombrar, dos hilillos de saliva brotaron de sus labios y resbalaron por la tupida pelambrera de su cuello. Sólo tenía ojos para los *nam-ni*. Nam le tocó un hombro con el extremo curvo del bastón para atraer de nuevo su atención hacia lo que requería su súbita presencia delante del refugio.

—*Ni-ei* —dijo.

Las anchas manos del que ya no necesitaba nombre colgaban en el extremo de sus muñecas. Antes de que se convirtiera simplemente en el último con Nam y 'Hna, había sido aquel cuya piel es tan oscura como la tierra mojada, y ése también era un nombre que se decía más con gestos que con la boca. Si bien tenía mucho pelo en los hombros, la parte superior de la espalda y el pecho, y en el bajo vientre tanto que lo que hacía de él un *nam* apenas se veía, su rostro, en cambio, estaba casi desprovisto de él, salvo debajo de la boca y en el cuello, y habitualmente mostraba una expresión tranquila. Visto así, tenía varios nombres posibles; sin embargo, no se le daba ninguno. La actitud de 'Hna no parecía sorprenderle. Movió una mano para espantar indolentemente a una mosca. Su mirada iba de 'Hna a Nam.

'Hna seguía ahora con los ojos a la mosca, que se había posado sobre uno de los *nam-ni* semidespellejados. Sorbió la saliva que corría por sus labios y tragó; el sabor de la raíz se había diluido. Pareció percatarse de pronto de la ausencia de mujeres, después de haber apartado la mirada de la mosca para buscar a su alrededor y preguntar. Pero no obtuvo respuesta ni de Nam ni del hombre agachado, que seguían esperando. Nam se balanceó, cambiando el peso del cuerpo de un pie al otro, y dejó escapar un breve gruñido de impaciencia.

Entonces 'Hna contó lo que había ocurrido.

Lo hizo sobre todo mediante gestos, con su manera peculiar de mover las manos como si atrapara cosas invisibles que flotaban ante sus ojos y de modular la expresión de la cara (lo que habría podido ser otro nombre para designarlo). Puntuaba el relato con movimientos de cabeza hacia los hombros, en los que se enjugaba la saliva que corría por las comisuras de sus labios. Las únicas palabras que pronunció numerosas veces en voz alta, además de los carraspeos para apoyar y precisar su gesticulación, fueron «Ni-ei» y *«sh'ohr»*.

Cuando hubo finalizado, el rostro de los otros dos expresaba la misma incredulidad, la misma incomprensión.

Nam meneó la cabeza brevemente para rechazar las imágenes inadmisibles que 'Hna había mostrado, pero aquellas imágenes eran como las hierbas pegajosas que se adhieren a la piel al tocarlas: no querían desprenderse. Nam gruñó. Alzó el bastón por encima del narrador, iniciando el gesto antes de saber si iba a hacerlo y comprendiendo de inmediato, por la mirada atónita y brillante de 'Hna, la inutilidad de dejar caer el bastón. El que no tenía nombre gruñó a su vez; rompiendo finalmente su inmovilidad, cambió de posición para ponerse de rodillas. Agarró por la cola, uno tras otro, a los animalitos desollados y los atrajo hacia sí, alineados como antes pero fuera del alcance de las manos de 'Hna, que volvían a estar mudas y libres.

'Hna emitió un débil gemido quejumbroso. Furibundo, cazó al vuelo una de las grandes moscas brillantes, que acabó entre sus labios abiertos, apretados contra los dientes frontales, y acto seguido la masticó gesticulando de forma ostensible y exagerada sin apartar la vista de su compañero, a quien no pareció afectarle en absoluto esa mímica explícita. 'Hna engulló la mosca con un abundante trago de saliva acre, colocó las manos abiertas sobre su vientre, que gruñía sin parar, y apretó para hacerlo callar. Se levantó, dio unos pasos hasta el borde del terreno llano ligeramente elevado, delante del refugio; miró hacia abajo y después las pendientes rojizas, violáceas, sembradas de maleza espinosa y plantas de hojas duras. Miró en dirección a la hondonada bajo la que fluía el río cada vez más escaso... Desde allí no podía verla y el río todavía menos, pero sabía que estaban abajo, más allá y debajo de la extensión de hierbas. En ninguna parte vio ni rastro de las mujeres.

Nam y el hombre arrodillado no le habían quitado los ojos de encima. 'Hna regresó hacia ellos.

—*Ni-ei, ni sh'ohr* —dijo Nam.

'Hna abrió a su vez la boca con gesto de incredulidad antes de rechazar la afirmación con firmeza, batiendo el aire con las dos manos, pero Nam empezó a menear de nuevo la cabeza para derribar aquellas imágenes increíbles. 'Hna volvió a contar la historia tal como se había desarrollado. Dijo que Ni-ei había dado a luz al niño al pie del árbol mientras esperaba al *sh'ohr* al que estaba destinado, y que había hablado con el animal, y que el *sh'ohr* había cogido al niño, y que había seguido hablando un poco más con Ni-ei, y que el *sh'ohr* lo había visto también a él y le había dirigido unas palabras antes de marcharse. Dijo que Ni-ei estaba bajo el cuidado del *sh'ohr*. Dijo que de ahora en adelante él también.

En vista de que los otros esperaban, sin apartar de sus manos la oscura mirada bajo los párpados entornados, repitió, al tiempo que cruzaba los dedos de ambas manos para hacer el signo «juntos» y, a continuación, juntando los dedos de una sola mano, el de «proteger»:

—Sh'ohr, 'Hna.

Una mueca temblorosa afloró a los labios de Nam, pero retrocedió de inmediato hacia el fondo de su boca, dando la impresión de que le resultaba difícil reprimirla. Los ojos del que no tiene nombre iban de Nam a 'Hna en una continua sucesión de breves idas y venidas. Nam preguntó dónde estaba Ni-ei y 'Hna hizo los gestos de la respuesta. Las arrugas que surcaban la frente de Nam se juntaron y se hicieron más profundas. 'Hna repitió los gestos de la respuesta. Los tres miraron hacia las hierbas en la dirección indicada. El primero en volver los ojos fue el que no necesitaba nombre, y el segundo 'Hna, coincidiendo ambos en el mismo punto de interés, mientras que Nam, encorvado, daba unos pasos fuera de la sombra del refugio sin apartar la mirada de la abertura en las hierbas. El sin nombre eligió una de las numerosas lascas de piedra negra que alfombraban el suelo en aquel lugar, donde permanecía habitualmente para partir los trozos más grandes, comprobó el filo del borde más largo y reanudó el desollado interrumpido de uno de los animalitos.

'Hna volvió a hacer el signo de los dedos cruzados y el de la mano protectora y dijo de nuevo:

—'Hna-sh'ohr.

El que no necesita nombre se desentendió desviando la mirada. Se puso otra vez en cuclillas, con las rodillas separadas y en alto. 'Hna estuvo un momento mirando cómo se desprendía poco a poco parte de los granos de tierra y los pequeños fragmentos de piedra que se le habían incrustado en la piel oscura de la parte anterior de las piernas mientras permanecía arrodillado;

después miró cómo deslizaba la piedra cortante para separar la piel de la carne. El hombre sin nombre, una vez que hubo desollado por completo dos de las presas, dejó a un lado la lasca gastada, escogió otra entre las que aún no había utilizado y prosiguió su tarea hasta que el filo se descascarilló. Con ayuda de otra lasca, cortó las cabezas y las colas. Había hecho todo esto dirigiendo hacia 'Hna miradas repetidas por debajo de sus pobladas cejas, como si temiera que de pronto fuera a apoderarse de los pequeños cuerpos despellejados... o como si le diera todavía más miedo que comenzase de nuevo a hablar para contar su historia con gestos y con la boca...

La sombra se había desplazado, estirándose hacia el lugar donde se acostaría bajo la tierra al final del día. Ahora, los dedos del sol que atravesaban el tosco trenzado del refugio tocaban el hombro velludo del que no necesita nombre. 'Hna se había levantado y, tras meterse bajo los ramajes entrelazados con hierbas y hojas secas trenzadas que amortiguaban la dura luz, entonces casi recta, había registrado en toda la superficie del suelo, entre la polvareda brillante, la capa de musgo donde aún se veía la huella de los cuerpos que habían permanecido tendidos sobre ella. Pero no encontró nada de lo que buscaba, tan sólo fragmentos huecos de huesecillos ya desprovistos de sustancia, que sorbió con rabia antes de desecharlos. Desde fuera del refugio, los otros dos lo espiaban por el rabillo del ojo, sentados cada uno a un lado de la entrada; el que no necesita nombre volvía la cabeza cuando su mirada se cruzaba con la de 'Hna, pero Nam no.

¿Por qué no querían ver su historia tal como él se la había contado? No la aceptarían hasta que no regresara Ni-ei y la tuvieran delante, liberada; hasta que a su regreso ella misma la contara. ¿Por qué no volvía?

'Hna se agachó sobre el musgo y las hierbas aplastadas del espacio que habitualmente ocupaba, contra el borde de piedras que sujetaba el apoyo de las ramas dispuestas y agrupadas en el mismo punto, a la altura de un brazo alargado de *nam* de pie. Se apoyó en las piedras calientes. De repente lo asaltaron unas imágenes y trató de rechazarlas sin conseguirlo; cerrara los ojos para no ver o los mantuviera abiertos, daba igual. Algunas de las imágenes mostraban al *sh'ohr* negro que regresaba y se abalanzaba sobre Ni-ei para desgarrarla a zarpazos; en otras aparecía la mujer hablando con la fiera, alejándose en su compañía entre los arbolitos espinosos... Las imágenes más fuertes, las que más se repetían y se imponían a las demás, eran aquellas en las que la boca del animal devoraba a dentelladas... Unos estremecimientos treparon por los brazos de 'Hna y cruzaron su espalda, resentida por el exceso de sol. Junto con los ruidos que ascendían de su vientre, un gemido de desolación escapó de su garganta antes de que pudiera cerrar la boca para contenerlo. Vio que los pliegues de la frente de Nam se estrechaban más y cerró los ojos. Las imágenes temibles se arremolinaban como hojas sacudidas por el viento. Al abrir de nuevo los ojos, la mirada de Nam no había cambiado, no se había desviado.

'Hna, irritado, soltó un gruñido... insuficiente para impresionar a Nam. Volvió la cabeza.

—*¡Ei!* —dijo el que no tiene nombre.

Señalaba la cortina de hierbas altas en la que se abría el pasaje que conducía a la torrentera, sobre el estrecho curso de agua. Ella estaba allí. Acababa de aparecer. Pese a que ya no parecía la que había seguido ese camino en sentido opuesto al final de la noche, no cabía duda de que era ella, la mujer a la que habían puesto el nombre de *ni-ei*.

Esta vez, el grito que surgió de la garganta de 'Hna era de alivio y no se escondía. Se puso en pie de un salto y se precipitó hacia el exterior del refugio, reuniéndose con Nam y el sin nombre, que se habían levantado con la misma celeridad.

—*¡Ni-ei!* —exclamó en tono triunfal.

Los hombres no le dedicaron ni una mirada; toda su atención, como la de él, se centraba en Ni-ei. A 'Hna no se le ocurrió ni por un instante aprovechar la distracción del desollador para coger al menos uno de los animalitos con el vientre abierto amontonados sobre un trozo de hoja rígida, ni sus entrañas reunidas en el suelo, entre los fragmentos y trozos de piedras, en otro montoncito cubierto de moscas. Si bien compartía su estupefacción, no era tanto porque hubiera aparecido, ya que lo esperaba, sino debido a su cambio de aspecto.

Ella permaneció un instante inmóvil en la linde de las hierbas para darles la oportunidad de que la mirasen y la reconociesen. Sus cabellos no habían tenido tiempo de secarse desde que se los había lavado en el río, al fondo de la torrentera; parecían más oscuros, ya no llevaban adheridas costras de tierra, y un trenzado de hierbas recién cogidas mantenía en su sitio la nueva disposición de los mechones, que dejaba la cara al descubierto. Los regueros de líquido sanguinolento del bajo vientre y las piernas habían sido limpiados, y con ellos anteriores manchas terrosas. La piel lavada de su vientre plano y sus muslos se veía más blanca, pero aquello no parecía tanto fruto de una limpieza relativa como de un embadurnado de arcilla clara en los pechos, los brazos y los costados. En su rostro flotaba esa expresión serena que ninguno de los tres, que la miraban sin comprender realmente, le había visto nunca antes, o en cualquier caso desde hacía mucho tiempo.

Ni-ei dejó pasar un rato y, cuando estuvo segura de que la habían reconocido, avanzó con el bastón en la mano.

No entendía las verdaderas razones que la habían impulsado a regresar sin esperar más al lugar donde los *nam* permanecían agrupados. No comprendía ni conocía realmente esas razones. Había sentido una acuciante y absoluta necesidad de frescor, y el esfuerzo realizado para bajar la torrentera no había hecho sino aumentar esa necesidad.

Un animal no muy grande, silencioso y saltarín, había salido huyendo entre las cañas diseminadas en la antigua orilla del río; Ni-ei, sorprendida, no había tenido tiempo de reconocerlo.

Un espacio despejado de una extensión de varios pasos separaba de las hierbas pisoteadas la poza de agua más cercana.

Sobre los guijarros descoloridos o negruzcos se leía la nueva huella de los largos días secos en espera de lluvia.

La tierra, dura y quebradiza, estaba surcada por una red confusa de grietas profundas; también se veían numerosas huellas entrecruzadas de *nam-ni* —de los que caminan por el suelo y de los que baten sus brazos de plumas para deslizarse entre la tierra y las nubes—, principalmente las dejadas en sus búsquedas desesperadas por una manada de *r'rh-o-r'rh-o* de dientes curvos alrededor del hocico.

Sin vacilar, había cruzado la franja desprotegida, caminando de lado para tener a la vista la sombra de su fuerza recobrada y no correr el riesgo de arrastrarla a su pesar; el sol que contenían los guijarros penetraba en la planta de sus pies.

Se había sentado sin prisa en el borde del agua, con la sombra tendida a su lado. El calor calmante de las piedras le aliviaba la pesadez y los tirones del bajo vientre; Ni-ei se apretó contra los guijarros, abriendo la herida provocada por el paso del niño. Se habría quedado así hasta que desapareciera el sol, con los ojos cerrados, mientras el sudor que la había empapado durante la caminata se secaba produciéndole picor en los hombros, en la espalda, bajo los pechos. Ejerciendo presión hacia abajo, como si quisiera hundirse en las piedras redondas, moviendo primero una nalga y luego la otra, el agua templada había lamido sus carnes abiertas. Hubiera deseado quedarse así hasta contemplar la desaparición de muchos más soles, pero sabía que era imposible.

Se había arrodillado y se echaba agua a manos llenas, frotándose la piel y mirando el reflejo de las gotas oscuras al caer. No se había quedado más de la cuenta. La fuerza nueva crecía agradablemente en su interior mientras subía la hondonada tras su sombra.

Ahora avanzaba hacia ellos, que la esperaban ante el refugio de ramajes. Ya no temía mirarlos a cara descubierta.

No veía en ninguna parte a Efi-ei, ni tampoco a Eihn; seguramente estarían cogiendo hojas tiernas de los arbustos más allá de la orilla oculta, adonde casi siempre iban solas desde que los hombres del clan eran menos que los dedos de una mano; antes, los hombres se desplazaban con ellas cuando era obligado alejarse del refugio; muchas veces incluso iban solos, mientras ellas se quedaban en la sombra del refugio con los niños cuyas piernas eran todavía demasiado pequeñas.

Las facciones de Nam se habían endurecido y al mismo tiempo estaban teñidas de temor y desconfianza. El hombre levantó el bastón curvo en dirección a Ni-ei pero sin ánimo de amenazar, simplemente para impedirle seguir avanzando. Ella se detuvo; inmediatamente, la expresión nueva se retiró de su rostro, como cuando el sol absorbe el agua acumulada en el pliegue de una hoja.

—*Ni-ei* —dijo Nam con voz sorda, sin mover los labios.

Por supuesto, era ella. Pero Nam no preguntaba. Tras él permanecía el hombre al que Ni-ei llamaba para sus adentros «la piel más oscura», sin palabras para decirlo, tan sólo una imagen, y aquel a quien todos llamaban 'Hna. «La piel más oscura», cuyo rostro parecía casi siempre dormido, mostraba una expresión semejante a la de Nam. 'Hna, por el contrario, no trataba de ocultar sus dientes y tenía los ojos brillantes.

La ausencia de las dos mujeres era como un peso para Ni-ei. Hubiera querido que se hallaran presentes, sobre todo Efi-ei, de cuyo vientre había salido; ella no conservaba ninguna imagen del acontecimiento, pero el resto de los *nam* agrupados lo decía, incluida la propia Efi-ei. Le parecía que en aquel momento la presencia de la mujer del clan que había caminado hasta más lejos podía ayudarle a encontrar las palabras más claras y los mejores gestos para hacerles ver lo que había ocurrido. Lo creía así tanto porque Efi-ei era el miembro del clan que había caminado más tiempo y desde más lejos, como porque la había llevado en su vientre, tal como las mujeres llevan a los *nam* de regreso a lo visible..., como ella misma había llevado dentro a Ohr reaparecido, a quien el *sh'ohr* de ojos de piedra había aceptado acoger. Sin embargo, la actitud a la vez temerosa y hostil de Nam enturbiaba las imágenes ante sus ojos.

Preguntó dónde estaban las mujeres, aunque en realidad no se trataba de una pregunta, puesto que lo sabía; por lo demás, ninguno de los hombres que tenía delante pareció ver la pregunta formulada con el extremo de sus dedos. Nam señaló su propio vientre trazando una curva exageradamente amplia y luego, con la punta afilada del bastón, señaló hacia el de Ni-ei con tal vivacidad que hubiera podido interpretarse como un gesto agresivo; ella retrocedió un paso. Nam hizo unos signos repetidos para indicarle que se quedara donde estaba, que no se acercase más al refugio.

'Hna seguía teniendo la boca abierta, pero ya no enseñaba los dientes; su rostro expresaba un gran asombro, sus ojos brillaban de otra forma. Tras un instante de vacilación, empezó a contonearse como a veces lo hacen los que no son ni *nam* ni *nam-ni* y tienen una cola que utilizan al mismo tiempo que las manos de las patas para caminar por los árboles, y como era frecuente en él cuando no lograba decidirse entre distintas posibilidades de hacer o no hacer algo. Finalmente se decidió. Se acercó a Nam y le tocó con el dorso de la mano la parte encorvada de la espalda, más para atraer su atención que para hacerle perder el equilibrio. Sin embargo, el gesto no fue del agrado de Nam, que soltó un bufido hacia él con la boca abierta, como imitando al *sh'ohr*, al tiempo que lo empujaba y lo amenazaba con el bastón. 'Hna retrocedió. El que nadie nombraba hizo lo propio y se agachó con presteza junto a los animalitos despellejados, apoyando los codos en las rodillas y las manos abiertas, con los dedos cruzados, sobre la cabeza.

Nam siguió bufando y escupiendo como un *sh'ohr* negro.

Luego habló y gesticuló.

Con los ojos muy abiertos, Ni-ei miró cómo contaba su historia, cómo decía que le había dado el niño al animal para librarse de él... parecía que hubiera presenciado la escena cuando, por supuesto, no había visto nada. Sin embargo, lo que decía no era exactamente lo que Ni-ei habría dicho si hubiera relatado el suceso. La mujer intentó pronunciar unas palabras, pero Nam alzó el bastón y dio un salto hacia ella. Ni-ei saltó al mismo tiempo hacia atrás a fin de esquivar la punta del bastón, que azotaba el aire a menos de un palmo de su cara, y profirió un grito ronco en el que se mezclaban la sorpresa y la cólera. Nam abatió de nuevo el bastón ante ella y luego en dirección a 'Hna, quien parecía haber decidido lo que iba a hacer y, por una razón que Ni-ei, conmocionada, no conseguía entender, trataba de impedirle que golpeara. El bastón alcanzó a 'Hna en la pierna y luego en el pecho, donde le hizo un corte; éste se vio obligado a retroceder hasta quedar fuera de su alcance y, con expresión sorprendida, decidió mantenerse ahí mientras profería débiles gritos de dolor.

Nam dudó, movió la cabeza, que quedaba por debajo de los hombros encorvados, mientras su mirada iba de 'Hna a Ni-ei, y asió con firmeza el bastón de manera que pudiera golpear tanto con el extremo nudoso como con la punta. De entre los labios de Ni-ei surgía un gemido entrecortado de desasosiego, al que se sumó por unos instantes el de 'Hna, muy parecido, antes de quebrarse como un trozo de leña seca para convertirse en una lluvia de agitados signos hechos con las manos, en los extremos de sus brazos delgados, y de palabras que se agolpaban en su boca, siempre las mismas y superpuestas unas sobre otras, en un intento de explicar él también que el *sh'ohr* había cogido al niño de Ni-ei, pero no sólo eso: quería explicar, con una gran agitación llena de furor y de miedo mezclados, que Ni-ei y el *sh'ohr* se habían entendido tras haber hablado en un lenguaje que ambos comprendían, y que el *sh'ohr* se había marchado tras haber dirigido su mirada amarilla hacia él, hacia 'Hna, a quien de este modo asociaba con Ni-ei bajo su protección... quería decir esto, decirlo y repetirlo con toda la violencia desordenada que habría demostrado en una verdadera lucha con Nam o con cualquier otro, con cualquier cosa.

Ni-ei, comprendiendo por fin lo que decía, se puso a gritar a su vez. Su voz se elevaba, vibrante pero clara. No la habían oído desde hacía mucho tiempo, y sin duda fue eso lo que al principio les obligó a prestarle atención.

Dijo que ella no sabía que el *sh'ohr* iría. Dijo que le

había dejado coger al *ni-nam* aparecido a través de su vientre cuando había aparecido. El *sh'ohr* estaba allí por el *ni-nam*, eso era todo. Dijo que el *ni-nam*, que por consiguiente todavía no era un *nam*, no lo sería nunca, sino que estaría entre los *sh'ohr*. Dijo que así el *sh'ohr* la protegería, y protegería también a los *nam*, con ella y gracias a ella.

Nam el de la espalda encorvada se había olvidado de 'Hna —quien no por ello dejaba de patalear sin moverse del sitio, en silencio, al tiempo que espantaba con sonoras palmadas a las moscas atraídas por el hilillo de sangre de su pecho— y miraba fijamente a Ni-ei. La había escuchado y había comprendido.

—*Sh'ohr... nam...* —dijo.

Tras retirar una de las manos del bastón, hizo el signo de la protección, lo cruzó de inmediato y acto seguido hizo el de «arrojar».

—*¡Ni-ei sh'ohr!* —dijo Ni-ei—. *¡Ni-nam Ni-ei, sh'ohr. Sh'ohr ni-nam, sh'ohr nam-Ni-ei nam!*

Nam repitió el signo «arrojar» al tiempo que meneaba la cabeza y profería un breve gruñido entre dientes. Su mano libre cayó y se cerró de nuevo en torno al bastón, que él agitó dando pequeños golpes en dirección a Ni-ei.

—*Nam* —dijo—, *anni ah'oo... Ohr, anni ah'oo, ni-nam.*

Los *nam* debían ser fuertes y numerosos para seguir siendo *nam*. El niño aparecido en el vientre de la mujer estaba allí para convertirse en un *nam* y no para ser entregado a los que son de una fuerza distinta de la de los *nam*: un *sh'ohr* que a veces desgarra y devora a los *nam* cuando los atrapa, un *nam-ni*.

Ni-ei abrió mucho la boca sin emitir sonido alguno, como si éstos se hubieran vuelto súbitamente demasiado pesados y se negaran a traspasar su garganta encogida. Alzó su propio bastón para protegerse y retrocedió.

Se detuvo cuando las hojas de las hierbas altas tocaron su espalda.

Nam se detuvo también. Levantó y bajó varias veces el bastón en dirección a Ni-ei, acompañando el gesto de un gruñido breve e imperativo; luego dio un paso atrás, y otro. Se encontraba casi a la altura de 'Hna, pero seguía dándole la espalda, y con todo vio —¿oyó?— a éste agacharse para coger una piedra. Giró sobre sus piernas torcidas. Primero su sombra golpeó a 'Hna, que se estaba incorporando con la piedra en la mano; a continuación el extremo nudoso del bastón se abatió rudamente sobre su antebrazo, arrancándole un grito agudo de dolor y sorpresa. La piedra cayó de entre sus dedos, instantáneamente entumecidos. Dio un salto pero se le enredaron los pies y cayó hacia atrás. Instintivamente se apoyó en el brazo dañado por el bastonazo y su rostro de ojos desorbitados se contrajo, pero no se oyó grito alguno. 'Hna rodó sobre el polvo, arrastrado por el impulso de la caída y huyendo frenéticamente con los talones hasta que consideró lo bastante protectora la distancia que lo separaba de Nam. El polvo acentuaba la mueca de dolor de su boca abierta, con los labios manchados de tierra y saliva, pero seguía sin gritar. Se sujetaba con la mano útil el antebrazo herido, que aquel golpe había marcado sin levantar la piel; la hinchazón se prolongaba hasta los dedos, curvados como la pata de un pájaro.

'Hna esperaba el golpe siguiente, pero Nam no consideró necesario asestárselo; de momento, éste sabía que ya no tenía nada que temer de aquél. Nam golpeó el suelo con el bastón, delante del hombre encogido entre las piedras y el polvo.

—*Ni* —dijo señalando a Ni-ei—. *Ni, Ni-ei.*

A continuación se dirigió hacia la entrada del refugio, ante la cual se agachó junto al que no necesita nombre. Éste emitió un gruñido de aprobación y atrajo hacia su muslo la ancha porción de hoja dura doblada sobre su contenido de animalitos despellejados, vaciados, decapitados y con la cola cortada.

Las mujeres no regresaron hasta mucho después, en el momento en que el sol se deja ver si se lo mira desde detrás de un puñado de musgo seco o entre dos dedos separados. Habían tenido que caminar largo rato evitando que la luz les diera directamente en los ojos, a fin de no ir contra las fuerzas invisibles; luego sus sombras las habían precedido y arrastrado, y ellas se habían apresurado a seguirlas.

Alrededor del refugio, las sombras se estiraron, giraron; la luz se volvió cada vez más cálida y dorada. Diminutas moscas picadoras llegaron, en bandadas frenéticas, desde algún sitio. Nam y el sin nombre continuaban sentados uno a cada lado de la entrada. Ni-ei estaba en cuclillas frente a ellos, en el otro extremo del espacio despejado de hierbas, de espaldas a los grandes tallos con hojas; esperaba.

Al igual que los dos hombres sentados ante el refugio de ramajes —que el sol atravesaba por todas partes y que ahora parecía desprenderse del suelo, por encima de la base de piedras—, Ni-ei miró a 'Hna, que permanecía sentado en el centro del espacio despejado, prácticamente a la misma distancia de unos y otra. Durante un buen rato no hizo nada. Se sujetaba el brazo herido, que había aumentado de volumen y cuya piel tensa y brillante había adquirido un tinte muy oscuro. Ya no trataba de mover los dedos hinchados: lo había conseguido, pero el resultado era demasiado doloroso. Pasó más tiempo. Se tumbó boca arriba y apoyó el brazo, doblado, sobre el vientre, que subía y bajaba al ritmo de su respiración. Desde donde se encontraba, Ni-ei veía brillar la piel tensa y mugrienta. Luego 'Hna se sentó. De sus cabellos cubiertos de polvo colgaban briznas; como si se le hubiera agotado la paciencia, muy de vez en cuando, movía la cabeza para apartar las moscas, pequeñas y grandes, que con sus vuelos entrecruzados lo espolvoreaban de motas de luz.

Aceptaba la mirada de Ni-ei y la sostenía. No decía nada. No hacía más que aceptar y sostener la mirada de la mujer entre un movimiento y otro de cabeza, cuando las moscas resultaban demasiado exasperantes.

Ella no entendía por qué, y eso la inquietaba casi tanto como el rechazo manifestado por Nam. No entendía por qué 'Hna había hablado como ella, antes que ella, por qué razón. Y si realmente había visto las imágenes que decía, ¿por qué se había opuesto a las palabras y la actitud de Nam?

'Hna siempre la había mirado a menudo.

Ella tenía de él imágenes lejanas. Todavía no era mayor, pero ya corría deprisa, cuando había visto volver del lugar alejado a orillas del agua tranquila a Efi-ei con el vientre de nuevo plano y llevándolo a él en brazos. Efi-ei aún no llevaba ese nombre... quizá tampoco llevaba otro. Para Ni-ei (que tampoco se llamaba Ni-ei), tenía un nombre para ella sola, un nombre de olor, lentamente borrado, disipado después de que 'Hna ocupara su sitio en los pechos de Efi-ei. Así era como 'Hna se había convertido en *nam*, más adelante con el nombre de 'Hna. Ni-ei conservaba esas imágenes.

Decían que ella también había venido del vientre de Efi-ei. El mismo vientre, el vientre de Efi-ei, para ella y para 'Hna. Y el vientre de Efi-ei había dado otros *nam* que no habían crecido como 'Hna y Ni-ei. Ellos eran los únicos. ¿Era ésa la razón?

Después, 'Hna se puso de rodillas. Ya no miraba a Ni-ei, sino hacia el refugio y a los dos hombres sentados delante. Esperó un momento, adelantó una rodilla en su dirección y luego otra, y ni Nam (sobre todo él) ni el que no necesita nombre cambiaron de actitud. Entonces 'Hna siguió avanzando hacia ellos arrodillado. Cuando llegó a su altura, Nam se inclinó para mirar su brazo hinchado, lo asió, lo palpó. 'Hna le dejó hacer, reaccionando tan sólo con una mueca crispada, cada vez más tensa, bajo el sudor que había empezado a resbalar por su cara. Nam soltó el brazo deformado tras haber escupido encima y volvió a dirigir su atención hacia Ni-ei.

Casi inmediatamente después, Efi-ei y Ei-hn, las mujeres, salieron de entre las hierbas en la linde del espacio despejado, frente al paso que llevaba a la torrentera, en el lado opuesto a la entrada del refugio.

Ni-ei las vio y ellas la vieron. Estiró las piernas rígidas, llenas de picaduras, como si la sombra tendida a su espalda, en las hierbas, opusiera resistencia al movimiento. El sol le daba de lleno, prohibiéndole con más autoridad que una amenaza de Nam caminar hacia el refugio, mientras que la sombra de su presencia invisible tiraba de ella hacia atrás. Ni-ei consiguió sostenerse en pie. Le temblaban las piernas, volvía a sentir un peso en el fondo del vientre, la piel de la parte superior de los pechos y los muslos había adquirido el color oscuro de un intenso calor. También notaba peso en la cabeza, detrás de los ojos; la luz parecía polvo suspendido que no caía.

Las mujeres, Efi-ei y Ei-hn, llevaban un bastón despuntado en cada mano. Los de Efi-ei eran un poco más grandes que los de su compañera, y el extremo de uno estaba partido; del otro bastón que sostenía Efi-ei colgaban varias cosas, hierbas trenzadas con trozos de piel de *nam-ni*, que contenían lo que ellas habían cogido. Un animal parecido a los que había desollado el que no necesita nombre colgaba por la cola de un fino trenzado de tallos flexibles anudado a la cintura de Ei-hn; los pelos de la presa eran de un color similar a los que la mujer tenía en el vientre contra el que se balanceaba, golpeándolo a cada paso.

Cuando estaba sentada a orillas del agua tibia, Ni-ei se había representado imágenes que la mostraban contando a Efi-ei, no a los otros, lo que había vivido. Ahora, esas imágenes habían abandonado a Ni-ei para enterrarse en el suelo o desaparecer en los temblores del calor.

Veía a Efi-ei a unos pasos, casi tan alta como el que no necesita nombre, las magras carnes de su cuerpo bajo las que se adivinaban los huesos, sus pechos vacíos y colgantes, la piel arrugada bajo el vientre, donde el vello ya escaso mostraba la carne abierta, sus cabellos como hierba descolorida que no volverá a florecer... veía a la Efi-ei por cuyo vientre habían pasado muchos niños antes de ser *nam*, algunos de regreso en las tierras invisibles antes de llegar a serlo jamás, otros que lo habían sido un poco antes de partir hacia allí, o que habían desaparecido, que habían dejado el clan cuando éste todavía era grande, y al final sólo quedaban ella, Ni-ei, y 'Hna. Sobre todo veía su rostro cubierto de nudos y cavidades, como el tronco del árbol (en el que se convertiría cuando su pecho dejara de latir) cuyas espinas siguen haciendo daño mucho después de haberse clavado, su rostro oscuro de ojos duros y brillantes que habían visto innumerables imágenes, ese rostro vuelto hacia ella, esos ojos que la miraban tras el intercambio apresurado de palabras con Nam, después de que Nam le explicara la situación... Y ahora Ni-ei sabía que hablar, contárselo a Efi-ei, no serviría de nada, como había sucedido con Nam. Efi-ei la miraba.

Un largo rato poblado por el parloteo susurrante de los insectos. Sin dirigirle ni un gesto ni una palabra. Sin moverse. A su lado, Nam, tras haber dicho lo que debía decir, tenía la misma mirada, la misma inmovilidad. Más lejos, en el valle que la sombra creciente iba inundando como un agua violácea que descendiera de las mesetas montañosas, charlaban pájaros escondidos. De pronto se oyó el grito risueño de un gran *nam-ni* de pelaje a rayas blancas y negras.

Y esa mirada inmóvil de Efi-ei, su silencio, no eran buenos.

Ei-hn no sabía adónde acudir, dividida su curiosidad entre 'Hna, delante del refugio, y Ni-ei, a unos pasos. Finalmente se decidió por el primero: se arrodilló junto a él, dejó los bastones a un lado y le cogió el brazo con delicadeza. Él profirió un débil gemido, pero no se resistió; enseguida volvió a clavar la mirada en Ni-ei.

Por fin, Efi-ei abandonó su inmovilidad. Se agachó, dejó en el suelo uno de los bastones y se apoyó en el otro, el de golpear, para incorporarse. Nam también se levantó, seguido tras una breve vacilación por el que no necesita nombre. Efi-ei se puso en marcha siguiendo a su sombra, que avanzaba delante de ella. Apenas levantaba los pies, alrededor de los cuales se alzaba una nube de polvo.

Ni-ei tenía todo el cuerpo caliente, la cabeza más que el resto de la piel. Y sin embargo, temblaba. Un zumbido tenue latía en sus oídos, pero ya no distinguía si procedía del exterior o de debajo del cráneo. Las piernas y los brazos le pesaban como al final de una interminable jornada de recolección y marcha. El dolor había vuelto a instalarse en su vientre, espasmódico, difuso. Aquellas sensaciones se acentuaban en su pecho, y en su cabeza, y hasta en sus dedos, a medida que Efi-ei se acercaba.

Efi-ei se detuvo a dos pasos. Detrás de ella, Nam y el que no necesita nombre hicieron lo propio. Efi-ei levantó el bastón. Con la punta rota, tocó el vientre de Ni-ei, allí donde había estado hinchado, luego la parte inferior de los pechos y, a continuación, de nuevo el vientre, a la altura del pequeño nudo de carne. Empujó, obligando a Ni-ei a sentarse. Ni-ei apretaba su propio bastón con las dos manos, pero no lo habría alzado contra Efi-ei. Cuando estuvo sentada, Efi-ei se acuclilló ante ella, le separó las piernas, también con la punta partida del bastón, y miró detenidamente. Acto seguido miró a Ni-ei a la cara.

—*Sh'ohr* —susurró entre sus labios arrugados y hundidos.

Ni-ei bajó lentamente los párpados y los levantó de nuevo. Vio que los ojos de Efi-ei estaban mojados y sintió que la garganta se le endurecía. Efi-ei se incorporó. Con su voz entrecortada, pero suave, que apenas se oía más que el crepitar de los insectos al final del día, dijo lo que le había comunicado Nam. Las palabras, claramente separadas unas de otras, caían como pedradas en la cabeza de Ni-ei, y eran las palabras de todos los del grupo. Eran las palabras del que no necesita nombre, las palabras de Nam, e incluso de 'Hna, las palabras de Ei-hn, la pequeña mujer que le estaba lamiendo el brazo a este último, eran las palabras de los *nam*; eran las palabras de los *nam* que la rechazaban, que la expulsaban porque ya no formaba parte de ellos, al igual que una lasca ya no forma parte de la piedra. Era la voz de Efi-ei, pero eran las palabras de los *nam*, de ese grupo que menguaba como el río.

Unas palabras que decían que los *nam*, para no desaparecer, necesitaban que aparecieran niños entre ellos, necesitaban numerosos *ni-nam* que un día serían numerosos *nam*; que decían que la que da a un *sh'ohr* el *ni-nam* salido de su vientre se comporta como un *sh'ohr*, se ha convertido en un *sh'ohr*, que es de su fuerza, contra los *nam*, y ya no forma parte de lo que es la fuerza de los *nam* cuando están juntos. Las palabras se agolparon en la cabeza caliente de Ni-ei y siguieron dando vueltas allí dentro mucho después de que la última, precediendo a un silencio definitivo, saliera de la boca de Efi-ei.

El bastón que golpea de Efi-ei no se abatió sobre ella. Ni tampoco el de Nam. Sin embargo, Ni-ei se sintió destrozada como si la hubieran apaleado con todas sus fuerzas. Las lágrimas inundaron sus ojos, que fueron como eran los de Efi-ei, testigos de tantas y tantas imágenes, cuando ésta dio media vuelta seguida de Nam y del que no necesita nombre, cuando ella y los hombres se marcharon caminando muy deprisa, buscando cobijo en la sombra del refugio para no tener que marchar contra las suyas. Al llegar a la altura de Ei-hn, Efi-ei se inclinó sobre ella y le arrancó de la cintura el animal con la cabeza aplastada que llevaba colgando; la pequeña mujer, que sujetaba el brazo hinchado de 'Hna y no se esperaba aquel gesto, no tuvo oportunidad de resistirse. Efi-ei arrojó la presa, que aterrizó en el suelo a los pies de Ni-ei, y ésa era la última vez que la miraba o que miraba en aquella dirección, hasta que surgiera la noche y se instalaran los territorios de las otras fuerzas.

Ni-ei cogió al animalito inerte y, cerrando los ojos, lo apretó con suavidad contra su cuello.

Tenía ese animalito, y su bastón, y al *ni-nam* salido de su vientre que el *sh'ohr* había cogido para liberarla, nada más.

Cuando los territorios visibles de un nuevo día se instalaron en el mundo de los *nam*, Ni-ei ya no estaba allí.

Fueron al lugar donde había permanecido mucho tiempo, pero su olor también había partido. Aspiraron el primer sol dándole la espalda; el olor que revelaba alguna forma de Ni-ei no estaba en ninguna parte.

En aquel lugar sólo había un tallo de hierba partido de un modo extraño, todos los trozos todavía atados uno al extremo de otro y dispuestos como jamás habían visto. Nam lo señaló con el extremo puntiagudo del bastón y se alejaron de él prudentemente. En el mismo instante, desde el lado más alejado de la hondonada, a orillas del río, se elevó el grito amortiguado de un *sh'ohr*.

4

Empujada por el gran estrépito, la nube negra se aplastaba contra la luz del cielo, recorrido por incendios semejantes a los que escupen las montañas lanzadoras de humaredas y de piedra blanda devastadora. Tras aquel primer grito de súbita cólera, el estruendo siguió rodando y rebotando de un lado a otro del cielo, cayó en el desfiladero y lo llenó de golpe. Durante un tiempo que parecía no tener límites, los choques sonoros se estrellaron contra la roca rodando sobre sí mismos.

Las vibraciones se superponían y temblaban bajo la piel de Moh'hr. Boquiabierto, respiraba aceleradamente y parpadeaba sin parar, echada la cabeza hacia atrás. Entre el cielo y sus ojos alzados, las altas hierbas inclinadas de orillas del agua contrastaban con la nube hinchada y creciente, más inmóviles que trazos grabados con piedra en una corteza. En el ensanchamiento del recodo del río, los *Nak-Booh-Loa* se reagrupaban chapoteando, rodeados de salpicaduras, e intercambiaban palabras rápidas y aceradas, pero de momento Moh'hr no les dedicaba ninguna atención.

Luego las hierbas inmóviles se estremecieron, suavemente al principio, después entrecruzando sus curvas y agitándolas a un ritmo que se aceleró a medida que aumentaba el rumor de sus susurros. Al mismo tiempo, la luz del sol, que todavía bañaba la cúspide de la montaña, desapareció y fue sustituida por un denso color oscuro. La nube llegó al otro lado del cielo, entre los altos perfiles curvos de la montaña. Los cúmulos negros se abrazaban con fuerza, disponiéndose a entablar el combate atronador —¡como no se había producido desde hacía mucho tiempo!— que enfrentaba a las fuerzas del sol y de la luna, ahogando bajo unos pliegues voraces los últimos reflejos que se aferraban a sus laderas abultadas e impregnadas de fango. La oscuridad se hizo más densa. Aún no habían acabado de sonar los últimos ecos del estruendo en el fondo del desfiladero cuando se desencadenó otro fragor todavía más terrible, más espantoso, que barrió todos los demás ruidos que retumbaban en la cabeza de Moh'hr y a su alrededor.

El estupor le hizo gritar, y vio —oírla no pudo— una reacción similar en el rostro de Maaq', vuelto hacia él, con la boca abierta y los ojos también abiertos, aunque al instante siguiente se cerraron con fuerza. Creyó realmente que las nubes, con sus voluminosas y pesadas panzas, habían arrancado la cima de las mesetas rocosas y que ésta se derrumbaba sobre el río. Pero eso no ocurrió: sólo se oía el gran grito de combate, y en las laderas oscurecidas de la montaña los árboles se curvaban y frotaban sus ramas, resistentes al embate del viento.

Otro estampido cayó del cielo negro. Se sucedían como los fragmentos dispersos de un único y gigantesco alarido. La primera gota, enorme, se estrelló contra la mano de Moh'hr que aferraba el bastón. El nombre de la lluvia surgió de nuevo de entre sus labios:

—*¡To-nikhr's!*

Pese a que temblaba como una hoja, lo pronunció como si fuera un grito de victoria, al tiempo que colocaba la mano libre bien abierta sobre su cabeza, en un ridículo gesto instintivo de protección. Los *Loa* esperaban el regreso de *to-nikhr's* desde hacía mucho tiempo, y por fin *to-nikhr's* regresaba, aunque con el ruido y la violencia de uno de esos combates que todos los *Loa* de la tierra temían más que cualquier otra cosa.

El terror que transforma el cuerpo en piedra pesada, alborota las palpitaciones que golpean el pecho y seca la boca se había apoderado de Moh'hr. Agachado a dos pasos de él, Maaq' giró sobre un pie, luego sobre una rodilla, y se precipitó hacia él con una extraña mueca risueña incrustada en el miedo petrificado, la mano sin dedos sobre la cabeza y la otra en la frente. Moh'hr no lo esquivó. También él soltó el bastón para protegerse mejor con la mano liberada. Numerosas gotas cayeron tras la que había tocado la mano de Moh'hr. Las oyó azotar las hierbas, aunque esos ruidos fueran infinitamente débiles comparados con los estallidos ininterrumpidos del cielo. Y *to-nikhr's* descargó con tanta fuerza como un río de pie.

—*To-nikhr's*..., *to-nikhr's*... —repetía Moh'hr.

Él no imaginaba que un rictus idéntico al de Maaq' se dibujaba en sus facciones contraídas. Pronunciaba la palabra una y otra vez sin esfuerzo, olvidando que lo hacía, «lloviéndola» tan copiosamente como lo que expresaba, y Maaq' también se había puesto a decirla sin parar mientras su mirada brillante se colaba bajo el borde de la mano. *To-nikhr's* golpeaba con tanta fuerza que el ruido de otra colisión entre el sol y las nubes, aunque tan violenta como las anteriores, quedó muy amortiguado. Las hierbas se doblaban y ya no volvían a enderezarse. El agua azotaba a Moh'hr, llevándose los últimos restos de la tierra apelmazada en sus cabellos, resbalaba por su piel temblorosa y lo invadía de una sensación confusa en la que el placer se mezclaba con el miedo. Entre dos palabras de la letanía, adelantaba el labio inferior, sacaba la lengua y aspiraba lo que caía por su rostro, mientras las gotas chocaban contra sus dientes. Junto a él, su compañero se balanceaba, en cuclillas; la lluvia había lavado la sangre reseca de la herida abierta en el centro de su pecho.

La réplica del sol lo volvió todo blanco y cegador. Las nubes rugieron. Nada más intercambiar los primeros golpes, el combate que se desarrollaba en el cielo sacudía el mundo entero; los alaridos de la oscuridad y los destellos de luz se acuchillaban y se martilleaban sin tregua en un violento enfrentamiento. El aliento jadeante de la batalla que se precipitaba desde lo más alto hasta el suelo zarandeaba las grandes hierbas azotadas por el brutal diluvio. El polvo de tierra arrancado de las paredes del desfiladero desde las primeras flagelaciones se había transformado de inmediato en polvo de agua, ahora auténtica bruma hecha jirones lanzados en todos los sentidos, como animales informes tratando de escapar de una trampa. La superficie del río presentaba un brillo único, como una gran salpicadura deslumbrante que la breve reverberación del rayo avivó más, atrayendo la atención de Moh'hr. El hombre recordó a los *Nak-Booh-Loa*.

Apartándose de Maaq', se incorporó lentamente sin dejar de cubrirse la cabeza con las manos. Aunque los *Nak-Booh-Loa* ya no resultaban claramente visibles a través de las hierbas zarandeadas en medio de la masa de lluvia y de polvo de agua circundante, lo cierto es que seguían allí. Permanecían apretados unos contra otros, asustados, en el centro del río: un bloque inanimado y compacto en el que ya no se distinguían cuerpos, cabezas, miembros ni bastones. Al verlos así, Moh'hr sintió que lo recorría un escalofrío, no sobre la piel, sino por debajo, y la causa no era la catarata que caía; era como si ese frío procediera del grupo de *Nak-Booh-Loa* apelotonados en el centro del gran reflejo y como si él se encontrara acurrucado entre ellos, con ellos..., como si de repente fuera uno de los suyos y lo habitara un miedo distinto del que se había manifestado al producirse el primer estampido de la tormenta, inequívoco y al mismo tiempo despojado de la excitación que el regreso de *to-nikhr's* había despertado. Llamó a Maaq', pero éste no reaccionó. Presa de una súbita agitación, Moh'hr dejó caer los brazos, cogió el bastón y zarandeó a su compañero asiéndolo por los hombros.

—*¡Nak-Booh-Loa!* —exclamó precipitadamente—. *¡Euhr'atanik!*

Pero Maaq' parecía no saber quiénes eran los *Nak-Booh-Loa*. La cabellera, ahora adherida al cráneo y a la parte superior de la espalda en mechones filiformes, cambiaba por completo el aspecto de su rostro, le daba una apariencia de fragilidad que acentuaba el desconcierto de su mirada. Continuaba balanceándose en cuclillas, en una postura como de sapo. La tierra ya transformada en fango formaba burbujas entre el dedo gordo y los demás dedos de sus pies. En cambio, la otra palabra pronunciada por Moh'hr, que hacía referencia al miedo, sí le hizo reaccionar.

Moh'hr no le dejó tiempo para imágenes; no era su miedo lo que quería expresar. Lo zarandeó de nuevo, recogió su bastón, lo utilizó para golpearle esos dedos crispados sobre la cabeza y le obligó a agarrarse a él; a continuación tiró hacia arriba al tiempo que asía a Maaq' por el pelo, forzándolo a levantarse, sin dejar de repetir las palabras *euhr'* y *Nak-Booh-Loa*, sin dejar de señalar a estos últimos con su propio bastón despuntado. Los destellos de luz arañaban los alrededores y les daban un aspecto de piedra hecha añicos, azotaban entre el estruendo al grupo aterido en medio del agua.

Unas imágenes pasaron ante los ojos de Moh'hr a la luz brutal de uno de aquellos resplandores: los *Nak-Booh-Loa*, al menos, ya no tenían que temer que apareciesen los temibles *sklaa* de enorme boca, si es que alguna vez lo habían temido realmente a juzgar por la forma en que se habían adentrado en esa zona peligrosa del río, como si supieran que no corrían el menor peligro de encontrarse con ellos. Esas imágenes trajeron otras: los *Nak-Booh-Loa* sabían que no encontrarían *sklaa* porque sabían que no había *sklaa*, a pesar de que era un lugar de *sklaa*, y lo sabían porque ya habían pasado por allí: por eso conocían el lugar mejor que Moh'hr y Maaq', que no había ido desde hacía muchos días seguidos de muchos más. Por allí era por donde los *Nak-Booh-Loa* habían llegado desde un territorio sin duda más lejano que el desfiladero, más lejano que la montaña, para instalar su refugio en la elevación del río, antes del gran ensanchamiento llano de *to-nik-nik*. Eso explicaba que nadie los hubiera visto acercarse.

Moh'hr estaba seguro de que las imágenes enviadas por el rayo eran exactas.

Empujó a Maaq' delante de él, directamente hacia las piedras desnudas de la orilla descubierta y empapada. Inclinados, caminaron junto a las hierbas aplastadas por el diluvio hasta llegar a la altura del grupo de los *Nak-Booh-Loa*. Moh'hr gritó y agitó los brazos hacia ellos. Maaq' lo miraba con la cabeza doblada hacia un lado y sorbiendo el agua que se le metía en la boca; aunque no entendía nada, tras unos instantes de vacilación lo imitó.

Los *Nak-Booh-Loa* se encontraban apelotonados a una distancia equivalente a la de varios bastones puestos uno tras otro. Vieron y oyeron las llamadas dirigidas a ellos con la voz y el gesto. Sí, desde luego que habían visto salir a los dos hombres de entre las altas hierbas, y también se habían dado cuenta de que los seguían desde el principio. Sin embargo, no se movieron. No respondieron con ningún gesto. La lluvia y los desgarrones de luz no permitían distinguir la expresión de sus rostros, pero todos estaban vueltos hacia Moh'hr y

Maaq', que seguían haciendo señas en la playa de guijarros. Maaq' dijo a voz en cuello: *«¡Ra-har'h!»* Lo repitió señalando a los *Nak-Booh-Loa* sumergidos en el agua hasta la cintura, como si temiera que Moh'hr no lo hubiese oído o entendido. Moh'hr lo había oído y lo había entendido. Pero era descabellado. Maaq' estaba equivocado. *Ra-har'h*... por supuesto que no. Meneó la cabeza y emitió un breve *«iaaw»* para expresar su desacuerdo.

Era evidente que los *Nak-Booh-Loa* no estaban muertos. Estaban como están los hombres cuando el miedo actúa en su cuerpo.

—*¡Iaaw ra-narh'!* —gritó Moh'hr en la cara de Maaq'.

Los *Nak-Booh-Loa* no estaban en otro sitio, se encontraban allí, con el pecho todavía palpitante; lo que había en ellos no era la fuerza de los muertos, sino todo lo contrario: el miedo de los niños que no saben.

—*¡Euhr'uesh-loa!* —dijo Moh'hr, mientras otra deflagración del cielo sobresaltaba a su compañero y lo empujaba hacia él.

Maaq' no contradijo esas imágenes. Temblaba y aspiraba ruidosamente la lluvia con los labios muy separados; tenía la boca roja y los dientes brillantes. Moh'hr se apartó de él y lo incitó a tender el bastón en dirección a los *Nak-Booh-Loa*. Entre los rostros chorreantes, a través de brazos alzados, había reconocido el de la mujer a la que solía mirar. Ella tenía los ojos clavados en él; los ojos de todos los *Nak-Booh-Loa* estaban clavados en él.

Hacía falta más de lo que mide un bastón tendido para que Maaq' alcanzara a la mujer. Moh'hr lo empujó entre el violento crepitar del agua azotada. Él se resistió un poco; Moh'hr lo empujó más fuerte y puso en su mano libre el extremo de su propio bastón, de modo que Maaq' se encontró sujetando los dos bastones por la punta. Moh'hr estaba seguro de que los *Nak-Booh-Loa* comprenderían las imágenes correctamente; aunque sus palabras y sus gestos fueran diferentes, verían que los bastones no los apuntaban a ellos para golpear. Empuñó el otro extremo de su estaca, que utilizó, empujando, para hacer avanzar a Maaq'.

Maaq' dio un paso dentro del agua, no tanto para dirigirse hacia los *Nak-Booh-Loa* como para no perder el equilibrio a causa del empujón. Gruñó y se volvió hacia Moh'hr con una expresión de enfado que se transformó de inmediato cuando su mirada pasó por encima del hombro de su compañero; sus ojos se agrandaron en un reflejo luminoso de lluvia, soltó el bastón de Moh'hr y le dio la vuelta al suyo, preparado para golpear.

—*¡Nakoa! ¡Atanik'edri! ¡Nakoa atanik'edri!* —gritó Maaq'.

Moh'hr vio al *nakoa*. Era un *nakoa* hembra, acompañado de una cría con los dientes superiores apenas visibles, mientras que los de la madre, uno de ellos con la punta partida, le llegaban hasta más abajo de la barbilla. Los animales salían de entre las hierbas prácticamente por el mismo sitio que Moh'hr y Maaq' poco antes, y se hubiera dicho que habían seguido el mismo camino. Tal vez lo habían seguido, o tal vez no. La lluvia hacía que bajaran sus orejas redondas, habitualmente erguidas, de la misma forma que chafaba los cabellos de los *Loa*. Las motas de su pelaje parecían descoloridas.

Moh'hr asió el bastón con las dos manos antes de que una imagen tuviera tiempo de mostrarle lo que debía hacer. Su pecho dejó de palpitar. En sus oídos sonaban gritos, pero no sabía si salían de la boca de Maaq' o de las de los *Nak-Booh-Loa*, una infinidad de gritos y de ruidos derramados que cesaron de golpe. Al mismo tiempo, Moh'hr veía desarrollarse las cosas con la sensación de que se hallaba en el centro y era el único que permanecía inmóvil, incapaz de realizar nunca más el menor movimiento. Maaq' se abalanzó dentro del agua hacia los *Nak-Booh-Loa*, que habían empezado a moverse y cuyas manos empuñaban los bastones por encima de la superficie resplandeciente; saltó hacia delante y cayó de boca. Moh'hr vio con toda claridad cómo se elevaba y crecía la salpicadura provocada por la caída de su compañero alrededor de sus brazos y piernas abiertos; vio, entre la espuma desgarrada, su mano soltando el bastón, la salpicadura ascendiendo y, a través de sus gotas blanquecinas, el movimiento de los *Nak-Booh-Loa*, el balanceo amenazador de sus bastones, que podía ir dirigido tanto contra los animales como contra Maaq' (¡aunque Maaq' se encontraba más cerca de ellos!); vio detrás de la salpicadura desplegada a uno de los *Nak-Booh-Loa* plantándose ante Maaq' con su bastón alzado; pero también vio que los animales no querían atacar a los hombres y que no se esperaban encontrarlos allí al salir de entre las hierbas, pues estando el cielo encolerizado no era un momento oportuno para que los animales atacasen a los hombres, ni se atacasen entre sí, no era un buen momento para nadie, y dieron media vuelta nada más salir de entre los tallos sacudidos, y Moh'hr, que aún veía seguir creciendo una parte de la salpicadura, fue capaz de nuevo de moverse y se precipitó hacia las piedras de la orilla, hacia las hierbas, en el lado opuesto al que ocupaban los *nakoa-atanik edri* de dientes que desgarran... y cuando se disponía a saltar sobre las hierbas el cielo negro estalló por completo, todo el sol se derramó entre las montañas, el mundo entero fue engullido por la ensordecedora luz.

Corriendo sobre el agua crepitante del río, el cegador desgarrón erizado del rayo surgió de la superficie alrededor de los *Nak-Booh-Loa*, transformados en siluetas negras ribeteadas por la monstruosa mezcla de brazos nudosos, cabellos encrespados, bastones. Moh'hr sintió el choque de la luz en su interior. Había cerrado instintivamente los ojos para protegerse del resplandor, y sin embargo continuaba viendo las siluetas petrificadas de los *Nak-Booh-Loa*, aunque se habían vuelto blancas entre la luz negra. La sacudida vino de los guijarros redondos, bajo la planta de sus pies. Le azotó las piernas, se propagó por dentro de su piel, como si hubiera invadido todo su cuerpo lo que siente la mano que golpea sin firmeza con un gran bastón duro. Notó que se le erizaban los cabellos, los pelos de la cara y los brazos, e incluso los del interior de la nariz, repentinamente seca. Seguía viendo las siluetas blancas de los *Nak-Booh-Loa*. Cuando todo fue oscuridad, seguía viéndolos.

De pie en la playa de guijarros rojos y negros, asía con el brazo tendido el bastón hincado en el suelo, contra el que apoyaba un pie en posición de espera, de reposo. Las hierbas altas presentaban cierta similitud con él, con sus hileras de hojas y tallos erguidos. Por el río fluía un agua clara y fresca que se infiltraba por todas partes. La pared más abrupta, en la orilla opuesta, acogía la luz en un gran despliegue de colores pálidos y difuminados.

Tohr'us nakoa planeaba en lo alto del cielo abriendo sus grandes brazos de plumas. Era blanco como la luz, no tenía sombra. De un extremo al otro de sus brazos abiertos podían permanecer sentados, juntos, tantos *loa* como dedos tiene una mano sin heridas.

Las hierbas se movían por la acción de un soplo de aire fresco, sin ruido, sin un murmullo. Con el mismo silencio, el agua del río fluía sin que pareciera moverse. Se podía caminar bajo esa agua sin que mojara ni entrara en la boca y la nariz, sin que arrancara el interior del pecho; se podía caminar entre las hierbas sin que cortaran la piel, casi sin notarlas.

—*Moh'hr-Nar. Nar Oa-loa* —dijo la voz del gran pájaro blanco en la cabeza de Moh'hr.

Y luego añadió, para expresar que él era el macho más fuerte de los Hombres:

—*Moh'hr-Nar. Nar Oa-loa. Ra nar'h.*

Él era muy fuerte, tan fuerte como la muerte, que es la fuerza más grande.

Ahora estaba en lo alto de la montaña, y después, más arriba de la montaña, estaba con el gran *tohr'us nakoa* blanco y tenía los mismos brazos de plumas y las mismas uñas-garras. Planeaba por el cielo azul y entre las humaredas-nubes que vienen de lejos y de más lejos aún; tenía la potente mirada de un animal de la noche, lo veía todo. Las montañas y los ríos, y los grandes espacios sin montaña, *iaaw'moh*, los árboles, *ak'*, las grandes y vastas hierbas atravesadas por clanes de altos animales de cuernos inclinados, por otros muchos clanes. Veía a todos los clanes de *nakoa* caminando por donde ellos caminan.

Vio *atanik to-nik-nik* como jamás lo había visto, en su inmensidad de agua reflectante, entre las montañas plácidas de cabeza plana y las otras, humeantes, rebosantes de luz, como la que se encontraba en el centro del agua verde. Y ni siquiera una potente mirada de animal nocturno podía distinguir todos los límites: había un lugar donde la inmensidad se transformaba en cielo.

Vio, mientras era como un *tohr'us nakoa* blanco de grandes brazos de plumas, al clan de los *Loa* a orillas de *atanik to-nik-nik*, a cada uno de los *oa* o *neh*, hombre o mujer, niños *ueshoa* machos y niños *nehuesh* hembras alrededor o debajo de los refugios, los vio a todos y a todas, a todos aquellos y aquellas a los que conocía y que formaban *draLoa*, el clan. Volaba y los veía.

Después sus brazos se desprendieron, cayeron de su gran cuerpo blanco de *tohr'us nakoa*.

Una fuerza impidió que Moh'hr se estrellara contra el suelo y lo hizo regresar a su cuerpo con los ojos abiertos.

En su interior, imágenes entremezcladas se emborronaban y se disipaban parcialmente, más o menos deprisa. Se deformaban.

Imágenes de luz negra resplandeciente que aureolaba siluetas descuartizadas, atravesada por el vuelo de un enorme pájaro blanco. Las imágenes cayeron al fondo de él, al fondo de la tierra.

Moh'hr tenía los ojos abiertos, pero aún no lo sabía. Lo supo más tarde. Ante su cara, los tallos quebrados de la hierba parecían bastones, las raíces desnudas eran como ligamentos blancos arrancados de la carne. Piedras. Tierra aplanada por la lluvia. Cerró los ojos. Otro lametón en el pie, en los dedos. Dio un salto, como si un animal reptante lo hubiera mordido, y se quedó sentado con las piernas encogidas. Tenía los músculos contraídos. La lengua que lo había lamido era la del agua roja del río.

Un gemido tembló en la garganta de Moh'hr; lo notó vibrar. No oía nada, aparte de los latidos de su cuerpo totalmente concentrado debajo del cráneo. Era como si los gestos que tenía que hacer hubieran salido de él y estuviesen a su lado; no se habían perdido, podía recuperarlos y utilizarlos, pero no sabía cómo. Permanecía sentado sobre las hierbas, con el chapoteo del agua fangosa al alcance de su mano.

Luego los gestos regresaron, se introdujeron sucesivamente en su cuerpo, de forma ordenada. Carecían de soltura, hacían daño; la carne, que había adquirido la consistencia de un trozo de madera seca y friable, tiraba de ellos. Bajo los latidos que martilleaban en su cabeza, una voz rechazaba el miedo: le dijo que ahora era fuerte, el más fuerte de los *Loa*, más fuerte que ningún otro *Loa*. Moh'hr se puso en pie; sus piernas de madera vieja, quebradizas y flexibles a la vez, temblaban. Temía que esos temblores incontrolables las partieran. Oleadas de picores le recorrían la piel, todo el cuerpo y también el rostro; se frotó enérgicamente, pero fue inútil.

Se encontraba entre las hierbas de la orilla, que ya no era la orilla sino prácticamente el río. El lugar no era el mismo hacia el que se había precipitado, antes de la gran luz ensordecedora. Seguía siendo el recodo del río, pero estaba cambiado, era menos quebrado, más amplio, y el fango se extendía hasta la base de los árboles espinosos de la otra orilla; las playas de guijarros habían sido arrastradas, al igual que una buena parte de las altas hierbas de este lado. Aquel otro lugar, donde los *nakoa* de largos dientes habían aparecido y después desaparecido, ya no existía.

El gran combate entre la luz y la sombra había terminado. Pálidas, con sus cimas parcialmente ribeteadas de luz dorada, las paredes de la falla, laceradas por nuevas torrenteras, sostenían un cielo puro, un cielo de fin de día, sin nubes. Numerosos pájaros volaban en círculo en el amplio y limpio corte.

Los ruidos habían partido con la lluvia. O, si aún estaban allí, a Moh'hr ya no le llegaban. Desvalido, gimió de nuevo, y una vez más sintió el gemido sin oírlo. Sacudió la cabeza, se golpeó las orejas con la palma de la mano. Los ruidos no regresaban: sólo existían los latidos sordos de su cuerpo. Con los ruidos, una parte de las cosas había desaparecido, como cuando volaba con el *tohr'us nakoa* blanco. Buscó al pájaro con la mirada, pero no lo encontró. Otros pájaros que no eran el que quería ver revoloteaban por encima de él. Dio un paso, otro. Las piernas, de nuevo firmes y sólidas, le obedecían. Los picores se habían desprendido de su piel. Volvía a sentirse con y entre las cosas de alrededor, sin que ello le hiciera daño ni le resultara simplemente fatigoso. Tan sólo subsistía un dolor bajo sus pies.

Con los brazos extendidos, Moh'hr apartó las hierbas sobrecargadas de lluvia, que se doblaban como imágenes lejanas pese a que las notaba contra su piel. Tras haber buscado en vano su bastón, se alejó de las hierbas. El agua roja borboteante le llegaba a las rodillas, allí donde antes de llover se extendía la seca aridez de los guijarros del río. Tomando como referencia el perfil de la pared de la orilla opuesta, Moh'hr se detuvo a la altura del lugar donde él y Maaq' se encontraban cuando llamaban a los *Nak-Booh-Loa*. Trozos de ramas y pequeños árboles arrancados corrían veloces por la superficie del agua oscura. Por la altura de algunos de esos restos enganchados a los arbustos, supo que el río había alcanzado un nivel todavía más alto mientras él volaba con el *tohr'us nakoa* —pero él no había visto nada—, y que ahora volvía a bajar. Cogió una rama arrastrada por la corriente y le arrancó un trozo. No servía para golpear, pero, a falta del bastón que había perdido, la conservó.

El ruido regresó. Fuerte, brutal, con una brusquedad que arrancó a Moh'hr un grito y le hizo agacharse instintivamente. Los guijarros rodaron bajo sus pies doloridos. Estuvo a punto de perder el equilibrio y resbalar. Volvió a gritar, con un resto de miedo y a la vez aliviado. Gritó y saltó al fragor furioso del agua, azotando la corriente con el trozo de rama. Esta reacción incontrolada lo dejó unos instantes desconcertado en medio del estruendo, chorreando, con una expresión de dicha en el rostro. Entonces se puso en marcha y descendió por el río, empujado por la corriente que le golpeaba las nalgas.

Siguió la nueva orilla hasta donde acababan las altas hierbas sin encontrar su bastón. El borde del torrente fangoso se estrellaba ahora contra las grandes piedras. Muchos de los árboles de hojas amargas que crecían allí aparecían como enredados entre largos hilillos de espuma, con la base del tronco sumergida.

Primero Moh'hr vio los pájaros en lo alto de la piedra más elevada. Eran dos devoradores de carne, con un largo cuello blanquecino y desnudo, curvado sobre un collar de plumas blancas, y un pico ancho y ganchudo capaz de partir los huesos más duros. Permanecían uno junto a otro, en una actitud que recordaba a unos *loa* escrutando las olas en busca de peces. Pero los pájaros no buscaban peces. Ya habían encontrado a su presa. Moh'hr no tardó en ver también al reducido grupo de grandes *'riekek* entre las piedras de la orilla. Eran varios e iban nerviosos de un lado para otro, como hacen casi siempre los *'riekek*, en esa actitud característica que hace pensar que están medio sentados y medio levantados, incluso cuando corren. Uno de ellos permanecía encaramado en el tronco del árbol inclinado sobre el agua rugiente.

Era un árbol que había crecido en otro sitio y que las olas más fuertes habían transportado hasta allí, donde el tronco partido se había empotrado entre las rocas. Las ramas sobresalían del agua hasta casi el centro del río y, entre una profusión de otros trozos de ramas, retenían el cuerpo de uno de los *Nak-Booh-Loa*. De no haber sido por la presencia atenta y paciente de los animales, seguramente Moh'hr habría tardado más en verlo, o quizá no lo habría visto. Hacía falta un motivo importante para reunir, en aquel momento del día, a un grupo de *'riekek* y a unos pájaros *nanakoa* comedores de carnes de cuello desplumado. El brazo levantado podía confundirse con uno de aquellos pedazos de madera huecos detenidos por las ramas, y los cabellos, con hierbas flotantes. Se encontraba demasiado lejos de la orilla, retenido por el entramado de un ramaje muy delgado, para que el *'riekek* más temerario, que se había aventurado por el tronco, se atreviese a avanzar más; y estaba demasiado sumergido para que los pájaros intentaran clavar en él sus grandes uñas, arriesgándose a desengancharlo y que la corriente se lo llevara. Unos y otros esperaban que bajase el nivel del agua. Los primeros que consideraran llegado el momento de intentar apoderarse del cuerpo provocarían el enfrentamiento.

Moh'hr agitó su rama nudosa profiriendo gritos tajantes, al tiempo que avanzaba hacia los ramajes espinosos hundidos bajo el agua. Los pájaros, encogido el cuello entre los costados plumosos, lo miraron sin rechistar.

Los *'riekek* de la orilla daban vueltas en círculo y saltaban, con la boca abierta y una expresión maligna en los ojos; el que permanecía en el tronco oscilante del árbol se incorporó y adelantó su cabeza redonda, profiriendo gritos intimidatorios.

—*¡Shhraaa! ¡Shhraaa!* —gritaba Moh'hr, agitando la rama nudosa por encima de la cabeza.

Alcanzó el cuerpo del *Nak-Booh-Loa*. Los *'riekek* estaban cada vez más inquietos; se abalanzaban dando pequeños saltos hacia el agua, con las patas estiradas, y detenían su impulso en el último momento. El que estaba encaramado en el tronco retrocedió, avanzó, retrocedió y avanzó. El pelaje oscuro y mojado colgaba en su cuarto trasero. Uno de los pájaros se sacudió, como si fuera a desplegar las alas, pero no hizo más que dar un paso de lado en dirección a su compañero; ambos miraban. Moh'hr agarró los cabellos flotantes del *Nak-Booh-Loa* y le sacó la cabeza del agua.

Era uno de los *oa*, uno de los «hombres-machos», del grupo de *Nak-Booh-Loa*. Moh'hr creyó reconocerlo: se trataba del que había hecho los gestos más violentos en dirección a Maaq' cuando este último intentó acercarse a ellos. Tenía los ojos abiertos y opacos. La piel estaba como pelada, como raspada con una piedra sin filo, y los pelos habían desaparecido, dejando rastros negruzcos. Unas marcas parecidas cubrían su brazo alzado. Moh'hr llamó a las imágenes, que acudieron de inmediato y le hablaron: una vez, un *uesh-loa* que apenas caminaba puso los pies sobre una piedra, demasiado cerca de la boca de una montaña humeante, y se cayó; le quedaron esas marcas en el cuerpo y en la planta de los pies. La imágenes reavivaron el dolor en la planta de los suyos... Los cabellos del *Nak-Booh-Loa*, que Moh'hr sujetaba firmemente, se desprendieron de su cráneo. Moh'hr abrió los dedos y miró cómo el puñado de cabellos se deslizaba y quedaba enganchado en la rama siguiente.

Asió un trozo de rama y zarandeó el tronco con tal brusquedad que sorprendió al *'riekek* encaramado y lo hizo caer al agua, a él y a su grito de rabia. Con el trozo de rama empujó el brazo alzado del *Nak-Booh-Loa* para desengancharlo; el cuerpo giró como si intentara sentarse, osciló y escapó con los pies hacia delante, deslizándose a través de las finas ramas antes de sumergirse y reaparecer más lejos, de costado. El *'riekek* se debatía, levantando grandes salpicaduras. Alcanzó la orilla en unos saltos, marcados los huesos de sus paletillas prominentes bajo el chorreante pelaje moteado, y se sacudió. Los otros, que ya habían echado a correr entre las piedras, seguían desde la ribera la huida convulsa y ondulante del cuerpo de hombre abandonado. Los pájaros emprendieron trabajosamente el vuelo y pasaron por encima de Moh'hr, que cerró los ojos y notó cómo se movían sobre él esas grandes alas, oscuras como la tierra.

Atravesó a su vez el entramado de ramas flexibles que arañaban la espuma sucia. Ya no veía al *Nak-Booh-Loa*. Al igual que él, los otros habían sido arrastrados por el río, que *to-nikhr's* había hecho crecer, y tal vez la corriente los había llevado hasta el refugio que construían en la orilla donde el terreno se elevaba, en el ensanchamiento del desfiladero. Y a Maaq' con ellos. A no ser que hubieran quedado bloqueados por una piedra o por los brazos de otros árboles partidos; eran diferentes imágenes posibles.

O quizá Maaq' también había echado a volar con un gran *tohr'us nakoa* blanco que lo había hecho regresar a su cuerpo, más lejos.

Moh'hr continuó avanzando por el río, tratando de que el agua no le cubriera más que las piernas. No había soltado su trozo de rama nudosa. A veces, el agua galopante le llegaba al vientre, nunca más arriba, y entonces se acercaba prudentemente a la orilla. A veces también, Moh'hr se veía obligado a trepar por las piedras, a deslizarse entre troncos que habían quedado al descubierto, para evitar un obstáculo infranqueable de otro modo o porque el agua era demasiado profunda; lo hacía corriendo, con la espalda encorvada y la cabeza metida entre los hombros, y regresaba lo más rápidamente posible al río protector.

Vio de nuevo a los dos pájaros y a los *'riekek*.

La mujer *Nak-Booh-Loa* había encallado en las raíces aéreas, de momento semisumergidas, de uno de los grandes árboles que crecían en aquel lugar. Los pájaros de cuello pelado la habían encontrado primero. Uno tras otro, picoteaban entre sus muslos bamboleantes, arrancando jirones de entrañas brillantes del desgarrón del vientre. En el otro extremo del cuerpo bloqueado por el tronco del árbol, los *'riekek* se peleaban entre sí, gruñendo y chillando como de costumbre con su voz rota, sin preocuparse de los pájaros más que éstos de ellos, y tiraban de la parte del brazo medio devorado aún sujeto al hombro de la mujer, de la nuca abierta y la cabeza casi desprendida, que zarandeaban en todas direcciones. Había muchos más pájaros en las ramas de los árboles cercanos, y también algunos caminando por el suelo, en grupos inquietos.

Moh'hr se acercó al cuerpo de la mujer. Sujetaba firmemente la rama nudosa, preparado para golpear. Los pájaros retrocedieron un poco dando un saltito cómico, clavando en el intruso sus ojos redondos bordeados de verrugas y excrecencias glaucas, pero sin dejar de tirar con el pico curvo y afilado de las entrañas de su presa. Superaban en altura a Moh'hr, de modo que cuando éste se encontró a una distancia no mayor que la longitud de sus brazos, lo miraron desde su posición elevada. Los *'riekek* abrieron la boca de cara a él, excepto los que estaban devorando la parte de brazo arrancada, reunidos en un grupo aparte, entre los pájaros andarines excitados. Moh'hr intentó empujar el cuerpo con la punta de la rama, sin apartar la mirada de los pájaros y los *'riekek* con la boca enrojecida. La apoyó en la parte posterior de un muslo, pero la rama resbalaba. Uno de los pájaros soltó la tripa que estaba engullendo y lanzó un gruñido moviendo el pico hacia Moh'hr; despedía un fuerte olor a despojos. Moh'hr retrocedió un paso con precaución. Apenas alcanzaba con la punta de la rama uno de los pies de la mujer. Renunció a su intento con la esperanza de desengancharla de la raíz para liberar su cuerpo, ya en un estado lamentable, de los picos, las garras y los dientes.

En la espalda de la mujer no se veía ni rastro de la bandolera de hierbas con bolsas colgadas. Una patada de uno de los *'riekek* hizo que la cabeza girara sobre sí misma y Moh'hr vio entonces que no se trataba de la mujer que él solía mirar. El rostro, con la boca abierta llena de agua, tenía las marcas ya observadas en el otro *Nak-Booh-Loa*. La piel de la espalda y los hombros presentaba los mismos cercos pelados, y los cabellos habían desaparecido del cráneo antes de que se ensangrentara y se convirtiese en lo que era, apenas un cráneo, bajo los dientes y las garras de los *'riekek*. Moh'hr la abandonó a los devoradores.

Reemprendió su marcha por el río. El rugido del agua ya no se elevaba tanto, pero en cambio abarcaba una extensión mayor entre las paredes separadas de la montaña; su cauce no se prolongaba mucho más antes de llegar al gran lago.

Más adelante distinguió un bastón que sobresalía, inclinado, de la superficie de aguas tumultuosas y arremolinadas. Estaba clavado entre las piedras del fondo, como si alguien lo hubiera lanzado. Moh'hr se precipitó hacia él. No era ni el suyo ni el de Maaq'. Era uno de los bastones de los otros. Moh'hr no había visto nunca ninguno tallado así, como si fuera una de las grandes astillas de madera obtenidas de un solo tajo, desde lo alto de la punta hasta su extremo, con sus espinas pulidas, pero no del todo, de forma que la punta estaba reforzada por abundantes y apretadas espinas. Observó detenidamente aquella curiosidad, buscando imágenes que le mostraran los movimientos del que había tallado aquel bastón, las formas y el peso de las piedras cortantes utilizadas para obtener ese resultado. Pero no era momento para imágenes de ese tipo. Moh'hr sopesó el bastón. La madera no era ni demasiado ligera ni demasiado pesada, su tacto era agradable, y parecía hecho exactamente a la medida de su mano.

Apareció una imagen que decía: *No es el bastón de un Nak-Booh-Loa.*

La verdad es que no se había fijado en esas puntas extrañas durante todo el tiempo que había pasado observándolos y luego siguiéndolos, e incluso bajo la lluvia torrencial, cuando se habían puesto a agitarlos en actitud amenazadora en dirección a ellos, tampoco había concedido una atención especial a la talla de sus bastones.

Otra imagen —o en realidad casi la misma— decía: *Es un bastón que esperaba a Moh'hr, un bastón tallado para Moh'hr.*

El gran *tohr'us nakoa* blanco le había dicho que ahora era el más fuerte de los *loa* porque había visto abatirse el arma de la luz, el *kiow* golpeador que se los había llevado a todos excepto a él. El hombre más fuerte necesitaba el *kiow* más fuerte.

Apretó los dedos en torno al bastón. Las imágenes se enturbiaban.

Moh'hr salió del río y trepó por los matorrales, protegiéndose con la mano la entrepierna del azote de las ramitas cubiertas de espinas. Bajo las hierbas chafadas, la tierra mostraba las huellas sinuosas y entrecruzadas de la lluvia. El dolor, que aumentaba a cada paso, lo obligó a detenerse y sentarse. Descubrió que tenía en la planta de los pies las mismas marcas que los *Nak-Booh-Loa*, aunque un poco menos profundas; la piel, demasiado dura para desprenderse, se había apergaminado e hinchado en torno a unos cortes cuya forma recordaba los dibujos trazados por la lluvia en la tierra. Permaneció largo rato sin moverse, mirándose primero un pie y luego el otro, mirando a su alrededor las elevaciones escalonadas de los acantilados curvados hacia arriba, el vuelo de los innumerables pájaros bajo lentas y lejanas nubes sonrosadas. Sintió escalofríos que levantaron oleadas granulosas en su piel y le erizaron el vello. Sólo tenía marcas de heridas en la planta de los pies; no encontró ninguna parecida en otro sitio, y los arañazos que cubrían sus piernas y manos parecían corrientes.

Se levantó y reanudó la marcha. Poco después entró de nuevo en la luz del sol bajo, en las largas sombras de las cosas. Tras una leve vacilación, finalmente decidió encaminarse hacia el puesto de observación que había ocupado durante varios días. Contrariamente a anteriores acercamientos, efectuados sin precaución, se aproximó al lugar escondiéndose, con mucha prudencia. Luego reptó apoyándose en codos y rodillas, empujando el bastón tras haberlo tendido en el suelo, delante de él, hasta que tuvo a la vista el refugio de los *Nak-Booh-Loa*.

Aparentemente todo estaba igual, aparte de las huellas del paso de *to-nikhr's*, como en todas partes, y del nivel del río, que llegaba al pie de la torrentera y cubría la playa de guijarros oscuros y una parte de las hierbas más bajas, donde se encontraba el grupo de los *Nak-Booh-Loa* cuando Maaq' había aparecido. Las hierbas aplastadas, los trozos de madera entremezclados con ellas y la estela clara en la torrentera ponían de manifiesto que poco antes el nivel era más alto. El agua del río era de color rojo. Alrededor del refugio se distinguían algunas siluetas tranquilas de *Nak-Booh-Loa*.

Moh'hr observó al clan y luego retrocedió reptando de lado. Cuando estuvo seguro de que los *Nak-Booh-Loa* no podían verlo, se levantó, asió con fuerza el extraño *kiow* y echó a correr, dando zancadas cortas y regulares que avivaban el dolor de sus pies, hacia *dra-Loa*, el clan, hacia los suyos, con los que tenía muchas imágenes nuevas que compartir, cosas que deseaba mostrar y comprender.

5

La luz penetraba en el suelo cuando Moh'hr se reunió con el clan.

La tierra estaba casi totalmente oscura, sobre todo la línea de altas montañas por la que descendía el sol. En el espacio llano situado en el arranque de la larga pendiente que se extendía de forma gradual hacia otra ladera de la meseta montañosa, los últimos rayos de luz cálida todavía acariciaban los refugios. Los fuertes olores entremezclados que emanaban del suelo tras la lluvia resultaban agradables para la nariz y benéficos para la cabeza y el cuerpo.

La superficie inmensa de *atanik-to-nik-nik* había adquirido una tonalidad densa, como si la sombra subiera con más fuerza y más rápidamente de las profundidades del agua, estriada por las ondulaciones espumosas de las pequeñas olas.

Las orillas de piedras grises y rosadas, de tierra agrietada, que se extendían a lo largo de una distancia desnuda desprovista de todo tipo de hierba y que en la época de las aguas altas quedarían inundadas, apenas habían cambiado.

Salvo por las circunvoluciones de lodo, el paso de la lluvia sobre *atanik-to-nik-nik* no se notaba. Los pájaros revoloteaban sobre la pequeña porción de tierra baja y humeante que contorneaba la superficie en aquella zona del lago. Por todas partes volaban pájaros, entrelazando sus gritos. Tanto en las invisibles riberas lejanas como en las más próximas se oían numerosos gritos de distintos animales, reunidos como siempre al finalizar el día. Resultaba agradable oírlos.

Corriendo con precaución para no lastimarse los pies, Moh'hr atravesó una parte de la ancha orilla de piedras a fin de reunirse con el clan lo antes posible. Trepó al mismo ritmo la pendiente de hierbas aplastadas como consecuencia de las idas y venidas de los del clan. Al llegar a la cima del talud se detuvo y esperó a que se apaciguaran los latidos de su corazón.

El sol rojo cayó detrás de la montaña. Al pie de las cosas y los seres, las sombras regresaron a sus territorios. Las ramas de los árboles-*uok* entre los que habían sido construidos los refugios se oscurecieron.

Los del clan, resultaba evidente, tenían mejores cosas que hacer que contemplar el paisaje. Flotaba un intenso olor, que el vientre hambriento de Moh'hr reconoció de inmediato. Entre los refugios agrupados en torno al árbol seco, donde la mayoría de los *Loa* permanecían congregados, reinaba una gran agitación. Gritos, exclamaciones alegres y palabras se superponían. En lo alto del árbol, un pájaro de cuello pelado permanecía atento al ajetreo, y nadie se preocupaba de él, nadie le arrojaba piedras. Otros *nanakoa* más pequeños cotorreaban en el entorno frondoso, revoloteando de rama en rama.

Moh'hr buscó con los ojos al viejo Nar-iaw, con quien hablaba a menudo, en el sitio donde habitualmente se sentaba (sobre todo al finalizar el día), bajo el árbol de copa caída desde donde podía ver *atanik-tonik-nik* hasta la línea clara donde se funde con el cielo, donde el cielo se funde con *atanik-to-nik-nik*... pero Nar-iaw no estaba allí.

Tampoco vio a otros *Loa*, pese a que allí siempre

había algunos para vigilar los alrededores de los refugios. Por eso su llegada había pasado inadvertida, porque no había vigías. Esperó un buen rato, escuchando el griterío, mirando lo que podía distinguir más allá del refugio más cercano. Intentaba comprender la causa de que todo el clan estuviera congregado al pie del árbol seco: una podía ser el regreso atronador de *to-nikhr's*; otra, que los esperados *Booh* por fin habían aparecido, aunque desde hacía tiempo las palabras de los *Loa*, cuando hacían referencia a ellos, decían que no volverían nunca más...

Luego, uno de los casi *Loa* a los que se llamaba simplemente *uesh-loa* lo vio y agitó un brazo hacia él.

Moh'hr se puso de nuevo en marcha exhalando un suspiro que pareció más bien un gruñido. Cada vez que daba un paso, apoyaba todo el peso del cuerpo en su extraño bastón nuevo. En lo alto del tronco pelado y gris, el pájaro abrió las alas y las mantuvo desplegadas mientras Moh'hr se acercaba. No echó a volar, sino que replegó las alas.

Las minúsculas moscas que pican del final del día eran como motas de polvo levantadas por un viento que soplase en muchas direcciones a la vez, más descontroladas y *aatanik* —numerosas— que nunca, como si el leve frescor de después de la lluvia las hiciera salir de todas partes, del suelo y de todo lo que había sobre él, y también de la roca, e incluso de lo invisible.

Ahora todos habían visto ya que Moh'hr se acercaba. Lo llamaban con gestos de bienvenida, gritos alegres, berridos de contento, gañidos guturales (*¡hup-huuup!*) como los que emiten los *'riekek* cuando merodean en torno a una presa. Entre todos y todas, Moh'hr vio a Nar-iaw, cuyos ojos brillaban tanto como los de los *uesh-loa*, como si ya no fuera viejo. Comprendió el motivo de la excitación común. El olor en sí mismo aturdía e inundaba la boca de saliva.

Los *Loa* habían encontrado un *nakoa-xri'* y estaban descuartizándolo y comiéndoselo. Para ser más exactos, Iw'oa-hua-hua y Oadwi lo descuartizaban, escogían y cortaban los trozos sanguinolentos de carne y los repartían entre los demás, siguiendo un orden establecido de preferencias y prioridades de forma que todos los miembros del clan quedasen servidos. Como Iw'oa-hua-hua elegía primero, Moh'hr supo que era él quien había encontrado la presa. La alegre efervescencia, junto con la carne, era compartida equitativamente, sin empujones ni precipitación. No tenían nada que temer: la masa enorme de carne del *nakoa-xri'* bastaba y sobraba para llenar el vientre de todos durante muchos días. Unos tendían la mano, otros esperaban prudentemente que quienes habían recibido la correspondiente ración de uno de los descuartizadores les dieran una parte, otros deambulaban alegremente a la espera de ser incluidos de nuevo en el reparto cuando se reanudara la ronda de prioridades, y otros, por último, dividían las grandes porciones pero no las distribuían, sino que dejaban decidir a los dos repartidores.

Las moscas, numerosas y voraces, también estaban excitadas; corrían por las caras, los brazos y las manos impregnados de sangre de los *Loa*, zumbaban sobre el cuerpo semidespellejado del animal. Por la piel a rayas oscuras y de un blanco sucio, y por el tamaño de las mamas, Moh'hr vio que se trataba de un viejo *nakoa-xri'*, *neh-nakoa-xri'*, que había amamantado a muchas crías. Lo habían abierto entre las patas anteriores, por el pecho, y el arco que formaban las costillas arqueadas apuntaba al cielo como las grandes raíces blancas de un árbol caído. La cavidad habría podido contener un *uesh-loa*. Le habían sacado las entrañas, pero no se veía el menor rastro de ellas por ninguna parte, como si ya hubieran sido engullidas por el grupo, que sin embargo seguía comiendo con apetito.

Varios de los que ahora rodeaban a Moh'hr empezaron a contar a un tiempo lo que había ocurrido. Nesh-Ishri'n acudió apresuradamente, agitando sus manos relucientes para hacerlos callar y repitiendo con voz aguda el nombre de Moh'hr, al que acababa de ver; la dejaron hablar a ella sola, mientras intercambiaban de buen humor muecas indicativas de que sabían por qué. Nesh-Ishri'n tenía los ojos brillantes y sangre en el pelo, ya rojo de por sí, así como en la parte inferior de la cara, en el cuello y sobre los prominentes pechos redondos. Las palabras brotaban de su boca como un largo arrullo.

—*Atanikto-nik-nik ash hr'iaw draloa. Nakoa-xri' Nakoa-atanik-edri. Iw'oa-hua-hua hr. Iw'oa-hua-hua Oadwi han, nar, ra-nar'h, kiow to-nik-ok. V'rhx nakoa-atanik-edri, nakoa-atanik-edri-neh. Iw'oa-hua-hua Oadwi nakoa-xri'ra-nar'h.*

La habían dejado hablar y asentían con la cabeza, mostrando ampliamente los dientes. Los niños los imitaban emitiendo potentes sonidos guturales en cascadas que les hacían expulsar de la boca la carne masticada, y ninguno de los *Loa* que veían eso lo veía realmente, y no les decía nada, como si la carne fuera a estar siempre ahí, siempre en la misma cantidad, bajo el árbol seco, bajo la custodia atenta del centinela de pico ganchudo parecido a una gran espina. Escuchar lo que decía la *dwi-nar-iaw nehloa*, la mujer joven del clan, no causaba ningún placer a Moh'hr; o, más bien, era como si no quisiera aceptar el placer que sentía que iba invadiéndolo. Gruñó. Desde la carcasa despedazada, Iw'oa-hua-hua pidió una piedra cortante al tiempo que arrojaba al suelo la que había estado utilizando hasta entonces, ya inservible y pringosa. Le dieron lo que pedía. En ese momento vio a Moh'hr y su rostro se iluminó a la débil luz. Moh'hr gruñó de nuevo.

—*¡Iw'oa-hua-hua!* —dijo Iw'oa-hua-hua, levantando por encima de la cabeza la mano con la que sostenía la piedra *dzia*.

Acto seguido se puso de nuevo a cortar. Moh'hr no había bajado los ojos. Gritando otra vez su nombre alegremente, Iw'oa-hua-hua lanzó una porción de carne que fue a dar en el pecho de Moh'hr y que éste atrapó con su mano libre.

—*¡R'euh!* —dijo Iw'oa-hua-hua—. *¡Moh'rh r'euh!*

Esta vez fue el vientre de Moh'hr el que gruñó. Los *Loa* más cercanos oyeron los borborigmos y los acogieron con gestos de asombro, como si no conocieran las imágenes de su significado. No comer la ofrenda de Iw'oa-hua-hua habría sido *nakloa*, algo distinto de lo que hacen los *Loa*, así que Moh'hr dio un buen mordisco. El sabor de la sangre fresca, que no se parecía a ningún otro, le inundó la boca.

Iw'oa-hua-hua lo miraba, y muchos otros también, con la misma expresión satisfecha, emitiendo breves gritos de alegría. Moh'hr cerró los ojos y no los abrió hasta después de haber tragado el último bocado. Entonces vio los ojos de Neh-Ishri'n', muy abiertos, clavados en él. Ella levantó las comisuras de la boca.

—*Moh'hr hr-hr'iaw Nak-Booh-Loa* —dijo Moh'hr.

Pero ella inclinó la cabeza y puso expresión de extrañeza al oír por primera vez aquella palabra desconocida.

—*Loa-nak* —insistió Moh'hr—. *Loa-nak to-nik-nik hua-hua dwi* —añadió, apuntando con el dedo en dirección al río, más allá de las pendientes de tierra, en la noche cerrada.

Nadie escuchaba, ni siquiera Neh-Ishri'n'. La carne que habían comido se les había subido a la cabeza hasta el extremo de taponarles los oídos. Neh-Ishri'n' empezó a contar de nuevo que Iw'oa-hua-hua y Oadwi habían localizado al pequeño grupo de *nakoa-xri'* de piel rayada a orillas del lago, donde habían aparecido poco después de la violenta lluvia, que habían presenciado el ataque de la fiera oscura de grandes dientes y que ésta había sido obligada por los otros *nakoa-xri'* a retroceder tras haber desgarrado el cuello del animal, y que Iw'oa-hua-hua y Oadwi se habían unido a los otros *nakoa-xri'* para ahuyentar primero al *nakoa-atanik-edri* y después también a los *nakoa-xri'*... Entonces habían terminado lo que había empezado la fiera, antes de que el clan se les uniera y entre todos extrajeran las entrañas de la presa para compartirla con el *nakoa-atanik-edri*, pidiéndole que no dirigiera su cólera hacia ellos. Todos habían realizado un largo y agradable esfuerzo para arrastrar el cuerpo del *nakoa-xri'-neh* hasta los refugios del clan.

—*Nak-Booh-Loa* —dijo Moh'hr, mostrando el bastón que había encontrado en el río rugiente—. *¡Moh'hr nar! ¡Moh'hr ra-nar'h! ¡Moh'hr ra-nar'h loa!*

Nesh-Ishri' lo oyó —era fuerte como la vida, era fuerte como el otro lado de la vida, era el más fuerte de los *Loa*, el más fuerte de los *loa*— y no comprendió. Su rostro embadurnado lo decía en silencio.

Moh'hr, irritado, gruñó. Ahora estaban en torno a él, con algunos *uesh-loa-nak* que todavía no eran nombres, los llamados Edri-Sklaa, Oamo-Hev, Oamo-atanik de cabeza larga, Han-dzia-to-nik-ok, las mujeres llamadas Ishri-ak-nehmo-jui y Nehmo-Akn. Sus miradas clavadas en Moh'hr expresaban algo de curiosidad y expectación, pero sobre todo el placer que les producía comer tanta carne, pues era algo que jamás les había sucedido a la mayoría de ellos... Moh'hr no conservaba imágenes así. Empezó de nuevo a hablar, utilizando las palabras ya dirigidas a Neh-Ishri'n', pero los rostros de sus oyentes no le devolvían lo que esperaba. Desde lo alto del árbol pelado, el pájaro emprendió bruscamente el vuelo con un batir de alas fuerte y repetido, arrancando gritos de sorpresa, seguidos de risas, a algunos de los

Loa congregados. A aquellos y aquellas que habían escuchado a Moh'hr se les contagió la diversión, sin que éste lograse saber si el vuelo repentino del pájaro carroñero era la única causa del brillo en sus ojos y la alegría en sus semblantes, o si las palabras que habían oído contribuían a ese júbilo. Cogió el bastón despuntado como ninguno de los *Loa* sabía hacerlo (ni ninguno de los *Booh* que se reúnen con los *Loa* y luego vuelven a marcharse) y lo tendió hacia Han-dzia-to-nik-ok señalando el corte peculiar de la madera dura, ya que Han-dzia-to-nik-ok era el que sabía cómo hacer cortante una piedra más deprisa que ningún otro miembro del clan.

—*Nak-Booh-Loa* —dijo con el gesto.

Luego dijo que había visto a los *Nak-Booh-Loa* en la orilla elevada del río anterior al lago, detrás de las pendientes, y que venían del interior de las montañas, cuando la sombra está detrás del que mira elevarse el sol por el lado de la mano que golpea.

Han-dzia-to-nik-ok señaló hacia él con la parte inferior de su rostro de ojillos hundidos. Con la mano a la altura de la cabeza, hizo un gesto vago que decía:

—*Nak-Booh-Loa, iaaw. Han-dzia-to-nik-ok iaaw hr.*

La pequeña mujer de cabellera espesa y roja asintió. Oamo-Hev repitió las palabras y los gestos de Han-dzia-to-nik-ok; a su lado, Nehmo-Akn también las dijo, como si imitara el ruido del viento sin razón, y luego se frotó el pecho y el vientre con la palma de las manos y le dijo a Moh'hr que se comiera la carne capturada por los hombres Iw'oa-hua-hua y Oadwi. A ella le interesaba tan poco como a los demás la punta tallada del bastón. No comprendían quiénes eran los *Nak-Booh-Loa*, cuyo nombre había sido construido únicamente por Moh'hr.

Moh'hr le dijo a Nehmo-Akn el nombre de Maaq', que estaba con frecuencia con ella y por la noche se acostaba en el mismo refugio. Ella rió ruidosamente y se dejó arrastrar por Ishri-ak-nehmo-jui, la otra mujer, hacia la masa de carne inerte en proceso de descuartizamiento. Las dos movían las nalgas como si se sacudieran al caminar, emitiendo grititos sordos de satisfacción dirigidos a Moh'hr.

—*Maaq'iaaw nar* —dijo Moh'hr—. *Maaq'ra-nar'h*.

Maaq' ya no era un hombre fuerte como la vida. Maaq' se había convertido en una persona de otro territorio.

Oamo-Hev también estaba en el mismo refugio que Maaq'.

—*Maaq'ra-nar'h* —dijo, elevando el tono al pronunciar la última pálabra.

Moh'hr dijo que él y Maaq' habían visto a orillas del río a los recién llegados, que no eran ni *Booh* ni *Loa*, y que él y Maaq' habían seguido a los *Nak-Booh-Loa*, tal como él los llamaba. Contó la llegada brutal de las nubes encolerizadas y el posterior combate entre el sol resplandeciente, *Nar-us-jui*, y la noche de densa oscuridad, *nar-to-orgh*; contó que el *kiow* que golpea de *Nar-us-jui* se había abatido sobre él, sobre los *Nak-Booh-Loa* y sobre Maaq'. Pero él, Moh'hr, era el único superviviente. *Nar-us-jui* lo había salvado, *Nar-us-jui* lo protegía a él, Moh'hr, el más fuerte de los *Loa* del clan.

Ellos lo escucharon, pero movían a menudo la cabeza mirándose unos a otros. El pequeño grupo que formaban había atraído la atención de Iw'oa-hua-hua, quien, de pie dentro de la carcasa abierta, interrumpió el descuartizamiento y dirigió la mirada hacia Moh'hr.

Moh'hr lo llamó: era a él a quien debía contárselo primero. Mostró la planta de sus pies, primero una y luego la otra, pero ya estaba demasiado oscuro y las marcas del relámpago blanco en la piel apenas se distinguían. Han-dzia-to-nik-ok, Oamo-atanik, Oamo-Hev y Edri-Sklaa le volvieron la espalda, y Han-dzia-tonik-ok le dirigió gestos de silencio, y Oamo-Hev dijo:

—*Iw'oa-hua-hua ra-nar'h. Iaaw Moh'hr ra-nar'h Loa.*

Moh'hr escupió aire entre los dientes con rabia. ¡Iw'oa-hua-hua no era el más fuerte de los *Loa* simplemente por haber encontrado aquella presa! Otros muchos, cualquiera, podían encontrar una presa. En cambio él, Moh'hr, había sido protegido por el relámpago de violenta luz..., ¡eso era algo muy distinto!

Y sin embargo, no se tomaban la molestia de escucharlo. Había un olor demasiado fuerte de carne, habían comido demasiado y querían comer mucho más aún. Iw'oa-hua-hua chasqueó alegremente la lengua y siguió cortando. Moh'hr veía su rostro risueño, lo veía incluso después de que Iw'oa-hua-hua se hubiera vuelto de espaldas.

Neh-Ishri'n', que se había alejado un poco, regresó hacia Moh'hr con un trozo de carne en las manos. Se agachó delante de él, colocó la carne sobre su muslo y cogió una lasca cortante del suelo; cortó la carne en dos pedazos y ofreció el más grande a Moh'hr, que había mirado lo que hacía sin rechistar. A continuación, en vista de que él no reaccionaba, se acercó y le golpeó el pecho con los dedos doblados que sujetaban la carne. Moh'hr gruñó y se apartó. Luego retrocedió y desvió la mirada. Neh-Ishri'n' dejó caer lentamente el brazo.

Moh'hr iba de uno a otro en la oscuridad rojiza. La agitación en torno al *nakoa-xri'* descuartizado no había ido a menos, al contrario. Los *uesh-loa* estaban más nerviosos que nunca; chillaban, se perseguían, se provocaban mutuamente, chocaban contra las piernas de los mayores burlando una vigilancia singularmente relajada, y sus gritos rebotaban de uno a otro como si un viento invisible los transportara y sólo actuara sobre ellos. Ya no comían. Cuando una madre pillaba al azar a uno cualquiera de ellos para darle más carne, la rechazaba poniéndose rápidamente fuera de su alcance, y nadie intentaba atraparlo ni obligarle a comer. Ahora que la claridad del día se había marchado con el pájaro de cuello pelado, la efervescencia de los *Loa* alrededor de la carcasa abierta se traducía en un hormigueo confuso de cuerpos inclinados y luego enderezados, de miembros, de greñas y de rostros, sobre el que chorreaban los reflejos de una luz abandonada al desvaimiento y en cuyo centro las marcas más visibles seguían siendo las rayas claras de la piel arrancada del animal, teñidas de sangre, de un negro intenso. Se oía el ruido sibilante de las piedras al cortar la carne inerte, al raspar y partir los huesos, el de los dientes al masticar, el de los vientres que mostraban su satisfacción a la vez por arriba y por abajo del cuerpo, los gruñidos y las exclamaciones de entusiasmo, las palabras siempre iguales, siempre las mismas, como si trenzaran una red sobre el acontecimiento para conservarlo, impedir que acabara, que se diluyera. Las palabras decían que Iw'oa-hua-hua y Oadwi habían encontrado al *nakoa-xri'*, que se habían apoderado de él ahuyentando a la fiera asesina. Todas las bocas pronunciaban el nombre de Iw'oa-hua-hua.

La historia de Moh'hr no les interesaba. Escuchaban mirando hacia otro lado y no la comprendían, se alejaban apresuradamente. Era una historia que no querían oír, una historia hecha de imágenes desordenadas a la que siempre habría tiempo de prestar atención más tarde, después de las cosas importantes..., una historia que no proporcionaba carne, sino un simple *kiow* encontrado a orillas de un río. Moh'hr no tardó en admitir la inutilidad de sus tentativas y se guardó las palabras en la boca.

Se acuclilló junto al primer refugio sosteniendo con las dos manos el bastón erguido, entre las piernas, con la punta hacia arriba, y apoyando la parte inferior del rostro en un brazo. Las moscas que temen la noche se habían ido, y las otras eran menos numerosas. Cuando picaban, Moh'hr las dejaba hacer; era menos doloroso que las heridas de la planta de los pies y, en cierto modo, menos doloroso también —de un dolor distinto, interno— que el rechazo de su historia por parte de los *Loa*. Estaba de espaldas a la gran extensión de *atanikto-nik-nik*, cuya luminiscencia sorda, que reflejaba los primeros puntos brillantes de la noche, espolvoreaba la oscuridad circundante. La sombra no era nunca tan densa a orillas del gran lago como en las montañas.

Unos *'riekek* infatigables cazaban en la orilla, a lo lejos.

Nadie del clan les prestó más atención que si se hubiera tratado de gritos de pájaros que hablan entre sí por la noche. Los otros tres refugios más alejados, plantados en el suelo siguiendo un trazado circular alrededor del árbol seco, parecían abandonados y frágiles con su armazón de ramas lívidas como huesos perforando la piel y el pelaje erizado de grandes *nakoa* abatidos desde hacía diferentes lunas. Y los refugios estaban sin duda vacíos. Y ni un solo *Loa* vigilaba las inmediaciones del lugar; Moh'hr no había visto ninguno, ni antes de que el día finalizara, ni después, ni ahora. El grito lejano de los *'riekek* le trajo las imágenes de los que habían seguido el río al mismo tiempo que él. Luego las imágenes de la *neh Nak-Booh-Loa* que se estaban comiendo, enganchada en las raíces del árbol, y que no era la que él había mirado a menudo. Le había gustado mucho mirarla a menudo.

Una persona se acuclilló ante él; Moh'hr, que tenía los ojos entornados, los abrió. Era Neh-Ishri'n' otra vez. Le tendió un trozo de carne y él lo aceptó. Al morderlo, vio que la mujer desplegaba los labios con satisfacción. Luego, mientras masticaba, Nehmo-Akn de olor penetrante se acuclilló también ante él.

—¿*Maaq'*? —dijo.

Moh'hr ya no tenía ganas de hablar de Maaq', al menos no con ella. Pero la mujer dijo de nuevo, alzando la voz y en un tono cortante, como si ahora fuese ella la que estaba enfadada:

—¿*Maaq'*?

—*Maaq'ra-nar'h* —dijo Moh'hr, sin dejar de triturar la carne con los dientes.

Nehmo-Akn hizo un ruido gutural nervioso. Golpeó con la palma de la mano, no muy fuerte, el bastón que sostenía Moh'hr. Luego lo golpeó otra vez, y otra más con la otra mano. Moh'hr gruñó. Nehmo-Akn levantó la mano de nuevo, pero Neh-Ishri'n' la empujó y cayó de lado.

—¡*Maaq'iaaw ra-nar'h Maaq'*! —dijo.

¡Moh'hr no había oído jamás imágenes tan desordenadas! ¡Aquella mujer iba y le decía sin más que Maaq' no estaba al otro lado de lo que ven los ojos, y a continuación que él, Moh'hr, era el que lo había conducido al otro lado de lo que ven los ojos! Hizo el gesto de juntar dos dedos —Maaq' y él—, dirigiéndolo hacia la mujer como una amenaza. Cuando dos dedos están juntos, uno de ellos no hace plegarse al otro..., ¿cómo es que no sabía eso? Neh-Ishri'n', que se había levantado, continuaba empujando a Nehmo-Akn, apartándola.

En ese momento, *jui-orhg* apareció sobre la cresta negra y llana de las montañas que son las montañas de las mañanas. La luna todavía no era más que una línea de luz lívida, pero, tras rozar las laderas y atravesar las copas y las ramas de los árboles, cambiaba la forma, la densidad y la presencia de la agitación de los *Loa*, brillaba sobre las carnes abiertas y, por contraste, chocaba con violencia contra las rayas claras de la piel del animal, ya completamente desmembrado.

Moh'hr vio que Nar-iaw miraba hacia él. El viejo ya no tenía esa expresión de niño excitado que mostraba al final del día; había vuelto a ser viejo como siempre. Moh'hr se incorporó. Un buen número de los *Loa* del grupo estaban sentados, principalmente mujeres, contra cuyo vientre permanecían acurrucados los niños más pequeños, que ya no se movían, con la cabeza acomodada entre unos pechos más o menos hinchados, los pesados párpados obstinadamente entreabiertos y una sonrisa inmóvil. Moh'hr se dirigió hacia el más cercano de los dos refugios donde dormía. Algo de la carne que había comido se removía en su vientre. Neh-Ishri'n' se disponía a seguirlo, pero él le hizo un gesto con el dorso de la mano que sujetaba el bastón. Ella dio un paso atrás; Moh'hr repitió el gesto, pero con menos firmeza. Nehmo-Akn, a unos pasos, había visto lo ocurrido y soltó una risotada de satisfacción. Entonces Neh-Ishri'n' giró sobre sus talones y se precipitó hacia ella, y Nehmo-Akn huyó riendo y haciendo saltar sus pechos sobre el hueco de las manos. Cuando Neh-Ishri'n' la alcanzó y se abalanzó sobre ella, Nehmo-Akn seguía riendo; luego hicieron como si se pegaran para hacerse daño, pero enseguida rompieron a reír las dos. Los *Loa* que habían presenciado la escena también reían a carcajadas.

Moh'hr había vuelto la cabeza. Después del rato que había permanecido inmóvil, el cuerpo le pesaba. En cuanto había vuelto a caminar se había reavivado el dolor en la planta de los pies. Caminaba casi como Nariaw, con las piernas torcidas para reducir la superficie de apoyo en el suelo de sus pies heridos y apoyándose en el bastón. Se asomó a la entrada del refugio. *Jui-orhg* crecía en el perfil de la montaña y su luz atravesaba el trenzado de ramas, hierbas y hojas largas, iluminando en parte el interior de la choza, donde penetró la sombra de Moh'hr, que la luna naciente empujaba delante de él. Moh'hr vio los ojos alzados de Neh-n'xkigli.

La mirada de Neh-n'xkigli puso las buenas imágenes en su sitio dentro de la cabeza de Moh'hr, recordándole que por ella, por su gran vientre, su refugio ya no era ése. Ella no había participado en el atracón colectivo, Moh'hr no la había visto. Alguien había depositado un poco de carne, que estaba sin tocar, sobre la tierra aplanada, junto a ella. Moh'hr retrocedió. No recordaba quién seguía compartiendo el refugio con Neh-n'xkigli, si es que alguien lo compartía aún. Las mujeres habían adoptado actitudes que significaban que era preferible hacer caso omiso de Neh-n'xkigli para darle tiempo a hacer lo que tenía que hacer, pero no habían dicho nada porque de esas cosas no se habla; las mujeres miraban el gran cielo vacío de una forma determinada, o miraban a Neh-n'xkigli, que se sostenía el vientre con las dos manos más para tratar de ocultarlo que para sujetarlo, o sólo tenían la imagen de Neh-n'xkigli en la cabeza cuando de esa forma escrutaban el cielo vacío, sin esperar más que la lluvia y el regreso de los días sin sorpresa; no decían nada: son asuntos de los que no se habla.

Moh'hr caminó hasta el borde de la tierra llana en el flanco de la pendiente suave, alejándose de las chozas construidas en un orden más o menos circular. El pie del árbol de troncos separados, en el límite del lugar donde vivían los *Loa*, estaba desierto. Moh'hr se sentó en el lugar que ocupaba habitualmente cuando iba allí, solo o en compañía de Nar-iaw. La sensación que tenía normalmente en el momento de acuclillarse en la separación de las raíces, con la espalda contra la corteza alisada a fuerza de haberla frotado, no lo acompañaba esta vez, perdida en el hervidero de los acontecimientos recientes.

Los olores de carne llegaban hasta allí, mezclados con el parloteo amortiguado que se elevaba de entre los refugios. Los olores se alejarían flotando durante la noche y antes o después unos *'riekek* u otros *nakoa* —pero sobre todo *'riekek*— los encontrarían. Los *Loa* que se hartaban de repetir el nombre de Iw'oa-hua-hua no podían haberlo olvidado... Moh'hr exhaló un suspiro de reprobación.

Ante él, *atanik-to-nik-nik* estiraba su gran piel de sombra difusa y brillante, progresivamente iluminada por el ascenso rápido de la luna y el número creciente de las lucecitas del cielo. Esa luz nocturna sobre las ondas del lago resplandecía más en el lado de la ribera situada a los pies de Moh'hr. Más allá, la sombra no establecía diferencia entre *atanik-to-nik-nik* y el flanco de tierra elevada contra el que chocaba, pero el agua recobraba su claridad serena nada más pasar la montaña y fluía hasta la parte inferior del cielo, donde la mezcla de lo claro y lo oscuro se diluía en una franja borrosa. La playa de piedras desnudas, cuyo brillo era diferente del de los chapoteos del agua, estaba desierta. En las ramas de los árboles que Moh'hr podía ver, entre él y la parte inferior de la pendiente, no había ningún pájaro ni ningún otro animal visible. Los pequeños animales desperdigados por las hierbas circundantes rechinaban como lo habrían hecho unas piedras de cualquier clase frotadas unas contra otras. Grandes nubes perezosas, rojizas y violáceas antes, ahora entre azul y negro, estiraban sus grandes brazos fláccidos e inútiles, contrariados por no haber podido evitar la huida del sol.

En la zona del lago más cercana a la orilla de enfrente, esa zona a la que Iw'oa-hua-hua —¡otra vez Iw'oa-hua-hua!— decía haber llegado un día nadando, la pequeña montaña humeante levantaba el lomo. No era una gran humareda y no iba hacia el clan, su olor no se percibía entre la acumulación de vapores que flotaba en el ambiente y apenas se la veía subir hacia el cielo, donde desaparecía. Pero en la cresta imprecisa de la pequeña montaña humeante chisporroteaba de vez en cuando algo que habría podido confundirse con puntos brillantes descolgados de lo alto. En ocasiones era rojo, despedía chispas y los humos expulsados se volvían más densos, como pesados, siguiendo los regueros de piedra blanda y devoradora.

Iw'oa-hua-hua decía que había ido hasta allí nadando. Moh'hr no aceptaba esas imágenes. Iw'oa-hua-hua siempre estaba construyendo imágenes con la boca. Lo llamaban así: el que habla mucho y bien. Pero Moh'hr no aceptaba que todas las imágenes dichas por Iw'oa-hua-hua fueran ciertas. No aceptaba que Iw'oa-hua-hua hubiera ido nadando hasta la pequeña montaña de lomo redondo que escupía piedra líquida, ni siquiera con ayuda de un tronco, como él contaba. Sin lugar a dudas Iw'oa-hua-hua había recorrido una determinada distancia; los que lo seguían con la mirada desde la orilla lo perdieron de vista cuando se confundió con los reflejos. Regresó después de más de un día y una noche, de mucho más lejos, por la ribera, y contó que había ido a la pequeña montaña de lomo redondo, pero Moh'hr no conseguía admitir esas imágenes... Un hombre no puede caminar muy cerca de las bocas de una montaña que humea y escupe sin que todo su cuerpo quede como la planta de los pies de Moh'hr en esos momentos, o como los *Nak-Booh-Loa* después del gran estallido atronador. Un hombre no puede aventurarse tan lejos en la brillantez desconocida de las largas aguas —ni siquiera con ayuda de un tronco—, sin desfallecer o sin que un animal de debajo del agua, un *han-ash-to-nik-nik* de esos que nadie ha visto jamás pero que los *Booh* dicen que existen, lo atrape y se lo lleve.

Moh'hr rechazaba muchas de las imágenes que contaba Iw'oa-hua-hua.

Miraba ante sí. Como siempre, le parecía que los límites de lo que era visible se encontraban cerca y a la vez nunca se podían llegar a tocar. Como siempre, también esa noche, a pesar de que su cabeza estuviera llena de desorden y de que la quietud se hallara ausente del momento, le parecía que dentro de su pecho los latidos se hacían más pesados, que una sucesión de imágenes acudían a él y se colocaban detrás de esas barreras que los ojos no pueden franquear. Como siempre, el agua le inundaba la boca aunque su garganta transmitiera una sensación de sequedad; una mezcla de miedo irracional y de dicha liviana, también irracional, se propagaba en su interior.

¿De qué inmensa montaña escupidora de humo vienen las nubes que recubren todo el cielo con sus grandes panzas colgantes, que a veces revientan y de las que se desploma *to-nikhr's*? ¿De dónde vienen *ff'hrus*, las grandes humaredas de las alturas?

Un murmullo le advirtió que por detrás se acercaba Nar-iaw; reconocía sus pasos. No se movió. Durante un instante, el viejo *Loa* permaneció de pie a su lado. Moh'hr lo veía sin mirarlo, tenía su olor metido en la nariz y oía la respiración entrecortada, un poco sorda, que escapaba de su boca abierta. Luego Nar-iaw se instaló entre Moh'hr y la raíz contigua, conteniendo con dificultad débiles gemidos, como si cada uno de sus movimientos amenazara con hacerlo estallar por dentro. Cuando estuvo sentado, dobló las piernas como tenía por costumbre y las rodeó con los brazos, cruzando los dedos sobre las rodillas. El movimiento le comprimió el vientre e hizo surgir de entre sus magras nalgas separadas un ruido nítido y oloroso. Nar-iaw soltó un débil eructo al que Moh'hr respondió del mismo modo, aunque sin entusiasmo, lo justo para demostrar que la presencia del viejo no le molestaba. Al contrario.

Durante un momento escucharon cómo las protestas del vientre de Nar-iaw se convertían en pedos prolongados; el viejo puntuaba la melodía con débiles gruñidos de satisfacción. Moh'hr lo miraba por el rabillo del ojo: tenía un semblante jovial, con los ojos brillantes bajo la línea de las cejas erizadas. La cara de Nar-iaw no se parecía a ninguna otra, y aunque a veces los niños tienen alguno de los rasgos de la que los ha traído al mundo, o alguno de los rasgos de un *oaloa*, lo cierto es que ni un solo *uesh-loa* del clan se parecía a Nar-iaw. Él había visto y conservaba en su interior muchas *uesh-mooa*, imágenes lejanas, que no se habían desarrollado allí, en la ribera del gran lago, sino en otros lugares, en la dirección de la sombra corta cuando el sol se eleva por el lado de la mano que golpea, imágenes que era el único que había visto con sus propios ojos, cuando el clan era mucho menos fuerte que ahora..., eso era lo que él decía. Su gran labio superior parecía incrustarse en la redondeada prominencia del inferior, surcados ambos de arrugas y cubiertos, al igual que sus mejillas hundidas, de largos pelos finos y blancos. La cima de su cabeza estaba casi desnuda; los cabellos le caían en mechones tiesos sobre las orejas y la nuca. Desde el labio inferior hasta el cuello, la piel agrietada formaba pliegues colgantes. Y las ventanas nasales, agrandadas por el tiempo, se pegaban casi a la arista de su nariz primero abultada y luego chata. En ocasiones, sólo con mirarlo Moh'hr se sentía satisfecho y tranquilo.

Al rato perdieron el interés por los ruidos que hacía Nar-iaw. Dejaron planear la mirada sobre la claridad progresiva y cambiante de un *atanik-to-nik-nik* acariciado por una luna ya completamente despegada de la tierra.

El viejo acercó la mano al bastón que sostenía Moh'hr entre los muslos. Moh'hr lo dejó hacer. Nariaw tiró del bastón hacia él. Con la yema de los dedos y la palma de las manos, además de con los ojos, examinó la punta tallada.

—*Kiow Nak-Booh-Loa* —dijo.

Cuando hablaba, en un tono que apenas cambiaba, resultaba difícil para cualquier *Loa* entender si sabía o si quería saber; por eso casi siempre estaba solo. Incluso los niños se alejaban de él, incapaces de escuchar hasta el final lo que decía. Pero Moh'hr sí que lo había escuchado, y con frecuencia. Era el único que lo hacía. Al verlos sentados uno junto a otro, algunos *Loa* señalaban a Moh'hr colocando una mano sobre la cabeza y haciendo con la boca el gesto de quien no comprende.

—*Nak-Booh-Loa* —aprobó—. *Kiow Nak-Booh-Loa.*

Se sintió feliz de que Nar-iaw hubiera oído el nombre y lo hubiera conservado dentro de él. Moh'hr no había hablado en su presencia en ningún momento, Nar-iaw no había parecido oír sus palabras en ningún momento. Moh'hr apenas lo había visto pulular entre los demás del clan, comportándose exactamente igual que ellos, es decir, demostrando una total falta de interés por lo que él tenía que contar. Tocó con los dedos doblados el pecho del viejo *Loa*, luego sus ojos, y dijo en tono de querer saber:

—*¿Nak-Booh-Loa?*

Nar-iaw movió los hombros. Señaló una de sus orejas y a continuación a Moh'hr: no necesitaba haber visto; había oído a Moh'hr. La mueca de incomprensión se formó de nuevo en su boca mientras continuaba palpando la punta del bastón al tiempo que miraba a Moh'hr, esperando.

Moh'hr contó de nuevo el episodio. Lo hizo con palabras pausadas, sin elevar el tono, acompañándolas de gestos breves. Nar-iaw escuchaba con la cabeza gradualmente ladeada y su carnoso labio húmedo cada vez más caído, dejando al descubierto una encía de la que surgían, negros, tambaleantes, romos como viejas espinas, los últimos dientes anteriores. Los ojos del anciano tan pronto se velaban, dando la sensación de que toda luz los había abandonado, como chisporroteaban, semejantes a puntos brillantes bajo el cielo y sobre la gran superficie de agua. Escuchó lo que contaba Moh'hr de cabo a rabo, sin interrumpirlo con un gesto o una palabra. De vez en cuando, sorbía el hililló de saliva que resbalaba por la comisura de su labio colgante. Moh'hr concluyó con unos gestos que expresaban que los *Loa* no lo habían escuchado (y expresaban al mismo tiempo hasta qué punto esa actitud lo había apartado de ellos). En tres palabras y algunas circunvoluciones apresuradas que trazó con una mano ante sus ojos, Nar-iaw rechazó esta expresión de desencanto: los *Loa* tenían carne, mucha carne, y no se bastaban a sí mismos para ocuparse de ella, tenían la cabeza y el vientre demasiado pequeños, las manos demasiado cortas. Todo lo que no era la carne del *nakoa-xri'* no les afectaba. Evidentemente, Nar-iaw estaba en lo cierto.

—*Moh'hr ra-narh'h Loa* —dijo Moh'hr en voz baja—. *Nar-us-jui* (juntó dos dedos) *Moh'hr*.

Él era el más fuerte de los *Loa*, puesto que el sol de una batalla lo había protegido y se había llevado a otros, a unos *Nak-Booh-Loa* y también a un *Loa*. El sol era su amigo. Moh'hr había abandonado su cuerpo y regresado a él, y había encontrado ese bastón tallado de una forma que jamás había visto y que quizás era de uno de aquellos *Nak-Booh-Loa*, o quizás un *kiow* que la fuerza de luz había puesto allí para él...

Nar-iaw no sabía, no tenía ninguna palabra para responder. Moh'hr lo dejó examinar minuciosamente la planta de sus pies, estremeciéndose cuando los dedos del viejo seguían las marcas en la piel callosa.

—*Moh'hr nanakoa, tohr'us nakoa...* —dijo Nariaw.

Moh'hr movió la cabeza. El viejo esperó; luego profirió un breve gruñido de impaciencia. Entonces Moh'hr contó una vez más que había estado por encima de las cosas, en lo alto del cielo, con el gran *tohr'us nakoa* blanco. Al final de la historia, Nar-iaw rió de contento al tiempo que sacudía la cabeza, alborotando tanto como podía sus escasos cabellos y los largos pelos de su rostro, lo que hizo que todavía se pareciera menos a nadie. Moh'hr dejó que el viejo recuperara su semblante habitual. Esperó un poco más. Tenía las palabras, pero no las pronunciaba. Luego las dijo:

—*Moh'hr hr'iaw ff'hrus, ffhui moh, ff'hrus mohgr' ffhui. Moh'hr hr mohgr'ffhui.*

Quería ver la alta montaña lejana que escupe humo, de donde vienen las nubes que cruzan el cielo. No quería verla de lejos, sino ir allí. Lo deseaba desde hacía muchos días y muchas noches, pero ahora tendría fuerzas para hacerlo.

Nar-iaw guardó silencio. Su mirada turbia bajo las cejas enmarañadas estaba clavada en Moh'hr. Y cuando éste volvió la cabeza hacia él, el viejo *Loa* entornó más los ojos, sorbió ruidosamente el hilillo de saliva y emitió un potente ruido de entre las nalgas. Pero su rostro no estaba alegre, o más bien lo estaba por dentro. Movió la cabeza.

—*Iw'* —susurró.

Que Moh'hr hiciese lo que decía.

Moh'hr apretó contra su pecho el bastón nuevo y cerró los ojos. Con todo, ante sus párpados bajados, en la oscuridad, estaban las imágenes.

Para que Nar-iaw participara, le pidió que hablase de los grandes animales *edri'han-uok*, porque sabía que al viejo le gustaba hacerlo y porque a él le complacía escucharlo.

Seguramente él también vería muchos *edri'han-uok* cuando caminara para encontrar la montaña de donde salen las grandes, las inmensas humaredas que son las nubes.

Nar-iaw habló con su voz queda y vibrante, en ese tono que no cambiaba nunca cuando hablaba.

Una vez que se hubieron llenado el vientre y algunos lo hubieron vaciado ruidosamente por la boca o por el otro orificio de debajo del vientre, una vez que las mujeres se hubieron retirado a los refugios con los niños, los *Loa* recuperaron los buenos gestos y, a fin de proteger lo que no se habían comido de la carcasa del *nakoa-xri'*, la subieron al árbol seco. Los gritos de los *'riekek* se elevaban en la oscuridad circundante, daban vueltas, se acercaban. Movidos por una prisa repentina, los *Loa* hicieron muchos esfuerzos para izar la carcasa, introducir y encajar los huesos entre las ramas que quedaban en el tronco, atarla con trozos de hierbas trenzadas. *Jui-orgh*, la luna rojiza y casi redonda, se hallaba suspendida en medio del cielo cuando terminaron la tarea. La carcasa estaba a una altura considerable; el *'riekek* que intentara alcanzarla se encontraría enseguida en una posición lo suficientemente mala para ser cazado sin dificultad. Moh'hr y Nar-iaw se habían unido a ellos. Varios *Loa* se sentaron al pie del árbol, con piedras al alcance de la mano, *kiow* puntiagudos y bastones para golpear. Iw'oa-hua-hua se llevó la cabeza de la presa, agarrándola por los pelos tiesos que la coronaban, al refugio que ocupaba.

Moh'hr era uno de los que vigilaban la carcasa.

Los *'riekek* se acercaron a escasa distancia de los refugios hacia el final de la noche. Daban vueltas y proferían sucesivos gritos breves. Los vieron deslizarse entre los árboles. Pero retrocedían cuando uno de los *Loa* se levantaba y hacía entrechocar sus bastones con grandes gestos. Los *'riekek* no se atrevieron a más.

6

Con el nuevo sol llegaron otra vez los *'riekek*. No eran los de la noche, sino otra manada, más numerosa que los dedos de una mano.

No estaban muy hambrientos; la sangre que embadurnaba la cara y el pelaje de algunos constituía la prueba de un reciente festín de carne fresca. Cuando llegaron, Moh'hr tenía los ojos cerrados y se encontraba a orillas del agua roja furibunda en compañía de Maaq' reaparecido. Los *Nak-Booh-Loa*, que seguían resistiendo a la corriente del río, se decidían a caminar hacia los dos hombres. Un instante después sólo estaban Moh'hr y la mujer *Nak-Booh-Loa* a la que él se complacía en mirar a menudo. Ella le daba uno de sus bastones despuntados de forma extraña; luego seguían con la mirada los cuerpos de los demás *Nak-Booh-Loa* y el de Maaq', arrastrados por las aguas turbulentas... Sin embargo, Moh'hr veía que el rostro de Maaq' no expresaba miedo, que miraba con confianza. Después la mujer empezaba a hablar utilizando palabras jamás oídas, muy distintas de las que Moh'hr conocía, palabras nuevas como el tallado de la estaca, palabras que ponían en su cabeza imágenes vistas por primera vez y que, sin embargo, comprendía. La mujer decía de dónde venían los *Nak-Booh-Loa* (que tenían otro nombre que significaba «caminando bajo el sol joven») y por qué se habían puesto en marcha después de que muchos *nakoa* de grandes orejas (que ella no llamaba *edri'han-uok*) hubieran devorado todos los árboles; los días siguientes, incluso los animales habían abandonado los territorios secos, y aquel grupo de *Nak-Booh-Loa* «caminando bajo el sol joven» los imitaron —pues los animales que buscan agua para beber y plantas para comer son un buen ejemplo— y siguieron, contra corriente, el camino de los ríos que encontraban a su paso, dirigiéndose al lugar que contiene toda el agua de los ríos, y así fue como... Y llegaron los *'riekek* merodeadores, cuyos gritos, entremezclados con los de los *Loa* que estaban al pie del árbol gris, o que salían de los refugios, lo devolvieron a su cuerpo despierto.

Durante un rato, los *'riekek* armaron un gran escándalo con sus resoplidos y gritos, y con breves embestidas intimidatorias que detenían bruscamente entre una nube de polvo a pocos pasos de las chozas; pero los del clan de los hombres, completamente decididos a no dejarse amedrentar, eran demasiado numerosos para los animales. Entonces los *'riekek* se retiraron; fueron a husmear y revolcarse lejos de los refugios, allí donde los *Loa* se ponen en cuclillas para vaciar el vientre, y luego se dispersaron.

Iw'oa-hua-hua, gracias al cual la carcasa del *nakoa-xri'* se encontraba atada al árbol seco, había pasado la noche en una choza. Los *Loa* esperaron a que saliera y hablara, tras lo cual descolgaron la presa y la bajaron al suelo. Varios de ellos, bajo la dirección de Iw'oa-hua-hua y con ayuda de piedras *dzia* que tallaba Handzia-to-nik-ok, reanudaron el descuartizamiento interrumpido. Cortaban la carne a tiras y las mujeres las ensartaban en unas varas colocadas entre los dos refugios más cercanos. Algunos de los niños en condiciones de hacerlo, después de pedirlo, ayudaban a las mujeres en su tarea, mientras que los más pequeños se agitaban sobre la cadera y en el hueco del brazo de su madre, en el lado de los latidos del corazón, colgados de un pecho; uno, uno y uno de los mayores, casi *oaloa*, se encargaban de mantener alejados a los pájaros de cuello desplumado. Varios de esos *nanakoa*, de pico semejante a un diente curvado, esperaban en las alturas circundantes, con otros pájaros chillones y alborotados.

Las moscas zumbaban ruidosamente a pleno sol. Moh'hr, que durante unos instantes observó la actividad sin participar en ella, se cubrió de tierra el rostro, los hombros y los brazos para protegerse de su vuelo molesto y sus picaduras; la mayoría de los participantes en el despiece de la carne y en su colocación en las varas había hecho lo mismo, a excepción de Iw'oa-hua-hua y Han-dzia-to-nik-ok, que iban embadurnados de rojo y blanco como el pelaje de un animal, pero que reían y hablaban como los *Loa*, contando los innumerables días durante los cuales comerían *nakoa-xri'*.

La piel ya estaba totalmente separada de la carne, y los huesos del animal, repelados a conciencia, se amontonaban. Iw'oa-hua-hua cogió uno de una de las patas y se acercó a Moh'hr para dársela. Le tendió el hueso al tiempo que espantaba las moscas con la otra mano. Moh'hr lo aceptó.

—*Moh'hr hr'iaw Nak-Booh-Loa* —dijo Moh'hr, cogiendo el hueso que el otro le ofrecía.

El semblante de Iw'oa-hua-hua ya no era el del día anterior y la noche que acababa de transcurrir. Si bien su mirada seguía brillando como puede brillar la mirada de un *Loa* que encuentra para su clan una presa semejante, lo hacía de otra forma. Bajo su vientre, entre las piernas, el *oa* estaba semierecto desde que había salido de la choza. Iw'oa-hua-hua meneó la cabeza. Miraba el bastón que tenía Moh'hr. Él sabía: las palabras de Moh'hr habían llegado hasta él a través de la boca de otros *Loa*, de aquellos que habían oído cuando él había intentado contar su historia. O a través de la boca de Nar-iaw... Moh'hr buscó al viejo con la mirada, pero no lo vio.

—¿*Maaq'*? —dijo Iw'oa-hua-hua.

Maaq' y él no hablaban demasiado cara a cara, no se sentaban con frecuencia juntos y no intercambiaban jamás comida.

—*Maaq'ra-nar'h* —dijo Moh'hr.

No dijo que había vuelto a verlo hacía unos instantes, antes de la llegada de los *'riekek*, a orillas del río, desde donde observaba a su lado a los *Nak-Booh-Loa* acercándose. Iw'oa-hua-hua entornó los ojos. Había asido su *oa* con una mano y lo empujaba para forzarlo a curvarse.

—¿*Maaq'ra-nar'h*? ¿*Moh'hr han ra-ar'h Maaq'*? —preguntó.

Moh'hr entendió que Nehmo-Akn, ella sí, había hablado.

—¡*Iaw!* —dijo, al tiempo que hacía un enérgico movimiento negativo con la cabeza y la mano. A continuación juntó dos dedos, que querían decir «él y Maaq'», para expresar que dos dedos unidos así no se destruyen, y pronunció el nombre de Nehmo-Akn a la vez que colocaba una mano sobre la boca y volvía a sacudir la cabeza, entre una nube de la tierra polvorienta con la que se había cubierto el pelo.

Iw'oa-hua-hua emitió un ligero gruñido entre dientes para decir que conocía muy bien la forma que Nehmo-Akn tenía de hablar. Su pene se había vuelto *iaa-i'ok* y colgaba. Restos de sangre de la carne que había comido durante la noche se habían apelmazado en los pelos que tenía alrededor de la boca y en el cuello, así como en los mechones rígidos de cabello que enmarcaban su rostro. Todo su cuerpo estaba manchado —las manos y la parte anterior de los brazos, las piernas y el vientre—, lo que formaba con la tierra con la que se había cubierto para protegerse de las moscas una mezcla de tonalidades rojizas, desde la más clara hasta la más oscura, que recordaba la piel del *nakoa-xri'*. Miraba de nuevo la estaca que Moh'hr parecía no querer soltar.

—*Booh* —dijo Moh'hr.

Iw'oa-hua-hua contestó con una mueca acompañada de un movimiento negativo de cabeza. Se agachó delante de Moh'hr y alargó la mano hacia la punta del bastón. Desplazándose sin llegar exactamente a retroceder, Moh'hr se levantó, procurando no hacer un gesto brusco con el bastón; la reacción bastó para que Iw'oa-hua-hua retirara la mano. Moh'hr dejó que Iw'oa-hua-hua mirase la punta de madera tallada. Oamo-atanik de cabeza larga se acercó a ellos. Moh'hr no quería que aquello se convirtiera en un momento de palabras; no lo habían escuchado, o apenas, cuando les había contado la historia en el transcurso de la noche, así que ahora buscarían las imágenes en su cabeza sin que él los ayudara, hasta que sintieran curiosidad por el más mínimo de sus gestos, por sus palabras más breves, como un grupo de pequeños *nakoa'loa* de larga cola erguida.

—*Booh iaaw han atanik-to-nik-nik* —dijo.

Tras incorporarse a su vez, Iw'oa-hua-hua preguntó abriendo desmesuradamente los ojos por qué Moh'hr afirmaba que el grupo de los otros *loa* llamados *Booh* ya no irían a orillas del gran lago. Moh'hr se tocó la frente con el dorso de la mano que sostenía el hueso ofrecido por Iw'oa-hua-hua: él sabía.

—*Neh-Nak-Booh-Loa hua-hua Moh'hr* —dijo.

Porque, si bien la mujer *Nak-Booh-Loa* no le había hablado de los *Booh* a orillas del río fangoso y galopante como una manada, sí le había dado las razones de que no hubiesen ido, las mismas que habían obligado a los «caminando bajo el sol joven» a dejar su territorio para dirigirse a otro donde el agua no escaseara... Por esas mismas razones Moh'hr había expresado con frecuencia a los *Loa* su deseo de avanzar hacia el trozo más grande de *atanik-to-nik-nik*..., aunque tan sólo le había ofrecido a Nar-iaw, y a nadie más que a él, la verdadera imagen de su deseo cuando decía eso.

Se alejó. Cruzó el espacio entre los refugios donde proseguían las actividades del clan relacionadas con el almacenamiento masivo de carne, al tiempo que comenzaban los preparativos para las otras ocupaciones cotidianas. Varias mujeres y algunos niños se congregaban para ir a recolectar a los árboles de la ribera alta del río, un grupo de *uesh-Loa-oa*, mayores bulliciosos y chillones y pequeños que contemplaban la escena, se peleaban por la posesión de palos para capturar *nakoahan-has-to-nik-nik*, clavándoselos, en la orilla poco profunda del lago; en medio de ellos, Neh-Ishri'n' intentaba poner un poco de orden profiriendo gritos de cólera y riendo a la vez. Al verlo, pronunció el nombre de Moh'hr, pero él prosiguió su camino sin detenerse y ella se reintegró al barullo. Moh'hr la oyó chillar más fuerte que los niños detrás de él.

Nar-iaw no estaba bajo el árbol de tronco retorcido. Quizás había cerrado los ojos para dormir en uno de los refugios, o en algún otro lugar apartado, como hacía a menudo, sin que nunca se supiera qué decidiría ni quién lo aceptaría. Tal vez cerraba siempre los ojos aunque *nar-us-jui* el sol dibujara sombras todavía largas y aunque Nar-iaw fuera, por lo general, el primero en regresar a su cuerpo, con los ojos abiertos... pero con Nar-iaw nunca se sabía, con él menos que con cualquier otro viejo. Moh'hr dejó el árbol atrás y siguió caminando por la pendiente de tierra friable y pedregosa, sembrada de matorrales bajos de espinos secos. Se detuvo en el lugar, marcado por el color de las piedras, donde la orilla sube cuando *to-nikhr's* arroja nubes y hace rugir a todos los ríos. Se agachó. La planta de sus pies estaba igual que el día anterior; le dolía en cuanto andaba un rato. Dejó el bastón a un lado, procurando no darle un golpe desafortunado en la punta, y escogió dos piedras de buen tamaño. Una podía agarrarla fácilmente con la mano, y la otra, más grande, la puso delante de él para colocarla encima el hueso de *nakoa-xri'*. Partió el hueso asestando un golpe preciso y, a continuación, hurgó con un dedo en su interior.

Estaba sentado sobre la suave pendiente, chupándose el dedo impregnado de tuétano, escupiendo las esquirlas, lamiendo el hueso tras romperlo un poco más con la piedra redonda cuando la sustancia blanda no resultaba fácilmente accesible. Sentía el peso del calor en la cabeza y los hombros, a través de la película de tierra agrietada como una piel vieja. Su sombra disminuía progresivamente, tendida ante de él.

En aquel momento del día, el gran lago tenía la tonalidad pálida de las jóvenes y tiernas hierbas que crecen después de la lluvia. La luz trazaba irisaciones deslumbradoras en el borde de vastas superficies de un verde glauco uniforme, que casi se tornaba negro en las zonas donde se reflejaban las montañas. La bruma seca, vibrante, empezaba a difuminarse allí donde el cielo se apoya en el agua. Unos pájaros cruzaban el cielo, descendían hacia el agua en diferentes lugares más o menos alejados de la orilla, según su especie, y entre ellos no se encontraba el que anuncia la llegada de *to-nikhr's*.

Moh'hr buscó con los ojos al pájaro de *to-nikhr's* mientras se comía el interior blando y pegajoso del hueso; pero no lo vio.

Vio un pequeño grupo de *nakoa-xri'* en la parte donde uno de ellos había sido atrapado por Iw'oa-huahua, y eso no los enfurecía ni les impedía regresar, pues sabían que el sol, cuando está contento con los *Loa*, decide qué animal se comerán. Los *nakoa-xri'* lo saben, al igual que lo saben muchos otros animales y todavía mejor todos los *Loa*. Los gritos lejanos de los *nakoa-xri'* llegaban hasta él a través de los otros ruidos del clan y la cháchara cercana de los pájaros. Vio a la pequeña manada abandonar la orilla entre una nube de polvo que descendió y que él miró dispersarse hasta que aparecieron de nuevo los detalles.

Una pareja de *xkigli* de cuernos rectos y patas largas y frágiles salieron bruscamente de la sombra de una alta escarpadura y se acercaron para beber a un agujero poco profundo excavado por otros animales en la ribera, a varios tiros de piedra de Moh'hr. Éste distinguía con toda claridad la blancura de sus cuartos traseros. Los *xkigli* no permiten que se les acerquen los *Loa*, que no corren lo suficientemente deprisa... Unas imágenes acudieron a la mente de Moh'hr: se había acercado bastante a un *xkigli* y lanzaba su bastón nuevo, de punta tan dura que atravesaba de un lado a otro al animal... Pero no eran más que imágenes en su cabeza, y no hizo nada semejante. Tras haber bebido, los *xkigli* se marcharon.

Moh'hr vio también a Neh-n'xkigli, que regresaba sola al clan. Salía del grupo de árboles cuyos troncos son también las ramas, más allá de ese lugar, en la periferia de los refugios, donde los *Loa* vacían el vientre y adonde los *'riekek* del inicio del día habían ido a fisgonear. Evitó mirarla mucho tiempo, desvió la mirada nada más verla, pues lo que había hecho sólo le pertenecía a ella. Ninguno de los *Loa* le hablaría de eso, salvo tal vez alguna mujer, ni la miraría con particular atención. El vientre de Neh-n'xkigli volvía a estar plano. Ella había actuado en favor del clan, cuyos alimentos amenazaban con escasear si las lluvias no volvían a caer. Durante el tiempo que consideró necesario para que la mujer se reuniera con el clan, Moh'hr mantuvo los ojos fijos en el suelo, entre sus pies, donde grandes hormigas negras se agitaban entre los restos del hueso. Cogió varias y se las comió.

El grupo de los niños casi *loa* bajó hacia el lago. No le prestaron ninguna atención, si es que lo vieron; cautivados por lo que iban a hacer, su presencia allí no les interesaba en absoluto. El que Moh'hr llamaba Nak-hr'iaw (porque, cuando hablaba, siempre miraba de soslayo y bajaba los ojos) estaba con ellos; era el mayor, y su manera de organizar al pequeño grupo parecía más eficaz que las anteriores tentativas de Neh-Ishri'n'. Cada *uesh-loa* llevaba un palo de pinchar; algunos lo sostenían de una forma que indicaba que estaban acostumbrados a hacerlo, y otros, los más pequeños, como si fuera un objeto a la vez frágil, pesado y molesto. El que Moh'hr llamaba Nak-hr'iaw llevaba varios en cada mano.

Moh'hr los miró clavar los palos en el agua de la orilla del lago. Chapoteaban y parloteaban demasiado para que los peces no hubieran huido ya; aun así, capturaron uno, y el acontecimiento se convirtió de inmediato en pretexto para un nuevo estallido de gritos y excitación que a Nak-hr'iaw le costó calmar. Algunos pájaros empezaron inmediatamente a revolotear en torno al pez, depositado sobre una hoja y vigilado por dos de los niños, que profirieron gritos para mantenerlos a distancia. Eran pájaros del lago, de largo y ancho pico y con un copete en la cabeza, que no se enfrentarían a los pequeños guardianes.

Moh'hr se sentía lleno del calor del sol. *Oa-iaaw'hr*, su sombra, su presencia marcada por lo invisible, una parte del cual estaba en su cuerpo, menguaba ante él sobre las piedras. Contemplaba el lago sin límites discernibles y la pequeña montaña humeante, en el centro del agua. La montaña estaba tranquila, silenciosa. Sobre sus laderas de tierra oscura, surcadas por las grietas de las corrientes, habían crecido unos árboles que Moh'hr no lograba reconocer a causa de la gran distancia; ningún *Loa* sabía qué árboles eran aquéllos, ni siquiera Iw'oa-hua-hua, pese a que afirmaba haber cruzado el agua y haber ido allí. En ocasiones, Moh'hr se representaba imágenes de árboles que no había en ningún sitio, imágenes que pasaban y se iban. Contemplaba el lago y las laderas lejanas de la otra orilla. Estaba igual que siempre lo había visto, salvo que en las imágenes más lejanas que recordaba aún no habían crecido los árboles en la pequeña montaña *mohgr'ffhui* que emergía del lago. Por lo demás, estaba igual que siempre lo había visto.

Él había salido del vientre de una *Loa* en aquella tierra a orillas del lago. Había mamado alimento de su pecho hasta que ella regresó a la tierra, y conservaba las imágenes de un día de mucha lluvia, cuando todo el clan estaba contento; ella también estaba contenta, justo antes de caer y sumergirse en el fango que se la había tragado y del que jamás había regresado en su cuerpo. Con el clan, en brazos de otra mujer (también desaparecida ahora), había seguido una parte de la ribera de *atanikto-nik-nik* con las diferentes construcciones de los refugios; la distancia recorrida desde las más antiguas y lejanas imágenes hasta ahora no era muy grande, y lo que se veía no cambiaba.

Había aprendido los gestos para vivir de aquellos que los conocían antes que él; había oído lo que un *Loa* debe saber. Sabía, pues, que antes de estar aquí los *Loa* estaban en otro lugar, en una tierra diferente donde se alzaban otras montañas, fluían otras aguas y crecían otros árboles, otras hierbas. Los *Loa* se habían marchado de allí, de la misma forma que ahora los *Nak-Booh-Loa* se habían marchado de otros territorios. Nar-iaw contaba esas cosas de antes, de cuando todos los *Loa* del clan se encontraban aún en el vientre de mujeres que habían regresado a la tierra hacía mucho tiempo. El propio Nar-iaw no formaba parte de esos que habían venido de otras montañas y habían descubierto allí *atanik-to-nik-nik*. En sus imágenes personales más antiguas ya aparecía el gran lago, aunque el clan de entonces no construía sus refugios en el lugar actual. Nar-iaw repetía palabras que había oído, que los viejos *Loa* habían oído y repetido antes. Nar-iaw decía que los *Loa*, que llevan desde siempre ese nombre único, habían sido expulsados de su primer territorio por la gigantesca cólera de una montaña humeante que comenzó a escupir como nunca más desde entonces ha vuelto a escupir ningún *mohgr'ffhui*.

Moh'hr siempre había contemplado la montaña lejana. No sólo la parte visible de la montaña, sino detrás de ésta y más lejos aún. Él era *Loa*, era de aquellos a los que una montaña había obligado a trasladarse, y quería encontrar otra montaña, la más alta, la más grande, la que expulsa el humo de las nubes, tanto humo que a veces todo el cielo queda oscurecido. Quería encontrar esa montaña. Sabía que existía. Nadie, ni siquiera Nar-iaw, ni tampoco ninguno de los *Booh*, que habían visto otras cosas, había hablado jamás de ella, había oído hablar a alguien de ella. Y eso era lo que a Moh'hr le parecía más sorprendente: ser el único que quería encontrar la gran montaña que siempre expulsaba tanto humo.

Contemplaba el lago y el contrafuerte árido de la elevada meseta rocosa que ocupaba gran parte de su campo visual. En el otro extremo del cielo habían aparecido unas nubes que crecían delante del sol; pero no eran nubes de cólera ni de batalla, eran precisamente de ésas que pasan todos los días, que cruzan el techo del mundo tras haber sido expulsadas por la gran montaña. Las altas hierbas seguían siendo quebradizas y conservaban el mismo color seco. Cuando llegaban otros clanes, había que ir más lejos para encontrar cosas comestibles al pie de los árboles o en sus ramas. El día anterior, *to-nikhr's* había dejado pocas huellas, como si nada hubiera pasado.

Los *Loa* no tendrían más remedio que partir de nuevo, que ir mucho más lejos por la orilla del gran lago, más allá de las tierras que conocían los *Booh*, más allá del gran lago. Ésa era otra cosa de la que Moh'hr estaba seguro. Pero Iw'oa-hua-hua hacía el signo *iaaw*, que indica lo que no es, y decía que el mundo de los *Loa* estaba allí para siempre. Todos escuchaban a Iw'oa-hua-hua. Él había encontrado la enorme presa y afirmaba que se la había quitado de los dientes a las fieras. Sin embargo, llegaban otros clanes nuevos de *loa-nak*, como los *Booh*, como los *Nak-Booh-Loa*, y los árboles, con todo lo bueno que daban para comer, eran un solo clan: no crecía ninguno nuevo. Y los *Booh* los compartían con los *Loa*, como si pertenecieran a un mismo grupo separado en dos partes. En varias ocasiones, hombres *Loa* habían seguido a mujeres *Booh*; una vez fue una mujer *Booh* la que se quedó en el clan *Loa* (el muchacho casi *loa* que cuando hablaba siempre miraba de soslayo y bajaba los ojos había salido del vientre de esa mujer).

Sus palabras no eran exactamente las mismas, aunque resultaban comprensibles para la mayoría. Pero ¿y los *Nak-Booh-Loa*? Moh'hr tenía la respuesta a esta pregunta: los *Nak-Booh-Loa* venidos de bajo el sol joven no querían juntarse con nadie. Habían hecho caso omiso de quien había estado observándolos, habían arrojado piedras contra Maaq', ni siquiera habían querido agarrarse a los bastones tendidos hacia ellos para ayudarlos a salir del río..., tallaban sus *kiow* de golpear de una forma terrible...

El pequeño grupo de *uesh-loa* bajo el mando y la vigilancia de Nak-hr'iaw abandonó la ribera y subió ruidosamente la pendiente desnuda del lago, en dirección al clan, agitando los palos de pinchar y enarbolando el pez brillante. Esta vez se fijaron en Moh'hr y lo saludaron con gestos y chillidos.

—¡*Oh'k!* —dijo Moh'hr para expresar su admiración.

Los niños se alejaron.

Las hormigas bullían entre sus pies, en medio de los fragmentos de hueso machacado; corrían sobre las partes redondas, lisas y azuladas; habían encontrado las piedras utilizadas para golpear. Él las alejaba de entre sus piernas, atrapaba a las que trepaban por sus pies y se las comía antes de que le mordieran. Su sombra era muy pequeña y estaba escondida debajo de él, en el calor palpitante que atravesaba la protección de polvo de su piel como si no existiera. Los ruidos del clan, a su espalda, apenas resultaban audibles.

Moh'hr se levantó y se alejó en busca de la sombra, primero de los árboles y luego de las altas hierbas, evitando en la medida de lo posible caminar sobre las piedras demasiado agresivas y demasiado vivas que podían morderle por el sol que contenían.

Necesitó más tiempo que las veces anteriores para llegar al promontorio rocoso.

Los *Nak-Booh-Loa* seguían allí y su refugio no había cambiado de aspecto. El río había recobrado el tamaño que tenía antes de la repentina lluvia; hasta la mitad de la empinada torrentera, las hierbas dobladas conservaban la marca de la crecida brutal y momentánea, y había multitud de fragmentos de ramas dispersos sobre los guijarros oscuros. La orilla del agua estaba desierta; sólo había algunos pajarillos que revoloteaban a ras de la superficie espejeante. Sobre el terreno elevado de las inmediaciones del refugio se veía a varios *Nak-Booh-Loa*, algunos sentados y ocupados en tareas que Moh'hr no podía identificar debido a la excesiva distancia, otros de pie, observando a los primeros. El número de esos *Nak-Booh-Loa* era inferior al de los dedos de una mano. Quizá la elevación del terreno ocultaba a los otros... o se encontraban en el refugio... o se habían alejado en busca de cosas para comer y exploraban el entorno nuevo que habían decidido ocupar... Moh'hr no conseguía elegir entre estas posibilidades, todas eran buenas.

Contrariamente a la costumbre adquirida en el transcurso de aquellos días de observación, permaneció cautamente escondido. No tenía ni idea de qué actitud adoptarían los *Nak-Booh-Loa* si volvían a verlo después de que el río se hubiera llevado a varios de ellos, o más bien tenía una, y las imágenes no eran nada agradables... De hecho, imaginaba perfectamente su reacción si lo encontraran llevando el bastón tallado de uno de los suyos; sabía que no escucharían sus palabras —aun en el caso de que las comprendieran, no las escucharían— cuando dijera que *nar-us-jui* el sol, la fuerza de luz, le había permitido cogerlo... Aquéllos, los que él veía, parecían tranquilos, como si no le hubiera sucedido nada a su grupo, exactamente igual que si aquellos a los que la luz rugiente se había llevado, incluso aquel y aquella cuyos cuerpos inertes Moh'hr había visto devorados, hubieran regresado y se encontraran allí con todos.

La sensación de peligro se abatió sobre Moh'hr y le secó la boca, como cuando una fiera merodea y sólo resulta perceptible el olor de su presencia. El corazón se le encogió bruscamente con el ruido de unas piedras que rodaron detrás de él. Distinguió la silueta encorvada, inmóvil en la sombra de dos rocas redondas. Reconoció a Nar-iaw.

¿Por qué razón se encontraba el viejo allí?

Moh'hr frunció la nariz y enseñó los dientes. Le hizo una seña a Nar-iaw lo más discretamente posible, para indicarle que no se moviera. Echó un vistazo a fin de asegurarse de que los *Nak-Booh-Loa* no habían reparado en su presencia o en la del viejo *Loa* y retrocedió a rastras, levantando las nalgas lo justo, cuando era necesario, para que el abrupto suelo no arañara la parte más expuesta de su persona. Cuando estuvo a la altura de Nar-iaw, le hizo señas para que lo siguiera y se alejaran de allí. Finalmente, consideró suficiente la distancia que los separaba del refugio de los *Nak-Booh-Loa*, ocultos a su mirada por las rocas redondas y los árboles, y se detuvo. Miró a Nar-iaw con insistencia entre los párpados entrecerrados, en un gesto de interrogación.

El viejo *Loa* había caminado lo más rápido posible siguiendo a Moh'hr, contento de que este último tuviera que aminorar considerablemente el paso debido al dolor que sentía en los pies. El esfuerzo realizado le había marcado el rostro, de la misma forma que la crecida del río había dejado marcas en las riberas transformadas. El sudor brillaba en los pliegues de su piel, trazando surcos en la tierra con que se había espolvoreado y apelmazando en mechones retorcidos sus escasos cabellos y el pelo que tenía debajo de la boca. Una película negruzca y agrietada le cubría el labio superior. La parte clara de sus ojos había adquirido una tonalidad rosada, y varias de las costras que tenía en la parte superior del cráneo, y que se había rascado, sangraban bajo el sol abrasador. Parecía muy satisfecho de encontrarse allí.

Había seguido a Moh'hr, dijo mediante gestos y palabras susurradas, porque creía que se había marchado en busca de la gran montaña que escupe y sopla nubes. Él también quería buscar, encontrar y ver aquella montaña. Había cogido sus bastones y la piedra cortante que prefería desde hacía mucho tiempo, y había partido. Nadie del clan le había preguntado adónde iba con todas aquellas cosas, ni siquiera habían parecido reparar en él, así que no había tenido que responder... Mostró los bastones —finos y ligeros, uno que golpea y uno que pincha—, así como la piedra *dzia* oscura y pulida de filo tallado en pocos golpes, cuidadosamente envuelta en una red de fibras de hierbas acuáticas colgada al cuello.

—*Iaaw atanik mohgr'ffhui* —dijo Moh'hr.

No, no había partido en busca de la gran montaña que expulsa todas las nubes. El brillo que iluminaba los ojos claros de Nar-iaw —que parecían menos claros que de costumbre— apenas se apagó. Era evidente que seguía sintiéndose muy satisfecho de encontrarse allí.

—¿*Nak-Booh-Loa*? —dijo, haciendo con la cabeza una seña en dirección al lugar donde había encontrado a Moh'hr.

—*Iw* —dijo Moh'hr, con los labios apenas entreabiertos.

Nar-iaw también quería verlos.

E incluso después de que Moh'hr intentara explicarle el peligro que corrían, incluso después de que dijera lo que pensaba (en pocas palabras susurradas y con algunos movimientos rápidos de los dedos unidos en una especie de mazo) de las intenciones de los *Nak-Booh-Loa* si los atrapaban, incluso después de todo eso, el viejo Nar-iaw insistió en que quería ver a los otros *loanak*, las otras gentes, que habían construido un refugio a orillas del río que venía de la montaña cercana. De modo que Moh'hr volvió a hacer el trayecto hasta su punto de observación habitual reptando, con la nariz de Nar-iaw pegada a los talones. No había necesitado recomendar prudencia al anciano, que se movía sin hacer ruido, con la piedra en la boca para evitar arrastrarla por el suelo y desgarrar el envoltorio de hierbas, y que sólo había cogido un bastón, el que sirve para golpear, evitando así que entrechocaran.

Observaron el refugio de los *Nak-Booh-Loa* tendidos boca abajo, uno junto a otro, a la sombra envolvente de la alta piedra. Las moscas corrían por su espalda y entre sus nalgas; Moh'hr acabó por no hacer ningún caso a las que le irritaban las heridas de los pies. Nar-iaw parecía una extraña raíz plana y nudosa abierta en todas direcciones. En un momento, sin abandonar su inmovilidad, dejó escapar el agua tibia de su cuerpo. Las nubes cruzaban el cielo, pero no tapaban en absoluto la luz; eran *ff'hurs* que estaban más arriba que el sol y que no llevaban lluvia.

Luego aparecieron más *Nak-Booh-Loa* en el terreno elevado, y Moh'hr y Nar-iaw vieron que estaban construyendo otro refugio. Moh'hr hizo el signo de alejarse; el viejo lo siguió.

Incluso después de que el río y la luz violenta se hubieran llevado a varios de ellos —si es que se los habían llevado realmente—, los *Nak-Booh-Loa* seguían siendo lo bastante fuertes para construir otro refugio. Moh'hr le dijo esto a Nar-iaw mientras regresaban al clan. No pronunció más palabras, y el viejo tampoco. Caminaban al mismo paso. A veces, Moh'hr le tendía la mano a Nar-iaw para ayudarlo. Pero cuando el clan estuvo a la vista, ya no lo esperó. El sol, trémulo y rojo, empezaba a presentar el aspecto de lo que escupen, *arsha*, las montañas humeantes. La sombra ya había invadido otra parte del borde del lago; los arbustos claros de la pequeña montaña que emergía del agua resaltaban sobre la tonalidad mate y oscura de las abruptas laderas de piedra.

El clan prácticamente al completo, el mismo que no había parecido preocuparse de la marcha de Nar-iaw tras la de Moh'hr, se hallaba presente a su regreso. Al principio, viendo a Iw'oa-hua-hua en el centro del grupo, Moh'hr creyó que querían hablar con el viejo, pero a quien esperaban era a él. Con excepción de las varas cubiertas de trozos de carne, entre dos de los refugios, ya no quedaba rastro manifiesto del descuartizamiento del *nakoa-xri'*, ni al pie del árbol seco ni en los huecos abiertos en sus troncos. Los pájaros de cuello pelado permanecían en las ramas vecinas, con otros que saltaban de rama en rama revoloteando, como si todos supieran perfectamente que antes o después la vigilancia de las crías de hombres *Loa*, que no se había relajado desde el inicio del día, ofrecería una fisura que podrían aprovechar. Los *nakoa-xri'* de pelaje rayado habían regresado a la ribera, al mismo lugar que no era visible desde los refugios; sus gritos (como los de Nehmo-Akn cuando estaba contenta) volaban por encima de las escalonadas cumbres planas.

—¿*Nak-Booh-Loa*? —dijo Iw'oa-hua-hua cuando Moh'hr dirigió la mirada hacia él.

Moh'hr hizo el signo de aprobación. Caminó hasta el árbol seco, en el centro del espacio entre los refugios; los *Loa* congregados se apartaban para abrirle paso. Se sentó en el suelo, apoyado en el tronco y con las piernas estiradas, dejando la planta de los pies a la vista de todos. Haciendo los signos del hambre y la sed, dijo que su vientre y su garganta protestaban. Iw'oa-hua-hua se agachó ante él y fue imitado de inmediato por algunos. Ahora que la carne había perdido importancia, sus miradas, atentas y curiosas, iban del rostro de Moh'hr a sus pies agrietados, se detenían en éstos y pasaban al nuevo bastón atravesado sobre sus piernas, laceradas por los espinos. Entre ellos se encontraba Neh-n'xkigli, cuyos voluminosos pechos le caían sobre el vientre, ahora plano. Una mujer se acercó a las varas de carne y regresó con un trozo ennegrecido y ya reseco por efecto del sol. Neh-Ishri'n', que se le había adelantado, le llevó agua en un trozo de cáscara de huevo de gran *nanakoa*, que no es un verdadero pájaro, ya que corre pero no vuela; la mujer permaneció a su lado, sosteniendo la porción de cáscara hueca después de que Moh'hr hubo bebido unos sorbos.

Él se puso a masticar con lentitud, evitando encontrar sus miradas. Una vez, al levantar los ojos hacia el cielo manchado en casi toda su extensión por nubes rojizas y violáceas de tamaños y formas idénticas, que evocaban la imagen de una manada en movimiento, los *Loa* que lo rodeaban también levantaron los ojos. Sin embargo, él siguió masticando sin mirarlos. Oía sus murmullos y los ruidos que hacían al moverse o respirar profunda y entrecortadamente. Los pájaros piaban en las ramas. El olor a carne seguiría flotando sobre los refugios días y noches después de que se hubieran comido el último trozo. El zumbido de las innumerables moscas sonaba por doquier, especialmente sobre las varas; Moh'hr ya no las espantaba, salvo, con un breve soplido, cuando se posaban sobre la carne que estaba desgarrando con los dientes.

Luego, Nar-iaw llegó a su vez al clan y se sentó junto a Moh'hr al pie del árbol seco. No quiso comer, pero aceptó el agua de la cáscara que le ofreció ostensiblemente Moh'hr a fin de que todos los *Loa* supieran que, en esta ocasión, el viejo y él habían visto las mismas cosas.

Grande, rojo como la carne, el sol descendía hacia la tierra sofocada por un calor trémulo. Unas nubes semejantes a polvo humeaban a su alrededor.

Entonces, después de que Nar-iaw hubiera bebido la última gota de agua y devuelto la cáscara partida a Neh-Ishri'n' de cabellos rojos, Moh'hr dijo:

—*Nak-Booh-Loa'han to-nik-nik-xuahan.*

Y como prestaban atención, y los niños más pequeños mantenían la boca cerrada, siguió hablando.

Los *Nak-Booh-Loa* estaban instalándose a orillas del río —Moh'hr repitió esto varias veces, una tras otra, en el mismo tono y con las mismas palabras, los mismos gestos, a fin de fijar las imágenes en su cabeza y que no se difuminaran—, tal como habían constatado el viejo y él. Sin duda alguna, los *Nak-Booh-Loa* eran fuertes, ya que estaban levantando otro refugio cuando apenas hacía unos días que habían llegado. ¿Cómo de fuertes?, preguntó Iw'oa-hua-hua. Moh'hr no lo sabía con certeza, pero dijo «muy fuertes». Nar-iaw asintió diciendo «más que muy fuertes», y añadió que había visto muchos hombres, pero también muchas mujeres. Escucharon al anciano y no volvieron la cabeza antes de que hubiese cerrado la boca tras pronunciar la última palabra.

Iw'oa-hua-hua preguntó de dónde venían los *Nak-Booh-Loa*.

Son, dijo Moh'hr, los que caminan bajo el sol joven, y así es como se llaman en su lenguaje. Vienen de allí donde los ríos son pequeños, en los territorios que eran los de los primeros *Loa* antes de que éstos se pusieran también en marcha hacia aquí. Tal vez los hombres son como las estaciones, que se van y vuelven. Tal vez todos los hombres parten un día de los territorios donde los ríos son pequeños para venir aquí, y tal vez los de aquí deben entonces partir a su vez, después de haber permanecido mucho tiempo a orillas del gran lago.

Iw'oa-hua-hua, y con él Han-dzia-to-nik-ok y Oa-mo-Hev, no quisieron escuchar esas imágenes.

¿Por qué iban a querer los *Nak-Booh-Loa* expulsar a los *Loa* de las tierras de aquí?, preguntó Iw'oa-hua-hua. Moh'hr se quedó unos instantes en silencio. Iw'oa-hua-hua no quería dejar la ribera del lago y decía que los *Loa* estaban allí desde que la lluvia que hace crecer las cosas había caído por primera vez. Decía que unas imágenes distintas de éstas no eran buenas. Moh'hr dijo que los *Nak-Booh-Loa* quizá no querían expulsar a los *Loa*, pero que aun así eso sucedería. Entonces les tocó a los otros guardar silencio.

El sol penetró en la tierra. Era redondo y estaba sobre la montaña, con todo el cielo coronando su cabeza como una cólera sin ruido; las cohortes del gran rebaño de nubes se oscurecían.

Moh'hr dijo que llega un momento en que los territorios dejan de ser buenos para los hombres que viven en ellos, porque cada vez hay menos cosas para comer y, en cambio, más hombres, ya que otros hombres nunca vistos llegan y hacen refugios en los que se instalan. Entonces hay que dejar a los que llegan; hay que partir hacia lo que espera a los hombres más lejos. Dijo que «más lejos» espera a los hombres sin cerrar jamás los ojos.

Moh'hr dijo que los *Loa* ya habían andado mucho a orillas del lago, y por las montañas que se encuentran antes de llegar a orillas del lago, desde que habían empezado a andar. Él mismo tenía en la cabeza las imágenes difusas de otro lugar en la ribera, cuando era apenas *uesh* de *Loa*. Ahora las lluvias tardaban en llegar, cada vez tardaban más, y había muchos menos *nakoa* de cuatro patas en las orillas de la gran agua serena porque sabían que no subiría más, al contrario, bajaría hasta que un número de moscas suficiente para tapar la luz se abatiera sobre todos los peces inmóviles y viscosos. Los árboles, grandes o pequeños, eran cada vez más delgados, y cada vez tardaba más en aparecer la carne de árbol comestible que nacía en sus ramas. Cuando pasaran días y más días, sucedería lo mismo que en la tierra de los «caminantes bajo el sol joven», devastada por las manadas de *edri'han-uok* altos como varios *loa*, de grandes orejas y dientes curvos que tocan el suelo; sería como si manadas de *edri'han-uok* hubieran pasado también por allí.

¿Quién había dicho que los *edri'han-uok* se habían comido los árboles de los territorios abandonados por los «caminantes bajo el sol joven»?, preguntó Iw'oa-hua-hua.

—*Neh Nak-Booh-Loa. Moh'hr dwi hr'iaw* —dijo Moh'hr.

La mujer *Nak-Booh-Loa* que a él le gustaba mirar largo rato.

Un murmullo de sorpresa, que expresaba asimismo una especie de miedo, corrió entre el grupo reunido ante Moh'hr y Nar-iaw, mientras de la garganta de Neh-Ishri'n', en cuclillas y con el trozo de cáscara vacío entre los muslos y el vientre, escapaba un breve silbido de incredulidad. Moh'hr le dirigió una rápida mirada y, al ver su rostro, por unos instantes pareció ligeramente contrariado. Contó entonces lo que había vivido con los *Nak-Booh-Loa* lanzándole de vez en cuando otras miradas furtivas, como si resaltara ciertos hechos especialmente para ella.

Dijo que la luz del cielo en lucha se los había llevado, y a Maaq' con ellos, para salvarlo y elegirlo a él. Que el gran *tohr'us ñakoa* blanco se lo había llevado. Contó lo que había visto, y que después se había encontrado con la mujer *Nak-Booh-Loa* mientras su cuerpo tenía los ojos cerrados, y repitió las palabras oídas y comprendidas.

Ellos movieron la cabeza e intercambiaron miradas. Pero en ese momento Oadwi señaló hacia el sol, que acababa de desaparecer, señaló las nubes, negras y bordeadas de fisuras centelleantes en un cielo azul oscuro, y dijo que, como podían ver, las nubes empezaban a regresar, y la lluvia también, después de que Iw'oa-hua-hua y él hubieran atrapado al *nakoa-xri'* cuya carne troceada se hallaba ahora colgada de unos palos. Un murmullo aprobó estas palabras. Iw'oa-hua-hua meneó la cabeza. Por el rabillo del ojo, Moh'hr veía que Neh-Ishri'n' tenía la mirada clavada en él, lo observaba con tensa atención.

—*Iaaw* —dijo.

No. Las imágenes que había bajo las palabras de Oadwi no eran buenas, ni sólidas. Él, Moh'hr, había sido elegido por la fuerza luminosa del cielo que traía la lluvia y que había permitido, al mismo tiempo, que Iw'oa-hua-hua y Oadwi capturaran la presa. Él, Moh'hr, había sido el primero en ver a los *Nak-Booh-Loa*, y había encontrado uno de sus bastones sin tener que combatir con ellos para cogerlo, y la fuerza de luz había actuado de modo que él viera y escuchara, con los ojos cerrados, a la mujer *Nak-Booh-Loa*.

Los *Loa* congregados ya no sabían adónde mirar. El rostro de Neh-Ishri'n' expresaba un desconcierto temeroso.

—*Iaaw* —dijo a su vez Iw'oa-hua-hua.

Luego afirmó, y con él Oadwi, así como Oamo-Hev, Edri-Sklaa y Han-dzia-to-nik-ok, que los *Loa* eran fuertes, ya que antes que ellos muy pocos habían capturado alguna vez un *nakoa-xrï'* entero. Eran fuertes en los territorios del gran lago y, por lo tanto, no temían que los *Nak-Booh-Loa* los expulsaran y ocuparan su lugar: eso no ocurriría. Los *Loa* estaban desde siempre en las riberas del lago, eran como la gran agua tranquila, eran como las grandes aguas cuando rugían con el viento; los *Loa* estaban bajo el mismo cielo que *atanik-to-nik-nik* porque ése era su sitio. La lluvia había vuelto, y con ella una gran presa de carne que Iw'oa-hua-hua y Oadwi habían encontrado.

Acto seguido, Iw'oa-hua-hua se puso en pie y se alejó. Uno tras otro, los demás hicieron lo mismo. Moh'hr los vio dispersarse sin añadir una palabra, sin intentar retenerlos para ofrecerles de nuevo sus imágenes.

—*R'euh* —dijo el viejo Nar-iaw, como exhalando un suspiro.

Al levantarse, su respiración sonó entrecortada, ahogada. Se movía con dificultad, apoyando las dos manos en los bastones. Se dirigió con los demás hacia los trozos de carne ensartados en las varas, entre los dos refugios, y esperó su turno para servirse.

—*¿Moh'hr r'euh?* —preguntó Neh-Ishri'n'.

—*Iaaw*.

Moh'hr no quería comer. Se levantó. Caminó hacia el árbol situado en el borde del terreno llano de los refugios. Nar-iaw no fue, pero Neh-Ishri'n' se reunió con él, llevando hojas picadas que aplicó sobre la planta magullada de sus pies. Él la dejó hacer. Más tarde, cuando ella se acostó a su lado, lejos de los refugios, siguió dejándola hacer, y también cuando cerró la mano en torno a lo que tenía entre las piernas y que lo convertía en un hombre. Y a continuación ella lo dejó hacer.

Moh'hr apenas cerró los ojos.

La noche era inmensa en torno a él y a la pequeña mujer de abundantes y enmarañados cabellos rojos, en torno a los *Loa* de ese clan. Los puntos brillantes del cielo aparecían y escapaban en un abrir y cerrar de ojos en todas direcciones, como si alguien arrojara piedras de luz viva. ¿Hasta dónde podía extenderse así la noche?

Moh'hr esperaba a que la luna que se come a los hombres dejara paso al sol que los ayuda y los defiende; esperaba a que se fuera y terminara su camino... Entonces él podría comenzar el suyo hacia ese lugar del mundo que aún no tenía nombre. Su piel estaba fresca en las zonas donde no se hallaba en contacto con la de Neh-Ishri'n' o con el suelo. Notaba contra su cuerpo la respiración regular de la mujer, rápida y ligera, acompañada de un ruido similar contra su pecho; resultaba agradable, aunque no sabía por qué, simplemente debido a esa presencia junto a él de la respiración suavemente ruidosa de Neh-Ishri'n'. Y no quería moverse, temeroso de que el menor roce truncara la sensación. Miraba hacia el cielo. Entre las nubes que la luz de *jui-orhg* teñía de dorado veía la imagen de la mujer *Nak-Booh-Loa* a la que había mirado con frecuencia.

Justo antes del inicio del nuevo día, los *'riekek* gritaron en la orilla del lago, en la dirección que había seguido Moh'hr en ese instante de varias mañanas anteriores y que esta vez no siguió... Esta vez se limitó a mirar cómo Nehmo-Akn, Edri-Sklaa y otro se alejaban sigilosamente, a grandes zancadas, hacia los gritos. Estuvieron de regreso en el clan cuando el sol era casi un hombre fuerte, contaron que los *'riekek* habían encontrado el cuerpo de la mujer arrastrada hasta allí por el río, una mujer desconocida, seguramente una de esas *Nak-Booh-Loa* de las que había hablado Moh'hr.

Cuando el sol fue más que un hombre fuerte, Moh'hr abandonó el clan en la ribera de *atanik-to-nik-nik*, el lago inmenso de agua tranquila. Tan sólo se llevó el bastón que había encontrado en el río.

Los *Loa* no lo vieron marcharse. La mayoría de ellos esperaba a que disminuyera el calor a la sombra de los refugios, entre el zumbido de las moscas; los que se encontraban fuera de los refugios estaban demasiado ocupados vigilando, en los árboles cercanos, a los pájaros de cuello pelado dispuestos a desplegar las alas para abatirse sobre los trozos de carne negra ensartados en las varas.

Nadie lo vio marcharse salvo Nar-iaw, que esperaba ese momento. Y Neh-Ishri'n'.

7

Ni-ei ya estaba lejos del refugio, entre las altas hierbas, cuando amaneció el primer día de su larga marcha. Desde entonces, otros días y sus noches habían transcurrido.

El sol que se elevaba sobre la tierra desconocida era el del penúltimo dedo de la mano cuando Ni-ei encontró lo que quedaba del cuerpo del hombre en la orilla del río.

Ella seguía el río desde la noche y el día anteriores. Llevaba mucha agua; todos los *nam* juntos no habían visto tanta desde hacía mucho tiempo. Nada más oír su murmullo en la noche, justo antes de verla brillar bajo la luna, la invadió el deseo de reír, no tanto por la mera presencia de aquel gran caudal, sino debido al lugar por donde fluía, no muy lejos de aquel donde el grupo había construido su refugio a orillas de otro río casi seco. Había seguido apresuradamente el curso del agua oscura, surcada por remolinos y espuma, sin descansar, yendo en ocasiones, si el terreno lo permitía, tan deprisa como la corriente.

Ni-ei había entrado con el río en la montaña desconocida, que apartaba sus laderas rectas justo lo necesario para dejar pasar el agua, entre dos orillas angostas y repletas de maleza, bajo un cielo opresivo.

Así fue como encontró, en la orilla opuesta, en ese principio de sol nuevo, lo que quedaba del *nam*.

Supo que se trataba de un hombre al ver los largos pelos en el rostro informe, prácticamente devorado (no conocía a ninguna mujer, a no ser que fuera muy vieja, con tanto pelo en la cara, y no podía imaginar que existiese alguna); lo que distingue más claramente a un *nam* de una *ei* apenas se veía: la parte inferior del cuerpo, desde la entrepierna hasta los huesos descoyuntados del torso, estaba comida, las piernas desgarradas ya no tenían pies, tan sólo quedaba un trozo de brazo... Tras haber examinado el esqueleto, retrocedió y se agachó cerca de él, junto a una mata de hierbas de grueso tallo hueco. El sol le daba de cara. La fuerza invisible que hace vivir las cosas en la superficie de la tierra marcaba su sombra detrás de ella, pero era como si Ni-ei no lo supiese, como si no se hubiera percatado de que estaba ahí. Desde el primer día había dejado de preocuparse por la presencia de la sombra a sus pies: lo que había que hacer, lo que no había que hacer, todo aquello que sabía desde siempre, se había desmoronado en su interior como tierra vieja y polvorienta.

Vigilaba el cuerpo desgarrado, cubierto de bichos, entre el zumbido rabioso y hambriento de las moscas brillantes como fragmentos de piedra tallada.

Tal vez era él, ese hombre, el que la seguía y al que había entrevisto varias veces desde el final del primer día siguiente a su marcha del refugio situado en las altas hierbas. Y tal vez era el *sh'ohr* negro el que había desgarrado de esa forma a aquel hombre solitario que caminaba tras sus pasos y, a continuación, lo había colocado ante ella para que lo encontrara y dejara de temerlo.

El sol calentaba progresivamente una parte de su cara. Ni-ei no sabía exactamente qué esperaba; quizás otro signo, que pudiera identificar, del gran animal negro que la acompañaba para protegerla sin que fuese posible verlo ni oírlo. Había dejado de dolerle el vientre —tan sólo emitía los ruidos del hambre— y la sangre ya no corría entre sus piernas como había continuado haciéndolo durante los primeros tiempos de su marcha. El largo camino andado hasta allí la había dejado exhausta. Cerró los ojos. Permanecía en cuclillas, con las rodillas en alto y los senos, hinchados y sensibles, apretados contra los muslos; si inclinaba la cabeza hacia delante y subía los pechos con las manos, podía atrapar con la boca los pezones firmes y erguidos. Había perdido el trenzado de hierbas que le mantenía el cabello apartado de los ojos y no se había molestado en confeccionar otro. La costumbre adquirida durante una larga, larguísima estación, hacía caer sobre su rostro los mechones hirsutos, sembrados de espinas y briznas, a pesar de que ahora repetía a menudo el gesto para apartarlos. La sombra acentuaba sus mejillas hundidas, así como el perfil suave de su mandíbula. Las moscas que estaban sobre el cuerpo del hombre se acercaron a ella y empezaron a revolotear a su alrededor. Ni-ei movía de vez en cuando la cabeza, o soplaba dirigiendo la boca hacia uno y otro lado, para alejar a las más molestas. Había apoyado la barbilla en las rodillas; en esa posición, la presión ejercida en los pechos transformaba el dolor en algo casi agradable.

Esperó.

Ni-ei había dejado el lugar donde se hallaba el refugio, entre las altas hierbas, antes de que la luz redonda de la noche alcanzara la cima del cielo. Y se había puesto en marcha, había caminado. Había caminado sin detenerse, sin prudencia. A la luz nocturna, había percibido varias veces la presencia del *sh'ohr* en la sombra, a su lado, y lo había reconocido de inmediato; caminaba con ella y la protegía. Ni-ei había comprendido eso enseguida. El *sh'ohr* la ayudaba contra lo que era Ohr reencarnado, salido de su vientre para castigarla por lo que había hecho y que jamás le había contado a nadie, ni siquiera a Efi-ei. El *sh'ohr* era su aliado, y lo que había dicho Nam de espalda encorvada era cierto: ella pertenecía ahora tanto a los *nam-ni* como a los *nam*.

Eran palabras acertadas. Los animales que temen al *sh'ohr* no se habían interpuesto en su camino. Ella pronunciaba el nombre del *sh'ohr* con frecuencia, a la vez para comunicarle su presencia y porque no sabía decirle de otra forma lo fuerte que se sentía con él a su lado, cuánto deseaba que permaneciese allí. Pronunciaba el nombre del *sh'ohr* en voz alta o para sus adentros, lo repetía una y otra vez al ritmo de sus pasos. Avanzaba deprisa, sin tomarse tiempo para hacer otra cosa que no fuera andar. Cogía las cosas que se comen de las ramas de los árboles sin detenerse, cuando las encontraba a su paso; no se molestaba en buscar. No encontró muchas; desde luego, no las suficientes para acallar su vientre y calmar los sabores agrios que le inundaban la boca.

La primera noche roja se comió el animalito que Efi-ei le había lanzado tras habérselo quitado a Ei-hn. Cogió dos piedras apropiadas y las golpeó una contra otra como sabía hacer para obtener una cortante; las lascas que se desprendieron cortaban más que la piedra en sí, así que las utilizó para retirar la piel del animal antes de abrirlo y trocearlo. También se comió el interior del animal, junto con los huesos más blandos. Conservó el fino y suave pelaje y lo enrolló en torno al bastón, atándolo con tallos de hierba reblandecidos entre otras dos piedras. Entonces vio al que la seguía.

Aún no sabía que la seguía; lo comprendió más tarde, al día siguiente, cuando lo vio de nuevo.

De momento distinguió su silueta encorvada entre los matorrales de espinos, a la distancia de la voz sin gritar. Se trataba de un *nam* en posición erguida, con un bastón corto en la mano. Seguramente el último sol rojo, que le daba en los ojos, le impidió comprender lo bastante deprisa que ella miraba repetidamente en su dirección y lo había visto; vaciló un instante antes de agacharse y esconderse tras un arbusto cercano.

Ni-ei tenía el corazón palpitante. En su boca, el regusto del animal que se había comido cambió. Mientras el sol se sumergía en la tierra, observó, sin moverse, el lugar donde el *nam* había desaparecido. No lo vio. Tal vez nunca hubiera estado ahí... pero ella lo había visto y sabía que estaba. En la oscuridad rojiza, pronunció el nombre del *sh'ohr* y luego lo repitió a voz en grito en dirección al hombre (si estaba solo) que permanecía oculto. El nombre del *sh'ohr* atravesó las sombras y rodó por los matorrales, se elevó entre los altos árboles y rebotó contra las tierras verticales de las montañas. Su fuerza recorrió a Ni-ei por debajo de la piel.

Después de gritar, cogió la piedra que acababa de utilizar y, con el bastón en la otra mano, retrocedió protegida por unas matas de grandes hojas y tallo fino. Se agachó y permaneció a la espera. Los ruidos nocturnos se instalaban a su alrededor, de forma pausada, como en diferentes niveles, colocados unos sobre otros, unos dentro de otros; ella se encontraba en medio, los ruidos la atravesaban como si quisieran depositar sus nombres en ella, y ella iba reconociéndolos; no había ninguno que no hubiera oído nunca, ninguno especial para expresar la presencia del que se escondía en alguna parte en la linde de la noche.

Pero Ni-ei no cerró los ojos. Tras haber prestado atención un rato sin oír lo que temía, se levantó de entre las frondosas matas y se puso en marcha de nuevo. En ese preciso momento, unos pájaros nocturnos empezaron a pelearse con una manada de casi *nam* de larga cola en las ramas del árbol al que éstos se habían encaramado para pasar la noche, y el conjunto de aquellos chillidos rabiosos de refriega se elevó hasta los puntos brillantes del cielo.

Ni-ei caminó gran parte de aquella noche sin preocuparse de la sombra que arrastraba a su espalda, en la luz cortante de la luna; pero la sombra no hizo nada para impedirle caminar. Ella pronunciaba regularmente en voz alta el nombre del *sh'ohr*.

Luego la luz redonda de la noche descendió, a través de las ondas de las nubes, y cubrió la superficie del agua de arriba que es el cielo, como cuando el viento sopla sobre la superficie del agua de abajo que son los lagos y los ríos. Ni-ei se detuvo. Sentía una pesadez en las piernas que le dificultaba la marcha. Todo el cuerpo protestaba violentamente en su interior, sin hacer ruido. La montaña plana formaba un gran agujero oscuro que se elevaba ante ella, todavía lejos, aunque la negrura no permitía calcular con precisión la distancia. En los contornos seguía habiendo tierra llana y cubierta de hierba, con árboles de hojas espinosas, muchos de ellos secos, extendidos los brazos de sus grandes carcasas sin un murmullo que protegiera su desnudez. Ni-ei comprobó que el primero de esos árboles no estuviera ocupado y trepó hasta la segunda rama, donde se instaló. Cerró los ojos casi de inmediato.

Cuando volvió a abrirlos, el sol la acariciaba con sus primeros rayos.

Aún tenía el cuerpo pesado y los miembros rígidos. Bajó del árbol y recogió el bastón, que había caído al suelo. El agradable contacto de la tira de piel le produjo una sensación parecida a la experimentada cuando pronunciaba el nombre del *sh'ohr*. En su interior se acumulaban numerosas imágenes imprecisas, difuminadas, que percibía como un gran bullicio y de las que no quería ocuparse en ese momento. Unas imágenes que habían dado vueltas en su cabeza mientras cerraba los ojos y que no dejaban de girar.

Una fuerza confusa se instalaba en su cuerpo: continuaba siendo Ni-ei sin el grupo, sin los otros *nam*; por lo tanto, lo que es *nam* lo es siempre, al igual que un fragmento de piedra sigue siendo piedra.

A la luz, la montaña parecía a la vez menos alta y más cercana. La tierra, con los árboles encima, ascendía en ligera pendiente cruzada por sombras profundas, a cuyo alrededor los árboles estaban apretados como hierbas. Ni-ei tenía la garganta seca; nada más regresar del otro lado del mundo, había empezado a notar otra vez pellizcos en el vientre. Buscó con los ojos la forma particular de un tronco, el color y la disposición de sus hojas junto con lo que ofrece para comer y calma el vientre, pero no lo vio. Se puso en marcha hacia la montaña y los árboles apretados como hierbas.

Iba hacia la montaña porque ésta se encontraba ante sus pasos, en la dirección de su marcha. Sin embargo, esa dirección era la que un *nam* no debe mirar, y todavía menos seguir, a partir del momento en que el sol, en lo más alto del cielo, comienza a descender hacia la tierra (es el momento en que la parte visible de lo que sigue siempre a un *nam*, su sombra, tira de él hacia un lado e intenta situarse a su espalda, fuera de su vista, cuando es preciso vigilar en todo momento a la sombra para poder evitar las trampas que tiende constantemente). Con todo, en esa dirección había otros *nam*; varias veces habían venido de allí, su marcha había cruzado al grupo de Ni-ei... cuando formaba parte de él. Ella iba hacia la montaña para conocer a otros *nam*, y se quedaría con ellos si no la rechazaban como la habían rechazado Nam y sobre todo Efi-ei. Los que iba a conocer, ¿sabrían también lo que había hecho?

No encontró ni el árbol de frutos que calman el vientre ni nada fácilmente comestible. Poco a poco se había puesto a andar al mismo paso rápido que la víspera y la primera noche. No se concedía tiempo para rebuscar al pie de algunas plantas con el bastón, y todavía menos para acechar el paso, o la salida de su madriguera, de un animal pequeño al que pudiera matar asestándole un golpe seco.

Cuando llegó el momento en que un *nam* no debe seguir caminando en esa dirección, ya que su sombra tira de él hacia un lado antes de saltar a su espalda, Ni-ei continuó. Un poco más tarde, al adentrarse entre otros árboles de hojas espinosas y mirar atrás, vio por segunda vez al que la seguía.

Estaba lejos, apenas resultaba visible, pero Ni-ei supo que era él. Lo había visto por la misma razón que la primera vez: el sol lo cegaba porque se veía obligado a mirarlo de frente si no quería perderla de vista. Y su reacción fue la misma: agacharse y hacerse a un lado. Pero no desapareció del todo, sino que permaneció junto a la roca plana que salía del suelo y tras la cual podría haberse escondido; en lugar de eso, se incorporó lentamente y se quedó medio agachado, medio de pie. Un rato más tarde seguía igual.

Ni-ei le gritó el nombre del *sh'ohr* con tal brusquedad que varios pájaros de pico amarillo salieron volando de un árbol cercano. Le pareció que el *nam*, allá abajo, agitaba el bastón hacia ella. Le pareció oír que respondía a su grito con otro grito, pero había demasiados ruidos de insectos a su alrededor como para estar segura.

Reemprendió la marcha a zancadas largas y rápidas. Los voluminosos pechos saltaban y le dolían; cada paso parecía repercutir en su vientre. Se detuvo y miró hacia atrás: ya no veía con tanta claridad la roca plana entre los troncos, aunque sí lo suficiente para constatar que su perseguidor seguía allí, inmóvil. Seguía sin esconderse y no había avanzado ni un paso. Ni-ei emitió un débil silbido. Era un *nam* que sabía las cosas, como ella las sabía cuando todavía estaba en el grupo, antes de irse y hacer lo que no se debía hacer. Él hacía lo que es conveniente hacer. No caminaría más hacia donde su sombra no quería ir; no correría el riesgo prohibido de desplazarla a su espalda en contra de su propia voluntad y quedar a merced de su cólera.

¿Por qué un *nam* que sabía eso, y lo aplicaba, la seguía a ella, que ya no era de los suyos, que iba contra lo que se debe hacer, como los animales del territorio en el que se había adentrado? ¿Por qué, si no era para rechazarla totalmente e impedir que se reuniera con los animales, a los que les diría las cosas secretas de los *nam*? Y si aún no le había dado alcance era únicamente por esa razón, que le impedía caminar tanto como ella, la mitad del día y la mitad de la noche, porque él aplicaba la regla de los *nam*, de lo que debe hacerse para permanecer mucho tiempo en pie sobre la superficie de la tierra.

Ni-ei se estremeció. Se sintió tan pequeña como la silueta vaga y lejana de su perseguidor, abrumada pero a la vez más fuerte.

Un rato después ya no vio el lugar junto a la roca plana, ni la roca plana, tan sólo la copa de los árboles que iba dejando atrás, que descendían gradualmente y cuyas frondosas redondeces entremezcladas evocaban las nubes del cielo. Sin embargo, sabía que él seguía allí, esperando la noche para reanudar la batida en la dirección que le estaba momentáneamente vedada. O quizá buscaría otra solución, caminaría de lado, o de espaldas, vigilando su sombra. En uno u otro caso, Ni-ei tenía la oportunidad de caminar mucho rato sin él.

La tierra llana estaba cubierta de hierbas y de grupos de árboles. Había huellas de animales en el suelo y en los matorrales, pero Ni-ei no vio ninguno por donde ella pasaba. Los vio a lo lejos: un grupo de esos con cuernos que les salen de la frente y de la boca, y también pájaros. Cuando uno se encontraba en la montaña, que por la mañana parecía una masa uniforme, veía que estaba constituida de mesetas sucesivas más o menos escarpadas, más o menos arboladas, más o menos pobladas de simple vegetación, con roca, guijarros, espinas, tierra roja o hierbas tiernas. El cielo tenía la forma de un río de abajo deslizándose por la cima de las rectas pendientes de color denso que los precipicios ceñían.

La marcha de Ni-ei era más lenta, sus zancadas cortas. Aunque tropezaba con frecuencia, continuó. Era más dificultoso bajar la pendiente que subirla. Vio varias veces numerosas huellas de grandes *nam-ni* de pezuñas hendidas y cuernos gruesos en la parte inferior de la cabeza. Después de que la noche hubiera llenado el espacio que se estrechaba entre las laderas de la montaña, Ni-ei seguía andando.

Evidentemente, el *nam* que le seguía los pasos se había puesto de nuevo en movimiento. Iba lo más rápido posible, pero no le resultaba fácil distinguir en la oscuridad las huellas dejadas por Ni-ei. Simplemente avanzaba en determinada dirección, la que él creía que había tomado su presa. Por eso su marcha era todavía menos rápida que una marcha lenta sin objetivo.

Como la noche anterior, Ni-ei escogió un árbol de follaje espeso, con el tronco suficientemente alto, torcido y ancho para acogerla. Sentada a horcajadas, cerró los ojos, pero las imágenes del día que acababa de finalizar no la abandonaban. Su vientre había comenzado de nuevo a gruñir y sus pechos, doloridos, se habían convertido en la parte más pesada de su cuerpo. Cogió uno entre las manos y lo oprimió con suavidad. El dolor desapareció y volvió a aparecer. De la punta dura del pezón brotaba una especie de rocío que mojaba los pelos negros del contorno de la piel rugosa más oscura. Ni-ei dobló el cuello y levantó un pecho hacia su boca; apretándolo todo lo posible, logró cerrar los labios en torno al pezón. Al tocarlo con la lengua, el botón de carne firme se puso más duro; el contacto le produjo un estremecimiento que la recorrió por dentro y por fuera.

Si el *sh'ohr* no hubiera cogido al *ni-nam* salido de su vientre, si ella se lo hubiera quedado, habría hecho lo que hacen todos los *ni-nam*: habría comido de esa forma hasta que hubiese aprendido a buscar alimento en las ramas de los árboles, o en las hierbas, o bajo tierra. En sus mamas había lo suficiente para alimentar a un *ni-nam* durante mucho tiempo.

Ni-ei cerró los labios en torno al pezón erecto del pecho que oprimía contra su boca y chupó. Después de algunos intentos, hasta encontrar la posición menos incómoda, el líquido agridulce fluyó del seno y le llenó la boca. Notó como un pellizco en ese pecho, y luego en el otro, que se convirtió en una sensación agradable. Tragó y volvió a chupar. El líquido tenía el mismo gusto que el agua que se encuentra en algunas hierbas de tallo hueco con ramificaciones. Le inundaba la boca, tibio, y volvía a ella. Pero volvía a su vientre, no al pecho de donde había salido; al cabo de un rato, la fuente se secó. Entonces Ni-ei hizo lo mismo con el otro pecho y, aunque le resultaba más difícil llegar a él, también lo vació. Al intentarlo de nuevo con el primero, constató que no se había vuelto a llenar. Había que esperar cierto tiempo; ella había visto comer a los *ni-nam* de las mamas de las mujeres a través de cuyo vientre habían venido.

Tenía el cuello rígido y los pechos seguían estando sensibles, pero la sensación de bienestar se había extendido en su interior. Cerró los ojos. Su vientre continuaba hablando, pero era para expresar su sosiego.

Abrió los ojos cuando la luz redonda y blanca que es el doble nocturno del sol se encontraba en lo más alto de su recorrido. El perseguidor respetuoso de las reglas de los *nam* debía de haberse detenido para no arrastrar de nuevo a su sombra aun a su pesar.

Ni-ei bajó del árbol tras haber pronunciado el nombre del *sh'ohr*. Él no respondió, y si seguía estando a su lado no lo manifestó más que mediante la disposición de unos nudos, en la rama de un tronco corto y bajo, que reproducían su silueta tumbada, desde la cabeza apoyada en las patas estiradas hasta la cola colgante. Niei ni siquiera echó un vistazo a su propia sombra doble. Notaba un cosquilleo en los pechos, de nuevo agradablemente repletos. Dio el primer paso de los que la condujeron, un poco más entrada la noche, a ese lugar del hueco de la montaña donde primero oyó y luego descubrió el río.

A la luz más tenue de la luna distinguió, al borde del agua, unos árboles de ramas portadoras de cosas de comer, pero aquellas ramas estaban vacías, o las pocas cosas de comer que colgaban al alcance de la mano estaban blandas y huecas. Ni-ei, sonriendo, se arrodilló al pie del árbol y, acompañada por el murmullo del agua, que había reemplazado todos los demás ruidos, mamó otra vez de sus propios pechos.

En todo el día que vino a continuación no vio a su perseguidor. Si seguía tras su pista, todavía se encontraba fuera del alcance de la mirada. O quizá se escondía mejor. Ni-ei seguía el río. Sólo caminaba por el agua si le resultaba imposible hacerlo de otra manera. En algunos puntos, el agua se estancaba en vastas extensiones bordeadas de cañas tupidas en cuyos márgenes se alzaban troncos destrozados y sin hojas; en esas aguas se encontraban los *nam-ni* de grandes mandíbulas y con piel como una corteza gruesa, que cuando abandonan su cuerpo se convierten en los árboles del río. Afortunadamente no vio ninguno. Cuando tenía hambre, los tirones y la pesadez ya no provenían del vientre, sino de sus pechos repletos y saltarines. Entonces se arrodillaba y mamaba. Luego reanudaba la marcha. En el momento de más calor del día, cerró los ojos un rato; volvió a abrirlos y vio que las nubes se desplazaban por el ancho cielo.

Ni-ei caminó durante parte de la noche y siguió sin ver al *nam* que la seguía.

Ya sabía dónde estaba: ante sus ojos, allí, en la ribera del río, medio devorado por el *sh'ohr*.

Oyó gritar a unos *iek* a lo lejos. A juzgar por sus aullidos desgarrados, que rebotaban contra las paredes de la montaña, se hubiera dicho que había bastantes, pero Ni-ei prestó atención y contó un número no superior a los dedos de una mano. Eran los primeros gritos de *iek* que oía desde que se había separado del grupo; hasta ese momento parecían haber desaparecido de la superficie de la tierra.

Los *iek* no eran los que se habían comido al *nam*. Si lo hubieran hecho ellos, no habrían dejado nada; aunque tengan el vientre lleno, los *iek* no paran de comer.

Había sido el *sh'ohr*. Él había atrapado a su perseguidor para protegerla y se lo comunicaba colocando en su camino la prueba de lo que había hecho por ella. Esas imágenes, detrás de los ojos de Ni-ei, eran buenas imágenes que cobraban consistencia y claridad cada vez que las evocaba. Recordó otras imágenes, éstas lejanas, que estaban en ella desde el fin de las últimas lluvias: las imágenes con Ohr, cuando hizo aquello por lo que se había apartado del grupo. Las conocía perfectamente; no la habían abandonado desde su aparición hasta ese momento, delante y detrás de sus ojos, pero estaban menos presentes desde que caminaba en busca de otros *nam* que quisieran acogerla. Las miró de frente, entornó los ojos, y lo primero que vio fue esto: ya no le daban miedo.

Esperó un poco más, en cuclillas. Había pasado suficiente tiempo desde que el *nam* fuera devorado para que lo que había estado en él ya no supusiera ninguna amenaza.

A lo lejos, bajo la montaña, los *iek* se habían callado.

Ni-ei dejó escapar el agua del vientre, que se había puesto a gorgotear de nuevo; luego se incorporó un poco y, en esa posición, se acercó de nuevo al cadáver. Lo único que consiguió con ese movimiento fue hacer más zumbante el vuelo desordenado de las moscas.

Su *sh'ohr* interior que la protegía la indujo a hurgar con la punta del bastón en las carnes ennegrecidas entre los huesos curvos. Las moscas, irritadas, se abalanzaron sobre ella. Ni-ei las espantó agitando su mano libre. El *sh'ohr* se habría comido esa carne.

En el instante en que Ni-ei tendía la mano hacia el torso destrozado del hombre, oyó un roce en las hierbas. Al verlos aparecer repentinamente, un débil grito de sobrecogimiento escapó de su garganta al tiempo que, sobresaltada, daba un paso atrás apuntándoles con el bastón, sujeto con ambas manos.

Eran tantos como los dedos largos de una mano.

Eran *nam* de espalda ancha, fuertes y altos; Ni-ei nunca había visto ninguno así, ni en el grupo de Nam ni en ningún otro. Tenían la cara alargada, los ojos hundidos y la nariz ancha. El cabello les crecía en mechones cortos y tiesos, al igual que los escasos pelos desperdigados desde debajo de los pómulos salientes hasta la parte inferior del rostro. Esa misma clase de pelos diseminados les cubrían el cuerpo y los miembros, con excepción del bajo vientre, donde eran más tupidos. Llevaban en la mano bastones despuntados, bastones pesados para golpear..., aunque uno de ellos sólo tenía una tira flexible de piel de *nam-ni* en una mano y una piedra en la otra.

El cabello y los pelos de la cara eran iguales que los del *nam* casi devorado: la evidencia se manifestó con rotunda nitidez ante los ojos de Ni-ei.

Habían aparecido entre las grandes hierbas y permanecían allí inmóviles, mirando a la pequeña mujer paralizada en su movimiento de retroceso. Transcurrió así un rato, durante el cual los latidos resonaron en el pecho de Ni-ei. Ellos también miraban el cuerpo desgarrado del hombre entre las raíces del tocón que asomaban a la superficie del agua.

—*Sh'ohr* —llamó Ni-ei.

Terminó de levantarse lentamente. Las manos, con los dedos apretados en torno al bastón, se le habían humedecido. Asió firmemente la parte envuelta con la piel del animal.

Uno de los hombres dijo una palabra que ella oyó sin entenderla, o quizá no era una palabra, no era una imagen, sino simplemente un gruñido sordo.

—*Sh'ohr* —repitió Ni-ei.

El hombre replicó con el mismo sonido, fuera una palabra o un gruñido.

—*¡Sh'ohr!* —dijo Ni-ei con voz firme, en un tono más alto—. *¡Anni ei sh'ohr!*

Habían empezado a avanzar hacia ella, pero al oírla se detuvieron. Ella volvió a decirles quién era, que era una mujer-*sh'ohr*, y eso significaba que debían llevar cuidado y no intentar detener su marcha. La entendían tan poco como ella había entendido el sonido proferido por uno de ellos, pero parecían sorprendidos de oírla hablar.

—*Ni-ei* —dijo, golpeándose la parte inferior del torso con la mano que sujetaba su bastón.

El que se encontraba más cerca levantó el suyo.

Mientras se desplazaba de lado, Ni-ei vio al que tenía la tira de piel colocar en ella la piedra. Con un gesto amplio que acabó en un movimiento hacia abajo, el otro lanzó su bastón puntiagudo, que se deslizó a escasa distancia del suelo. Ella se inclinó hacia el otro lado, esquivando por los pelos el bastón que, de no haberse apartado, le habría atravesado el vientre. Habría podido lanzar a su vez su bastón contra el gran *nam* desarmado, pero no estaba segura de acertar y, además, se hubiera quedado con las manos vacías. El que tenía la tira de piel, la hacía girar. Ni-ei también vio eso, y vio que la piedra salía disparada de la tira cuando ésta se destensó al concluir el movimiento enérgico del lanzador. Se arrodilló. La piedra pasó silbando sobre su cabeza, rozándole el pelo, chocó contra un tronco, a su espalda, e hizo saltar una astilla de corteza blanca.

Los hombres dieron un salto y se precipitaron hacia ella.

—¡*Sh'ohr!* —gritó Ni-ei.

Pero él no acudió. O si, de un modo u otro, lo hizo, no era el que ella esperaba. «Él» no acudió a su llamada.

Ni-ei se había tirado al suelo y después, apoyándose en los antebrazos y las rodillas, se levantó. Mientras permanecía en cuclillas junto al cuerpo despedazado, había observado lo suficiente los alrededores cercanos para saber, ahora, hacia dónde dirigir su huida. Y no era prosiguiendo adelante, sino volviendo sobre sus pasos por el otro lado del río. Gritó el nombre del *sh'ohr* y agitó el bastón con las dos manos, en una sucesión de movimientos al mismo tiempo giratorios y verticales, lo que pareció desconcertar a los otros por un instante. El que había arrojado la piedra con la tira de piel se estaba agachando para coger otra; el que había lanzado el bastón se deslizaba lateralmente hacia el lugar donde éste se había clavado para recuperarlo. Los demás atacaron al mismo tiempo.

Ni-ei dio media vuelta y corrió hacia el agua baja.

El bastón lanzado a ras del suelo por uno de sus perseguidores, dibujando un semicírculo, la tocó bajo un pie y la hizo trastabillar. Trató de no perder el equilibrio moviendo los brazos y, tras dar varios pasos, cayó al agua con una gran salpicadura. No había soltado el bastón, y lo alzó mientras rodaba sobre sí misma, escupiendo y tosiendo, con la mirada turbia. El *nam* que estaba abalanzándose sobre ella profirió un grito ronco cuando la punta levantada le perforó la parte superior del hombro, junto al cuello. El golpe dobló el bastón y repercutió en el brazo de Ni-ei. Ella oyó un crujido: el bastón, o algo en el hombro de su agresor. El hombre se sacudió con furia; Ni-ei vio la punta que salía por detrás del hombro, mientras él asía y arrancaba el bastón. Lo soltaron los dos al mismo tiempo. La sangre brotó de la herida y salpicó la parte inferior del rostro del hombre.

Ni-ei debería haberse levantado y huido de inmediato, aprovechando el instante de estupor entre los otros al ver sangrar a uno de los suyos. Alargó un brazo para intentar recuperar su bastón y vio que la piel del animal empezaba a desprenderse, que la tira de hierba se había roto. No hacía falta; aunque ignoraba por qué, sabía que no hacía falta. Agarró el bastón por el sitio donde la piel del animal aún no se había soltado.

El *nam* del hombro perforado seguía apretando su propio bastón con los dedos crispados, en el extremo de un brazo chorreante de sangre. Golpeó instintivamente, sin precisión; el borde de la punta alcanzó a Ni-ei en la cadera. Aunque asestado torpemente y sin fuerza, el golpe cortó la piel que cubre el hueso; el dolor se propagó por toda la pierna, uniéndose al del pie contusionado poco antes. Uno de los otros la agarró de ese pie y tiró hacia él. A través de las salpicaduras, ella vio que lo que hacía de él un *nam* fuerte se erguía y oscilaba contra su vientre. La imagen de Ohr, cuando estaba así después de que le hubiera dado finalmente alcance al borde del profundo barranco de piedras, pasó ante sus ojos. Ni-ei golpeó con su bastón apuntando hacia el sexo bamboleante, mientras el gran *nam* le retorcía el tobillo y la obligaba a volverse boca abajo, pero falló. Ella siguió debatiéndose para escapar de él.

Un bramido furibundo se abrió paso entre todos los demás ruidos que crepitaban alrededor y dentro de la cabeza de Ni-ei.

El *nam* del que acababa de escapar no intentó volver a agarrarla. Su rostro se arrugó como cuando la lluvia repliega la tierra. Desde más arriba de los ojos hasta la base de la nariz salió una masa blanca y roja. La sangre brotó de su boca abierta en una mueca. Se quedó estupefacto durante un breve instante, mientras el alarido salvaje se elevaba de nuevo... o quizás era el mismo que proseguía, que no cesaba de sonar en los oídos zumbantes de Ni-ei. Ésta se incorporó, retrocedió... Veía el semblante contorsionado del otro, con la nariz arrancada, de donde la sangre manaba a chorros, y el ojo salido de su cavidad, colgando sobre el pómulo, y veía la agitación de los otros, al del hombro perforado volviéndose para plantar cara al gran grito furioso, al de la tira de piel levantando el brazo para hacer girar otra piedra, al primero que le había lanzado el bastón detenerse en su carrera para recuperarlo ante la aparición del nuevo *nam* ululante... Lo veía todo y retrocedió, escupiendo agua a la vez que expresaba su estupor mediante un grito sordo.

El nuevo *nam* ululante era 'Hna.

Era él quien la seguía desde su marcha del refugio en las altas hierbas. 'Hna había caminado tras sus pasos, sin ir jamás contra su sombra; era él quien intentaba alcanzarla. Era 'Hna, y no lo que quedaba del hombre en el río, de modo que el *sh'ohr* no lo había medio devorado para protegerla.

Era 'Hna el delgado, el que no hablaba y aun así había hablado en su nombre y se había enfrentado a Nam diciendo lo que había visto... y al hacerlo había hablado en contra de ella. 'Hna, salido como ella del vientre de

Efi-ei. Ni-ei lo encontró más delgado todavía, como si no hubiera comido nada durante todo el tiempo que había estado siguiéndola. Mantenía el brazo en el que Nam le había golpeado en una posición extraña, doblado por el codo y en alto; llevaba un trozo de rama atado con tallos aplanados al antebrazo, hinchado y con la piel amoratada. Ni-ei comprendió que ése era el motivo de que la silueta de su perseguidor le hubiera parecido rara. 'Hna agitaba un bastón despuntado, firmemente sujeto con la mano útil, mientras terminaba de proferir el terrible grito mostrando los dientes y avanzaba hacia el *nam* que se había detenido cuando trataba de recuperar su bastón, clavado a pocos pasos de él.

—*¡Ni-ei!* —gritó—. *¡Sh'ohr Ni-ei 'Hna!*

Ella, dentro del río, retrocedió unos pasos. Las lenguas enroscadas del agua le lamieron los muslos. Le dolía la pierna desde el talón hasta la cintura; del corte de la cadera brotaba sangre caliente. Los otros ya no se ocupaban de ella; retrocedió más, apoyada en el bastón, retirándose los mechones de pelo apelmazado que le tapaban los ojos.

Los otros *nam* eran más altos que 'Hna, que era casi el más alto del grupo del refugio de las altas hierbas; lo sobrepasaban en más de una cabeza. Durante unos instantes, observaron con interés cómo se agitaba de esa forma que, sin duda alguna, él suponía impresionante. Intercambiaron unas cuantas palabras incomprensibles para Ni-ei, aunque pudo captar su significado, y éstas tuvieron su efecto: como un solo hombre, saltaron sobre 'Hna, incluso el de la cara medio arrancada y el del hombro perforado. Habían olvidado a Ni-ei, ya no la veían. Ella también saltó, pero en la dirección contraria; la cadera entumecida y la fuerza del agua, que le llegaba a la entrepierna, dificultaban su avance. Sabía cuál era la profundidad del río porque ya lo había cruzado una vez por ese lugar, pero era un agua marrón, opaca, que podía ocultar a muchos de esos animales dañinos que viven en los territorios *hu iakw*, debajo del agua. Pasado el fondo más bajo, echó un vistazo por encima del hombro.

El fornido *nam* le había arrebatado el bastón a 'Hna y le estaba asestando golpes con él, uno de los cuales lo alcanzó en el muslo. Ni-ei vio que 'Hna intentaba recuperar el bastón con la mano útil. El del hombro perforado golpeó de arriba abajo con una fuerza terrible, hiriendo el brazo doblado y sujeto con el trozo de rama; Ni-ei oyó el crujido cuando ya había apartado la mirada y proseguía su huida hacia la ribera. Un instante después llegó a la tierra seca. Corrió hasta la mata más cercana de hierbas altas y tupidas y se dejó caer detrás de ella.

Oía gritar a los fornidos *nam* y también a 'Hna.

Luego 'Hna se calló y los otros siguieron gritando cada vez que asestaban un golpe, cada vez que el cuerpo de 'Hna saltaba bajo el impacto de una mano cerrada en una piedra, de un pie, de un bastón. El de la nariz arrancada y el ojo salido de su cavidad permanecía apartado, gritando tanto como los demás pese a no participar en la paliza, mirándose las manos, que se llevaba a la cara destrozada, tocando la herida abierta, mirándose de nuevo las manos, berreando.

Ni-ei salió de detrás de la mata de hierbas y, encorvada, echó a correr. Sentía un hormigueo en toda la pierna. El dolor de la cadera era soportable, el del pie magullado, más vivo, pero ni el uno ni el otro le hicieron aminorar la marcha; cuando se detuvo para recobrar el aliento, hacía tiempo que ya no se veía el lugar del río donde se encontraban los fornidos *nam* y 'Hna.

Después de que le hubieran partido los dientes y desencajado la mandíbula de un bastonazo, 'Hna dejó de gritar, pero ellos continuaron golpeando. Le aplastaron el cráneo con una piedra, le arrancaron cabellos a puñados, le clavaron bastones puntiagudos y le perforaron el vientre. Se ensañaron con su brazo extrañamente doblado, hasta que se retorció sobre sí mismo a la altura del hombro, sujeto al cuerpo tan sólo por la carne y la piel fláccidas. Luego se agacharon en torno a 'Hna y lo examinaron, en especial el brazo descoyuntado y la tablilla que seguía atada a él. Intercambiaron miradas, gestos y palabras. El del rostro destrozado ya no gritaba, pero seguía permaneciendo aparte. Volvieron y revolvieron el cuerpo de 'Hna en todas direcciones antes de incorporarse. El del hombro perforado daba la impresión de que sólo sentía su herida. No había soltado ni un momento el bastón; la sangre que resbalaba por su mano manchaba la madera lisa, sin corteza. Había colocado la otra mano sobre las carnes abiertas. La sangre le corría por la espalda y entre las nalgas.

No se ocuparon enseguida del de la cara destrozada, que daba vueltas en redondo gimiendo y sacudiendo las manos, con los brazos caídos; se acercaron al cuerpo semidevorado junto al cual habían sorprendido a Ni-ei. Estaba claro que se trataba de uno de los suyos; su actitud hacia él lo demostraba más claramente todavía que la similitud en los rasgos. No lo tocaron; tras observarlo un rato, se apartaron de él. Acto seguido miraron a su alrededor, dieron unos pasos en una dirección, luego en otra. El del hombro perforado se agachó en la orilla del río, a la altura del lugar por donde la pequeña mujer ajena al clan, sorprendida comiéndose al hombre casi devorado, había cruzado y huido; con el rostro crispado, gruñendo entre dientes, defecó mientras cogía agua con el hueco de la mano y se la echaba en la herida, sin apartar la vista de la dirección tomada por la fugitiva; después, se levantó, empujó hacia el agua, con el pie, la deposición y se quedó contemplando cómo se diluía la mierda sin dejar rastro. Se reunió con el resto y todos se congregaron en torno al de la cara destrozada para celebrar un conciliábulo. Examinaron la herida; el que había lanzado primero el bastón trató de tirar del ojo salido de su cavidad, lo que provocó un movimiento de retroceso acompañado de gruñidos y un violento empujón por parte del desfigurado.

Regresaron hacia el cuerpo inmóvil de 'Hna, tendido en el suelo boca arriba, con el brazo dislocado y doblado apuntando hacia el centro de la espalda, como si fuera una ala. El que tenía la tira de piel asió ese brazo y lo hizo girar hasta dirigir la mano abierta hacia arriba. Los demás le propinaron algunas patadas más. El del hombro herido lo agarró de una pierna, por la corva, lo levantó y lo sacudió como si fuese un animal capturado. La cabeza sangrante de 'Hna chocaba contra los guijarros. De su vientre perforado salían excrecencias de entrañas que parecían otros sexos colgantes. El que tenía la tira de piel fue a ayudar al del hombro debilitado y entre los dos llevaron el cuerpo de 'Hna hasta el río, adonde lo arrojaron tras haberlo balanceado adelante y atrás varias veces para tomar impulso. La corriente marrón engulló el cuerpo descoyuntado de 'Hna, que reapareció un poco más lejos y se introdujo en el agua casi negra de una zona de sombra. La corriente lo arrastró; luego no volvieron a verlo.

El grupo vaciló un momento más, pero el hecho de que dos de ellos estuvieran heridos acabó de decidirlos. Alzaron los bastones en actitud amenazadora hacia el lugar por donde había aparecido ruidosamente 'Hna, los agitaron hacia la orilla opuesta del río, profirieron gritos de intimidación. No cruzaron. Dejaron tras de sí el cuerpo prácticamente devorado y se marcharon a través de las altas hierbas. Se les oyó gritar un rato más, a intervalos cada vez más largos, antes de que sus gritos desaparecieran por completo tras ellos. Al poco, la sombra de unos grandes pájaros descendió sobre el cadáver abandonado.

Ni-ei sólo descansó el tiempo estrictamente necesario. La herida de la cadera no era grave y no le impedía andar; y el golpe recibido en el pie tampoco. Mamó de sus pechos, uno después del otro, no porque tuviese hambre, sino para calmar las ardientes punzadas que palpitaban en su carne.

Había vuelto a encaminarse hacia la montaña, y no tardó en ver de nuevo el río al fondo de las pendientes que escalaba. Ya no intentaba acercarse a él. Y así fue como, al llegar al final de una de las pendientes cubiertas de hierbas amarillentas y pequeños matorrales raquíticos, algo de un tamaño tan grande como ella jamás había visto, algo increíblemente grande apareció ante sus ojos. Así fue como vio por primera vez, al fondo de la montaña abierta, el inmenso lago que se extendía hasta el cielo.

Fue incapaz de dar un paso más, como si las fuerzas hubieran abandonado de golpe sus piernas, vaciado su cuerpo entero, no dejando más que los latidos desacompasados dentro de su pecho. Dobló las rodillas. Sus ojos se humedecieron, aunque no estaba ni triste ni enfadada, sino todo lo contrario; se sentía minúscula junto al lago, en lo alto de la pendiente de la montaña, y a la vez tan grande, tan terrorífica como todo aquello que la rodeaba, que la abrumaba.

El lugar al que debía llegar, tras haberse separado de los de su grupo, no podía ser sino ése. Allí se reuniría con ella 'Hna, si es que debía reunirse con ella.

En esa posición, arrodillada, y a plena luz, Moh'hr la vio por primera vez.

8

Las nubes venían de detrás de las altas y lejanas montañas, allí donde el cielo se pone rojo cuando el sol desciende hasta meterse bajo tierra. Moh'hr iría en esa dirección, hacia la fuente de las grandes humaredas. Encontraría la montaña *mohgr'ffhui* que las escupía. Una montaña lo bastante fuerte para expulsar durante mucho tiempo tan vastas humaredas tenía que ser más grande de lo que ningún *loa* había visto jamás, tan grande que las imágenes invocadas no lograban mostrarla... Y sin embargo, Moh'hr había encontrado unas imágenes y no las había soltado (más exactamente, las imágenes nunca habían intentado irse después de haberse aferrado a él).

El sol, cuando se va, está bajo la tierra, en su territorio.

En algunos puntos permanece en la superficie, incluso cuando la noche se instala y su mirada fluye desde la cima de las montañas *mohgr'ffhui*. Entonces llegan las humaredas de la luna y de la noche, que pretenden velar sus ojos e intentan oscurecer el cielo y su luz. Sin cesar, incansablemente, *nar-us-jui* el sol devora las humaredas oscuras en el eterno combate que lo enfrenta a la noche. En el transcurso del enfrentamiento, los golpes asestados por *nar-us-jui* contra las hordas de altas humaredas les abren el vientre, y fluye la sangre de la noche herida, que es la lluvia, de la que se nutren las cosas de la tierra y los *loa*, los *nakoa* que están en la tierra, los *han-ash-to-nik-nik* que están en las grandes aguas de la sangre de la noche, los *nanakoa* que están a la vez en la tierra y encima, en el cielo... Así es todo.

Todos los *Loa* conocían esas imágenes, no sólo Moh'hr.

Moh'hr sabía que allí donde se encuentra la montaña más alta y maciza de todas las que comen y expulsan el humo de las nubes siempre hay lluvia. Es el territorio del gran combate entre el sol y la luna. La noche sangra en abundancia y los que están en la tierra reciben sus beneficios.

Estas imágenes sólo eran para Moh'hr.

Si quería encontrar *mohgr'ffhui* en la fuente de las humaredas del gran combate, los territorios donde los árboles no se secan, donde los ríos fluyen caudalosos, tenía que caminar por el otro lado del lago y no seguir la ribera conocida. Luego, desde allí, pasar al otro lado de las montañas escalonadas, como transparentes bajo el borde del cielo, a la luz viva. Tenía que cruzar varios ríos; algunos, casi secos, se atravesaban en dos pasos, mientras que otros eran más anchos, con las orillas repletas aún de hierbas y árboles frondosos. Entre ellos estaba el que los *Nak-Booh-Loa* ocupaban ahora, no lejos del lugar donde sus aguas entraban en *atanik-to-nik-nik*.

Moh'hr ya no tenía ningún interés en acercarse a los *Nak-Booh-Loa*. Había visto cómo la luz del cielo se abatía sobre los que permanecían en pie bajo la sangre de la luna y se los llevaba; él había salido ileso del combate —tal vez Maaq' también, pero Maaq' aún no había regresado a su cuerpo, y en cambio él, Moh'hr, sí—, mientras que los cuerpos de los *Nak-Booh-Loa* habían sido encontrados vacíos y ya casi comidos. Si los *Nak-*

Booh-Loa no volvían a ver a los suyos y veían de nuevo a Moh'hr, sin duda intentarían atraparlo para saber, para castigarlo por la ausencia de aquellos de su grupo que habían partido por el río, con Moh'hr tras sus pasos, y no habían regresado.

Había aprendido lo suficiente sobre los *Nak-Booh-Loa* para saber cómo podían reaccionar, sobre todo si veían en sus manos un bastón tallado por ellos.

Moh'hr tomó la dirección del río. No la que llevaba a su puesto de observación de los primeros días, sino la de la víspera, prudente y apartada, cuando había vuelto y Nar-iaw se había reunido allí con él. Caminaba con paso decidido, tan rápido como se lo permitían los pies magullados. Cuando estaba a punto de adentrarse en el dédalo de las gruesas piedras desprendidas de la pendiente se percató de la presencia del viejo *Loa*, reconocible de inmediato, detrás de él. Al verse descubierto, Nar-iaw se detuvo, pero, en vista de que Moh'hr no le daba la espalda, no proseguía su camino haciendo caso omiso de él, sino que, por el contrario, lo esperaba, se puso de nuevo en marcha sintiendo un leve estremecimiento de satisfacción. Moh'hr, con el entrecejo fruncido, lo miró acercarse; sus rasgos se relajaron progresivamente. Resultaba agradable contemplar los andares saltarines del viejo *Loa*, todavía ágil, sus brazos en movimiento sujetando los dos bastones ligeros de que iba provisto. La piedra cortante que siempre utilizaba, que nunca había arrojado, colgaba de su cuello en el trenzado de hierbas y golpeaba su pecho hundido, cuyos huesos resultaban visibles bajo la piel arrugada y cubierta de vello fino y blanco. Se detuvo ante Moh'hr. Tras la breve carrera gesticulante, respiraba deprisa, pero su rostro mostraba unos ojos brillantes (incluso el más apagado de los dos) y los labios estirados dejaban alegremente al descubierto los estragos sufridos por la dentadura.

Moh'hr también estiró los labios, por encima de los pelos que tenía en la parte inferior del rostro.

—¿*Nak-Booh-Loa?* —preguntó Nar-iaw.

Moh'hr dijo *iaaw* con la cabeza. No, él no buscaba a los *Nak-Booh-Loa*. Nar-iaw, sin mostrarse sorprendido por la respuesta, preguntó de nuevo:

—¿*Atanik mohgr'ffhui h'hr?*

Moh'hr hizo con la cabeza el signo *iw'*.

—*Moh'hr Nar-iaw* —dijo Nar-iaw—. *Atanik mohgr'ffhui h'hr. Moh'hr Nar-iaw atanik mohgr'ffhui h'hr.*

Se golpeaba el pecho con ambas manos, sin soltar los bastones, y luego repetía los mismos gestos hacia Moh'hr.

Moh'hr, con los labios todavía estirados, hizo el signo *iw'* para dar su aprobación a la propuesta del anciano, quien cacareó de placer como uno de esos pájaros de plumas moteadas que se desplazan en bandadas por la orilla del agua. Con gestos y algunas palabras, Moh'hr le dijo a Nar-iaw que la marcha sería larga y que sus piernas casi secas no lo resistirían, que se partirían como ramas. Nar-iaw, con semblante risueño, hizo enérgicos signos de protesta; para demostrar lo que decía, se golpeó con fuerza los muslos y las pantorrillas, mostrando lo resistentes que eran todavía. Moh'hr se apresuró a hacer el signo *iw'* antes de que el viejo *Loa* se partiera los huesos.

Nar-iaw no pidió más explicaciones; sabía adónde iba Moh'hr y por qué, y estaba preparado.

Moh'hr emitió un débil gruñido de satisfacción y se puso en marcha. Nar-iaw lo siguió, manteniéndose dos pasos por detrás de él.

Se apartaron del recorrido de la víspera, dando un largo rodeo que los llevó prácticamente hasta las pronunciadas pendientes pedregosas y salpicadas de zarzas. Se lo tomaban con calma. Cuando encontraron en las ramas bajas de los arbustos enganchados a las paredes de piedra rectas las bolitas rojas que se comen, se detuvieron para coger las que estaban al alcance de la mano, las abrieron a fin de extraer y tirar su corazón duro y se las comieron tranquilamente. El sabor acre de las bayas no tardó en quitarles toda el agua de la boca, pero no por ello dejaron de masticar callada y eficazmente; sólo se oía el chasquido de los labios resecos. Las bolitas rojas de carne prieta iban bien para acallar los ruidos del vientre. No había muchos *nakoa* en aquel lugar, tan sólo una especie de pequeños *sklaa* de piel escamosa y larga cola azotadora, que corrían sobre la roca caliente y se mantenían a considerable distancia de los dos hombres, mirándolos con sus redondos ojos negros. Diminutos pájaros de color piedra revoloteaban de rama en rama y picoteaban las bayas a una altura inaccesible para los dos *Loa*.

Expuestos a un sol tan erguido como un *loa* fornido, tenían los labios cuarteados, y la lengua, ya sin una gota de saliva, como una hoja seca. Pero sentían una agradable sensación en el vientre y así lo manifestaron.

Grandes pájaros de cuello pelado daban vueltas sobre un punto oculto a los ojos de Moh'hr y Nar-iaw, entre las laderas separadas de la montaña por donde pasaba el río. Nar-iaw, que fue el primero en verlos, atrajo la atención de Moh'hr señalándolos con uno de sus bastones. Los dos hombres no vislumbraban ni el lugar vigilado por las aves de presa ni el río.

Reanudaron la marcha con sus breves sombras y, puesto que ya se encontraban lejos de los refugios construidos por los *Nak-Booh-Loa*, bajaron de nuevo las pendientes escalonadas antes de que el sol regresara hacia la tierra. Una lejana horda ondeante de nubes estaba llegando al final del cielo tras otra, como líquida, que acababa de pasar.

Las piedrecillas calientes mordían la planta de los pies de Moh'hr, que no tardaron en volver a sangrar. Nar-iaw se situó a su altura y le ofreció el apoyo de su hombro soltando un breve chasquido por la comisura de los labios. Al cabo de un rato dijo que serían las piernas de Moh'hr las que se romperían, no las suyas; Moh'hr, entonces, rechazó la ayuda del viejo, pero lo hizo sin brusquedad ni enojo, a pesar del gesto que acompañó sus palabras.

Más adelante apareció el río y al poco quedó oculto de nuevo.

Luego se internaron en las altas hierbas susurrantes.

El suelo ya no era de piedras hirientes, sino de una tierra muy fresca que reconfortó los pies doloridos de Moh'hr. Nar-iaw, impaciente por encontrar agua, llevaba un rato carraspeando prácticamente sin parar. Moh'hr chascaba la lengua y respiraba aceleradamente, sin que así cambiara o se aliviara la pastosidad seca y punzante de su boca. Oyeron el murmullo del río a través del de las hojas de las altas hierbas. Moh'hr se detuvo en seco y Nar-iaw, a su espalda, dejó escapar un gemido de sorpresa. Moh'hr se agachó y le hizo el signo del silencio y de *nak-han*, no hacer nada. Nar-iaw se agachó de inmediato.

Lo que provocaba el estremecimiento de las altas hierbas llevaba también la presencia de los *Nak-Booh-Loa* hasta la nariz de Moh'hr, mientras que la de Nar-iaw, aunque con las aletas muy separadas, estaba demasiado reseca para poder percibirla. Al final, aspirando profundamente, la detectó. Oyeron algo entre el murmullo del río y el de las hierbas. No eran palabras, sino más bien una especie de ronquido continuo, monocorde, que tan sólo se interrumpía para volver a empezar de inmediato. Moh'hr asió firmemente el bastón despuntado. El olor de la presencia de los otros, junto con el zumbido, se dirigía hacia ellos.

Los tallos duros de las altas hierbas habían comenzado a ser menos abundantes un poco antes de que ellos se detuvieran, y cuanto más cerca se hallaban del río, menos tupidos eran. Los reflejos oscilantes del sol en las piedras o en las ondas de la corriente revelaban la proximidad de la orilla desnuda y el agua marrón. Aparecieron entre los haces de tallos y hojas, en la orilla. A esa distancia cabía la posibilidad de que no repararan en los dos *Loa* emboscados, y desde luego su olor no podía llegar hasta ellos. Moh'hr dejó de notar la respiración del anciano en los riñones.

Había tantos *Nak-Booh-Loa* como dedos en una mano, sin contar el más pequeño que se dobla hacia la palma. Eran iguales que los del grupo que la luz atronadora del sol se había llevado; Moh'hr se había acercado a ellos lo suficiente para comparar su altura y su aspecto con la de éstos. Iban en fila, uno detrás de otro. El último, ligeramente separado del resto, era una excepción porque mientras sus compañeros llevaban bastones, y el primero una tira de piel flexible que hacía girar mientras caminaba, él llevaba las manos vacías. Una herida abierta sangraba en la parte superior de su rostro, que mostraba la nariz destrozada, un ojo parcialmente arrancado y el otro tal vez reventado. El ronquido salía de su garganta y trastabillaba con él cuando sus pies tropezaban o resbalaban. Una marca así podía ser el resultado del lanzamiento de una piedra, o de un bastonazo, o quizás hubiera sido hecha por la zarpa de una fiera.

Otro de los *Nak-Booh-Loa* mantenía un puñado de hojas —¿o eran hierbas?— apretado contra un hombro. La sangre brillaba en la mano que sostenía el bastón, a lo largo del brazo y también en la espalda. El hombro del *Nak-Booh-Loa* había sido atravesado, y no por los dientes o las garras de un gran *nakoa*.

¿A quién se habían enfrentado, pues, los *Nak-Booh-Loa*? ¿Contra quién habían luchado?

Más inmóvil que una piedra, ocultos los ojos tras los párpados entreabiertos lo estrictamente necesario, Moh'hr los miró pasar, esperando el momento en que uno de ellos volviera la cabeza en su dirección. La respiración de Nar-iaw acarició de nuevo sus riñones.

Los *Nak-Booh-Loa* pasaron, siguiendo el borde del agua, por el espacio despejado de la orilla agrietada y pedregosa, como si quisieran guardar la mayor distancia posible entre ellos y las inseguras hierbas. Ninguno dejó de mirar al frente. El que tenía la tira de piel no paraba de hacerla girar delante de él, con el brazo extendido, o por encima de la cabeza; el movimiento producía un murmullo grave y le hacía revolotear el cabello.

La actitud de aquel *Nak-Booh-Loa*, los gestos que hacía con la tira de piel, dejaron vacía la cabeza de Moh'hr. Dirigió hacia Nar-iaw una mirada interrogativa —tal vez el viejo hubiese visto un comportamiento similar cuando sus ojos captaban tantas cosas—, pero la expresión de Nar-iaw indicaba el mismo desconocimiento.

Los *Nak-Booh-Loa* se alejaron y desaparecieron. El ronquido del de la cara destrozada decreció y quedó tapado por los ruidos del río y las hierbas. Moh'hr y el viejo esperaron un rato antes de incorporarse —primero Moh'hr, el viejo a continuación—, y otro más antes de abandonar la protección de las altas hierbas. Los *Nak-Booh-Loa* habían desaparecido de la parte visible de la orilla. Tras haber intercambiado unos gestos que expresaban su perplejidad sobre lo que acababan de ver, Moh'hr y Nar-iaw se precipitaron hacia el agua y se agacharon para beber.

Ya no había ningún *tohr'us nakoa* de cuello pelado en el cielo.

Una vez saciada la sed, siguieron el río en dirección contraria a la que habían tomado los *Nak-Booh-Loa*, mirando con frecuencia hacia atrás, sobre todo Nar-iaw. Sin embargo, en la medida de lo posible evitaban permanecer al descubierto, contrariamente a los *Nak-Booh-Loa*, que caminaban como si llevaran mucho tiempo en ese territorio y no se comportaban como unos recién llegados a un lugar desconocido. Moh'hr se dirigía hacia los que habían herido a los *Nak-Booh-Loa*, si es que todavía se encontraban en aquellos parajes.

Oyeron chillar al mismo tiempo que el olor inconfundible llegaba a sus narices palpitantes; luego vieron los pájaros sobre lo que quedaba del cuerpo del *Nak-Booh-Loa*. Moh'hr supo inmediatamente que se trataba de un *Nak-Booh-Loa*. Las moscas zumbaban tan fuerte que irritaban incluso a los pájaros, y se hubiera dicho que los graznidos que éstos proferían entrechocando sus curvados picos iban dirigidos contra ellas. Moh'hr y el viejo se acercaron. Los pájaros los miraron sin manifestar, aparentemente, la menor intención de cederles el sitio, en absoluto impresionados por los gestos de Nar-iaw con los bastones y mucho menos por sus gruñidos. Los dejaron acercarse a la distancia de un bastón; el más grande, que permanecía encorvado sobre el torso del cadáver, se irguió bruscamente sobre las patas, y desplegó y batió las alas, con el cuello doblado, al tiempo que emitía un grito sordo y entrecortado. Los dos hombres se quedaron inmóviles. Nar-iaw, como si encontrara divertida la demostración disuasiva, dirigió unas muecas a los pájaros y volvió hacia ellos sus nalgas nudosas de piel cuarteada. Los pájaros siguieron sin mostrarse alterados ni impresionados. El de las alas desplegadas las levantó un poco más y dobló más el cuello, con la cabeza echada hacia atrás y los ojos rojos como piedras brillantes. Moh'hr interrumpió con un gesto las alharacas del viejo.

Miraron desde lejos apuntando con los bastones, preparados para rechazar el posible ataque del gran *tohr'us nakoa*. El *Nak-Booh-Loa* había abandonado su cuerpo hacía varios días, mientras que los otros, los que habían visto en la orilla desde el escondrijo entre las hierbas altas, habían sido heridos recientemente. Éste estaba como los del río, los que se había llevado la luz blanca.

Moh'hr se lo dijo al anciano con gestos. Nar-iaw señaló el suelo, delante de sus pies.

Había multitud de huellas de pisadas violentas que se entrecruzaban alrededor del *Nak-Booh-Loa* y más lejos, en gran parte de la orilla, hasta el borde del agua. Unas piedras sobresalían parcialmente de la tierra blanda que las envolvía, y se veían fragmentos recientes de hierbas hundidos en algunas de las huellas. También se distinguían grandes marcas de dos dedos de profundidad con la tierra removida. Sangre ennegrecida salpicaba numerosos guijarros, y todas esas manchas cubrían una extensa superficie que cientos de bichitos recorrían en todas direcciones y sobre la que se posaban las moscas.

Allí había tenido lugar el enfrentamiento que acababan de protagonizar los *Nak-Booh-Loa* que Moh'hr y Nar-iaw habían visto en la orilla.

Se inclinaron sobre las huellas de pisadas violentas a fin de escuchar lo que decían. Nar-iaw tenía para eso una vista y un olfato como ningún otro *Loa* del clan —ningún otro *Loa* que Moh'hr conociese—, y unos dedos ligeros como un soplo para acariciar el borde granuloso de una huella en la tierra y decir en qué momento del recorrido del sol por el cielo había sido dejada. Mostró los dedos de una mano, con el pulgar doblado, para decir el número de los *Nak-Booh-Loa*; luego estiró el pulgar y mostró además un dedo de la otra mano para decir el número total de los participantes en la pelea. Los adversarios de los *Nak-Booh-Loa* eran, por lo tanto, la mitad que ellos. No se veía ningún indicio de lo que les había ocurrido tras el enfrentamiento; seguramente habían huido. Lejos de las marcas más violentas, muy cerca del agua, Nar-iaw encontró una piedra redonda distinta de las que había en ese sitio preciso: no había sido tallada, no le faltaba ni una esquirla, y en una de sus caras tenía una mancha de sangre seca. La piedra cogida en otro lugar y lanzada allí había alcanzado su objetivo. Nar-iaw hizo los signos del *Nak-Booh-Loa* de la cara destrozada.

Moh'hr encontró las huellas dejadas por el probable lanzador en el otro extremo del espacio despejado, al borde de las hierbas altas, donde entre la tierra arenosa había otras piedras redondas similares a la que estaba manchada de sangre. El lanzador no se había contentado con arrojar piedras; había pisoteado lo suficiente el suelo para que ante los ojos de Moh'hr aparecieran las imágenes de su gesticulación, que debía de parecerse bastante a la realizada por Nar-iaw para asustar a los pájaros. También tenía un bastón: lo demostraban los pequeños orificios redondos que aparecían allí donde lo había apoyado, además de en los lugares donde había asestado algún golpe. A continuación, debían de haberlo abatido, dejado un rato allí, donde la sangre se había extendido en abundancia, y después arrojado al río, puesto que no quedaba nada de él y los *tohr'us nakoa*, los únicos de los alrededores, sólo se interesaban por el cuerpo incompleto del *Nak-Booh-Loa*.

Encontraron las huellas dejadas por los pies del otro que había luchado con los *Nak-Booh-Loa*. Algunas de ellas eran las más lejanas en el recorrido del sol, dejadas, dijo Nar-iaw, en el momento en que el sol se elevaba sobre la tierra, y las señaló en el borde de las hierbas, apiñadas como sucede cuando se permanece en cuclillas, y olfateó los tallos y las hierbas cercanas, y encontró las que habían sido arrancadas, las que habían sido masticadas en parte y luego escupidas.

Ese adversario de los *Nak-Booh-Loa* había permanecido largo rato en ese lugar; la orientación de sus pies indicaba lo que había estado observando: el cuerpo despedazado del *Nak-Booh-Loa*. Moh'hr hizo los gestos para decirlo. El viejo parecía opinar lo mismo y a la vez no entender algo.

—*Iaaw oa* —dijo.

Moh'hr frunció el entrecejo.

—*Neh loa-nak* —añadió el anciano, haciendo al mismo tiempo con la cabeza el signo vago que expresaba la vacilación, la falta de fuerza de las imágenes.

Según Nar-iaw, «el» que había permanecido allí no era «uno» sino «una»; una hembra de otras gentes que no eran ni *Nak-Booh-Loa*, ni *Booh*, ni *Loa*, que eran otros, *loa-nak*, gentes. Una *neh* de esas gentes. Tal vez. Nar-iaw no estaba seguro. Volvió a olfatear las hierbas que ella había tocado o rozado, olfateó los tallos y las hojas situados a la altura donde se encuentra, estando en cuclillas, la parte más olorosa del cuerpo de una *neh*, sea *Loa*, *Booh*, *Nak-Booh-Loa* u «otras gentes»... Moh'hr también olfateó como veía hacer al viejo. Y al igual que el viejo, acabó haciendo un mohín de indecisión.

Sin embargo, las huellas de los pies eran casi la mitad de grandes que el resto de las que cubrían el campo de lucha, la mitad de anchas y la mitad de profundas. Aquel o aquella que tenía esos pies no era alto, o alta, su cabeza no debía de sobrepasar el pecho de un *Loa* como Moh'hr, y menos aún de alguien de la altura de un *Nak-Booh-Loa*, que eran gentes fuertes y altas. Quizás era un *uesh* todavía sin pelo tupido en la cara y bajo el vientre. Si era una mujer, era más baja que una mujer de los *Loa*, tal vez como Neh-Ishri'n', que era una mujer *Loa* baja. En la arena del borde, las huellas que salían del agua indicaban que era una mujer —Nar-iaw lo afirmó—, pues allí donde eran tranquilas su separación era la del paso de una mujer con un niño en el vientre o que había llevado al menos una vez un niño en el vientre. Ésta, dijo Nar-iaw, había llevado uno en el vientre y ya no lo llevaba, a juzgar por la poca profundidad de las huellas que no corrían. Era una *neh*.

Había venido del río, se había detenido allí, cerca del cadáver cubierto de moscas, había luchado y ya no estaba. Las huellas de su partida no se hallaban inscritas en ningún lugar de la orilla, ni en la tierra, ni en las piedras, ni en las altas hierbas. Si había podido huir —y, dado que los *Nak-Booh-Loa* que habían visto no la llevaban con ellos, había podido—, tenía que haber sido cruzando de nuevo el río.

Si Moh'hr y el viejo se encontraban allí, si habían ido hasta allí, era para cruzar el río, para caminar hacia la ribera opuesta del gran lago y las altas montañas.

Cruzaron. En la parte donde la corriente era más fuerte, el agua azotaba sus muslos y no alcanzaba la entrepierna de Moh'hr. Hasta que desaparecieron de su vista, el gran *tohr'us nakoa*, que estiraba lentamente el cuello, mantuvo su postura agresiva, con las alas abiertas; luego las plegó antes de reanudar, al igual que lo hacía su congénere, la comida interrumpida.

En el otro lado del río encontraron las huellas de la *neh loa-nak*, la mujer «otras gentes». Sólo las suyas. Llegaban al río tranquilamente y, casi en el mismo lugar, se alejaban de él corriendo. En ellas vieron que la *neh loa-nak* venía, andando por la orilla del río, de las profundidades de la falla que había en las tierras altas. Optaron por seguir las que indicaban su huida, en la dirección que ellos mismos seguían hacia la ladera de la montaña situada al otro lado del lago. Llegaron a los matorrales de grandes hojas donde había descansado un momento y dejado tras de sí el olor más intenso de su presencia, y Nar-iaw dijo que ya no cabía duda alguna de que se trataba de una mujer. Estaba herida: señaló las hojas manchadas que había utilizado para limpiarse la sangre, así como las piedras y los fragmentos de corteza sobre los que había orinado. Más adelante señaló que las huellas indicaban un andar renqueante.

El sol, de un amarillo deslumbrante similar al que mana de las montañas que matan y echan humo, ocupaba ahora gran parte del final del cielo, encapotado de rojo. El aire soplaba sobre las hierbas y las hojas de los árboles, prodigando caricias tibias al menor movimiento. Si los *Loa* del clan de orillas de *atanik-to-nik-nik* mirasen *nar-us-jui* el sol en ese momento, lo verían como si estuviera tocando la meseta a la que Moh'hr y Nar-iaw acababan de llegar; sin embargo, para Moh'hr y Nar-iaw el sol y el final del cielo se encontraban mucho más lejos aún, detrás de otras montañas de piedra roja cubierta de sombra, pues nadie ha podido llegar jamás al punto donde el sol penetra en la tierra.

La inmensidad deslumbrante del lago entre las mesetas abruptas que se extendían hasta el límite del cielo apareció ante sus ojos al mismo tiempo que la silueta postrada de la pequeña mujer que se recortaba sobre la gran mancha del sol, al pie de uno de los árboles raquíticos y torcidos que crecían en el suelo poco herboso.

Moh'hr ya había ido allí varias veces —incluso había llegado más lejos—, al igual que otros del clan de los *Loa* (sobre todo cuando siguieron al gran *nakoa* de cuernos bajos, viejo y cansado, al que pese a todo no consiguieron capturar), y no dedicó a la espléndida grandeza del paisaje más que una breve mirada. Se quedó inmóvil. Lo que atraía su atención era la *neh loa-nak*.

Se encontraba a una considerable distancia. Era menuda como una *nehuesh*, pero ya había dejado de serlo; se notaba por la forma de su cuerpo y el volumen de sus pechos. Era demasiado pequeña para ser una *Nak-Booh-Loa*; Moh'hr había observado con el suficiente detenimiento a las que había visto, en especial a una, para darse cuenta de que no tenía su complexión robusta, su espalda ancha, su cabeza grande y su cabellera. Permanecía arrodillada, con el cuerpo un poco encogido, la espalda ligeramente encorvada, las nalgas apoyadas en los talones y las manos sobre los muslos; junto a ella, al alcance de su mano, había un bastón *kiow*. Contemplaba el gran lago brillante y rojo, por cuya superficie reptaba el cielo turbio desde el punto lejano donde ya no existía separación entre ambos. La luz del sol declinante atravesaba sus cabellos, resaltaba el perfil de sus pechos y sus caderas, la doble curva abombada de sus muslos, la línea recta del bastón. Su piel era de un color terroso, más oscuro que claro.

El nombre de Neh-Ishri'n' surgió como en un susurro de asombro de la boca de Nar-iaw. Moh'hr lo miró intrigado. El viejo tenía muy abiertos los ojos, que se achicaron, como si tratara de ocultarlos, en cuanto percibió que Moh'hr centraba en él su atención.

—*Neh-Ishri'n'hev'nehmo. Neh loa-nak, Neh-Ishri'n', hev'nehmo* —dijo en un susurro acompañado de gestos discretos.

Moh'hr frunció el entrecejo, sin comprender por qué el viejo le anunciaba que el cabello de la pequeña mujer se parecía al de Neh-Ishri'n'; eso saltaba a la vista. ¿O acaso Nar-iaw creía que esa *neh loa-nak* era Neh-Ishri'n'?... El viejo dirigía miradas escrutadoras alrededor. Moh'hr le hizo una seña tranquilizadora y se agachó, animándolo a que lo imitara.

Moh'hr no apartó los ojos de la mujer mientras el sol descendía hacia la tierra, hasta el momento en que su última luz fue engullida por las lejanas crestas montañosas.

Se levantó una brisa fresca que recorrió las hojas de los escasos árboles, las hierbas y la piel de Moh'hr, produciendo en ellas el mismo estremecimiento. Pronto, las altas humaredas que cruzaban el cielo fueron invadidas por las tinieblas, perdiendo las rojeces que las moldeaban, y se transformaron en manchas fangosas, mientras que la superficie del lago era lo único que se mantenía rojo y brillante.

Los gritos de los *nakoa* del fin del día se elevaban desde las escarpaduras, las fallas y las distantes tierras que bordeaban *atanik-to-nik-nik*, desde más lejos de lo que ningún *Loa* había ido nunca. Mezclados con ellos, los de los *'riekek* merodeadores que procedían de los alrededores del clan de los *Loa*, en la ribera del lago. En la inmensidad descubierta, incluso esos gritos de *'riekek* parecían subir muy alto, hasta tocar el lodo del cielo nublado; trepaban y caían en fragmentos rotos junto con los otros gritos esporádicos, rebotando y chocando entre sí, como una lluvia sonora sobre la cabeza de Moh'hr.

Moh'hr miraba a la pequeña mujer.

Ni siquiera aquella de los *Nak-Booh-Loa* a la que tanto había mirado era como esta mujer, de líneas suaves y ligeras, de cabellos tupidos y dispuestos en mechas enroscadas.

Dejó pasar un buen rato; se hubiera dicho que no iba a abrir la boca antes de que pasara un rato más. Luego dijo en un susurro similar al de Nar-iaw:

—*Neh-Ishri'n'ishri-to. Neh loa-nak iaaw hev'nehmo ishri-to.*

El nombre que llevaba Neh-Ishri'n' expresaba lo que ella era: una pequeña mujer de cabellos rojos. Los cabellos de esta pequeña mujer *loa-nak* no eran rojos del todo, como los de Neh-Ishri'n'; apenas eran más oscuros que su piel, con mechones muy claros y otros muy oscuros.

Nar-iaw comprendió la observación, pero no contestó nada. Esperó unos instantes otras palabras de Moh'hr, que no llegaron.

La fresca brisa, que curvaba ligeramente las hierbas, llevó el olor de la pequeña *neh loa-nak* hasta los dos hombres; sin duda era ella la que habían olfateado en diferentes momentos del día y en diferentes puntos de las huellas seguidas, esas huellas que habían permitido a Nar-iaw anunciar que la persona de pies pequeños que había luchado con los *Nak-Booh-Loa* era una mujer. Un olor de esfuerzos mezclado con otros, dulzones y picantes a la vez. Apenas se movía: trasladaba el peso del cuerpo de un muslo a otro; arqueaba la espalda y echaba los hombros hacia atrás, adelantando los pechos y borrando el pliegue del vientre; luego se encogía poco a poco hasta que de nuevo volvía a estirarse. Parecía no sólo que fuera a permanecer en esa posición innumerables noches y días venideros, sino que llevara así otros tantos, como los árboles y las rocas que salían de la tierra herbosa.

Unos pájaros chillaron de pronto, temerosos y agresivos, al fondo de la pendiente que Moh'hr y el viejo *Loa* habían escalado. La *neh nak-loa* volvió la cabeza en su dirección; desde que la observaban, era la primera vez que lo que sucedía a su alrededor la hacía reaccionar. Permanecieron inmóviles. Ella dejó de mirar justo antes de que les resultara imposible seguir conteniendo la respiración y volvió a adoptar su actitud contemplativa. Los pájaros seguían chillando. Nar-iaw comenzó a lanzar frecuentes miradas inquietas en dirección a los gritos y, finalmente, atrajo la atención de Moh'hr para indicarle por señas que fueran a ver lo que alarmaba a los pájaros. Moh'hr gruñó e hizo el signo «iaaw». Los pájaros chillaban como lo hacen siempre en uno u otro momento; a Moh'hr no le preocupaba.

La tonalidad roja del lago adquiría densidad, oscurecida por los reflejos nebulosos y salpicada con igual violencia por los primeros puntos brillantes que aparecían en el cielo.

La *neh nak-loa* se levantó con movimientos lentos y sosegados. Moh'hr comprendió por su actitud que la mujer intentaba engañarlos: era imposible que no los hubiese visto cuando había vuelto la cabeza hacia ellos. Ella recogió el bastón y se apoyó en él para dar el primer paso que la alejaba del árbol. Se dirigió hacia el lugar, en el extremo del cielo, donde el sol había penetrado en la tierra. Sus andares evocaban algo redondo y ligero. Adelantaba un pie, el otro, luego el bastón, un pie, el otro, el bastón...

Moh'hr la miró un breve instante sin moverse, no tanto para asegurarse de lo que parecía ser una marcha decidida y apacible como porque resultaba agradable. Ella llegó a la altura del árbol siguiente. No se había vuelto ni una sola vez. Moh'hr ya estaba convencido de que fingía no haberse percatado de su presencia, ya que nadie recorre jamás semejante distancia, en un territorio nuevo, sin tomar la precaución elemental de echar un vistazo atrás de vez en cuando, a no ser que ya se sepa lo que hay detrás. Moh'hr se levantó y, encorvado, la siguió a pasos cortos y rápidos que apenas levantaban el polvo ocre de la tierra. Aquel movimiento pilló desprevenido a Nar-iaw, que hizo ademán de levantarse, se agachó, se incorporó de nuevo, mirando hacia Moh'hr y la pequeña mujer «otras gentes» que se alejaba, a continuación mirando hacia el final de la pendiente en penumbra, los árboles, la maleza de donde habían surgido los gritos temerosos y coléricos de los pájaros (los gritos ya habían remitido en parte), hasta que finalmente, tras estas vacilaciones bruscas y sobresaltadas, se decidió a seguir los pasos de Moh'hr, no sin lanzar, contrariamente a la *neh loa-nak*, numerosas miradas por encima de su huesudo hombro.

Moh'hr estaba a punto de llegar al primer árbol, bajo el que la mujer había permanecido tanto rato arrodillada, cuando de pronto ésta echó a correr. A él no le sorprendió, aunque sí a Nar-iaw, quien dejó escapar un chillido de sorpresa. Moh'hr llegó al árbol y gritó hacia ella:

—*¡Oh'k! ¡Loa oh'k!*

Ella detuvo su carrera tan repentinamente como la había iniciado, en pleno centro de un pequeño terraplén desnudo donde no daba la luz polvorienta caída del cielo y sobre el que destacó con nitidez, de frente, sendas franjas de sombra cruzando su cuerpo por debajo del pecho y bajo el vientre, oculto el rostro tras la maraña de cabellos, sosteniendo la estaca *kiow* con ambas manos. Aunque oyera las palabras, sin duda no las entendía; los *Booh* entendían algunas palabras de los *Loa*, pero sólo ellos, no otros. Los *Booh* no habían vuelto, tal vez no volverían, ni tampoco las lluvias a la tierra en aquel lugar, y esa *neh loa-nak* que no era una *Booh* no podía extraer ninguna imagen de la palabra *loa*. Pese a saber todo eso, Moh'hr repitió las palabras, volvió a gritar que no pretendía ni atraparla ni hacerle daño, que él era un *Loa* y que los *Loa* no desean atrapar a las otras gentes cuando se encuentran con ellas, ni hacerles daño, porque los *Loa* son *loa* y no *nakoa* de grandes dientes. Pronunció las palabras dirigiéndose a la mujer, en la penumbra rojiza que había descendido sobre la lade ra, por encima de la extensión brillante del lago. Tales palabras, salidas de la boca de un hombre, jamás habían atravesado ese lugar; y emprendieron el vuelo, semejantes a un batir de alas de pájaros invisibles, frágiles y terribles en su existencia única ya finalizada, que vuelven a cobrar vida y saltan sobre los salientes de la montaña como una desbandada de *xkigli* de largos cuernos rectos y cuarto trasero blanco.

—*¡Oh'k!*

Oh'k: lo que está bien, lo que no hace daño, lo que es agradable.

Nar-iaw se reunió con él bajo el árbol inclinado,

respirando de forma espasmódica y sibilante, intensificado su olor por el esfuerzo de la breve carrera después de todo un largo día caminando.

—*Han iaaw neh loa-nak* —dijo con voz ronca y entrecortada, entre dos miradas hacia atrás.

No quería acercarse a la mujer. La había buscado y seguido durante medio día para perder el interés por ella nada más encontrarla, como si los chillidos de unos pájaros en el fondo de un barranco lleno de maleza tuvieran más importancia y justificaran las miradas incesantes que lanzaba a su espalda. Moh'hr le respondió moviendo un hombro, como para espantar las grandes moscas pardas que picaban. En la corta pendiente, la *neh loa-nak* dio media vuelta y prosiguió su huida, sin correr, pero a buen paso. Moh'hr también volvió a ponerse en marcha, no sin mascullar por la comisura de los labios, resecos y con la piel cuarteada. La suma de los movimientos ejecutados desde que salió del vientre de una mujer (sobre todo los del último día...) le pesaba como si todo su cuerpo estuviera hecho de ese tejido invisible enmarañado, tanto el exterior como el interior. El dolor que había reaparecido en sus pies —a fuerza de acumular pasos acababa por aletargarse, pero despertaba en cuanto Moh'hr se detenía y se agudizaba cuando empezaba de nuevo a andar— trepaba por las piernas hasta las rodillas. Nar-iaw exhaló un suspiro doliente y dejó que su compañero se alejara la distancia de medio bastón lanzado antes de decidirse a seguirlo, tras haber vuelto a mirar varias veces atrás, hacia donde comenzaba la llanura herbosa.

Moh'hr y, tras él, Nar-iaw subieron y bajaron el corto terraplén. Seguían a la *neh loa-nak* sin correr, sin siquiera apretar el paso, contentándose con mantener siempre la misma distancia que los separaba de ella. Era evidente que a la mujer le convenía ese ritmo, ya que tampoco intentaba ir más deprisa. *Jui-orhg* apareció entre las nubes negras, en medio de los puntos brillantes de las piedras del cielo; la mujer y sus perseguidores continuaban avanzando, unidos por el invisible trenzado de un mismo cansancio. El terreno, llano, a veces se elevaba un poco, pero por lo general descendía, cubierto de grupos de árboles *uok*, algunos muy viejos, no demasiado numerosos ni lo bastante juntos para obstaculizar la visión con sus troncos y ramas. Las sombras se hacían profundas en cuanto las nubes envolvían la luna; la fresca brisa se adhería a la piel y ya no se desprendía. El gran lago quedaba de nuevo oculto en su parte luminosa por los desniveles del terreno y las elevaciones rocosas.

Jui-orhg la luna se liberó de las extensas humaredas de las nubes, como una *edri-iaaw-hev'nehmo* empujando a sus crías, y bañó la tierra con su luminiscencia azulada.

Moh'hr contraía el rostro cada vez que daba un paso —el de Nar-iaw ya no tenía expresión—, y entre mueca y mueca se mostraba preocupado. Le resultaba incomprensible que la mujer siguiera andando sin parar, a ese paso regular y obstinado que no delataba ningún signo de cansancio. A él, las piernas le pesaban tanto como la roca sobre la que caminaba. Iba a detenerse. Unos pasos más, todavía uno, el último, y después se detendría... Pero fue la mujer quien lo hizo.

Lo hizo como al parecer hacía muchas cosas: repentinamente.

Y lo que Moh'hr presenció después era demasiado grande para sus ojos, que jamás habían visto nada parecido, y para sus oídos, a los que jamás había llegado nada semejante.

Aún no había visto a la fiera negra. La pequeña mujer *neh loa-nak*, tras detenerse, se había vuelto de cara a sus perseguidores. Luego resbaló, en dirección a los dos hombres, sobre los guijarros y el polvo de la anfractuosidad recorrida un momento antes. Consiguió no perder el equibrio arqueando el cuerpo y se detuvo. Entonces agitó el bastón hacia ellos en actitud amenazadora al tiempo que pronunciaba la palabra. El nombre. Gritó el nombre de Moh'hr, una vez, y otra.

Eso fue lo que oyó Moh'hr.

Oyó gritar su nombre en la noche blanca y azul que cubría la tierra, su nombre pronunciado por la boca oscura de la pequeña mujer, la *neh loa-nak* que no pertenecía a ningún clan conocido, que se había enfrentado a los *Nak-Booh-Loa* del río y había logrado escapar quizá después de herir a uno de ellos, si no a dos, y que andaba sin mostrar síntomas de cansancio. Sabía su nombre, el nombre de Moh'hr, y se lo gritaba a la cara agitando amenazadoramente el bastón...

¡Sabía su nombre!

El frío se deslizó de golpe, ya no sólo por la piel de Moh'hr, sino también por dentro de él. En el caos brutal que agolpaba todas las imágenes en su cabeza percibió, como una ráfaga de viento azotándole las ventanas abiertas de la nariz, al acecho, la pesadez seca del peligro inminente, un peligro cercano y que se anuncia a voces casi demasiado tarde.

Lo vio. Vio al animal negro, al gran *nakoa-atanik-edri*.

Nar-iaw lo vio también, profirió un breve gemido de estupor y dio un salto empuñando sus dos bastones ligeros en un gesto instintivo y ridículo.

Moh'hr ni siquiera tuvo ese reflejo; siguió apretando el bastón con las dos manos contra el pecho, súbitamente impregnado de un sudor frío y pegajoso. Vio al *nakoa-atanik-edri* y lo oyó contestar a los gritos de la mujer —el nombre de Moh'hr— soltando un solo bufido en el que se mezclaba la sorpresa y la cólera. El animal estaba tendido sobre una rama de *ak'uok* situada a media altura del tronco, a un tiro de bastón de la mujer, quien se diría que había caminado desde el anochecer hasta ese momento para detenerse junto a ese árbol, únicamente para eso, y gritar el nombre de Moh'hr como si lanzara una piedra, a la vez en dirección a Moh'hr y a la fiera negra dormida... Y la fiera abría la boca para contestarle, y luego se erguía, se estiraba y empezaba a bajar del árbol, que vibraba bajo su peso, en un silencio sin límites, absoluto, impuesto sobre la tierra hasta los lugares que no se ven, el silencio de la espera, la espera del desenlace de las cosas enlazadas, el silencio anterior al primer trallazo de un combate en el cielo negro, mientras el gran *nakoa-atanik-edri* miraba a la mujer con sus ojos semejantes a puntos brillantes del cielo incrustados en la parte anterior de la cabeza, enseñando los dientes antes de que las paletillas se alzaran como por sí solas bajo la piel, por encima de la cabeza de orejas gachas, y agitaba la cola una vez más, golpeaba con ella el tronco, se quedaba rígida formando una prolongación de la espina dorsal; la luz lamía su pelaje sometido al movimiento de los músculos distendidos, estirado el cuello hacia la mujer, que también lo miraba, a quien su grito en respuesta a los suyos —el nombre de Moh'hr proferido una y otra vez— parecía haber sorprendido al menos tanto como había sorprendido y anonadado a Moh'hr, como si no se lo esperase.

La fiera se disponía a saltar. La mujer gritó otra vez el nombre de Moh'hr —¡Moh'hr volvió a oírlo!—, esta vez en la cara del terrible *nakoa-atanik-edri*. Al mismo tiempo que gritaba, arrojó el bastón delante de ella, a sus pies, y tendió las manos vacías, mostrando las palmas, hacia el animal negro.

Moh'hr vio aquello. Vio y oyó aquello.

Y también Nar-iaw, cuyo vientre viejo comenzó a gruñir de forma alarmante, vio y oyó aquello, olvidando por una vez blandir sus bastones ligeros y dejándolos caer en el extremo de sus brazos enjutos.

El animal negro captó el grito y el gesto de la mujer plantada en el pedregal empinado, y el salto que se disponía a dar descendió hasta la base de sus sólidas patas; entonces empezó a estirarlas con la lentitud de las gotas de agua del amanecer resbalando por las hierbas; no se abalanzó, bajó del árbol deslizándose, sin apartar la vista en ningún momento de la mujer con los brazos extendidos y las manos abiertas iluminada por la luna; tan sólo dio un pequeño salto desde la primera rama del tronco hasta el suelo, donde aterrizó sin hacer ruido, sin romper en lo más mínimo la densa y única masa de silencio tendida entre todos los puntos del cielo y de la tierra, sin que una piedra, por pequeña que fuera, rodase bajo las almohadillas de piel dura de sus garras, sin levantar ni una sola mota de polvo. Estaba en el suelo. Miraba a la mujer.

La mujer dijo algo más. No fueron palabras proferidas a gritos, sino palabras pronunciadas como cuando se habla..., aunque demasiado lejos de Moh'hr para que éste captara algo más que un zumbido, una especie de rugido de *nakoa-atanik-edri* que ella sabía decir, que conocía lo mismo que conocía el nombre de Moh'hr. La fiera escuchó las palabras. Rozando el suelo con la cola, dio un paso en dirección a la mujer. A cuatro patas, con la cabeza erguida, casi la doblaba en altura.

Moh'hr gritó. Nar-iaw también, pero de sobrecogimiento, y produciendo a la vez un violento ruido intestinal incontrolado que prolongó con un auténtico chillido proferido sin saber muy bien cómo al finalizar la intempestiva manifestación del sobresalto inicial. Moh'hr gritó y se precipitó hacia delante. El viejo también, pero sin duda no tanto movido por la voluntad de precipitarse realmente como porque era preferible seguir a su joven compañero, a costa de lo que fuera, que quedarse solo. Moh'hr corrió y salió de las sombras extendidas por la luna, reduciendo de golpe a la mitad la distancia que lo separaba de la mujer. Luego se detuvo. Nar-iaw también, varios pasos detrás, gritando:

—*¡Iaaw! ¡Iaaw! ¡Moh'hr iaaw!*

Moh'hr ya no oía a Nar-iaw. Oía latidos, desde el fondo de su pecho hasta su cabeza, y entre los latidos, su nombre pronunciado por la voz de la *neh loa-nak*, resonando como golpes.

Ella se había vuelto hacia él, todavía con los brazos extendidos y las manos abiertas.

El silencio se descomponía en grandes fragmentos que volvían a caer como el polvo.

El gran *nakoa-atanik-edri* miraba ahora a Moh'hr y al viejo..., miraba a la mujer y a Moh'hr y al viejo.

—*¡V'rhx!* —gritó Moh'hr.

Trató de repetir el grito, pero se le quebró la voz.

La fiera enseñó los dientes. Gruñó, sacudió la cabeza. Se alejó del árbol. Caminó de lado, indolentemente, y luego se volvió de espaldas. Gruñó de nuevo. Se marchó sin hacer ruido... Un instante después ya no estaba allí.

Antes de que las piernas dejaran de sostenerlo, Moh'hr se abalanzó.

Ella no hizo nada. Dejó caer los brazos. Realizó un movimiento inacabado hacia su bastón, en el suelo, dobló las piernas lentamente, se arrodilló apoyándose en una mano y cerró ésta sobre la primera piedra que encontró, pero sin fuerza. Con la cabeza levantada, lo miró acercarse.

9

No eran como los del río.

Ni-ei creía que sí hasta que el más alto había saltado haciendo gestos agresivos al *sh'ohr*... y el *sh'ohr* se había marchado sin hacerles daño, dejándola con ellos, lo que significaba que no tenía nada que temer.

No obstante, siguió apretando la piedra entre sus dedos. Ella siempre tenía una piedra, por si acaso.

No eran como los del río, aunque sí igual de altos. Ni-ei miraba sobre todo al que había gritado hacia ella palabras que no estaba segura de haber oído bien, que no había entendido. Eran menos anchos de espaldas, tenían el vientre un poco más bajo y las piernas más cortas, vello tupido como el de los *nam* que ella siempre había visto, y eso que los convertía en *nam*, bajo el vientre, largo como el dedo más largo de su mano, aunque en el caso del viejo fuera pequeño como el más pequeño. El que ella miraba le sacaba una cabeza y casi otra. Era fuerte, pues había hecho algo que un *nam* nunca se habría atrevido a hacer: le había plantado cara al *sh'ohr*.

El viejo tenía cara de animalillo, totalmente ajada y surcada de arrugas; la piel le colgaba a ambos lados de la boca; en toda la superficie del rostro y el cráneo, entre los pliegues, las costras de tierra y las de piel, crecían pelos blancos, aunque no muchos; los grandes orificios nasales, ampliamente abiertos, parecían casi rectos, desde la base hasta el centro de la nariz aplanada como el nudo de una rama seca y gris. Bajo la franja de piel gruesa y las cejas todavía pobladas, sus ojillos hundidos no paraban de ir de un lado a otro, y esa movilidad hizo que Ni-ei, al mirar ese rostro, se sintiera tranquilizada: las comisuras de su boca se alzaron ligeramente.

No hizo ningún gesto para tratar de rechazarlos o de manifestar su negativa a que se acercaran. Sentada de lado, apoyada en un brazo, cerrada la mano sobre la piedra. El *sh'ohr* había partido en medio de la noche; continuaba protegiéndola después de que ella le hubiera dado lo que, tras salir de su vientre encolerizado, jamás sería un *ni-nam*. Ni-ei no tenía que temer nada de ésos. Simplemente debía hacerles comprender quién era; por eso no había soltado la piedra, no bajaba la cabeza y los miraba a la cara, buscando sus ojos, su boca.

Las bocas de ellos no decían nada, sus ojos desviaban la mirada cuando se cruzaban con la de Ni-ei. Permanecían a dos pasos, el viejo algo más atrás, su delgado cuerpo temblando de pies a cabeza, sin parar de mirar en todas direcciones, no sólo los alrededores del talud pedregoso y las sombras cercanas donde probablemente el *sh'ohr* permanecía al acecho, sino más lejos, detrás de él, hacia los matorrales desde los que se habían abalanzado, como si esperase que otros aparecieran por ese lugar.

Tal vez iban con otros que les seguían los pasos.

Emanaban fuertes olores, sobre todo el viejo, cuyas piernas lucían, por atrás, lo que había salido de su vientre mientras corría. El que no era viejo olía a *nam*, y su piel estremecida, todavía sin la marca de las arrugas, acumulaba el olor de todo lo que había andado antes de encontrarla y desde que la había encontrado hasta ese momento. También un olor a lago, semejante al que ella había aspirado al contemplar —otra cosa no podía hacer— la inmensa extensión de agua, sintiendo un vacío en el pecho y un nudo en la garganta.

Al cabo de un rato, Moh'hr se inclinó sobre ella y la olfateó. Intentaba distinguir sus facciones, captar su mirada tras los mechones de pelo. Ella no parecía tenerles miedo, en especial de Nar-iaw, a quien había dirigido una rápida mirada, como si los dos bastones que empuñaba el viejo, más que impresionarla, la divirtieran. Si no le daba miedo un enorme *nakoa-atanik-edri* negro, con quien hablaba en su lenguaje, si no le daba miedo un grupo de *Nak-Booh-Loa*, ¿cómo iban a darle miedo apenas dos *Loa*?

Había pronunciado a gritos su nombre.

Moh'hr empezó a dar vueltas en torno a ella, lentamente, apoyando los pies en las piedras con precaución.

Nar-iaw, sin moverse, seguía mirando a su alrededor en todas direcciones. El lugar por donde había venido. Y luego a ella.

Moh'hr estaba detrás de ella, que no había intentado seguirlo con la mirada, ni siquiera había movido la cabeza. Las leves prominencias de los huesos formaban una línea descendente en el centro de la espalda. Numerosos arañazos dejados por las espinas le marcaban la piel. Vio la herida abierta, oscura, en la cadera. Ella esperaba inmóvil, mientras que él se había detenido a su espalda para mirarla. Moh'hr se colocó de nuevo ante ella y encontró sus ojos, como sombra brillante, a través de los cabellos.

La olfateó y siguió mirándola. Ella hizo lo mismo. Un breve suspiro quejumbroso escapó de la boca de Moh'hr. Era como alguien que hubiese perdido todos sus gestos y permaneciese a la espera de recuperarlos.

Lo que le hacía notar los miembros y el cuerpo pesados también afectaba a la mujer. Él veía, en esa posición desequilibrada en la que ella permanecía, temblar la carne prieta de sus muslos. Las marcas de los estremecimientos que el frío deja en la piel le recorrían los hombros y los brazos, los pechos hinchados y el contorno de los pezones.

Su visión resultaba todavía más agradable que la de la mujer *Nak-Booh-Loa* en la orilla del río, bajo el refugio.

Moh'hr se inclinó hacia ella y tendió la mano. Percibió el sobresalto reprimido, la súbita tensión en sus carnes..., oyó frotar contra otra la piedra que tenía en la mano, vio crisparse los dedos encima. Pero ella siguió mirándolo sin volver la cabeza ni tratar de escapar a su contacto inevitable. Él la agarró del pelo y tiró hacia arriba para ver su rostro a la luz de la luna. Era un rostro de pómulos salientes, de ojos muy negros bajo las pobladas cejas; la nariz no se curvaba y formaba una punta sobre las aletas, pequeñas y de aberturas apenas visibles; su boca era grande, sus labios, carnosos... Moh'hr no había visto ningún rostro de *neh* con unos labios de perfil tan claramente marcado.

Él no le hacía daño. La miraba. La tenía cogida del pelo, pero sin violencia; ella no había opuesto resistencia al tirón hacia arriba, que él había dejado de ejercer en cuanto había conseguido verle la cara. Ella intentaba comprender mirándolo a los ojos: le parecieron buenos y sorprendidos, como los ojos que nunca habían visto lo que están viendo..., como tal vez los suyos. Las anchas aletas de su nariz, corta y aplanada, temblaban. Una gran cantidad de pelo ocultaba prácticamente su boca y cubría toda la parte inferior de su cara, desde debajo de los pómulos.

Ella se percató a la vez de que el bastón que tenía en la mano se parecía al que le había producido la herida en la cadera, y de que lo que hacía de él un *nam*, entre las piernas, había cambiado de tamaño.

Ni-ei retrocedió con cierta crispación. Él la soltó y,

acto seguido, hizo algo que no le permitió seguir teniendo miedo de él: recogió su bastón de entre las piedras y se lo tendió, tras haber echado un rápido vistazo, vagamente intrigado, a la piel de animal atada alrededor de la madera, y procurando no cogerlo por ese extremo. Ella observó el gesto, la leve sacudida que imprimió al bastón con un rápido movimiento de la muñeca para indicarle que se lo daba, que no tenía más que cogerlo. Ni-ei soltó la piedra y cogió el bastón. Él adoptó una expresión amable, moviendo la cabeza con satisfacción.

Ni-ei asía el bastón, lo asía sin realizar ningún gesto que trasluciera la más mínima agresividad. Colocó la otra mano, igual que la primera, en el extremo opuesto al de la piel enrollada, a fin de que él viera que ya no tenía la piedra.

Moh'hr hizo otro gesto de aprobación con la cabeza. Se inclinó sobre la mujer y vio la mirada temerosa que ella deslizaba hacia su *oa* de macho, que se había endurecido e hinchado mientras él la miraba girando a su alrededor. No quería que tuviera miedo de él por ese motivo. Con el revés de la mano se dio un golpe en el *oa* que cortó el inicio de erección y, prolongando el gesto hacia ella, la asió por el brazo. Ni-ei tenía la piel fresca y flexible, la carne firme. Él la obligó a levantarse sin soltarla; los cabellos enmarañados de la mujer habían vuelto a caer sobre sus ojos y Moh'hr ya no sabía qué parte de él miraba, pero notó que no se resistía.

De pie, le llegaba hasta medio pecho. La empujó un poco, señalando la cima de la escarpadura pedregosa, hacia los árboles *uok* y la dirección en la que se había alejado el gran *nakoa-atanik-edri* negro. A ella, cuyos pies buscaban apoyo en las piedras, le resultó un tanto difícil volverse, pero Moh'hr no la soltó hasta que estuvo seguro de que no perdería el equilibrio. Las piernas y las nalgas de la mujer temblaban fuertemente debido al gran cansancio provocado por el ritmo ininterrumpido de su avance, un cansancio inmenso que hasta entonces no había dejado traslucir en ningún momento y que le hacía sentir como si el peso de su cuerpo menudo hubiera aumentado el doble o incluso el triple, mientras sus magullados pies trataban de afirmarse trabajosamente sobre las piedras. Caminaba apoyada en el bastón, del que pendía, sobre su mano, la piel del animalito. Moh'hr la siguió.

Nar-iaw profirió una queja y, por un instante, pareció totalmente decidido a no dar un solo paso más. O quizás era incapaz de darlo. En respuesta a su gemido, Moh'hr, sin volverse, le lanzó por encima del hombro un sonido gutural breve, imperativo. El viejo *Loa* suspiró; dirigió varias miradas: la primera, cargada de temor, hacia el lugar de donde venían, bajo los árboles; la segunda, de contrariedad y enojo, hacia Moh'hr y la pequeña *neh loa-nak*, que se alejaban sin preocuparse de él... Los siguió con ayuda de los bastones, hincándolos uno después de otro entre las piedras.

Pasado el terraplén, el terreno volvía a ser llano, de nuevo salpicado de hierbas secas que llegaban hasta medio muslo de la mujer. Afloraban fragmentos oscuros o brillantes de roca. Había árboles *uok* dispersos por doquier, unas veces en pequeños grupos apiñados, otras solitarios, la mayoría de ellos viejos, con escasas hojas-espinas adornando aún sus ramas retorcidas, como los cabellos en la cabeza casi seca de Nar-iaw. El crepitar de los innumerables *nakoa-n'n'*, los bichos diminutos, llenaba toda la noche entre las paredes de la montaña, en parte ocultas por los árboles y que la pesada presencia de la luna parecía haber separado.

Ni-ei se detuvo bajo el primer árbol *uok* sin que el que iba detrás de ella ni el viejo que les seguía se lo impidieran. Alzó los ojos para comprobar que las ramas no estaban ocupadas y se apoyó con una mano en el tronco. Antes de dar el paso siguiente, esperó una señal del *nam* que le había devuelto el bastón; en sus ojos vio el velo de un cansancio al menos tan grande como el que ella sentía en la espalda y las piernas. Él también alzó los ojos hacia las ramas; luego miró los alrededores antes de hacer con la cabeza un signo de aprobación que ella comprendió. Ni-ei se agachó, se arrodilló al pie del ancho tronco, con el bastón entre las piernas y las manos sobre él, sin asirlo realmente.

El viejo llegó a su altura. Tenía el semblante descompuesto y, con el ojo que no era opaco, miraba en todas direcciones. Sin esperar, se puso a coger hierba a puñados alrededor del árbol y, después de dar unos golpes ligeros en el suelo con los bastones para que los bichos se marcharan, sobre todo los *'n'arsha*, cuya mordedura mata, la amontonó a dos pasos del tronco, desde donde podía ver la pequeña pendiente pedregosa que acababan de recorrer. Cuando consideró que la alfombra de hierbas era lo suficientemente gruesa para amortiguar las asperezas del suelo, se sentó, dejó los bastones uno a cada lado, apoyó los antebrazos en las rodillas y dejó muertas sus manos descarnadas. Al cabo de un instante, el párpado de su ojo todavía brillante se cerró, mientras que el del ojo de mirada vacía permanecía inflexiblemente abierto, sin siquiera parpadear.

Moh'hr había imitado a Nar-iaw en cuanto éste se había puesto a coger hierbas. Él se había alejado menos del árbol y no perdía de vista a la mujer. Finalmente la invitó con un gesto a hacer lo mismo que él y el viejo, pero ella permaneció arrodillada y Moh'hr no sabía si había entendido la señal, ni siquiera si la había visto a través de los cabellos. Él seguía cogiendo hierbas cuando Nar-iaw dio por acabado su lecho, aunque a su través se viera la tierra rugosa, y se sentó. Seguía cogiéndolas aún cuando el viejo, inmediatamente transportado fuera de su cuerpo a los otros territorios del sueño, cayó por un momento hacia delante y se incorporó abriendo desmesuradamente el ojo, luchando por ver lo que iba a pasar. Moh'hr llevó muchas hierbas arrancadas y las depositó al pie del árbol, delante de la mujer. La miró mientras diseminaba una parte de los tallos a su alrededor, con una mano al principio, luego con las dos, el bastón a un lado, con gestos torpes, como si la hierba pesara mucho, como si le faltaran fuerzas para cambiar su posición postrada. Sin embargo, parecía tranquila por la actitud de Moh'hr, y eso le produjo a este último una sensación agradable. Moh'hr se ocupó de extender el resto de las hierbas para él, sin conseguir hacerlo mucho mejor que Nar-iaw. La mujer se dio cuenta y empujó hacia él un poco de la hierba esparcida bajo sus rodillas. Él vaciló, cogió la hierba y la extendió. Le indicó que se levantara para poder disponer correctamente el lecho bajo ella. Ni-ei sostuvo su mirada sin pestañear; él veía sus ojos entre los mechones enroscados de cabellos claros y oscuros. Ella no había cogido de nuevo el bastón.

Moh'hr dijo:

—*Moh'hr*.

Dijo su nombre, que ella había repetido a gritos varias veces. Lo dijo en un tono muy quedo. Un poco más fuerte que un susurro.

Lo bastante fuerte, sin embargo, para que los viejos oídos de Nar-iaw lo oyeran y el anciano se sobresaltara y abriera su párpado cerrado. Volvió la cabeza hacia ellos.

El mundo doble de la noche atraía a Ni-ei como en un movimiento de agua arremolinada. Ella abrió los ojos con asombro, se apartó con la mano los cabellos para verlo bien, de rodillas frente a ella, para ver su boca recubierta en parte por los pelos de la cara. Había dicho el nombre del *sh'ohr*, al que no temía enfrentarse con un simple bastón. Conocía el nombre del *sh'ohr*, aunque lo decía a su manera, un tanto deformado, imagen imperfecta.

—*Sh'ohr* —dijo Ni-ei, pronunciando el nombre correctamente. Moh'hr ladeó la cabeza a fin de que una de sus orejas quedase lo más cerca posible de ella, atento a lo que decía.

—*Sh'ohr* —repitió Ni-ei.

—*Sh'ohrr'r* —dijo el anciano separando sus gruesos labios.

Moh'hr y la mujer lo miraron.

—*Moh'hr* —dijo Moh'hr enérgicamente, apoyando una mano abierta en el pecho.

La mujer señaló al viejo y dijo en el tono tajante de la afirmación:

—*Sh'ohr. Ni-ni sh'ohr. Ni-ni.*

El viejo, sin cerrar la boca, se encogió un poco, como si la mujer, al señalarlo, lo hubiera expuesto a algún posible peligro, como si la voz ronca y baja de Ni-ei, que ya no gritaba, no sólo hubiera penetrado en sus oídos, sino también en su boca —que había repetido, deformándola, la palabra pronunciada por ella— para secarle la lengua.

Esa voz baja y ronca, liviana, daba vueltas en la cabeza de Moh'hr, quien tocó la rodilla de Ni-ei para atraer la atención que ella parecía dispuesta a conceder ante todo a Nar-iaw, seguramente porque consideraba que este último se sentía más inclinado a comprenderla. Se señaló colocando una mano con los dedos muy separados sobre su pecho y dijo, pronunciando claramente:

—*Moh'hr.*

Lo dijo varias veces; luego esperó la reacción de la mujer.

Ella lo había oído; Moh'hr vio que las comisuras de su boca se alzaban ligeramente.

Ni-ei dijo:

—*¡Sh'ohr!*

Lo que aquel *nam* decía no era el nombre del *sh'ohr*. Era el suyo, el que lo designaba a él. No había señalado al viejo, sólo a sí mismo. Ni-ei se esforzó en repetirlo:

—*Mho-rrh...*

—*Iw'* —aprobó él—. *Moh'hr... Moh'hr.*

Ni-ei, con la palma de la mano hacia arriba, lo apuntó con un dedo:

—*Moh'hr...*

Él dejó escapar un débil grito de satisfacción, asintiendo con la cabeza y golpeándose el pecho. Luego copió su gesto —la palma de la mano hacia arriba y un dedo estirado— para señalarla a ella:

—*Sh... ¿Shor'h?*

Ella comprendió. La satisfacción hizo que mantuviera alzadas las comisuras de los labios. Su vientre gruñía, pero ella no lo oía, como tampoco quería oír lo que la importunaba en los pechos, por cuyos pezones había comenzado otra vez a rezumar líquido. Él había dicho su nombre, no el nombre del *sh'ohr*, y esos dos nombres sonaban casi igual. Y seguramente él había oído su nombre cuando ella había llamado al *sh'ohr*, que la protegía en la sombra y había acudido. Ahora él decía que el nombre del *sh'ohr* era el nombre de ella.

Entonces ella habló. Hizo los gestos para mostrar al *sh'ohr*, para hacer que las imágenes aparecieran ante los ojos de los dos hombres, que la miraban muy abiertos, irritados por una pesadez que ellos rechazaban pestañeando sin parar.

—*Sh'ohr* —dijo Moh'hr con prudencia.

Ella emitió el ruido gutural que significa lo que es.

—*Sh'ohr* —dijo Moh'hr con más aplomo.

Ella volvió a emitir el ruido gutural aprobador. Él señaló al viejo y dijo, juntando dos dedos:

—*Nakoa-atanik-edri... sh... sh'ohr.*

—*Sh'ohr* —dijo el viejo como si siempre hubiera sabido el nombre.

Moh'hr le dirigió una mirada recelosa.

—*Nakoa-atanik-edri, sh'ohr* —dijo el viejo pausadamente.

Moh'hr desvió los ojos y miró de nuevo a Ni-ei. Ella había llamado «sh'ohr» al gran *nakoa-atanik-edri* negro.

Ni-ei, apartándose el pelo de la cara, respondió a la mirada de Moh'hr. Intentó repetir la palabra que él había dicho para llamar al *sh'ohr*, pero su tentativa hizo proferir al viejo una especie de cloqueo semejante al de los pájaros que corren por la orilla del agua, y el que tenía un nombre tan parecido al del animal levantó las comisuras de la boca por debajo del pelo que las cubría. Volvió a decir el nombre, y ella lo intentó una vez más, y otra, y otra, y finalmente él asintió con la cabeza. Ella miró al viejo para ver si también asentía con la cabeza, pero había cerrado el ojo, había partido de su cuerpo hacia los territorios dobles, dejando tras de sí la huella de la satisfacción en los pliegues de su rostro. *Nakoa-atanik-edri.* Ellos decían «nakoa» para designar a los *nam-ni* que no son *nam*, a los animales, «atanik» en vez de *ohr-ah'oo*, muy, mucho, y «edri» para los dientes. El animal de largos y fuertes dientes. Era una imagen diferente de «sh'ohr», que era la imagen que evocaba la palabra de la fiera.

Moh'hr dijo de nuevo su nombre, tan parecido al del *sh'ohr*, y luego le tocó con la yema de los dedos la parte superior de los pechos. El contacto la sorprendió.

—*Ni-ei* —dijo ella.

Él lo repitió de inmediato con la entonación correcta. Hacía mucho tiempo que ella no había oído pronunciar su nombre.

—*Ni-ei* —dijo ella, apretando las manos contra sus pechos—. *Moh'hr* —añadió señalándolo a él.

Ambos tenían las comisuras de los labios levantadas.

Se oyó el ruido del cuerpo del viejo al caer atravesado sobre el delgado lecho de hierbas. Encogió las rodillas juntas y colocó las manos entre los muslos, sin abrir el ojo.

La luna estaba en lo alto del cielo, entre las nubes dispersas. Desde una lejana profundidad desconocida se elevó el grito característico de una fiera gibosa de pelaje moteado.

—*'Riekek* —susurró Moh'hr.

Ni-ei dijo:

—*Iek*.

Moh'hr se incorporó con un movimiento torpe debido al anquilosamiento. Mostró a Ni-ei el primer hueco del tronco del árbol, que no quedaba a mucha altura; él llegaba levantando el brazo, ella no.

—*Ni-ei* —dijo—. *Ra-xuahan* —añadió, cerrando ostensiblemente los ojos, abriendo la boca y emitiendo un ronquido entrecortado.

Abrió de nuevo los ojos. Ella esperaba que dijese algo más. Había reconocido su nombre en su boca, y también la mímica; sabía lo que él quería. Pero esperaba. Él creyó que no le había entendido; volvió a decir el nombre de Ni-ei —que ella aceptó moviendo la cabeza con satisfacción—, y volvió a decir *ra-xuahan* cerrando los ojos y roncando a placer; abrió los ojos, señaló el árbol y a Ni-ei. Esperó un momento. Señaló al viejo tumbado.

Ni-ei sabía que si trepaba al árbol estaría más segura que en el suelo; los ladridos entrecortados de los *iek* se lo habrían recordado si lo hubiese olvidado. Probablemente por eso Moh'hr (como él decía llamarse) quería que se instalara en el árbol..., lo que al mismo tiempo le permitiría mantenerla más fácilmente bajo vigilancia, impidiéndole huir sin que él se percatara... Pero a ella ya no le quedaban fuerzas para oponerse lo más mínimo a la decisión tomada por el hombre. Se puso en pie.

Él dejó el bastón y la ayudó a trepar. La levantó, tocando su piel con la suya. Ella notaba sus manos anchas y duras. Al empujarla hacia arriba, la tocó entre las nalgas. Ni-ei llegó al hueco del árbol, donde se instaló con su bastón. Moh'hr cogió hierba con las dos manos y se la ofreció. Luego le dio otro puñado. Ella dispuso la hierba olorosa bajo su cuerpo.

Moh'hr interrumpió el reparto de hierba, quedándose la mayor parte; era la hierba que él había cogido, y él era más grande que la mujer. Golpeó el suelo con la palma de las manos tras haber intentado hacerlo con los pies y despertado de golpe el dolor. Se sentó sobre la delgada capa de hierbas, a escasa distancia del tronco; si quería, extendiendo el brazo podía tocarlo con el bastón. La veía en la horcadura del árbol *uok*, acurrucada, con los hombros encogidos, apretándose con los brazos el pecho y el vientre, metidas las manos entre los muslos, la mirada de nuevo oculta tras el cabello.

Tenía el olor de su entrepierna en la mano con la que la había izado al árbol. Un olor de tierra húmeda y tibia, un poco picante. Lo aspiró largamente mientras se le cerraban los ojos.

Ni-ei vio que el cuerpo de Moh'hr —al igual que el del viejo, que quizá no tenía nombre— estaba abandonado y reposaba. Se volvió del otro lado y dejó fluir el agua en un largo chorro caliente que dirigió contra el tronco, levantándose apoyada en un codo a fin de amortiguar el ruido. Resultaba agradable, después de los tirones que se sucedían desde hacía un rato en el bajo vientre. A continuación mamó de uno de sus pechos y luego del otro, pero ya no le producía el mismo efecto que las primeras veces; había menos líquido en sus pechos, que seguían sensibles e irritados por dentro. Tenía la nuca rígida y en las mejillas notaba como si la piel del interior se desprendiera.

El frío se le adhería a la piel, hacía que le temblara la mandíbula y que sus dientes entrechocaran. Sentada, replegada sobre sí misma, estrechaba entre sus brazos las piernas recogidas. Se le cerraban los ojos, pero al cabo de un instante volvía a abrirlos. Había demasiadas imágenes dentro de ella. Había caminado hasta el límite de sus fuerzas llamando al *sh'ohr* y éste había acudido, se había presentado cuando ella estaba dispuesta a no seguir esperándolo. Había avanzado hacia ella igual que ya avanzara una vez, al pie de otro árbol. Y había sido entonces cuando ese que se llamaba Moh'hr había salido del lugar desde donde observaba para enfrentarse a él, y el *sh'ohr* se había ido, pues sabía por qué el hombre actuaba así y sabía que Ni-ei no corría ningún peligro con él. El *sh'ohr* lo sabía. Todas esas imágenes daban vueltas y más vueltas ante sus ojos, estuvieran abiertos o cerrados. Las imágenes de Moh'hr, hacia el que dirigía una mirada de vez en cuando y cuya respiración tranquila y regular oía, las imágenes cuando le había dado el bastón, cuando le había apartado los cabellos para mirar su rostro, cuando había dicho su nombre, el de él, y cuando había dicho el de ella, tan satisfecho de decirlo como ella de oírlo. El *sh'ohr* había permitido que encontrara a ese *nam* y al *nam* que caminaba con él, el viejo de momento sin nombre, que ella supiera.

¿Acaso la buscaban? ¿Adónde iban? ¿Pertenecían a algún grupo importante?

Los ojos de Ni-ei se cerraban y volvían a abrirse.

Vio emerger la silueta de las piedras del corto terraplén, en el lugar por donde había pasado con Moh'hr y el viejo. El escalofrío que la recorrió de la cabeza a los pies era distinto del que produce el frío. Una silueta erguida, que la luz de la noche iluminaba de frente, visible detrás de ella su sombra doble, de la que tiraba sin precaución. Tampoco Moh'hr y el viejo concedían una especial atención a su sombra doble; eso era lo primero que Ni-ei había observado. La que llegaba era también, sin duda alguna, de su grupo. «La» que llegaba. *Ei*. Con los pechos de una *ei*, y bajo el vientre lo que le falta de un *nam* a una *ei*. De una altura que a Ni-ei le pareció más o menos como la suya, ligeramente mayor. Tenía abundantes cabellos de un color tierra intenso a la luz de la luna. De la estrecha cintura de la *ei* colgaban cosas que le golpeaban el vientre. Caminaba apoyándose en un bastón mucho más grande que ella, con la punta descolorida tallada hacía poco y que parecía no haber pinchado jamás.

Ni-ei golpeó varias veces el tronco del árbol con la palma de la mano. Moh'hr regresó a su cuerpo sobresaltado y levantó los ojos de inmediato hacia ella, dirigiendo la mirada al lugar preciso donde sabía que la encontraría, sentada en la horcadura del árbol. Ella señaló con el brazo extendido la silueta que se acercaba a cara descubierta.

Y Moh'hr vio surgir a Neh-Ishri'n' de los límites de la noche.

Y Nar-iaw, que se incorporaba, dejó escapar un débil grito de alivio, como si esperase a la recién llegada desde hacía tiempo...

Apoyaba los pies sin precaución en las piedras rodantes; en todo su cuerpo, en cada uno de sus movimientos, pesaba la marca del trayecto recorrido hasta allí. Moh'hr la miraba; tenía la cabeza embotada. La llamada de Ni-ei, golpeando en el tronco con la mano, lo había arrancado bruscamente del otro territorio donde se encontraba en espera de que los dolores se marcharan de su cuerpo de ojos cerrados; tan bruscamente que no conservaba imágenes de él, tan sólo esa sensación de embotamiento bajo el hueso duro del cráneo. (Por un instante había creído que la mujer que golpeaba el tronco del árbol con la mano era una imagen del otro territorio; luego había regresado por completo a su cuerpo —a los dolores que persistían, aunque un poco menos superpuestos unos a otros— y la mujer del árbol se había transformado en Ni-ei, cuyo nombre había recordado.)

Miraba acercarse a Neh-Ishri'n' y se sentía oscuro por dentro y frío por fuera. Apoyado el bastón en el hueco del brazo, se frotaba con la palma de las manos el otro brazo, el vientre, la parte superior de los muslos, para alejar toda esa oscuridad y atraer el calor. Dirigió una mirada de soslayo a Ni-ei, a horcajadas en la rama del árbol. Ella también miraba avanzar a Neh-Ishri'n', a todas luces sin poner en duda que Moh'hr y el viejo la conocían. Sus piernas colgaban a uno y otro lado de la rama, en la que se apoyaba con ambas manos, en una postura que le hacía levantar los hombros a la altura de la cara. A la sombra de este lado de la luna, la luminiscencia circundante subrayaba la prominencia de sus pechos, comprimidos y colgantes, el perfil curvo de su cadera herida, la cara superior del muslo hasta la rodilla. Tenía el bastón entre los muslos, contra el vientre.

No había intentado huir.

En determinado momento, Moh'hr había creído que trataría de hacerlo. Ya había cerrado los ojos, pero aún no había partido de su cuerpo, y había oído el leve ruido de evacuación contra la corteza agrietada, el olor de orina había llegado a su nariz. Ella no intentaba irse, ni siquiera bajar del árbol. A continuación, al oír otros ruidos que parecían hechos con la boca, había entreabierto los ojos procurando no cambiar el ritmo de la respiración: ella estaba haciendo algo que jamás había visto hacer, algo que ningún *Loa* jamás había visto para después poder contarlo, ni siquiera Nar-iaw, ni desde luego ningún *Booh*, a pesar de que los *Booh*, cuando acudían con las lluvias a la ribera de *atanik-to-nik-nik*, sabían cosas que los *Loa* ignoraban. Lo que había visto entonces, después de lo visto desde que seguían a la mujer de otro lugar, había acabado de desconcertarlo.

No sólo no había intentado huir, sino que los había avisado al ver a Neh-Ishri'n'.

Moh'hr ya no sabía si lo que le había visto hacer —sentada en el árbol y replegada sobre sí misma, curvada la espalda, empujando con las dos manos hacia arriba uno de sus pechos, luego el otro, hacia la boca— eran imágenes de los otros territorios o de éste.

Neh-Ishri'n' estaba allí. A pesar del frío, tenía la piel brillante de sudor y el semblante cansado. Se había envuelto los pies con trozos de piel de *nakoa* atados con tiras; eso fue lo primero que vio Moh'hr, quien soltó un débil gruñido por no haber hecho lo mismo. Neh-Ishri'n' se dejó caer de rodillas. Levantó las comisuras de la boca mirando al viejo, que se había acercado a ella arrastrándose sentado, como si las piernas ya no quisieran sostenerlo. Llevaba atados a la cintura, mediante un trenzado de hierbas, trozos de carne cogidos de las varas colocadas entre los refugios del clan. En un susurro que expresaba alivio, temblando desde que había dejado de andar, dijo:

—*Ra-xuahan...*

Pero no hizo nada, no cerró los ojos, no se tumbó; al contrario, se puso a hablar al tiempo que desprendía de la atadura de fibras uno de los trozos de carne, que colgaba desde la línea que marca el centro del vientre hasta el vello de abajo. Había dejado el bastón y sus dedos se afanaban en el cordón de hojas retorcidas mientras hablaba.

Relató su partida tras las marcas que ellos le habían dejado y su encuentro con los *'riekek*. Hablaba sobre todo para Nar-iaw, o bien con la cabeza gacha. Como si Moh'hr no estuviera allí. Como si no hubiese visto a la otra mujer sentada en el árbol..., aunque sí la había visto, era a la primera que había visto, por eso había vacilado unos instantes en lo alto del pequeño terraplén. Contó su encuentro con los *'riekek*, tan numerosos, según ella, como los dedos de una mano, y que la habían seguido a causa de los trozos de carne atados a su cintura. Había sido capaz de mantenerlos a distancia, resistiéndose a la tentación de arrojarles un trozo para mantenerlos ocupados y demostrar que no les deseaba ningún mal, porque sabía que si lo hacía sería el fin, ya que los *'riekek* nunca se sacian, no escuchan a nadie, les es indiferente que uno les desee algún mal o no. De repente habían dejado de seguirla, tal vez al penetrar en un territorio que no era suyo, o bien atraídos por otra presa. Sin embargo, en su preocupación por escapar de ellos había caminado sin buscar las marcas dejadas para ella. Había necesitado mucho tiempo para localizar una: una rama baja de arbusto partida en varios puntos pero sin arrancar, todavía unida a la corteza tierna. Después había llegado la noche. Y sólo había vuelto a encontrar otra marca, de nuevo una rama partida. Pero no había dejado de andar, a menudo creyendo verlos, encontrarlos por fin; pero nunca eran ellos, sino sombras entre las sombras, los destellos de luna, y había seguido avanzando, y envuelto sus pies en las pieles que, según dijo, había cogido para los de Moh'hr. Había seguido avanzando en la dirección que sabía que ellos seguían, sin otros puntos de referencia, sin marcas más precisas, simplemente hacia las nubes, sin tomarse ni un respiro para comer un poco de la carne atada a su cintura, no se le había ocurrido, no se le había ocurrido ni siquiera cuando el trenzado de tallos de hojas se había roto y había tenido que anudarlo de nuevo sin detenerse. Contó todo esto con palabras rápidas que se superponían unas a otras, con gestos breves y cansados que se enredaban con los realizados para desatar la carne, palabras y gestos que se habían acumulado durante el camino y que por fin podía expulsar, de los que por fin podía liberarse... Luego empezó a contar de nuevo que los *'riekek* la habían seguido mucho tiempo...

Moh'hr miraba ahora a Nar-iaw, que fingía no darse cuenta... Le obligó a prestarle atención con un carraspeo; Nar-iaw levantó los ojos. Moh'hr hizo el signo de las ramas partidas para marcar el camino a las que se había referido Neh-Ishri'n'. El viejo asintió con la cabeza.

—*Moh'hr, Nar-iaw, Neh-Ishri'n'hr'iaw mohgr'ffhui* —dijo.

Ella también quería ver la montaña fuente de las altas humaredas. Esa imagen de la gran montaña escupidora de nubes era de Moh'hr y sólo se la había ofrecido al anciano, quien se la había transmitido a Neh-Ishri'n'.

—*Moh'hr Neh-Ishri'n'* —dijo Nar-iaw juntando dos dedos.

Esto provocó otro gruñido por parte de Moh'hr.

Neh-Ishri'n' seguía trajinando como si nada ocurriera a su alrededor. Había desprendido de la atadura un trozo de carne y lo depositó ante ella, tras haber barrido el suelo con el perfil de la mano. De la bolsa de hierbas trenzadas que llevaba colgada al cuello, el viejo sacó su piedra *dzia* y cortó la carne en tres trozos. Neh-Ishri'n' cogió uno para ella y lo colocó sobre su muslo, le dio otro al viejo *Loa* y ofreció a Moh'hr el último, el más grueso. Él aceptó la carne y, sin vacilar, se acercó al árbol donde Ni-ei esperaba siguiendo con la mirada lo que sucedía a sus pies. Moh'hr le tendió la carne. Ella dudó. Alargó la mano... y la retiró antes de tocar la carne.

—*Sh'ohr ni* —dijo con voz queda y cascada.

Puso los dedos sobre su boca abierta, lo que Moh'hr interpretó como el signo de comer.

—*R'euh* —asintió, haciendo también el signo con la mano que sostenía la carne y alargando el brazo de nuevo.

Tocó el muslo de la mujer, lo empujó con el trozo de carne.

—*Sh'ohr ni* —repitió Ni-ei.

En esa palabra aparecía el mismo sonido que en su nombre. «*Sh'ohr ni.*» Moh'hr comprendió que no quería comer carne de *nakoa-atanik-edri*, que ella llamaba *sh'ohr* y cuyo lenguaje hablaba.

—¡*Iaaw!* —dijo en tono enérgico—. *Iaaw nakoa-ata... sh'ohr. ¡Iaaw sh'ohr!*

Pero ella seguía sin decidirse a coger la carne.

—*Nakoa-xri'* —dijo Moh'hr, subrayando la parte de la palabra que reproducía el grito del animal.

Hizo también los gestos de su crin tiesa, de sus anchas orejas erguidas sobre la cabeza, de las rayas oscuras de su pelaje. Entonces ella comprendió, aunque no dijo el nombre que le daba al animal, si es que le daba un nombre; se inclinó hacia delante y cogió la carne.

—*R'euh* —dijo Moh'hr.

Ella lo hizo. Dio un bocado pequeño, masticó. No escupió; cuando hubo tragado, dio otro bocado más grande.

Moh'hr regresó con los otros dos, que habían seguido el intercambio con la mirada, en cuclillas uno junto a otro.

Esperó un breve instante; después se inclinó y cogió la carne depositada sobre el muslo de Neh-Ishri'n', volvió a su lecho de hierbas, se arrodilló sobre él dándoles la espalda, de cara a Ni-ei, y comió.

Tras haber buscado —sin encontrarla— la mirada del viejo, que se había puesto también a desgarrar la carne con sus dientes gastados y ayudándose con la piedra *dzia*, Neh-Ishri'n' tendió la mano para pedir la piedra. Le tocó un brazo, lo empujó; finalmente él la miró. Le dio la piedra y ella cortó otro de los trozos que llevaba alrededor de la cintura.

Comieron. El último al que se oyó masticar, mucho después de que los otros hubieran acabado, fue Nar-iaw.

Nuevas nubes cambiaban la luz de la luna y hacían que la noche se moviera, quebrando las sombras y remodelándolas, más violentas y duras, antes de romperlas de nuevo.

Moh'hr se había tendido de lado sobre las hierbas amontonadas. Le resultaba imposible mantener los ojos cerrados, y su mirada se posaba en la mujer del árbol, cuyo nombre, por lo que él había entendido, era «Niei». No podía evitar buscar imágenes. En el nombre de la mujer estaba el sonido «ni», que ella había utilizado para decir «iaaw», «lo que no es». *Ni-ei.* Su nombre decía de ella que no era algo, o que algo no era ella. Todas sus miradas se posaban en ella, encaramada en el árbol, tumbada donde el tronco se dividía y se ramificaba en varios, cerrados los muslos entre sus antebrazos, las manos abiertas protegiendo y cubriendo, entre las piernas, la parte inferior de su vientre. Había colocado sobre su cadera un puñado de hierbas, como si unas cuantas briznas dispersas pudieran rechazar el frío. Él veía temblar las briznas sobre la redondez estremecida de la piel, realzada por la blanca claridad lunar.

Neh-Ishri'n' se acercó a él por detrás, arrastrándose y reptando. Él la recibió tensándose cuando ella le tocó una pierna, pero dejó que le mirara los pies, que se los palpara con suavidad. Sabía que la mujer observaba desde el árbol, aunque no podía distinguir su rostro y sus ojos.

Dejó hacer a Neh-Ishri'n' cuando ésta retiró los trozos de piel con los que se había envuelto los pies para atarlos en los suyos. La operación llevó tiempo; Moh'hr abrió y cerró varias veces los ojos antes de que ella finalizara la tarea.

A continuación, Neh-Ishri'n' se tumbó junto a él, dobladas las piernas como las suyas, el vientre y el pecho contra su espalda, un brazo sobre su brazo. Él notó su respiración suave, rápida, entre los hombros. El frío se alejaba de su piel.

Pero los ojos de Moh'hr seguían sin permanecer cerrados mucho tiempo, cuando se cerraban, y cuando estaban abiertos era para mirar a Ni-ei en el árbol.

El aire soplaba con más fuerza entre las hojas duras de los árboles a medida que la luna descendía. Las hierbas se curvaban.

Moh'hr apartó el brazo de Neh-Ishri'n', cogió el bastón y se levantó. La corriente de aire enfrío la piel de su espalda al instante. Se deslizó hasta el pie del árbol y permaneció un momento allí de pie, inmóvil. Esperó así, temblando, escuchando la respiración contenida de Ni-ei: ella percibía su presencia. Luego tendió su mano vacía hacia ella y tocó el árbol, por debajo de su rodilla. Golpeó la corteza con la palma.

Pero de entre los labios de ella brotó un rugido..., un susurro un poco más ronco que su respiración. Moh'hr vio que una de sus manos ya no estaba entre los muslos, sino que sujetaba el bastón con la punta dirigida hacia él. Golpeó otra vez la corteza con la palma, y Ni-ei rugió de nuevo, y el bastón siguió apuntando hacia él.

Regresó al lecho de hierba ocupado totalmente por Neh-Ishri'n'. Ella tenía los ojos abiertos, brillantes. Moh'hr se inclinó y ella profirió el mismo rugido susurrante que Ni-ei. También apuntaba con el bastón y no se movía, no se apartaba para dejarle un sitio sobre la hierba.

La irritación hizo gruñir a Moh'hr, pero eso no

cambió en absoluto la actitud de Neh-Ishri'n' ni el brillo de sus ojos.

Fue a sentarse sobre la hierba de Nar-iaw y lo empujó un poco. El viejo se sobresaltó. Moh'hr gruñó y lo empujó más antes de que se resistiera. A ese lado del árbol, la corriente de aire soplaba con menos fuerza.

10

Ni-ei los siguió.

El sol había regresado una vez más de debajo de la tierra, rebosante de la misma sangre devoradora que lo desbordaba cuando había descendido, acontecimiento este que había parecido tranquilizar a Moh'hr, al viejo y a la mujer de cabellos rojos portadora de carne que se había reunido con ellos por la noche. Sus cuchicheos, añadidos a los gritos habituales de los *nam-ni* del amanecer, la habían devuelto de esos otros territorios a los que se va cuando los ojos están cerrados, y a los que por fin había llegado después de que Moh'hr se tumbara en el lecho de hierba del viejo. Esperaban, y de su garganta habían surgido suspiros y leves gruñidos de alivio ante la aparición dorada de la nueva luz, a través de la línea oscura, densa, de las nubes que flotaban sobre la vasta montaña, en el borde del cielo. Ella había comprendido la razón de su inquietud al tiempo que comprendía también que la tierra donde se encontraban les resultaba tan poco familiar como a ella; al no ver, desde allí, el lugar habitual por donde salía el sol, quizás habían temido que no existiera otro. Pero siempre había otro lugar para el sol; ella lo sabía desde que había partido del refugio situado en las altas hierbas, cerca de la torrentera, y había visto regresar varios días en lugares distintos.

Se habían puesto en marcha casi enseguida. Sus primeras sombras del día, muy largas, estiradas ante ellos. Moh'hr andaba torpemente, con las piernas separadas a causa de las pieles enrolladas en torno a sus pies. Tras dar apenas unos pasos —aunque por un breve instante ella había creído que no lo haría—, Moh'hr se había vuelto hacia ella y la había mirado sin pronunciar una palabra, sin hacer un gesto para indicarle que bajara del árbol y los siguiera. Simplemente una mirada. Ella no había comprendido el significado de aquella insistencia inmóvil y muda. El viejo y la mujer de cabellos rojos habían hecho una pausa, separados por una distancia de la longitud de una sombra. Moh'hr se había agachado para desatar las pieles y las había dejado en el suelo. Luego había reanudado la marcha. El viejo también, detrás de él. La mujer les siguió los pasos tras haber recogido las pieles.

Ni-ei no había conseguido ni una sola vez que la mirada de la mujer se cruzara con la suya. La temprana y resbaladiza luz daba a sus cabellos tupidos un color que ella no había visto nunca en unos cabellos.

Bajó de la rama cuando ellos estaban a punto de desaparecer entre los troncos de los árboles. De repente, la tierra, las montañas y el cielo cargado de pesadas y extensas nubes eran más vastos y compactos de lo que jamás había percibido, ni siquiera en los primeros momentos de encontrarse sola, ni siquiera cuando había visto el gran lago allá abajo. Se apresuró a seguirlos. Si bien Moh'hr no había dejado carne para ella, tampoco le había dado a entender que no debía seguirlos. La había mirado, nada más..., pero la había mirado. Era como si no pudiese hablar desde que la mujer de cabellos rojos se había reunido con ellos.

Como si haberle impedido subir al árbol, tal como había hecho, o no haber querido bajar para ir con él, hubiera cambiado lo que veía.

Unas imágenes de 'Hna aparecían ante sus ojos. Ya no vería ninguna nueva de él. Estaba segura de que no había podido escapar de los otros *nam*. No comprendía por qué esas imágenes aparecían ante ella en ese instante preciso, como tampoco comprendía, y seguramente no comprendería jamás, por qué 'Hna la había seguido..., aunque no era para matarla e impedirle pertenecer al mundo del *sh'ohr*, como había temido por un momento, sino todo lo contrario, para defenderla y acudir en su ayuda. Otras imágenes del grupo acompañaban la de 'Hna. No las había visto en tal cantidad ni tan intensas desde que la habían expulsado del refugio de las altas hierbas. Ei-hn, y Efi-ei... y después Nam de espalda encorvada, y también aquel que no tenía nombre... Efi-ei cuando le había lanzado el animalito arrebatado a Ei-hn... Apretó los dedos con más fuerza sobre la piel suave, anudada de nuevo correctamente en torno a su bastón. Y también la imagen lejana de Ohr...

Avanzaba por la tierra desconocida e inmensa, bajo el cielo desconocido e inmenso recorrido por grandes nubes en forma de animales desconocidos e inmensos; las imágenes que surgían en su cabeza, detrás de los ojos, no la acompañaban y la reconfortaban, sino que le dificultaban el paso, la aplastaban. Sacudió la cabeza para dispersarlas, pero se aferraban. La imagen de Ohr, pese a ser tan lejana, era la que tenía las uñas más largas. Ni-ei se apresuró a fin de reducir la distancia que la separaba de Moh'hr y los otros dos.

Ellos caminaron el tiempo suficiente para ver menguar su sombra y se limitaron a dejar claro que habían reparado en su presencia. Uno tras otro, se volvieron hacia ella, la miraron, Moh'hr más tiempo que el viejo y la mujer de cabellos color tierra de montaña. Pero no la esperaron ni aminoraron el paso. Ella corrió un poco sujetándose los pechos, que empezaban a darle tirones por dentro. No le impedían seguirlos, no habían hecho gestos para darle a entender que no querían verla tras ellos. Después de que se hubieron vuelto hacia ella una vez, volvieron a hacerlo a menudo, como si observaran la distancia gradualmente reducida entre ella y ellos, aunque sin intentar aumentarla de nuevo, sin que esa circunstancia pareciera contrariarlos.

¿Adónde iban?

¿Se habían distanciado deliberadamente los hombres de la mujer portadora de carne que les había dado alcance en el transcurso de la noche? Si pertenecían a un grupo, ¿venía ella de allí? ¿O se dirigían al encuentro de ese grupo? ¿O quizás el grupo eran sólo ellos, menos que los dedos de una mano, menos aún que el grupo del refugio de las altas hierbas que ella había dejado?

Ni-ei hubiera deseado ver otra vez el gran lago, *hu iakw-ah'oo*, aquella inmensa cantidad de agua, pero eso no sucedió. El tamaño del cielo se reducía a medida que el sol se elevaba a través de las nubes desgarradas. Las pendientes que recorrían estaban cruzadas por numerosos cauces de río más o menos anchos, pero todos secos, flanqueados por altas paredes cubiertas de árboles y matorrales frondosos, algunos floridos y coloreados, con hojas todavía verdes de múltiples formas, en cuyas ramas trinaba y chillaba una multitud de pájaros. De vez en cuando se detenían —más exactamente, aminoraban el paso— y cogían de ciertas ramas bajas bayas oscuras y brillantes; las abrían con los dientes, y escupían las semillas duras y la piel antes de comérselas. Ni-ei permanecía a su lado, si bien a una respetuosa distancia y sin intercambiar con ellos un gesto o una palabra. Los oía hablar entre sí en su lenguaje, intentaba reconocer entre todos aquellos sonidos los que Moh'hr le había dicho y que recordaba —como *nakoa-atanik-edri*—, o adivinar el significado de otros, asociados a determinadas actitudes y gestos. Su mirada se cruzó varias veces con las de ellos —aunque en ningún momento trató de apartar los mechones de pelo que le ocultaban los ojos—, sobre todo cuando cogió, imitándoles, los pequeños frutos brillantes que ya había visto pero que los *nam* del grupo no comían. Hizo lo mismo que les veía hacer. Sin darse cuenta partió con los dientes una de las semillas, y por su boca se extendió una sequedad amarga que la obligó a escupir; ellos intercambiaron unas palabras y rieron, sobre todo la mujer y el viejo, pero Ni-ei no dio muestras de enfado y alzó las comisuras de la boca. Cogió otros frutos y se los comió; la pulpa era dulce y fresca, tenía un sabor agradable.

La mujer de cabellos rojos hablaba bastante, más que sus compañeros, con una voz aguda que a los oídos de Ni-ei sonaba como si expulsara las palabras atropelladamente. La mujer de cabellos rojos no se alejaba mucho de Moh'hr; cuando lo hacía, regresaba en unas zancadas hasta su sombra, con tal precipitación que los trozos de carne y de piel colgados de la cuerda que le ceñía la cintura se balanceaban sobre sus caderas y su vientre. Ni Moh'hr ni el viejo de cara arrugada respondían casi nunca con palabras a las que les dirigía la mujer. La miraban tan poco como a ella. Esa mujer no era la mujer que estaba con Moh'hr, ya que lo había rechazado y él había ido a tumbarse al lado del viejo; una mujer que está con un *nam* no puede actuar de ese modo sin que el *nam* la obligue a hacer lo que él quiere.

En el momento de la sombra más corta, cuando el sol se hallaba en su punto más alto, se detuvieron bajo las zarzas de una ribera seca. El lugar estaba marcado por numerosos agujeros de *r'rh-o-r'rh-o*, en los que a éstos les gustaba revolcarse patas arriba, ofreciendo a la luz la parte inferior de su gran cabeza de dientes curvos sobre la nariz. Los agujeros estaban vacíos y secos; los *r'rh-o-r'rh-o* habían pasado por allí en las primeras horas del día.

El viejo hurgó en los agujeros con las manos. Luego

con el bastón de la mujer, que era más apropiado que los suyos, demasiado ligeros. La tierra no estaba dura, así que Nar-iaw no tardó en introducir todo el brazo en el agujero excavado. Con la yema de los dedos tocó agua. Por turnos, todos fueron a mojar los dedos en el lodo, al fondo del agujero, para chupar a continuación un poco de agua que enseguida se calentaba. Primero Moh'hr, luego la mujer de cabellos rojos, que consiguió llegar al fondo tendiéndose boca abajo, y mientras permanecía en esa posición el viejo le dio unos suaves golpes en las nalgas y la espalda con el extremo de uno de sus bastones ligeros, cloqueando como un pájaro corredor, y la mujer masculló unas palabras sin que ello le hiciera interrumpir su tarea, y cuando tuvo bastante se apartó del agujero, se incorporó, con el vientre y el pecho manchados de tierra, mirando a Moh'hr, que no dijo nada, y a continuación a Ni-ei, y le hizo a ésta una seña con la mano para que se acercara y bebiese también. Y así lo hizo ella.

Ellos la miraban, colocados en semicírculo a dos pasos del agujero, lacerados por las garras blandas de la sombra de las zarzas cercanas, de un olor intenso. Ella se tumbó boca abajo, como había hecho la mujer. Su brazo era demasiado corto. Lo único que consiguió fue echar tierra al fondo del agujero al apoyarse en el borde. Se incorporó. El viejo no le había golpeado las nalgas y la espalda; al igual que la mujer y Moh'hr, esperaba, con el ojo que ya no veía totalmente oculto bajo el párpado. Los ojos de la mujer brillaban, las comisuras de su boca estaban levantadas.

Ni-ei desató la piel de animalito del centro del bastón y la anudó por una punta al extremo no tallado; acto seguido introdujo la piel en el agujero y la retiró al cabo de un momento, empapada, chorreando. Estrujó la piel sobre el hueco de su mano y bebió. El viejo, atónito, abrió la boca y el ojo sano; Moh'hr parecía que hubiera dejado de respirar. La mujer había dejado caer las comisuras de la boca. Ella había invitado a Ni-ei a acercarse al agujero para beber, así que Ni-ei tendió hacia ella el bastón con la piel húmeda colgada en el extremo. El viejo soltó una risita. La mujer hizo con la cabeza el signo de *ni-ni*, sacudiendo sus cabellos rojos de arriba abajo, pero retrocedió, negándose a coger el bastón.

—*Ni-ni* —dijo Ni-ei, sacudiendo también la cabeza para animarla.

—*Ni-ni* —repitió Moh'hr.

Ella sacudió la cabeza.

—*Iw'ni-ni* —dijo Moh'hr, dirigiéndose a la mujer y moviendo también la cabeza de arriba abajo. Luego miró a Ni-ei y repitió el signo al tiempo que le decía—: *Iaaw*.

Ella le tendió el bastón con la piel y él lo cogió. Como vacilaba, lo animó con gestos hasta que se acercó de rodillas e introdujo la piel en el agua terrosa. Bebió. Después bebió el viejo. Después, la mujer se decidió e hizo lo que ellos habían hecho; luego le devolvió el bastón y bebió más. Ni-ei, dirigiéndose a la mujer, hizo un gesto para indicarle que atara también uno de los trozos de piel colgados de su cintura alrededor del bastón. Sin esperar a ver su reacción, se retiró bajo las ramas.

Moh'hr la siguió. Se sentó a su lado, muy cerca de ella. Miraba el cielo a través de las ramas, donde las nubes amontonadas apenas empañaban la deslumbrante luz del sol. Las moscas se posaban en sus brazos, se alejaban volando y regresaban; él no las espantaba. El viejo y la mujer se habían tendido a la sombra, uno a cada lado.

De pronto se oyeron ruidos entre las zarzas, no muy lejos; un animal pasó por allí, haciendo caso omiso de su presencia, y ellos no lo vieron. Quizás era uno de los *r'rh-o-r'rh-o* que habían excavado los agujeros.

Luego Moh'hr dijo, posando sobre ella su mirada sombría, atenta:

—*Ni. ¿Ni-ei?*

Entonces ella le mostró las partes de la mujer y dijo «*ei*». Él ladeaba ligeramente la cabeza cuando escuchaba. Señaló a la mujer de cabellos rojos en las mismas partes de la mujer y dijo:

—*Neh. Ei, neh. Neh, ei.*

Ni-ei comprendió que decía «*neh*» cuando ella decía «*ei*»; tenían la misma imagen para dos palabras distintas y, curiosamente, las dos palabras distintas de pronto se convertían en la misma. Entonces ella hizo los gestos para decir el grupo, dando varios golpes con el dedo en el suelo, y los gestos de los *nam*, hombres y mujeres, y después ella separada del grupo. Era su nombre, el nombre que la designaba. El rostro de Moh'hr, en los ojos y bajo los pelos recios, se relajó. Ella vio que alzaba las comisuras de la boca.

Con gestos y palabras, Moh'hr dijo su nombre y por qué era su nombre. Su nombre, comprendió Ni-ei, decía que él miraba la montaña a lo lejos. Él era *moh'hr*, el que siempre mira la montaña a lo lejos. Hizo los gestos, repitiendo algunos que ella había realizado golpeando en el suelo, y ella comprendió que él se había marchado de su grupo, que era numeroso, para caminar hacia la montaña y no sólo mirarla, hacia la montaña más grande, esa que no se ve por más que se mire.

Dijo que el viejo se llamaba Nar-iaw porque hacía mucho tiempo que ya no era joven entre los *Loa*, que era el nombre que él daba a los *nam* de su grupo. Dijo que la mujer se llamaba Neh-Ishri'n' porque era una mujer pequeña de cabellos rojos.

Esperaron que la mordedura de la luz en la piel perdiese fuerza y abandonaron la protección de los matorrales. Ni Moh'hr, ni Nar-iaw, ni Neh-Ishri'n' prestaron la menor atención al hecho de que su sombra se arrastrara prácticamente detrás de ellos; nunca en toda su vida le habían prestado atención, y sin embargo caminaban, caminaban desde hacía mucho tiempo, como el viejo, como todos los que antes del viejo se llamaban *Loa*, de ese clan de la tierra...

Ni-ei estaba ahora con ellos.

Por primera vez desde hacía mucho, mucho tiempo, el fin de aquel día no fue rojo y unas nubes densas ocultaron el sol antes de que llegara al final de su recorrido. La luz se tornó plúmbea, pegajosa, y eso frenaba el balanceo de las hierbas y el temblor de las hojas en las ramas de los árboles y los matorrales, en el aire en movimiento como multitud de soplos y alientos entremezclados. Incluso el polvo que los pies levantaban al caminar, o que uno de esos súbitos lametones de viento barrían en una cresta rocosa, parecía adherido a lo que ya no eran ni sombras ni luces verdaderas. Las auténticas sombras, que Ni-ei interpretaba como signos procedentes de los grandes territorios que están detrás de lo que los ojos de los *nam* (y de los *loa*) pueden ver, habían desaparecido al final de los gestos y las cosas.

Los árboles y los matorrales de diferentes clases eran cada vez más abundantes. Cubrían las altas laderas, casi verticales, por cuyas faldas el pequeño grupo caminaba a buen paso desde pasada la mitad del día. De vez en cuando encontraban desniveles gibosos por los que subían y bajaban con facilidad, cubiertos de una vegetación tupida, frondosa y, cuando se la miraba de lejos, sin un claro que permitiese ver el sol a través de ella. Los barrancos se abrían como tiras de piel arrancadas al color de la hierba, dejando al descubierto el caos descolorido de las piedras despojadas. Unos pájaros volaban bajo, sin chillar.

Encontraron agua al fondo de una grieta desnuda,

más abajo de la parte más baja de una pendiente, murmurando entre piedras en las que no crecía hierba alguna: por la anfractuosidad discurría todavía un riachuelo que poco antes había sido caudaloso. Dejaron que Nar-iaw bebiera primero. El agua tenía un sabor muy distinto de la de orillas del lago, aunque estaba fresca y en condiciones para que la bebieran pequeños animales —que no eran esos pájaros capaces de beber como si tal cosa el agua que desgarra el interior del vientre de los hombres hasta hacerlos desplomarse— cuyas huellas tranquilizadoras encontraron un poco más lejos, en la tierra gris. Tras haber bebido, subieron por la pendiente hasta bastante más arriba de la falla pedregosa.

Moh'hr se detuvo bajo unos árboles enormes donde el terreno formaba un declive desprovisto de maleza y donde la hierba no había sido pisada por ningún animal desde hacía días y noches, quizá desde la primera vez que creció. Si bien la inclinación no resultaba demasiado confortable, también dificultaba el acercamiento o el posible ataque de un *nakoa* hambriento. Pequeños pájaros solitarios revoloteaban entre las ramas de los grandes árboles. El lugar donde se esconde el sol estaba a la vista, más allá de la superposición de laderas, sobre la montaña lejana, plana y negra. Las nubes amontonadas venían de allí, rodando sobre sí mismas, densas, como si fueran una parte en marcha de la montaña móvil, en el fondo del cielo. A veces, de una fisura entreabierta entre las sombras agitadas, un hilillo rojizo de sol caía en algún lugar de la tierra y se consumía de inmediato.

—*To-nikhr's* —dijo Moh'hr mirando el cielo.

Nar-iaw y Neh-Ishri'n' asintieron. Tenían el semblante grave y cansado, pero la palabra hizo brillar sus ojos; en los de Moh'hr también había inquietud, como si temiera la llegada de la lluvia tanto como le alegraba.

—*To-nikhr's* —dijo Moh'hr dirigiéndose a Ni-ei y señalando las nubes.

Hizo el signo del agua y luego el del agua que cae del cielo: el signo de la lluvia. Ni-ei respondió con un sonido gutural de aprobación para expresar que sabía. Intentó repetir la palabra de la lluvia, pero sólo fue capaz de articular el primer sonido.

Se sentaron en círculo en el suelo inclinado, entre los troncos espaciados de los grandes árboles, comieron uno de los trozos de carne negra tras desatarlo de la cintura de Neh-Ishri'n', y después otro. En los alrededores no había ninguna piedra que pudieran golpear y hacerla cortante, convertirla en *dzia*; Nar-iaw utilizó la que llevaba colgada al cuello para cortar la carne. Una porción para cada uno, incluida Ni-ei, que la recibió de la mano del viejo. Había muchas moscas de color fango. Ellos no esperaban a que se posasen sobre su cuerpo para espantarlas arrojándoles puñados de hierba, pero una le picó en el cuello a Nar-iaw, quien se apresuró a cortar la piel en la zona de la picadura con ayuda de su piedra y dejó manar la sangre. Cuando la luz penetró en la tierra y, casi enseguida, la noche se extendió, las moscas —las marrones y las otras— se marcharon. Las nubes se oscurecieron todavía más, ocultando todos los puntos brillantes del cielo.

Los troncos de los grandes árboles eran demasiado gruesos y sus ramas más bajas estaban a demasiada altura para que pudieran encaramarse a ellos. Se agruparon bajo el primero, donde la inclinación del suelo no era tan marcada, entre las raíces emergentes. No decían nada; arrancaban apresuradamente y en silencio puñados de hierba que disponían al pie del árbol, donde se tumbaron muy juntos. Nar-iaw contra el tronco, Moh'hr entre el viejo y Neh-Ishri'n', y Ni-ei al lado de ésta. El viento todavía no traía hasta ellos el frío de la penumbra reinante, pero les dejó sobre la piel un leve estremecimiento. Escuchaban y miraban. El ruido más cercano procedía de las mandíbulas de Nar-iaw, que no había acabado de masticar la carne. Escuchaban. Seguían sintiendo el cansancio del día y la noche anteriores bajo las nuevas tensiones de la marcha a través de las colinas boscosas. Escuchaban el cansancio en sus músculos y huesos, eso era lo que oían mejor, después de la masticación del viejo. Escuchaban parpadeando, y oían los murmullos del viento merodeando entre las hierbas y las hojas, el grito de los pájaros, y otro, lejano y suspendido en el vientre de la noche sin luna, de una fiera lenta, intrigada, inquieta por tanto silencio bajo tantas nubes. Escuchaban y oían su propia respiración, oían en su interior el golpeteo de lo que golpea sin cesar dentro del pecho hasta que el cuerpo es abandonado por completo.

Moh'hr no quería que se le cerraran los ojos demasiado pronto. La respiración regular y sosegada de Neh-Ishri'n' rozaba su costado con leve tibieza. Él la había rechazado cuando intentó ocuparse de la planta de sus pies y ella no había insistido. Se oían diferentes ruidos; unos subían de sus vientres, otros, acompañados de un olor penetrante, salían de debajo del viejo, que meneaba la cabeza y ronroneaba cada vez que emitía uno.

A lo lejos, la fiera lenta proclamó de nuevo su incomprensión y su alarma.

El gemido de Ni-ei sobresaltó a Moh'hr, que regresó a su cuerpo como cuando se sufre una caída, con los ojos muy abiertos, mientras que Nar-iaw, a su lado, se ponía en cuclillas prestamente. Neh-Ishri'n' gruñó entre dientes, se apartó bruscamente de Ni-ei y su espalda chocó con el costado de Moh'hr.

Ni-ei se apretaba los pechos con ambas manos. Había soportado durante todo el día violentas punzadas sin manifestar su dolor, rechinando de dientes, presionando sus pechos cuando podía hacerlo sin atraer la atención de los otros, enjugando el líquido que fluía entre sus dedos..., y ellos no se habían percatado de nada. Ahora la habían oído gemir; ella se había contenido, se había mordido los labios hasta hacerlos sangrar, como cuando su vientre vapuleado había expulsado fuera de ella lo que a continuación el *sh'ohr* le había arrebatado, pero ellos la habían oído gemir. Distinguía la claridad de sus ojos, en contraste con la sombra de los rostros, mirándola. El líquido tibio fluía de nuevo entre sus dedos, que estrujaban el dolor palpitante, como si dentro de su pecho cada latido rebotara en picos cortantes, en desgarrones. Se había convertido en lo que era antes de ser *ei*, mucho antes de que le pusieran ese nombre que la describía como *ei* diferente y al margen, como cuando tenía miedo y se acurrucaba contra Efi-ei, o Jarh, a quien el animal había devorado con su pequeño, cuando se echaba en sus brazos para buscar protección, cuando tenía miedo de la noche que acechaba por doquier. La mirada que ella quería era la de Neh-Ishri'n', porque Neh-Ishri'n' era como ella, una *ei*. Se acercó a ella, pero Neh-Ishri'n' retrocedió de nuevo, temerosa, dando un salto que la hizo chocar contra Moh'hr un poco más fuerte que la primera vez.

Durante un rato, suplicó con la mirada. Las lágrimas acudieron a sus ojos, emborronando lo poco que veía en la oscuridad. Rabiosa, se limpió con el reverso del brazo; no quería lágrimas. Ya desde antes de ser *ei* no quería lágrimas, que expresan la debilidad de las altas hierbas bajo el rocío matinal; cuando subían a sus ojos, las aplastaba con el reverso del brazo o con la mano. El líquido de los pechos seguía rezumando entre sus dedos al ritmo de los latidos, sin que las punzadas y los desgarrones se apaciguaran. Colocó las manos bajo los pechos, los levantó y los tendió hacia Neh-Ishri'n'. Neh-Ishri'n', atónita, volvió la cabeza hacia Moh'hr, que la empujó hacia un lado y se inclinó para ver. Gruñó; Ni-ei también, en un tono sordo.

—*Ni-nam* —dijo con voz ronca, respirando aceleradamente.

Apartó del pecho la mano del lado de los latidos e hizo los gestos del *ni-nam* en su vientre y entre las piernas abiertas; dijo que el *ni-nam* salido de su vientre ya no estaba allí para beber el líquido de sus mamas. No podía ver en la oscuridad si entendían sus gestos, pero aun así los hizo.

—*¿Ni... nam?* —dijo Moh'hr.

Ella cerró los ojos y asintió con la cabeza.

—*Ni-nam ni* —dijo.

Él lo repitió. Ella lo oyó. Luego lo oyó acercarse y abrió los ojos.

Moh'hr pasó por encima de Neh-Ishri'n'. La noche anterior había observado a Ni-ei sin que ella se diera cuenta; jamás había visto a una *neh* entregarse a esa ocupación, pero tal vez eran cosas que hacen las *neh* cuando se esconden de la mirada de los hombres. Se tendió delante de ella, contra ella, y ella no lo rechazó; buscó sus ojos, que ella había cerrado de nuevo; veía brillar las lágrimas entre los mechones de cabello. Alargó la mano, apartó la de Ni-ei, que estaba pegajosa, y cerró los dedos sobre la redondez del pecho hinchado. Ni-ei gimió entre dientes y empezó a respirar más deprisa. Él hizo lo que le había visto hacer la noche anterior, lo que hacen los *ni-nam* (como ella llamaba a los *uesh*), las crías de todo lo que camina de pie sobre dos pies o cuatro patas. Acercó la boca a la punta húmeda de carne granulosa, y notó que ésta se endurecía al tocarla con la lengua en cuanto cerró los labios. Hizo presión con los dedos en la parte inferior del pecho, apretó los labios y la lengua y aspiró. Ni-ei volvió a gemir. Se puso tensa, y su cuerpo se pegó al de él, su mano se cerró sobre su hombro. Él chupó. El líquido agridulce le inundó de repente la boca, sorprendiéndolo. Durante un breve instante, dudó entre tragar o escupir; pero seguía saliendo líquido, así que tragó. Oyó gruñir a Neh-Ishri'n' a su espalda y cerró los ojos.

Ni-ei le ofreció el otro pecho. Tenía el vientre contra el torso de Moh'hr, los muslos contra su vientre; una rodilla empujaba su sexo, que había aumentado de volumen debido al contacto, a la suavidad a la vez blanda y firme de la piel contra su boca, a la manera que ella tenía de moverse y de gemir, casi en silencio, mientras él mamaba de sus pechos. Cuando dejó de salir líquido pese a las succiones y presiones de Moh'hr, ella empujó más fuerte con la rodilla, se apartó de él. Moh'hr no intentó retenerla. Casi enseguida notó la respiración de Neh-Ishri'n' en el cuello, mientras que la mano curiosa de la mujer se insinuaba entre sus piernas y se cerraba en torno a su *oa*, todavía duro; él la rechazó, apretó los muslos sin dejar de darle la espalda. Ella continuó respirando fuerte unos instantes más.

—*Ni ni-nam* —dijo Ni-ei con la voz quebrada—. *Sh'ohr*... —Vaciló un instante, hizo el gesto de comer, dijo la palabra que había retenido—: *R'eu... Sh'ohr r'eu ni-nam*...

Habló largo rato. Al principio estaba tumbada de lado; luego se sentó. Ellos adoptaron la misma posición y la escucharon. Moh'hr, Neh-Ishri'n' y Nar-iaw. Sentados, sujetándose con los brazos las piernas recogidas, los bastones tendidos en el suelo a su lado. Ella dijo que el *sh'ohr* la había liberado del pequeño que había aparecido en su vientre para crecer en él y salir desgarrándole todo el cuerpo, que el *sh'ohr* esperaba ese momento, que la protegía desde que le había dejado coger al *ni-nam*. Ella habló, y Moh'hr repitió para los otros lo que entendía de sus palabras con las suyas propias, las de ellos tres.

En un lugar oculto del cielo estalló un rugido amortiguado que se prolongó largo rato.

Después de esa noche, la luz regresó de nuevo.

El sol salió de la tierra en un punto no visible para Moh'hr, el viejo y las dos mujeres e inundó todo el cielo. Las nubes no tenían color, se desplazaban deprisa en grupos sucesivos, en rebaños silenciosos; tenían formas de animales jamás vistos —*nakoa*, tal vez, como son en los otros territorios— y distorsionados por la carrera, constantemente transformados, pesados y voluminosos.

La lluvia había caído en otro lugar. Un agua sucia, rugiente —que ellos habían oído precipitarse repentinamente antes de que acabara la noche, mientras los rugidos y los breves destellos serpenteaban en los bordes del cielo— corría al fondo del barranco de piedras y les impidió cruzar por donde ellos querían. Tuvieron que seguir durante un buen rato el borde de la anfractuosidad transformada en torrente, en una dirección que no era la de la fuente oculta de las nubes. Moh'hr caminaba sin prisa a la cabeza del grupo. Los demás iban adonde él iba. Cuando se detenía, ellos se detenían, esperaban que dijera algo, con un gesto o una palabra, una seña o un movimiento de la cara. Moh'hr miraba el cielo y el suelo.

Encontraron cosas redondas para comer en las ramas de los arbustos, y otras que se deben coger con precaución entre las espinas aceradas y a las que hay que quitar la piel irritante para acceder a la carne rosada y fresca, rebosante de sangre roja que deja marcas en los dedos durante mucho tiempo. La habilidad de Nar-iaw para pelar los frutos no tenía igual. Cuando hubo comido suficiente, siguió cogiendo y preparándolos para los demás, para las dos mujeres: primero para Neh-Ishri'n', pero también para Ni-ei.

En el momento en que el sol estaba en el punto más alto y caía a plomo entre las nubes, capturaron a todo un clan de pequeños animales de cola frágil. Utilizando una piedra *dzia* que a Moh'hr no le costó mucho trabajo hacer con lo que encontró y la que el viejo llevaba colgada al cuello, abrieron los animales y los vaciaron. No se los comieron; de la cintura de Neh-Ishri'n' aún pendía un trozo de carne muy negra y dura. Ataron los animalitos, con la cola partida y el vientre abierto, al bastón de Neh-Ishri'n', que no quería notar alrededor de la cintura el contacto de su piel rugosa y cubierta de protuberancias. Los ataron por las patas con tallos aplastados y reblandecidos, formando una larga guirnalda.

Oyeron rugir de nuevo al cielo, muy, muy lejos, en un lugar que les ocultaban los árboles de los cerros circundantes. Ya no veían la montaña como una alta masa que se elevaba ante la mirada; ahora era como una tierra sobre la que se camina. Bandadas de pequeños pájaros, más numerosos que los granos de un puñado de arena lanzado al aire, bajaban desde las nubes y cruzaban el cielo en todas direcciones. Moh'hr fue el primero en verlos y se los señaló a sus compañeros al tiempo que profería un grito de alegría.

—*Nanakoa* —dijo dirigiéndose a Ni-ei, que estaba a su lado, y haciendo el signo de batir las alas—. *¡Atanik nik-nanakoa! ¡Nik-nanakoa-to-nikhr's! ¡Atanik!*

Los pequeños pájaros tan numerosos como granos de arena llegaban con la lluvia; siempre sucedía así. En espera de verlos, los del clan de los *Loa* observaban el cielo desde hacía tantos días que Moh'hr ya no recordaba cuándo había mirado por primera vez en la dirección por donde habitualmente aparecían. Él los llamaba «pequeños pájaros de la lluvia»; a veces —él lo había visto— había tantos que, cuando pasaban por delante del sol, lo tapaban como si fueran auténticas nubes. Se lo dijo a Ni-ei. Ella también había visto las nubes de pequeños pájaros y comprendió lo que decía. Pero no les daba nombre ni sabía si otros *nam* que no fueran los del grupo se lo daban; eran de esas innumerables cosas que forman el mundo y no tienen nombre.

—*Nik-nanakoa-to-nikhr's* —dijo Moh'hr.

Para Ni-ei y los *nam* del grupo que había abandonado, la lluvia, al igual que los «pequeños pájaros de la lluvia», no tenía nombre, no era *to-nikhr's*, era simplemente agua del cielo que se convierte en agua de la tierra.

Moh'hr repitió varias veces, a gritos, con voz alegre y potente, el nombre de los pequeños pájaros de la lluvia. Como si respondiera a la llamada, la nube de alas batientes surgió de la copa de los árboles y giró un breve instante por encima de sus cabezas antes de atravesar el cielo. Moh'hr, aunque sorprendido por esta manifestación, no por ello dejó de proferir gritos entusiastas para saludar a los pájaros, golpeándose el pecho y agitando el bastón despuntado. Ni-ei se retiró el pelo de la cara para mirarlo y Moh'hr la vio así, dominado por ese acceso de liviandad que había provocado en él la aparición de los pequeños pájaros de la lluvia. Al igual que los demás, ella tenía las comisuras de la boca levantadas, los labios entreabiertos tras los que asomaban los dientes..., pero ninguna otra boca con los labios entreabiertos y las comisuras levantadas era como la suya. Ni la de Neh-Ishri'n' —y todavía menos la de Nar-iaw— ni la de las otras *nehloa* del clan. La imagen de la mujer *Nak-Booh-Loa* a la que tanto había mirado pasó ante sus ojos, pero él nunca la había visto alzar las comisuras de los labios.

Para seguir haciéndola sonreír, prosiguió la pantomima y volvió a gritar el nombre de los pájaros de la lluvia. Dijo que él era Moh'hr, el *Loa* más grande y fuerte, más fuerte y más grande que Iw'oa-hua-hua, que hablaba mucho utilizando palabras no siempre sólidas; dijo que la luz del cielo lo había marcado y mostró las plantas de los pies para demostrarlo. Ella abrió mucho los ojos y bajó las comisuras de los labios. Él señaló la boca de Nar-iaw, la de Neh-Ishri'n', y ambos hicieron gestos afirmativos, repitieron sus palabras. De la misma forma que ellos habían escuchado relatar por la noche el nacimiento del casi *ni-nam* y lo que había hecho con él el gran *sh'ohr* negro, ella los escuchó a su vez contar que la cólera atronadora del cielo había actuado alrededor de Moh'hr sin alcanzarlo.

Ni-ei supo que el *sh'ohr* que la protegía la había guiado hasta aquel cuyo nombre era Moh'hr y que llevaba en la planta de los pies la marca de la cólera del cielo.

Ese mismo día, más tarde, pudieron cruzar por fin el agua embarrada y tumultuosa y retomar la dirección de la fuente oculta de las nubes. Los pechos de Ni-ei comenzaron de nuevo a rezumar, pero el dolor interior ya no era tan fuerte. Al darse cuenta, Neh-Ishri'n' cogió unas hojas alargadas, las cortó rápidamente con los dientes, conservando tan sólo la fuerte nervadura central, y las unió entre sí, sin dejar de caminar, para hacer un trenzado de la anchura de una mano. Luego se plantó delante de Ni-ei, obligándola a detenerse pero sin poner mala cara.

—*Oh'k* —dijo.

Colocó el trenzado sobre los pechos de Ni-ei y se lo ató a la espalda cruzando los extremos. Apretó y, mediante otra serie de torsiones, logró que la presión mantuviera los pechos aplastados. El líquido brotaba de los pezones entre las fibras del trenzado.

—*Oh'k* —dijo Neh-Ishri'n', haciendo el signo de mantener apretado el vendaje mientras andaba.

Neh-Ishri'n' había visto actuar de esa forma a las *nehloa* que perdían a su pequeño al cabo de unos días. Lo dijo, pero Ni-ei no comprendía; entonces lo dijo dirigiéndose a Moh'hr y a Nar-iaw, que habían esperado a que los alcanzaran. Moh'hr examinó con curiosidad el trenzado, cómo estaba colocado y cómo actuaba. Movió la cabeza con gesto de aprobación.

La lluvia cayó sobre ellos al final del día, violenta y copiosa, pero el cielo no rugía; simplemente estaba pesado y gris en una gran parte de su territorio, mientras que en el resto brillaba la acostumbrada luz de la noche.

Un grupo de *xkigli* saltarines atravesó ante ellos un vasto espacio despejado entre árboles *uok* en flor y desapareció tras las turbias cortinas del aguacero. Después de los pequeños pájaros de la lluvia, las flores blancas de los *ak'uok* eran otro signo de que el chaparrón no sería único: *to-nikhr's*, la gran lluvia, regresaba por fin, como siempre lo había hecho, y con ella otros *loa-nak*, otras gentes, y muchas cosas de comer en los árboles, y manadas enteras de animales en las orillas de los ríos y de las grandes aguas serenas.

La lluvia los empapó, se llevó la vieja tierra seca de sus cabellos, de su piel. Reblandeció y rompió los trenzados que rodeaban la cintura de Neh-Ishri'n' y el torso de Ni-ei. Corrieron hacia los árboles —Nar-iaw el último, dando saltos—, no tanto para refugiarse como para tocar las flores blancas, coger unas cuantas y comérselas. Varios *nakoa'loa* de cara colorada, animales entre cielo y tierra, una especie de casi hombres, sentados en las ramas chorreantes o colgados de ellas por la cola, les enseñaron los dientes profiriendo gritos. Ellos se alejaron apresuradamente.

Nar-iaw encontró refugio bajo un tocón medio desenterrado por un reciente desprendimiento. Se precipitaron hacia él, echaron a un animal de los que se deslizan sin patas y se apretujaron unos contra otros, ateridos, castañeteando los dientes y dejando escapar débiles gritos de placer. Neh-Ishri'n' anudó los trenzados rotos; Ni-ei la miraba. Miraba cómo sus dedos de uñas partidas, con la piel plagada de cortes y arañazos, doblaban y entrecruzaban, unos por encima, otros por debajo, los flexibles tallos; los ojos de Neh-Ishri'n' ni siquiera se ocupaban de la manipulación, estaban clavados en ella a través de la maraña oscura de cabellos rojos que la lluvia había adherido a su cara, al igual que la mirada de Ni-ei estaba clavada en sus hábiles dedos a través de los mechones claros de su pelambrera amazacotada. Neh-Ishri'n' le tendió el trenzado para su pecho que estaba arreglando. Ella lo cogió. Hizo los gestos que había observado; de vez en cuando, levantaba los ojos hacia Neh-Ishri'n', que aprobaba con la cabeza pronunciando suavemente la palabra *¡iw!* sin apenas mover los labios. Moh'hr y Nar-iaw seguían con la mirada la progresión de la labor entre los dedos de la mujer; cada vez que Neh-Ishri'n' daba su aprobación, ellos intercambiaban una mirada satisfecha, meneando la cabeza como si hubieran realizado ellos mismos el trabajo, y cuando éste estuvo terminado, con el mismo aspecto que habría tenido si Neh-Ishri'n' lo hubiese hecho con sus dedos, dijeron con ella la palabra *¡iw!* Luego, Neh-Ishri'n' colocó de nuevo el trenzado en el torso de Ni-ei y lo ató.

Dejó de llover mucho después de que anocheciera.

Se comieron el último trozo de carne y dos de los animales con la cola partida atados al bastón de Neh-Ishri'n'.

Acurrucados uno junto a otro bajo el tocón del árbol caído, masticaban en silencio y miraban la nueva noche, rutilante después de la lluvia, bajo la claridad de la luna que había reaparecido en el flujo de las nubes desgarradas.

En cierto momento se elevó el grito sordo de una fiera, al igual que se había elevado la noche anterior a ésa, como si el animal fuera el mismo y hubiera seguido el mismo camino que ellos. Moh'hr inclinó la cabeza hacia Ni-ei, a su lado, y encontró su mirada entre los mechones de pelo apartados del rostro.

—*Sh'ohr* —dijo.

Ni-ei hizo un gesto afirmativo, abrió la boca y alzó la comisura de sus gruesos labios. Permaneció así un breve instante; luego dijo:

—*Nakoa... Atanik-edri.*

—*Nakoa-atanik-edri... Sh'ohr...*

Moh'hr asintió con la cabeza. Señaló a Ni-ei tocándole un hombro con la yema del dedo y dijo:

—*¿Sh'ohr?*

¿Estaba el *sh'ohr* allí por ella? ¿La seguía adondequiera que iba, la seguiría adondequiera que fuese cuando fuera a alguna parte? Lo había preguntado. El viejo y Neh-Ishri'n' esperaban con él una respuesta a la pregunta.

—*Iw'* —dijo Ni-ei.

El silencio que envolvió la palabra se prolongó. Las gotas de agua se deslizaban por las hojas, caían de las raíces desnudas del tocón al suelo blando, donde dejaban huellas entrecruzadas. Nar-iaw había cerrado los ojos. Muy pronto, la respiración de su cuerpo abandonado se volvió más lenta, acompañada de ligeros ruidos intermitentes, un tanto roncos, que escapaban de su boca abierta.

Moh'hr dijo entonces por qué caminaba y hacia qué. Tenía los ojos fijos en la noche profunda, surcada por las gotitas brillantes que caían de las raíces al suelo y de las hojas sobre las hierbas, pero hablaba para Ni-ei, en voz baja. O quizá —tan breves eran las palabras, estancadas a veces en los pelos de debajo de la boca, apenas salidas de entre los labios, apenas palabras— sólo para sí mismo.

Habló largo rato, dijo muchas palabras..., demasiadas para Ni-ei, aunque él las repetía varias veces hasta que ella se tocaba la oreja y, a continuación, los ojos, indicando con esos gestos que veía las imágenes que él formaba para ella.

Moh'hr dijo que la gran, la enorme montaña lejana escupe y devora las altas humaredas que son las nubes. En una ocasión se lo había contado a Nar-iaw; Ni-ei era la segunda persona.

En *atanik-to-nik-nik*, el lago sin límites cerrados, había una *uesh-mohgr'ffhui*, una pequeña montaña que escupía humo, un niño. Era *uesh* porque se transmitían imágenes de su nacimiento de boca en boca en el lenguaje de los *Loa* de orillas del lago; los más viejos de antes de Nar-iaw habían visto con sus ojos esas imágenes. Moh'hr había visto otras cuando era *uesh-loa*: unas imágenes de cólera, de rugidos que temblaban, no en el cielo, sino bajo la tierra, y hacían vibrar el agua del lago formando vagos círculos al pie de la pequeña montaña, y la roca-luz humeante que brotaba gruñendo de la cima descendía por las laderas empinadas y negras, arrastrando los árboles a su paso, hasta el agua del lago y los altos torbellinos de humo blanco. Unas imágenes de humaredas negras y rojas, densas, enormes, por encima de los vómitos de roca-luz, se habían convertido enseguida en nubes, antes de haber alcanzado más altura, y habían tapado el sol; pero el sol había ganado el combate, las nubes habían vuelto a caer en forma de una lluvia de tierra oscura y ligera, y lo habían cubierto todo. Las nubes están hechas de eso: de tierra y de agua que escupen las montañas llenas de luz; la luz se convierte a continuación, cuando sale de las montañas, en piedras y roca, y eso es bueno para los hombres que saben hacer con ellas piedras *dzia*. La luz está a la vez en el cielo y bajo la tierra, compartiendo esos territorios con la noche, su sombra mala. Las humaredas de las nubes son tierra y agua vencidas, como cuerpos abandonados para siempre, expulsados de los territorios de abajo a través de la boca de las montañas. El sol debe seguir luchando para rechazarlas, para devorarlas, y por eso las montañas escupen y comen humaredas, porque lo que han derrotado bajo la tierra debe ser derrotado de nuevo, sin cesar, bajo el cielo.

Ni-ei escuchaba las palabras nuevas que expresaban lo que sabía Moh'hr, lo que ella jamás había oído. Seguramente por eso los *nam* debían temer y vigilar la sombra doble de las cosas y las gentes. Pero los *nam* no conocían todas las imágenes. Moh'hr y los que eran como él no hacían caso de las sombras unidas a sus pies o sus gestos; la sombra era una parte de la noche que no los abandonaba cuando había luz y contra la cual no se podía luchar. Por supuesto, ella también había visto cumbres escupidoras de nubes.

La pequeña montaña del gran lago no era la única; Moh'hr lo dijo. Había otras, se podían ver a lo lejos, muchas y muchas más en todos los territorios de la tierra visible. Entre ellas había una, la más grande, tan grande que sobrepasaba el cielo, tan grande y sólida, tan fuerte, que el cielo se apoyaba en su lomo. Ningún *loa* la había visto jamás, la mayoría ignoraba su existencia, pero él, Moh'hr, sabía que se alzaba en algún lugar. Era la más grande, escupía las nubes vencidas por la luz bajo la tierra a fin de que la luz bajo el sol acabara de desgarrarlas y las transformase en lluvias. Y en el territorio de la gran montaña nunca faltaba la lluvia. Y allí había numerosos *nakoa*, los ríos fluían, las hierbas y los árboles no se secaban.

Moh'hr dijo que ellos caminaban hacia la montaña lejana. Dijo que Ni-ei caminaba con ellos protegida por el *sh'ohr*, y que de esta forma el *sh'ohr* los protegería también hasta que encontraran la montaña de las nubes.

Una montaña tan grande, dijo Ni-ei, debe de escupir roca-luz en gran cantidad. ¿Cómo es posible, entonces, que los territorios estén cubiertos de árboles y de *nam-ni* de todas clases? Los dos habían visto lo que puede hacer la roca-luz cuando fluye como un río, roja, negra, lenta, imparable. No tenían nombre para eso.

Decían «roca-luz», *to-ok-jui*, pero no era una imagen exacta, no designaba lo que transformaba la roca en una roca-luz. Eso era lo que se había llevado a Maaq' y a los *Nak-Booh-Loa* en el río, lo que había marcado a Moh'hr en la planta de los pies, pero toda la luz no era como ésa. Eso era lo que hacía intocables las piedras, lo que las calentaba mucho más de lo que podía hacerlo un simple sol desde lo alto del cielo; era lo que se comía los árboles, como si el viento se volviera luz arremolinada, desde el tronco hasta la copa, de golpe, y ni siquiera dejaba la carcasa, era lo que corría por las hierbas y dejaba el suelo negro, obligaba a los *nakoa* a huir, aterrorizados, al galope. No tenían nombre para eso.

—*Jui-r'euh* —dijo Moh'hr.

Porque era la luz que come. Hizo los gestos para Ni-ei y ella, después de tocarse una oreja y los ojos, dijo:

—*Jui... anni iakw.*

—*¿Ani-ak'?*

Moh'hr no comprendía *anni iakw*, «lo que está debajo», así que Ni-ei tuvo que explicárselo detenidamente, repetir las palabras y multiplicar los gestos.

—*Xuahan ash* —dijo Neh-Ishri'n' en voz baja, sobresaltándolos.

Vivir abajo.

—*Anni iakw* —confirmó Ni-ei.

Moh'hr dirigió una mirada reprobadora a Neh-Ishri'n', cuyo rostro satisfecho permaneció imperturbable, y cambió de posición, volviéndole ostensiblemente la espalda.

—*Nar arsha* —dijo.

Lo que está muy caliente.

—*Nar-ohr. Ohr-ohr-rsha* —dijo Ni-ei.

—*¡Atanik ohr arsha! ¡Atanik ohr-hr!*

—*Ohr-ohr* —le corrigió ella—. *Ohr: atanik. ¡Ohr-ohr-rsha!*

Hizo el gesto de tocar algo ardiente y de retirar rápidamente la mano, profiriendo un débil grito que simulaba el dolor; luego señaló los pies de Moh'hr, asociándolos a las quemaduras.

—¡*Or'sha!* ¡*Or'sha!* —dijo Moh'hr, haciendo también el gesto de quemarse la mano. Luego se tocó la planta hinchada de los pies.

—¡*Ohr'sh!* —asintió ella.

Mostraba los dientes alzando las comisuras de los labios y tenía los ojos brillantes. Dijo el nombre de la montaña en el lenguaje de los *Loa*, hinchó las mejillas e hizo el signo de escupir; luego dijo el nombre nuevo, que no era ni del lenguaje de los *Loa* ni del de los *nam: Ohr'sh.*

—*Moh-ohr'sh.*

Los ojos de Moh'hr también brillaron. Ladeó la cabeza y la miró, asintiendo, mientras la escuchaba repetir la palabra nueva para designar lo que escupía la montaña: *orhr'sh*, el fuego.

—*Ohr'sh* —dijo Moh'hr después de Ni-ei.

Volvió la cabeza hacia Neh-Ishri'n'; ella había cerrado los ojos y extendido los trozos de piel sobre su vientre para protegerse del frío, sujetándolos con una mano que el sueño agitaba a veces débilmente.

—*Ohr'sh...*

Se acercó a Ni-ei, cuyos ojos dejaron de brillar en el acto y que retrocedió. Pero él se limitó a poner los dedos sobre su rodilla y a retirarlos rápidamente, como si se hubiera quemado, como si hubiera tocado lo que ambos designaban con el nuevo nombre que habían construido juntos.

—¡*Ohr'sh!* —dijo, forzando una mueca de dolor, y el rostro de Ni-ei se calmó.

Era la palabra de una imagen que nadie sabía. Tan sólo la pequeña mujer y él.

Por eso, a causa de la palabra compartida, las comisuras de la boca de Moh'hr se alzaron muy arriba y él emitió un ruido alegre salido del fondo de la garganta cuando, más tarde, al día siguiente, mientras la lluvia caía de nuevo violentamente y buscaban refugio bajo una roca, Neh-Ishri'n' le dijo que la pequeña mujer protegida por el gran *nakoa-atanik-edri* se marcharía, que tal como había aparecido se iría, a la primera ocasión se iría, y que entonces él ya no podría pasarse el tiempo mirándola, ya no podría volver a tocarla, se quedaría con ella, Neh-Ishri'n', y con Nar-iaw, tal como se habían marchado del clan de orillas del lago.

11

Fue Ni-ei quien los vio a través de la brillante cortina de lluvia. Aparecieron sobre la cima plana de la colina que el pequeño grupo acababa de dejar atrás, y mientras éste se dirigía, encabezado por Moh'hr, hacia un bosquecillo aislado de árboles *uok* en flor que emergían, suspendidos de la sombría pesadez en la que se mezclaban cielo y tierra.

Eran tantos como los dedos de una mano y uno de la otra.

Al principio pareció que se trataba otra vez del grupo de *nakoa'loa* que ya habían visto varias veces los días siguientes a aquel en que Neh-Ishri'n' le dijera a Moh'hr que la pequeña mujer se marcharía en pos de lo que buscaba (como si ella hubiera sabido lo que Ni-ei buscaba) cuando ella lo decidiera. Pero los *nakoa'loa* raras veces caminaban bajo la lluvia, y además, enseguida vieron los bastones —los *nakoa'loa* no llevan bastones—, distinguieron con más precisión las siluetas erguidas. Cuando Ni-ei se percató de su presencia, quizá ya hacía un rato que estaban allí; no podían saberlo. Como tampoco podían saber si su repentina aparición era fruto de la casualidad o si seguían al grupo desde hacía ya rato; en ese momento cabían las dos posibilidades.

Se encontraban demasiado lejos, y la ruidosa lluvia emborronaba demasiado las cosas para que pudieran reconocer en ellos a unos *Loa* del clan, a otros *loa-nak* o a unos *Nak-Booh-Loa* del río. No eran *nam* que Ni-ei conociera; su número permitía tener esta certeza, la única, por el momento, en lo referente a su identidad. Habían aparecido. Permanecían allí, bajo la lluvia. Habían visto al pequeño grupo y sabían que los miembros de ese pequeño grupo, menos que los dedos de una mano, los habían visto.

Moh'hr señaló el bosquecillo de árboles *uok* con un gesto vivo que animaba a sus compañeros a dirigirse apresuradamente hacia allí en busca de refugio; él llegó el último, tras haber corrido y resbalado varias veces en el fango, y cuando miró de nuevo hacia la cima de la colina ya no vio lo mismo: las siluetas de los otros habían desaparecido. Ni Neh-Ishri'n', ni Nar-iaw, ni tampoco Ni-ei, que habían mirado antes que él, habían visto dónde y cómo. La lluvia se los había llevado.

El bosquecillo de árboles *uok* acogía a una pareja de esos *nakoa* que Ni-ei designaba con el nombre de *r'rh-o-r'rh-o* y para quienes los *Loa* sólo tenían gestos que evocaban sus colmillos curvados sobre el hocico. Los *r'rh-o-r'rh-o*, en guardia, se levantaron al irrumpir en el lugar ocupado por ellos todas aquellas criaturas erguidas que empuñaban bastones. Uno de ellos era una hembra cuyo vientre le llegaba al suelo. Moh'hr y sus compañeros sabían que es preferible no atacar a esos *nakoa*, que enseguida yerguen su delgada cola rematada por un plumero peludo y embisten. Aun siendo muchos, aun yendo armados con sólidos bastones para golpear, es preferible no irritar a un *r'rh-o-r'rh-o*. Los *nakoa* permanecían bajo el árbol que ofrecía el mejor refugio, pues uno de sus troncos se extendía paralelo al suelo a la altura del vientre. Pero los recién llegados no intentaron echarlos; se instalaron al pie de otro árbol, el más alejado del que tenía el tronco inclinado, sin hacer ningún gesto agresivo, emitiendo, por el contrario, sonidos suaves con la boca en su dirección a través de la lluvia, y los *nakoa r'rh-o-r'rh-o* se tranquilizaron y volvieron a tumbarse bajo el tronco, mirando a aquellos intrusos que no parecían querer ocuparse de ellos.

Cuando paró de llover, un poco más tarde, en el momento en que el cielo bruscamente desgarrado empezó a derramar un sol ardiente, los *r'rh-o-r'rh-o* se marcharon trotando nerviosos, pisoteando los charcos efímeros con sus pies de dedos huesudos, y se adentraron hasta desaparecer en los densos jirones de humo que salían del suelo. El humo se elevaba desde las laderas de las colinas cercanas y lejanas, como si debajo de la tierra, por todas partes, fueran a rugir de un momento a otro las bocas hambrientas de innumerables *mogr'ffhui* dispuestos a rebelarse. Cubrían la cima de la colina plana donde habían aparecido y luego desaparecido los otros *loa-nak*. Era el lugar donde podían volver a surgir, lo que habría hecho que su presencia resultara inquietante; pero no se dejaron ver.

Los cabellos y la piel de los miembros del pequeño grupo humeaban igual que la tierra de alrededor. No resultaba desagradable; al contrario, acompañaba la sensación de bienestar que les producía el sol después de la lluvia. Sin embargo, se dedicaron a dispersar el humo frotándose la piel con la palma de la mano y alborotándose el pelo; el humo de la tierra también acababa de deshilacharse, salvo en las lejanas colinas, donde seguía adherido a los árboles y los matorrales espinosos como fragmentos de nubes que hubieran cometido la imprudencia de descender demasiado.

Se interrogaron sobre el origen de los *loa-nak* que habían vislumbrado entre la lluvia y sobre la razón de su presencia furtiva en lo alto de la colina plana. Ninguno tenía respuesta, ni siquiera Nar-iaw, aunque en realidad el viejo *Loa* mantenía la boca cerrada desde hacía algún tiempo, y si sus labios se abrían, torcidos hacia un lado, no era sino para respirar ruidosamente y con gran dificultad; los pedos que aún salían a veces de entre sus nalgas arrugadas no le provocaban ninguna reacción, ya no le hacían gracia, como si no los oyera ni percibiera su olor. Al finalizar el día volvieron a hablar, se interrogaron de nuevo. Tampoco encontraron respuestas cuyas imágenes fueran seguras, estables y claramente visibles.

Al día siguiente de aquella visión a través de la lluvia, mientras descendían hacia la gran tierra hundida entre los cerros de lo que ya no se parecía en absoluto a la montaña de antes, volvieron a ver a los otros hombres, minúsculos, sobre la cresta de roca salpicada de árboles *noo-ik* sin pie de tronco.

Esta vez no contaban con la ayuda de la lluvia para desaparecer sin dejar rastro. Caminaban en fila, uno detrás de otro, como si fueran hormigas. Se hundieron al otro lado de la cresta.

Moh'hr, las dos mujeres detrás de él y Nar-iaw algo más distanciado esperaron largo rato que reaparecieran y bajaran la pendiente; no ocurrió tal cosa. Si se trataba del mismo grupo de la vez anterior, iban en una dirección distinta de la de Moh'hr y sus compañeros; aquellos hombres seguían las nubes, no caminaban a su encuentro.

Moh'hr y sus compañeros no llegaron hasta la noche al fondo del gran valle profundo, por cuyo lateral bajaban desde el momento de sol más intenso. En el otro lado, una extensa meseta de cima recta y plana, que la distancia hacía parecer desnuda, desprovista de toda vegetación. Más allá se alzaban superposiciones de montañas gibosas, del color del agua profunda. Más lejos todavía, hasta donde se perdía de vista el cielo de nubes resplandecientes, la línea oscura y difusa de lo que tanto podían ser montañas apiñadas unas contra otras como un lago de agua serena aún más grande que *atanik-to-nik-nik*. Sobre la línea oscura y difusa, cada vez más oscura y difusa a la luz rojiza del día declinante, se perfilaban varios conos humeantes, uno de los cuales expulsaba por la boca lo que Moh'hr y Ni-ei habían llamado *ohr'sh* y que marcaba ese lugar de la noche con un fino trenzado de filamentos luminosos.

Pero aquello no era lo que buscaban, no era la montaña más alta que escupe nubes, sino una más entre tantas otras. Las nubes venían de más lejos, de mucho más lejos.

Moh'hr se pasó parte de la noche mirando fluir el *mohgr'ffhui* sin decir palabra. Neh-Ishri'n' se acostó junto a él y él la dejó hacer, como la había dejado al final de la noche anterior. Y, como la noche anterior, Moh'hr se colocó detrás de ella y encontró lo más penetrante de su olor, se adentró en la hendidura de debajo de su vientre, dio rápidamente unas embestidas sucesivas y violentas que la hicieron sacudirse y gemir. Su bajo vientre chocaba contra las nalgas de la *neh*, su garganta gruñía a causa del agradable estremecimiento de calor que lo atravesaba, con los labios crispados sobre los dientes desnudos, cuando brotó de él, dentro de ella, el abundante líquido viscoso, al tiempo que una fuerza palpitaba en su pecho con violencia, con una violencia que parecía colmarle el cuerpo, desde la punta de los pies hasta los cabellos... Y cuando, más tarde, tendido de lado contra la espalda curvada de Neh-Ishri'n', lo que era *oa* entre sus piernas volvió a endurecerse, se puso en la postura de un *r'rh-o-r'rh-o* paciendo en la hierba rasa y se arrastró hacia Ni-ei apoyándose en las rodillas y los codos. Ella abrió los ojos antes incluso de que la tocara y se apartó bruscamente, sobresaltada, como si le hubiera picado algún *nakoa-n'n'*. Profirió un gruñido. Moh'hr se quedó inmóvil. Los fuertes latidos se aceleraron en su pecho encogido; una especie de cólera le atenazaba la garganta, pero era incapaz de realizar el gesto que la hubiera obligado a presentar la espalda. Veía brillar la luz de la luna en sus ojos.

—*Ohr'sh*... —dijo en voz baja, sólo para ella, simplemente porque era esa palabra.

Simplemente porque era esa palabra y porque decirla en ese instante tenía un significado que desbordaba su contenido, significaba compartir lo que sin ellos no existiría, ni de otra forma ni en otro sitio, en ninguna parte, absolutamente en ningún punto de todos los territorios visibles y no visibles.

Pero ella profirió un gruñido.

Las nubes se elevaban desde el otro lado de las montañas lejanas. Llenaban el cielo, sin principio, sin fin, tenían todas las formas, se agolpaban en un rebaño ininterrumpido de gigantescos animales con la panza tensa que la luz acribillaba de golpes cortantes y que reventaban, derramando a través de los desgarrones su estruendoso contenido de pesada lluvia. Unos riachuelos saltarines y tumultuosos surcaban el valle y chocaban entre sí, llevando tierra roja allí donde no había más que piedras y polvo un momento antes, en pasajeros embates y cabalgadas de agua de la mayoría de los cuales tan sólo subsistiría una efímera y caótica huella de lodo un instante después.

Era así durante el día y durante la noche.

Algunos de estos ríos crecidos no eran efímeros. Aquellos cuyo nivel furioso no disminuía entre los aguaceros, y que resultaba imposible cruzar, obligaban a dar rodeos, a desviarse, a ir más lentos, hasta llegar a un sitio donde la tierra se unía sobre el agua, donde se alzaba en equilibrio un promontorio, donde unos árboles arrancados, ramas y raíces entrecruzadas, permitían arriesgarse a pasar.

Había animales en los ríos y en la tierra, en las extensiones reverdecidas, entre los riachuelos. También sobre las aguas, con las patas tiesas y los cuernos girando en los remolinos, y los ojos blancos como piedras abiertos al silencio de las profundidades.

Había pájaros, en ocasiones tan numerosos que formaban otra clase de nubes. El ruido de sus alas, sus gritos, se abatían como capas sobre los árboles tocados de suaves y nuevos colores.

Los árboles *uok* estaban cubiertos de flores blancas, o bien ya las habían perdido.

Algunas partes de las noches sacudidas por la cólera del cielo eran más deslumbradoras que el día; los ojos, desmesuradamente abiertos, se tornaban abismos profundos y lívidos en los rostros mudos, como si el miedo pudiera grabarse en la piedra.

Nar-iaw permanecía casi siempre en silencio. Se estremecía incluso bajo el sol y conservaba mucho rato la comida en la boca antes de tragar haciendo muecas. Iba el último, a menudo a una distancia que sobrepasaba la mirada. Cuando se detenían, pasaba tiempo antes de que los alcanzara. Mirar su rostro ya no hacía levantar las comisuras de los labios. Sus piernas, más que las de los otros, estaban laceradas por las espinas y marcadas por las caídas en sitios difíciles. En la parte superior de su pecho huesudo y estrecho, una marca negruzca manchaba los pliegues de la piel allí donde la mosca de color fango lo había picado una noche; las huellas dejadas por la piedra, para hacer sangrar, se entrecruzaban en las arrugas.

Moh'hr caminaba el primero.

Ahora casi siempre iba solo, muy por delante de los demás. No miraba atrás; miraba hacia la fuente oculta de las nubes, forzado a veces a avanzar en una dirección casi opuesta cuando el terreno impedía una aproximación directa. Miraba hacia las elevaciones escalonadas del otro lado del valle, cada vez un poco más cerca pero todavía lejanas; hacia las espinas dorsales entrecruzadas de las montañas, encima, y la humareda del *mohgr'ffhui* de detrás, que no era sino un *mohgr'ffhui* como tantos otros en el camino hacia la fuente de todas las grandes nubes. Tenía una mirada como la que brillaba en el ojo único del viejo; ya no se molestaba en detenerse para coger algo de comer de las ramas de los matorrales, ni en escarbar el suelo con la punta del bastón, ni en intentar capturar a algún pequeño animal cuando se presentaba la ocasión; comía lo que le ofrecían una u otra mujer, cuando le daban alcance, de lo que habían encontrado y llevaban en la mano para él: bayas o raíces, brotes, bichos de los que proliferaban en los charcos formados por la lluvia.

Ellas caminaban juntas. Nunca se separaban más de lo que mide un bastón. Si Ni-ei aumentaba la distancia, intencionadamente o no, Neh-Ishri'n' se apresuraba a reducirla y situarse a la altura de su sombra. Ni-ei llevaba las cosas de comer para Moh'hr en el trenzado que le había ceñido el torso durante varios días y varias noches. Los pechos, agotado el líquido para alimentar a los pequeños, ya no le rezumaban ni le dolían. Seguía llamando al *sh'ohr* de vez en cuando, aunque más bien debido a la confusa necesidad de tener que hacerlo para recuperar una sensación tranquilizadora de fuerza en sí misma que para apaciguar un auténtico temor. Lo llamaba con todo su ser, en silencio, con los ojos cerrados y apretando los dientes. Él no acudía. No se dejaba ver. Vieron un *sh'rah* con crines y varios *h'r'ahou* (que Moh'hr y Neh-Ishri'n' llamaban *edri-iaaw-hev'nehmo*, una palabra que Ni-ei no conseguía decir correctamente, provocando cada vez que lo intentaba la risa aguda de Neh-Ishri'n'), pero ningún *sh'ohr*.

Las heridas de *ohr'sh* que Moh'hr tenía en la planta de los pies se habían cerrado.

Neh-Ishri'n' llevaba, además de su bastón, uno de los bastones ligeros del viejo, que éste no había recogido una mañana. La punta estaba roma; Neh-Ishri'n' había tratado de darle forma con piedras *dzia* afiladas apresuradamente durante una pausa, un día de calor sofocante, esforzándose en copiar la talla del bastón de Moh'hr; Moh'hr también lo intentó, sin obtener mejores resultados.

Un día subieron por el otro lado del valle.

La meseta que se extendía ante ellos estaba cubierta de hierba tupida y bosquecillos de grandes árboles, muchos de los cuales habían sido derribados, pelados, partidos, y algunos reducidos a un amasijo de troncos retorcidos sobre la raíz medio arrancada. Nar-iaw recobró el habla y los gestos alegres al descubrir las huellas de los grandes *edri'han-uok* de orejas enormes, hocico del tamaño de un brazo, largos dientes... Repitió las imágenes que tantas veces le había descrito a Moh'hr, sentado al pie del árbol en la ribera de *atanikto-nik-nik*, y que hablaban de cuando él era apenas un *loa* y pasaban manadas enteras de grandes *edri'han-uok* haciendo temblar la tierra. Unas veces decía que las imágenes se las habían transmitido viejos anteriores a él, otras, que las había visto con sus propios ojos cuando era apenas un *loa*, pero siempre eran las mismas imágenes y sus ojos siempre brillaban de la misma forma.

Más allá de la meseta, unas montañas gibosas tapaban las siguientes y la que humeaba, más lejos aún.

Los grandes *edri'han-uok* habían atravesado la meseta antes de las lluvias. Pasada la zona de los árboles destrozados y lo que quedaba de los troncos sin raíces, la mayor parte de las huellas que habían dejado en el suelo estaba borrada por los chaparrones y el paso de las aguas.

Nar-iaw dijo, acompañando las palabras con muchos gestos, que cuando habían pasado por allí tenían mucha hambre, porque, explicó, normalmente los *edri'han-uok* se conforman con comer hierba y hojas y ramitas de arbustos y árboles *uok*; tienen que tener mucha hambre y no encontrar nada mejor en cantidad suficiente para despedazar y devorar un árbol entero. Habían seguido la dirección del sol cuando regresa a la tierra, la opuesta a la que habitualmente tomaban cuando caen las lluvias del cielo..., pero las lluvias se habían retrasado y los grandes *edri'han-uok* buscaban agua donde sabían que aún la encontrarían; atrapaban el viento portador de los olores del agua con sus enormes orejas, y habían regresado al lugar de donde venían. Los rastros todavía visibles de su paso eran algunos árboles pelados, franjas de arbustos arrasados y grandes montones dispersos de heces.

Moh'hr y Nar-iaw, juntos de nuevo, caminaron por lo que todavía quedaba de las huellas que jalonaban la pista conducente a la montaña. Cada nuevo chaparrón borraba un poco más las huellas del suelo, pero las heces y los esqueletos destrozados de los árboles permanecían. A juzgar por la consistencia de los grandes montones de excrementos y su estado de degradación a causa de la lluvia, el paso de los enormes animales databa de muchos días y noches.

Mientras la pista todavía visible coincidió con su marcha, los dos hombres la siguieron. Ni-ei y Neh-Ishri'n' iban detrás de ellos, a bastante distancia; se entretenían cogiendo frutos y capturando pequeños animales, a los que perseguían intentando asestar un bastonazo. Con frecuencia tenían que buscar, no las huellas de los *edri'han-uok*, sino las recién dejadas para ellas por los dos *Loa*, que la distancia y los desniveles del terreno, o un bosquecillo frondoso, ocultaban a sus ojos. No los alcanzaban hasta el mediodía, cuando el sol estaba en su punto más alto, si el cansancio o el hambre los inducía a hacer una pausa. O, si no, al ponerse el sol.

Era el primer día que avanzaban por la meseta, tras los *edri'han-uok*, era el momento en que el sol estaba en su punto más alto, y ni el hambre ni el cansancio eran suficientes para que Moh'hr y el viejo —sobre todo Moh'hr, sin ninguna duda— se concedieran un descanso. Pero había aparecido la falla.

La súbita presencia de la falla podría haberlos detenido, aplastado bajo el peso de los esfuerzos necesarios para superar ese nuevo obstáculo. Pero, al parecer, se había producido lo contrario. No habían esperado para precipitarse hacia ella.

La falla había aparecido de pronto al finalizar el suave desnivel descendente que seguía a una larga extensión de hierbas altas y árboles de hojas semejantes a pequeños bastones. Abría en el suelo y la roca sus pendientes ondulantes entrecruzadas por precipicios, sembradas de plantas trepadoras y arbustos espinosos agarrados a las piedras, tan ancha como muchos largos de bastón y todavía más profunda. Al fondo fluía un agua arremolinada que la luz de ese instante del día hacía brillar, pero que muy pronto estaría sumida en la sombra, en cuanto el sol comenzara a descender. El ruido se multiplicaba entre las paredes rocosas y podía hacer creer en una fuerza que no tenía el río, cuya corriente, aunque ruda, era frenada por las rocas emergentes; bastaba con saltar de una a otra para pasar a la orilla opuesta.

Moh'hr y el viejo habían dejado, a modo de señal, unas ramas partidas y clavadas en el suelo en el borde de la falla, en el lugar donde las lluvias habían abierto un paso entre las piedras. Las huellas de sus pies se hundían en el barro seco.

Los grandes *edri'han-uok* no habían bajado allí. Sus últimos excrementos estaban mucho antes del largo bosque de árboles con hojas semejantes a pequeños bastones, y no se habían adentrado en él, sino que habían bordeado la fractura rocosa en una o otra dirección.

Las dos mujeres se inclinaron y escrutaron la pendiente. Moh'hr y el viejo no estaban a la vista. Tras un breve instante, Ni-ei retrocedió un paso con el semblante lívido. Se agachó, dejó en el suelo la tira de nervaduras de hojas trenzadas, que contenía un fruto alargado de piel verde con rayas amarillas al que le había dado un bocado, y se apoyó en las yemas de los dedos para no perder el equilibrio, como si, pese a haberse apartado del borde del precipicio, temiera caer en él.

Neh-Ishri'n' empezó a bajar. Tras dar un par de pasos por el resbaladizo terreno, se volvió e hizo un gesto para animar a Ni-ei a seguirla; al ver que ésta no se movía, Neh-Ishri'n' se detuvo y repitió el gesto. Ni-ei se incorporó sin llegar a ponerse del todo en pie, con la espalda encorvada bajo las nubes que ascendían amontonadas hacia el sol. El fruto cayó del trenzado que arrastraba; ella fingió no darse cuenta, se apoyó en el bastón, empuñándolo firmemente por donde tenía atada la piel del animal, y empezó a seguir a Neh-Ishri'n'.

Un poco más abajo se detuvo de nuevo. La piedra temblaba bajo sus pies, a su alrededor. El ruido del agua se había desplomado sobre ella, tras rebotar en el vientre de las oscuras nubes lanzadas hacia el sol. La sombra recorría vibrando todo un lateral de la falla, de arriba abajo, una parte de la pared por donde bajaban las dos mujeres y en un punto de la cual se encontraban Moh'hr y Nar-iaw.

Las imágenes que jamás la habían abandonado desde que hiciera aquello pasaban ante sus ojos, la atraían. Era el mismo barranco, la misma vertiginosa pendiente que aquella vez. Lentamente, dobló las piernas y se puso en cuclillas; soltó el trenzado para agarrarse a un saliente de la roca. El sudor le corría por la espalda y entre los pechos, brillante. Su rostro mojado estaba cada vez más lívido.

El mismo barranco, la misma bajada...

Al entrar en la sombra móvil, Neh-Ishri'n' se dio cuenta de que ya no la seguía. Emitió un ruido gutural interrogador y regresó prudentemente sobre sus pasos, clavando con desconfianza sus ojos de color hierba mojada por la lluvia en la pequeña mujer acuclillada. La sombra de las nubes, que la seguía, la sobrepasó y cayó sobre Ni-ei.

—*¡Han!* —dijo.

Después repitió el ruido gutural interrogador.

Ni-ei alzó los ojos. Realizó un leve movimiento de cabeza a costa de un terrible esfuerzo, para no seguir contemplando, fascinada, aquella pendiente abrupta; su mirada encontró la de Neh-Ishri'n'.

—*Ohr* —dijo.

Sus labios agrietados, cubiertos de saliva seca, parecían pegados por dentro de la boca.

Neh-Ishri'n' sacudió sus greñas rojas y señaló la pendiente, a su espalda y hacia abajo.

—*Moh'hr* —aprobó—. *Han.*

—*Ohr* —corrigió Ni-ei—. *Iaaw Moh'hr.*

Neh-Ishri'n' hizo un gesto para expresar su incomprensión. Vaciló, miró la pendiente y después de nuevo a Ni-ei. El soplo que subía del río giró en torno a ellas barriendo el polvo de la roca, dobló las escasas y finas hierbas, hizo temblar unas pequeñas flores redondas y blancas entre unas hojas apenas más grandes. Una gruesa y oscura gota de lluvia se estrelló en pleno centro de una piedra, entre las dos mujeres. Inmediatamente después, otra, y otra más, hollando con minúsculos rodetes fugaces el polvo apenas acumulado tras el anterior chaparrón. Y la cabeza, la espalda y los hombros de Ni-ei y Neh-Ishri'n'. Ésta se acercó instintivamente a la pared rocosa, pero permaneció en pie. El rostro alzado de Ni-ei, ante ella, quedaba a la altura de la parte superior de sus muslos.

—*Ohr* —dijo Ni-ei en un tono más duro.

Neh-Ishri'n' hizo el signo de «fuerte» para dar a entender que recordaba la palabra.

El hombre era el más fuerte del grupo de los *nam*. Era el que habla; hablaba más alto y más a menudo que Nam. Era el que golpea. No era ni joven ni viejo. Era fuerte, y «Ohr» era su nombre. Ni-ei cogía bayas negras y ácidas con las que llenaba un nido de *nam-nihut-shiik* cuando él había aparecido.

El mismo barranco de fondo vacilante, las mismas imágenes. Excepto la lluvia.

Neh-Ishri'n' se inclinó sobre ella; asiéndola del pelo, la obligó a levantarse. No tiraba, simplemente la forzaba a abandonar aquella posición y a ponerse en marcha. La hacía pasar delante y la empujaba, caminando por el lado del vacío sin separarse de ella. La lluvia había cambiado instantáneamente el color de la roca, cuyos contornos se emborronaban bajo el impacto de las ráfagas de gotas. Entre las reverberaciones centelleantes se deshilachaban filamentos brumosos. El río, al fondo, parecía parcialmente borrado por la tromba.

Él estaba allí por ella, fue directo hacia ella. Las imágenes estaban ahí. Tan claras como si acabasen de salir del suelo y como si el suelo fuera el de allí, el de aquella ocasión, el de aquel día..., un día de árboles *nuok* sin flores, entre dos lluvias agonizantes. Ohr había pisado el nido casi lleno de pequeños frutos. Ella conservaba la imagen de la mancha grana que parecía la sangre de un cuerpecito aplastado.

Ni-ei había intentado escapar, pero Ohr era mucho más fuerte. Era más alto que ella, tenía unas piernas más largas, con las que podía saltar por encima de los arbustos más bajos, y atravesó los espinos como si no los tocara, y los espinos le arañaron los muslos y la zona inferior del vientre, allí donde, cuando se movía, lo que era *nam*, duro y erguido, oscilaba como la cabeza de un animal reptante. Detrás de ella se abría el barranco, la única salida.

Cuando Ni-ei vacilaba demasiado antes de dar otro paso sobre la roca resbaladiza, Neh-Ishri'n' la empujaba por detrás, entre los hombros. Con fuerza o no..., no lo sabía, daba igual; la cuestión era que el contacto provocaba un movimiento hacia delante.

Entonces ella no tenía miedo. Sabía que, en el barranco, sería más rápida y ágil que Ohr. Conseguiría escapar en un par de saltos. Ni-ei sabía desde hacía tiempo que se acercaría a ella al igual que se acercaba a las otras *ei* del grupo desde siempre, antes, cuando todavía eran muchos, con frecuencia a Jarh, después a Efi-ei, y a Ei-hn. Se había acercado a ella varias veces, pero ella se había alejado. Él no comprendía; normalmente, las *ei* no se alejaban. El que no necesitaba nombre también se había acercado a ella, y Nam de espalda encorvada... Ella se alejaba; ellos sólo habían insistido unas pocas veces. 'Hna, que siempre la miraba, era el único que no se había acercado a ella; la miraba; si se hubiera acercado, tal vez ella no se habría alejado más de una vez. Ya en aquellos tiempos, cuando llegaba la noche, Ni-ei iba a cerrar los ojos fuera del refugio, no muy lejos. Nunca más lejos que las altas hierbas circundantes, pero fuera del refugio.

La mano que la asía por el hombro la empujaba. Neh-Ishri'n' estaba pegada a ella, y Ni-ei oía su respiración entre el crepitar de la lluvia, sobre su oreja. Un destello luminoso cruzó el cielo, que rugió. Por la pared rocosa y en el paso que descendía rápidamente, fluía el agua, arrastrando tierra y piedrecillas, hierbas, ramitas de espinos y de esas plantas rasas con minúsculas flores redondas.

Pero la mano de Ohr se abatió sobre su hombro, y

el hombre la atrapó antes de que pudiera llegar al barranco. Ella rodó por el suelo gritando de rabia y miedo. Él cayó sobre ella con todo el peso de su cuerpo, aplastándola y restregándola rudamente contra las piedras; ella trató de coger una, pero él le pegó violentamente en la boca y su cabeza retumbó, el cielo la cegó. Tragó la sangre que le inundaba la boca, se atragantó, escupió, tosió. Él la había agarrado del pelo y la puso boca abajo. Ella no pudo protegerse a tiempo, su frente tocó una piedra; él la golpeó de nuevo detrás de la cabeza y el cielo volvió a cegarla pese a que estaba boca abajo. Tierra mezclada con sangre en la boca. Él la golpeó en las nalgas, en la cara posterior de los muslos, obligándola a permanecer arrodillada con los codos apoyados en el suelo. Ejercía presión sobre su cuello con una mano y con la otra tiraba del pelo hacia atrás. Ella tenía los ojos abiertos y veía enormes las piedrecitas adheridas a sus pestañas. Él le separó las rodillas, se pegó a ella y la penetró con su *nam* duro que los espinos habían hecho sangrar. Ella apenas podía respirar, tosía, aspiraba el aire con sonidos roncos. Él golpeaba en el interior de su bajo vientre como si lo hiciera con una piedra cortante. Luego paró, se retiró bruscamente, y ella pudo respirar de nuevo. Él se había levantado y volvió a agarrarla del pelo, tirando para que se pusiera en pie. Ni-ei no recordaba cuánto tiempo hacía que su mano se había cerrado sobre la piedra. Él tiró hacia arriba y ella no opuso resistencia. Cuando estuvo de pie, erguida, lo golpeó con todas sus fuerzas con la piedra, en plena cara.

La sorpresa y la violencia del golpe le hicieron retroceder. Durante un breve instante ella vio que los ojos de Ohr miraban de una forma extraña, cada uno en varias direcciones a la vez, y luego vio que su labio superior, partido, dejaba al descubierto los dientes rotos, y que alrededor de los fragmentos blanquecinos brotaba sangre. Se precipitó sobre él para golpearlo otra vez. Él seguía retrocediendo, tapándose con la mano la boca destrozada... Ni-ei no tuvo que golpear. Él se tambaleó y cayó al vacío sin proferir un grito. O, si gritó, ella no lo oyó: en su cabeza se agolpaban demasiados ruidos atronadores.

Ni-ei, resistiéndose a los constantes empujones de Neh-Ishri'n', se detuvo y se volvió hacia ella.

—*Ohr* —dijo, señalando el fondo del barranco.

Dijo que Ohr se había estrellado contra las piedras y que, una vez en el fondo, ya no se había movido. Porque ya no estaba en su cuerpo. Porque ella era la que lo había sacado de él. Ella era *ei* y había sacado a un *nam* de su cuerpo, eso era lo que había hecho. Cuando se es una *ei*, no hay que permanecer al lado de un cuerpo en el momento en que es abandonado, ni siquiera durante el día posterior, porque lo que ha sido sacado del cuerpo, dejándolo inerte, sin latidos en el pecho, sin mirada, sin habla, sin gestos, intenta regresar a través del vientre de las *ei*, donde los latidos se reanudan y donde aparecen los que más tarde serán nuevos *ni-nam*.

Pero Neh-Ishri'n' no comprendió nada. Tan sólo oyó, entre la lluvia y los rugidos del cielo, palabras desconocidas y demasiado rápidas para permitirle construir imágenes.

Y eso es lo que había sucedido. Después de lo que Ni-ei había hecho, la fuerza extraída del cuerpo inerte de Ohr no había tenido que buscar mucho tiempo para aparecer dentro de ella. Y más tarde su vientre había aumentado de volumen, y lo que se movía dentro de su vientre se alimentaba de su sangre.

Neh-Ishri'n' asentía sin comprender. La lluvia corría por sus ojos al igual que lo hacía por los de Ni-ei. La empujó en un hombro, diciendo:

—*¡Han-han!*

El cielo apartó las nubes, y una luz semejante a polvo de varios colores se mezcló con la lluvia.

Ni-ei dio media vuelta, resbaló, buscó un apoyo que creyó que encontraría más fácilmente aferrando el bastón que en el lado de la roca, pero el bastón hizo saltar una piedra y se clavó en el vacío. Cayó de rodillas y luego de costado, siguió resbalando. Todo su cuerpo se arqueó hacia atrás, la mano que no sostenía el bastón golpeó el suelo liso y resbaladizo. Empezó a caer hacia atrás. Por un instante, sus dedos se aferraron a una raíz. Por un instante, creyó que Neh-Ishri'n' iba a precipitarse hacia ella, a cogerla, a sujetarla. Vio su rostro inexpresivo. Neh-Ishri'n' la miraba resbalar y no hacía nada.

La raíz cedió. Durante la caída, sin darse cuenta, se partió las uñas y se destrozó las yemas de los dedos mientras trataba de encontrar algún asidero en la piedra. Las imágenes caían con ella, unas imágenes que mostraban a Ohr persiguiéndola, a Efi-ei cuando la cogía en brazos de pequeña, cuando le lanzaba el animalito antes de expulsarla, unas imágenes que mostraban las comisuras de los labios de Jarh alzadas, que mostraban a 'Hna agitando el bastón frente a los otros en la orilla del río. Unas imágenes de ausencia del *sh'ohr*, turbulentas.

Al fondo de la falla, los dos hombres esperaban que dejase de llover refugiados bajo un saliente rocoso, tras las largas hierbas que colgaban del reborde. Sentados uno junto a otro en idéntica postura, los brazos enlazados en torno a las rodillas levantadas. El curso de agua rugía a unos pasos; si bien hasta entonces el aguacero casi no había hecho subir el nivel, probablemente eso cambiaría de un momento a otro. Lo sabían. Lo temían, aunque no habían dicho una sola palabra al respecto. El estrecho río, que aún se podía cruzar fácilmente, amenazaba con no seguir permitiéndolo por mucho tiempo. O con dificultar bastante esa operación.

No obstante, Moh'hr esperaba. Ni siquiera había intentado cruzarlo; se limitaba a observar la altura de los remolinos contra las rocas planas emergentes de un vado bastante fácil. Si el viejo y él cruzaran, la temida subida del agua podría separarlos de las dos mujeres; si esperaban mucho tiempo más, y la subida del agua se producía, se quedarían todos bloqueados en ese lado de la falla durante un tiempo indefinido.

Nar-iaw castañeteaba los dientes sin parar. Su entusiasmo, recuperado desde que se produjera el descubrimiento de los primeros rastros del paso de los *edri'han-uok*, había vuelto a decaer en cuanto se apartaron de ellos, un poco antes de que Moh'hr decidiera bajar por la falla en vez de seguirla hasta el lugar donde se estrechaba o, tal vez, se cerraba, permitiendo el paso por un punto que sin duda alguna los grandes *edri'han-uok* conocían. Había descendido por la alta pared rocosa con dificultad. Moh'hr, que iba detrás de él, lo había agarrado varias veces para evitar que cayese. La última parte del descenso, bajo la lluvia, había resultado más difícil. También por esa razón, Moh'hr esperaba a resguardo...

La luz cambió. Al cabo de un rato el sol se comió de golpe el color de la pared de enfrente, desde un poco más arriba de la mitad de su altura. Cesó de llover. El agua siguió resbalando un rato a lo largo de las hierbas colgantes, en el borde de la roca. El río continuaba sin crecer. Los remolinos no chocaban con más fuerza contra las rocas, aunque sí lo suficiente para que Moh'hr no oyera acercarse a Neh-Ishri'n', rodar las piedras bajo sus pies. Neh-Ishri'n' los vio de pronto al pasar por delante de ellos y se sobresaltó.

Moh'hr salió de su refugio bajo la roca cubierta de hierbas colgantes. Neh-Ishri'n' estaba sola. La mujer retrocedió, como si tuviera miedo de que le pegase.

—¿*Ni-ei*? —preguntó Moh'hr.

Neh-Ishri'n' señaló la pared de roca situada a su espalda, moviendo los bastones que llevaba en una mano mientras decía atropelladamente:

—*¡Ni-ei v'rhx! ¡Iw'Ni-ei v'rhx!*

En el rostro de Moh'hr apareció una expresión dura. Rechazó las palabras de Neh-Ishri'n' echando los hombros hacia delante y meneando la cabeza:

—*Iaaw Ni-ei v'rhx*...

Pero Neh-Ishri'n' meneó la cabeza a su vez, afirmativa y enérgicamente. Dijo que Ni-ei se había marchado. Dijo que ella se lo había advertido a Moh'hr días antes.

—*V'rhx*... —dijo Moh'hr.

Dijo la palabra que significaba «marcharse», la que significaba «huir», como si, más que decirla, la escuchara.

Neh-Ishri'n' volvió a decir que Ni-ei se había marchado. Dijo que no había querido bajar por la falla. Justo antes de seguir la dirección indicada por las ramas partidas y clavadas en el suelo, Neh-Ishri'n' se había vuelto —eso dijo— y la había visto huir a toda prisa... La había llamado, había gritado su nombre hacia los bosquecillos tupidos de los que acababan de salir y en los que Ni-ei no había tardado en desaparecer... Neh-Ishri'n' había dado incluso unos pasos para lanzarse en su persecución, pero ¿para qué? Finalmente había decidido reunirse con ellos al fondo de la falla, sola.

Moh'hr miraba a Neh-Ishri'n' sin moverse, sin que, durante largo rato, sus ojos parpadearan bajo las tupidas y enmarañadas cejas.

—*Ni-ei v'rhx* —dijo Neh-Ishri'n' en un tono a la vez bajo y tajante.

Moh'hr se estremeció. Apartó la mirada de Neh-Ishri'n', cuyos cabellos rojos oscurecidos por la lluvia le ocultaban en parte el rostro, y la dirigió hacia las escarpaduras y las aristas de la falla. Hizo un amago de moverse, como si se dispusiera a escalar lo que había bajado antes de que empezara a llover, pero permaneció inmóvil, mirando, simplemente mirando, sin hacer ningún gesto, mirando hacia arriba, hacia lo que no podía ver, más allá de los salientes desordenados de las rocas.

Mientras tanto, a sus pies, el agua del río lamía las piedras brillantes, chocaba contra ellas.

Se agachó lentamente. El movimiento parecía contener varias veces su peso. Colocó el bastón atravesado sobre sus muslos.

—*Ni-ei v'rhx* —dijo Neh-Ishri'n'.

Moh'hr apoyó los brazos en las rodillas, dejando las manos muertas. Al cabo de un rato, Neh-Ishri'n' adoptó la misma postura.

El nivel del agua apenas cambió. La espuma subió un poco, nada más. La parte iluminada por el sol, en lo alto del precipicio, se redujo progresivamente hasta desaparecer por completo. La luz subsistió en las ramas de los árboles que sobrepasaban las aristas, como una cabellera dorada. El cielo estaba claro, casi blanco. Las nubes se desplazaban por él, recorriendo la falla a lo ancho.

A Moh'hr, la sombra que oscurecía el fondo del desfiladero le producía escalofríos. Dobló los brazos y cogió el bastón. Le había quitado a Neh-Ishri'n' una de las pieles que ella utilizaba a veces para envolverse los pies y la había enrollado en torno a la punta del bastón para protegerla de los golpes; comprobó que no se había roto ni aflojado, la anudó de nuevo. Se puso en pie.

Miró de nuevo brevemente hacia el lado por donde habían descendido. Luego giró sobre sus talones y se dirigió hacia el río. Neh-Ishri'n' llamó a gritos a Nariaw, que seguía sentado bajo la roca, tiritando, y lo sacó de su sopor.

12

Escalar el otro lado de la falla resultó difícil y penoso. Tuvieron que trepar apoyándose en manos y pies, pegados a la roca friable casi vertical. Las raíces de los pequeños espinos se desprendían con facilidad y no servían de asidero; en cuanto a los bastones, no sólo ya no les eran de ninguna utilidad para apoyarse, sino que suponían un estorbo peligroso. Neh-Ishri'n' perdió el segundo bastón ligero de Nar-iaw; se le escapó de la mano y rebotó entre las rocas antes de caer al agua, que se lo llevó.

Durante un buen rato Nar-iaw permaneció inmóvil, a media altura de la pared, como si hubiera decidido no seguir subiendo y tampoco volver a bajar. Las piernas le temblaban, las rodillas chocaban contra la roca; los dedos de la mano que golpea, agarrados a una aspereza, le sangraban. Cuando Moh'hr y Neh-Ishri'n' estaban a punto de llegar a la cima, Nar-iaw reanudó el ascenso, pero deslizándose previamente en sentido horizontal a lo largo de un trozo considerable, hasta encontrar un paso más accesible que le permitió seguir subiendo. Moh'hr y Neh-Ishri'n' lo esperaron sentados bajo los árboles que crecían justo en el borde, cuyas raíces, que sobresalían del suelo, los habían ayudado a realizar el último esfuerzo; esperaron que el viejo se reuniera con ellos o cayera sin intercambiar una mirada ni una palabra, hasta el momento en que les fue posible asir el bastón tendido, luego la mano y finalmente el brazo de Nar-iaw, que babeaba y tenía el semblante descompuesto, para izarlo. Neh-Ishri'n' se encargó de hacerlo dando un enérgico tirón que hizo aterrizar al anciano varios pasos más allá, hasta quedar tendido y con la cabeza gacha, mientras su espalda subía y bajaba al ritmo de su respiración entrecortada. Moh'hr, por su parte, apenas prestó atención a la peripecia; miraba el lugar, en el lado opuesto de la falla, por donde habían bajado, donde Ni-ei (según decía Neh-Ishri'n') se había separado de ellos. Más allá de la pequeña franja de árboles agrupados. Más allá de la llanura. Pero no la vio. Vio un grupo de *nakoa* cornudos a lo lejos, pájaros que planeaban a través del cielo, pero a ella no la vio. Luego el cielo se tornó rojo a su espalda; entonces se volvió y miró el cielo.

Bajo la corteza levantada de unos árboles viejos encontraron muchos *nak'n'n'* para comer, algunos de cuerpo duro y provisto de patas, la mayoría sin ellas y blandos. Neh-Ishri'n' cogía los bichos, los aplastaba un poco para que dejaran de moverse y se los daba a Moh'hr, utilizando sobre todo gestos para buscar su mirada —o al menos eso parecía— y sin encontrarla. Le ofreció también unas palabras a las que él no dio respuesta, como si ni siquiera las hubiera oído. Le dio asimismo algunos *nak'n'n'* al viejo, que aceptó los blandos pero rechazó los otros.

Treparon a un árbol para cerrar los ojos.

Nar-iaw manifestó mediante una mueca de terror lo que provocaba en él la perspectiva de trepar a otro sitio, aunque no fuera más alto que él, y se quedó en el suelo, al pie del árbol, masticando la bola quitinosa formada por las duras pieles de *nak'n'n'* que había triturado con las encías y su último diente; luego se puso a hablar, a describir las imágenes de los grandes *edri'han-uok* acercándose, antes incluso de que los *Loa* estuvieran a orillas del lago, las imágenes de él describiéndolos, como ahora, al pie de otro árbol, con la vasta extensión resplandeciente de *atanik-to-nik-nik* ante los ojos, bajo la luna y los puntos brillantes del cielo que titilaban a la vez arriba y abajo.

Las palabras se elevaban hasta Moh'hr, que captaba una de vez en cuando y la dejaba pasar, de la misma forma que se alarga la mano para espantar una mosca perezosa cuando el sol pica. Las palabras depositaban en él unas imágenes que no eran las de los *edri'han-uok*, sino las del clan, las imágenes de Han-dzia-to-nik-ok, Ishri-ak-nehmo-jui, Oadwi, Nehmo-Akn, Oamo-atanik y también de Iw'oa-hua-hua, las imágenes de aquellos y aquellas cuyos nombres todavía se mueven, de aquellas y aquellos que no tienen ninguno en el rostro. Las imágenes de Neh-n'xkigli de regreso de las zarzas con el vientre plano... ahora que las lluvias habían vuelto, que seguirían volviendo. Las imágenes de la alegre algarabía que había reinado aquella noche del descuartizamiento del *nakoa-xri'*. Las últimas imágenes de Ni-ei le parecían más lejanas: ella y Neh-Ishri'n' caminaban a lo lejos, diminutas, a una distancia de varios bastones lanzados con mucha fuerza...

La montaña comenzaba al final de la meseta. Antes de llegar quizás habría que atravesar otras fallas, de momento tan invisibles como lo había sido la primera antes de que de pronto se encontraran en su borde. Las protuberancias de su lomo partido parecían más macizas. Se alzaba a una gran altura, bajo el cielo, y ocultaba otras tierras llanas, y más allá otras montañas, entre ellas la que humeaba, aunque tampoco en este caso era la más grande, la fuente de las nubes.

La tierra era ilimitada, mucho más que el gran lago *atanik-to-nik-nik*.

Y Moh'hr mantuvo los ojos abiertos hasta que finalizó la noche, hasta el regreso de *Nar-us-jui* el sol. Cuando la voz de Nar-iaw se había callado, había escuchado los ruidos mirando la montaña; escuchó chillar de vez en cuando a los pájaros de la noche como chillan en los oscuros meandros de todas las noches. Escuchó la respiración regular de Neh-Ishri'n', y era la de Ni-ei la que oía, al igual que la había oído y escuchado durante las noches anteriores...

Apenas habían llegado las largas sombras a la tierra cuando el trío se puso en marcha por delante de las nubes, hacia la montaña que tenían que cruzar, seguida de otras tierras, de otras montañas.

Moh'hr iba delante, como si caminara solo. Si su mirada se posaba a veces sobre Neh-Ishri'n' era porque ella se había dirigido a su encuentro, no porque él la hubiera buscado. La mujer no caminaba muy lejos de él. A medida que las sombras se acortaban, la distancia que separaba a Moh'hr y Neh-Ishri'n' de Nar-iaw se alargaba. Sin embargo, el viejo no desfallecía, continuaba a paso regular, sin tropezar ni detenerse. Al contrario que Moh'hr y la mujer de cabellos rojos, dirigía frecuentes miradas hacia atrás, tal como había hecho durante todo el primer día y gran parte de la primera noche, cuando esperaba que Neh-Ishri'n' les diese alcance. O bien buscaba, en el suelo y en los arbustos y los árboles, posibles rastros del paso de los *edri'han-uok*.

En la meseta no encontraron otras fallas. Cada vez había menos bosquecillos y no eran tan frondosos. Una pequeña manada de *edri-iaaw-hev'nehmo*, sin el macho de crines, siguió durante un rato a los *Loa*, pero de lejos, sin intentar acercarse. Los dos grupos se vigilaron mutuamente sin desviarse de su camino, hasta que los *edri-iaaw-hev'nehmo* vieron congregados a unos *nakoa-xri'* de pelaje a rayas y pequeños *xkigli* de cuernos rectos, sobre los que volaban los pájaros blancos que siguen a los *nakoa-xri'* y se comen sus boñigos redondos. Las fieras cambiaron el rumbo en dirección al grupo animal. Más tarde, un poco antes de que el sol cayera a plomo a través de las nubes, los *edri-iaaw-hev'nehmo* atacaron; esto se produjo muy lejos de Moh'hr, Neh-Ishri'n' y Nar-iaw, pero vieron el polvo levantado por la carrera, oyeron los gritos de los *nakoa-xri'* dispersados, vieron saltar a los pequeños *xkigli* de cuernos rectos. El polvo se disipó. El grupo de *nakoa* mezclados se había acercado a la montaña, seguido de los pájaros. Las fieras debían de haber atrapado a un *nakoa-xri'*, no a un pequeño *xkigli* de cuernos rectos, que representaba menos carne para comer, porque no volvieron a manifestarse.

Después de eso el cielo se desgarró como hacía ahora al menos una vez al día. Las altas humaredas *ff'hrus* de las nubes, más negras que las tinieblas, se desbordaban sobre la cabeza de la montaña con un profundo ruido de rodamiento continuo. La luz celeste atravesaba los remolinos y se abatía sobre el suelo, agitada por violentas sacudidas. Una de las luces dentadas alcanzó un bosquecillo, igual que había sucedido en el río con los *Nak-Booh-Loa*, ante los ojos de Moh'hr, y unos pájaros salieron disparados de las ramas, como si fueran bolas negras, y cayeron al tiempo que se derrumbaba el árbol partido de arriba abajo.

Siguieron avanzando un rato más, azotados por las cataratas, antes de refugiarse bajo el tronco de un grueso *ak'uok* caído hacía tiempo. Nar-iaw, escupiendo agua como un animalito a punto de ahogarse, se reunió con ellos y se acuclilló junto a Neh-Ishri'n' sin decir una palabra. Antes de que parara de llover, partieron de nuevo.

Al final del día, bajo el cielo que sangraba de un extremo a otro, llegaron al pie de la montaña, dejando tras de sí la vasta y llana extensión de la meseta. De los taludes, alternados con desnudos espacios arenosos y surcados por las marcas del aguacero, donde sólo crecían hierbas rasas, se elevaban bolas espinosas sin raíces que se arrancaban dando un pequeño tirón. En el centro del primer talud, entre un grupo de árboles, encontraron una charca mucho más grande de lo que debía de ser poco antes. Se detuvieron allí. Los bordes de la charca estaban poblados de pequeños animales, de esos que saltan y nadan; sobre el agua había plantas flotantes de anchas hojas redondeadas, con flores comestibles a punto de abrirse. Neh-Ishri'n' se metió en el agua para coger flores y atrapó al mismo tiempo algunos bichos. Nariaw llegó por la noche; dejó a Neh-Ishri'n' utilizar su piedra *dzia* y la miró abrir el vientre de los animales. Sólo se comió uno, y una flor de hojas redondeadas todavía sin abrir. Temblaba y respiraba deprisa. Esa noche no dijo nada de los *edri'han-uok*.

Moh'hr cerró los ojos. En el otro territorio vio a la mujer *Nak-Booh-Loa*. Avanzaba hacia él con el bastón en alto, preparada para golpear, caminando como si se deslizara, como si no moviera las piernas; le hablaba y él no oía; formaba palabras con la boca, pero no las pronunciaba; pese a su actitud, tenía una expresión sosegada y las comisuras de los labios alzadas. Él se sentía demasiado débil incluso para intentar parar el golpe cuando cayera sobre él. Pero la *Nak-Booh-Loa* no lo golpeó. Se deslizó. Con las comisuras de los labios alzadas, se deslizó y desapareció. En su lugar estaba Ni-ei. Ella lo veía, miraba hacia él. Levantó una mano con la que sujetaba por la cola a un animalito de cola quebradiza.

Moh'hr regresó bruscamente de los otros territorios a su cuerpo. Neh-Ishri'n' estaba junto a él y lo zarandeaba.

—*Nakoa-atanik-edri*... —susurró la mujer.

El grito solitario se alzaba en la noche. No muy lejos. El grito del *sh'ohr* al que Ni-ei sabía llamar, que caminaba con ella para protegerla. Moh'hr se incorporó y se puso en cuclillas, estrechando el bastón contra su pecho. Por el rabillo del ojo vio a Nar-iaw, que trepaba al árbol más cercano y más accesible..., el más accesible también para el *sh'ohr*, ya que la fiera no tendría más que dar unos saltos si decidía atraparlo. Tras haber alertado a Moh'hr, Neh-Ishri'n' se precipitó hacia otro árbol, de más difícil acceso, al que se encaramó hasta la segunda horcadura.

Moh'hr no se movió. Ni-ei sabía hablarle al *sh'ohr*, y el *sh'ohr* no le haría daño.

Oyó su grito más cerca. Cerró los ojos. Veía dentro de él las imágenes de Ni-ei cuando le había hablado a la poderosa fiera negra. El bufido ahogado se elevó de nuevo, esta vez más lejos. El animal pasaba de largo. Se marchaba. Moh'hr se puso en pie, gritó el nombre del *sh'ohr* con todas sus fuerzas, y el grito estrujó unas hojas al provocar la huida precipitada de algún animalito atemorizado o de un pájaro. Gritó el nombre del *sh'ohr* como hubiera gritado su propio nombre, como había entendido que Ni-ei lo gritaba cuando había llamado a la fiera. Oyó el gemido de Neh-Ishri'n'. El viejo Nar-iaw no había conseguido subir a la primera rama del árbol. En la noche inmóvil, el *sh'ohr* respondió sin dejar de alejarse, sin dar marcha atrás, igual que se lanza un grito tranquilo por encima del hombro... Luego la noche empezó de nuevo a moverse, la sangre ardiente a fluir bajo la piel de Moh'hr. Y Moh'hr se volvió hacia el viejo petrificado, hacia la atónita Neh-Ishri'n'.

—*¡Moh'hr atanik, ra-nar'h. Moh'hr sh'ohr Ni-ei!* —dijo con voz potente.

Él era grande y fuerte, era el amigo del *sh'ohr*, que obedecía a Ni-ei. Grande y fuerte, dio una serie de pasos golpeando rudamente el suelo con los talones. Grande y fuerte, sacudía los hombros y se pasaba el bastón de una mano a la otra. Rugía desde el fondo de la garganta, aporreaba el suelo. Tenía los ojos cerrados y veía imágenes de Ni-ei. No subió al árbol donde estaba Neh-Ishri'n' ni trepó a otro, ni siquiera al que había escogido el viejo. Se sentó donde estaba cuando Neh-Ishri'n' lo había zarandeado, él era grande y fuerte, cerró los ojos... pero no regresó a los otros territorios.

Encontraron a la pequeña *neh-xkigli* en el momento del día en que las sombras son de tamaño medio, pasado uno de los taludes que se sucedían en dirección a la montaña, al otro lado de una elevación de arena.

No presentaba señales de golpes, la sangre no manchaba su pelaje de color arena. Ya no se movía. Sus grandes ojos oscuros estaban abiertos y velados, sus largas patas de uñas negras, recogidas bajo el cuerpo, el cuello estirado sobre el suelo, las orejas como hojas con los extremos doblados. Los cuernos apenas empezaban a perforar la parte superior de su cabeza. Había ido hasta allí, se había desplomado y, poco después, había abandonado su cuerpo. Unas moscas revoloteaban por encima de ella, unas hormigas corrían sobre sus ojos y por debajo, por los surcos de lágrimas secas. Alrededor, ninguna otra huella aparte de las de sus pasos. Y delante de la boca, bajo el hocico oscuro, la leve y frágil depresión apenas marcada en la arena por su último suspiro.

Neh-Ishri'n' tendió la mano, pero Moh'hr se interpuso y la apartó. Se arrodilló delante de la pequeña *neh-xkigli* que no había sido tocada ni atacada por ningún otro animal, que había caminado hasta allí y se había desplomado.

—*¡R'euh xkigli!* —dijo Neh-Ishri'n'.

Moh'hr volvió a apartar su mano y el bastón con el que apuntaba al vientre blanco del animal.

—*Iaaw* —dijo.

Miraba en particular la pequeña depresión en la arena, bajo el hocico. Unas imágenes se agolpaban en su interior, pero no lograban salir, empujaban detrás de sus ojos, se desmoronaban y se arremolinaban en su vientre. Miraba la marca de la respiración desaparecida, salida del pequeño hocico tranquilo. Las imágenes que se negaban a acudir mojaron el borde de sus ojos, las palabras que se negaban a salir gritaron dolorosamente en su garganta. Estaba él solo en el inmenso mundo, respirando con dificultad junto al animal inerte, abandonado, sin poder apartar la vista de la suave y terrible huella impresa en la arena, dejada por un profundo descanso bajo el hocico que recorrían las hormigas.

No comprendía por qué se le habían humedecido los ojos, por qué sentía esa presión que le desgarraba el pecho. Ni tampoco la razón de esas imágenes a la vez torpes y delicadas, superpuestas, ni en medio del caos la de Ni-ei diciendo su nombre, como si en ese momento él fuera, de verdad, como nunca lo había sido, el más grande y el más fuerte de los *Loa*.

—*Iaaw r'euh* —dijo.

Empujó a Neh-Ishri'n' y se apartó con ella de la *neh-xkigli*. Se acuclilló un poco más lejos. Al cabo de un rato Neh-Ishri'n' hizo lo mismo. Otros taludes se elevaban, imbricados, convertidos en la montaña, y Moh'hr ya no los miraba.

Cuando Nar-iaw llegó, Moh'hr le impidió tocar al animal tendido entre sus patas, al igual que se lo había impedido a Neh-Ishri'n'. Como le había sucedido a Neh-Ishri'n', el viejo pareció no comprender... y menos aún la actitud de Moh'hr que la presencia del animal allí, sin una sola mancha de sangre. Se agachó al lado de Neh-Ishri'n' y esperó con ella.

Moh'hr se puso en pie mientras las primeras nubes negras asomaban por encima de la montaña. Sin hacer caso de las heridas de los pies, cogió unas bolas de espinos y las colocó sobre el cuerpo del *xkigli*, pero sobre todo sobre su cabeza y la leve huella, en la arena, de la respiración agonizante. Neh-Ishri'n' y Nar-iaw lo observaban estupefactos, con los ojos muy abiertos, sin molestarse siquiera en espantar las moscas que corrían de sus labios a sus párpados. Él les hizo una seña indicándoles que se levantaran.

—*¡Han!* —dijo.

Se pusieron de pie. Él los empujó para obligarles a que se apartaran del animal, parcialmente cubierto de bolas de espinos. Los forzó a andar, y cuando se detuvieron, vacilantes, con los ojos más abiertos aún, Moh'hr continuó.

Volvía sobre sus pasos.

Neh-Ishri'n' gritó su nombre. Él no la oyó. La mujer corrió tras él y lo alcanzó enseguida, aunque no se acercó demasiado, mantuvo entre ambos una prudente distancia de dos o tres pasos. Siguió llamándolo despacio, pronunciando su nombre en un tono apagado. Él hizo un gesto con la mano que sostenía el bastón para apartarla más, para que se callara, para que no intentase, de una forma u otra, retenerlo; era un gesto que no encerraba violencia, ni siquiera rudeza, decía simplemente que nada podía oponerse a sus pasos ni desviarlos del lugar adonde iban. Entonces Neh-Ishri'n' se calló. Miró al viejo, miró a Moh'hr. Con toda la tremenda lasitud que deformaba su figura, Nar-iaw se apoyó en su bastón ligero y se puso en marcha. Al pasar a la altura de Neh-Ishri'n', meneó la cabeza, para ella o para sí mismo, como si aprobara algo, algo que había venido, que se encontraba en ese momento entre montañas visibles y no visibles, cerca, allí y en ninguna otra parte, algo que era.

Moh'hr seguía andando. Neh-Ishri'n' iba varios tiros de piedra detrás de él, y Nar-iaw a una distancia aproximadamente igual detrás de ella. La llegada de la noche no les había hecho detenerse, ni siquiera aminorar el paso. El cielo estaba uniformemente alfombrado de una capa mate de nubes que ocultaba la mayoría de los puntos brillantes y velaba los que continuaban estando a la vista, pero que la opulenta luna redonda y roja atravesaba.

Moh'hr caminaba con la misma determinación del primer día, cuando Nar-iaw y él seguían a la pequeña mujer *loa-nak* de la que entonces aún no sabían nada. Como si quisiera atravesar de nuevo lo más deprisa posible la meseta, atravesar de nuevo la falla hasta el lugar donde Ni-ei se había separado de ellos y buscar sus huellas, seguirlas otra vez y encontrarla; como si no debiera detenerse antes; como si ni la noche ni la pesadez hostigadora del cuerpo tuvieran la capacidad de refrenar su irreprimible impulso.

La luna, menos roja, mermada a causa de su carrera, pálida por el esfuerzo, hizo una pausa en lo alto del cielo y luego descendió.

Moh'hr caminaba. La distancia que había entre Neh-Ishri'n' y él era prácticamente la misma, mientras que la que separaba a la mujer de cabellos rojos de Nar-iaw como mínimo se había duplicado. Sus sombras eran suaves y caminaban delante de ellos; cuando su longitud alcanzó el tamaño de los cuerpos que parecían arrastrar, Moh'hr por fin se detuvo. De la tierra llana de la meseta que se extendía en derredor emanaba una languidez pesada de gran animal tumbado, en reposo.

Se encontraba donde habían visto, a lo lejos, que la manada de fieras atacaba al grupo de *nakoa-xri'* y *xkigli*. Por un instante dio la impresión de que sus piernas temblorosas se iban a doblar, de que iba a desplomarse. Su rostro estaba demacrado bajo el pelo recio; sus ojos brillantes, profundamente hundidos bajo las anchas cejas, que parecían acentuar el abombamiento de la frente. Buscó con la mirada entre los árboles cercanos aquél de tamaño y accesibilidad apropiados para él; lo encontró. En unas zancadas llegó hasta allí, trepó hasta la primera horcadura y se instaló. Neh-Ishri'n' llegó y se tumbó de inmediato al pie del árbol. Un rato más tarde lo hizo Nar-iaw; Moh'hr y Neh-Ishri'n' ya habían cerrado los ojos.

Una lluvia brutal, breve, se abatió sobre ellos cuando todavía se encontraban juntos, al despuntar el nuevo día. El aguacero disipó la rigidez que aún se aferraba a sus carnes y sus huesos, al menos en el caso de Moh'hr y Neh-Ishri'n'. Más tarde el sol, al perforar las nubes, encontró al hombre y la mujer ya a considerable distancia del viejo. En la mitad del día cayó otro chaparrón tan violento y breve como el de la mañana, del que se protegieron en el hueco que formaba un ligero desnivel, en la entrada de una madriguera —vacía— de esos *nakoa* que Ni-ei llamaba *r'rh-o-r'rh-o*. Se marcharon antes de que llegara Nar-iaw; lo vieron acercarse a lo lejos y se percataron de que el viejo *Loa* los había visto, así como de que, a juzgar por su paso, continuaba buscando rastros de grandes *edri'han-uok*, que de hecho no buscaba otra cosa, desde luego no a Ni-ei, y menos aún la altísima montaña fuente de las nubes, pues ahora sabía que se hallaba demasiado lejos para sus fuerzas.

Mientras estaban en el hueco de la apestosa madriguera abandonada, Neh-Ishri'n' dijo mirando fijamente al frente, en dirección a la silueta del anciano de paso renqueante, como si tuviera un interés especial en que su mirada no se cruzara con la de Moh'hr:

—*Ni-ei v'rhx. Moh'hr iaaw hr'iaw. Iaaw hua-hua.*

Él ni siquiera gruñó. Neh-Ishri'n' podía decir una y mil veces que Ni-ei se había marchado, que él no volvería a verla, que no volvería a hablar con ella. Moh'hr dijo tranquilamente:

—*Moh'hr hr'iaw Ni-ei. Dwi, dwi, Moh'hr hr'iaw Ni-ei.*

Antes o después, él la encontraría.

Neh-Ishri'n' se guardó de responder, pero resopló en un tono que expresaba su total desacuerdo con la certeza manifestada por su compañero.

Antes o después, él la encontraría. Averiguaría por qué los había dejado y si era por las razones que él creía, si era como las imágenes que construía en su interior. Si había decidido encontrar al *sh'ohr* que la protegía y buscar con él la alta montaña de donde salen todas las nubes, de cuya existencia él le había hablado. ¿Encontraría ella, con la ayuda del *sh'ohr*, un camino más corto para llegar a la montaña y los territorios donde la lluvia jamás escasea? Las imágenes estaban dentro de él, eran sólo suyas; no las compartió con Neh-Ishri'n'.

Moh'hr y Neh-Ishri'n' llegaron a la falla cuando el cielo todavía estaba velado y *jui-orhg* la luna opulenta y roja.

No era el mismo lugar por donde habían surgido del precipicio después de superarlo, e intentar seguir en la oscuridad era muy arriesgado. Neh-Ishri'n' buscó y encontró bayas para comer, así como frutos alargados en forma de bastones cortos a los que había que quitarles la piel grana antes de morderlos. Moh'hr cerró los ojos. Hasta sus oídos llegaba el murmullo del estrecho río que corría al fondo de la falla... En algún lugar de los otros territorios donde se encontró en determinado momento, vio a Nar-iaw a lomos de un enorme *edri'han-uok*. Nunca había visto un *edri'han-uok* tan grande, tan alto, con su largo hocico flexible que llegaba a las copas de los árboles. Le gritó a Nar-iaw que bajara, pero Nar-iaw le respondió por señas que se encontraba muy bien donde estaba. Después Moh'hr abrió los ojos y Nar-iaw estaba allí, amontonando hierba para hacerse un lecho, masticando uno de los frutos cogidos por Neh-Ishri'n', emitiendo débiles ruidos guturales de satisfacción que hacían temblar la piel arrugada de su cuello. Neh-Ishri'n' lo miraba. Nar-iaw se percató de que Moh'hr tenía los ojos abiertos y se acercó a él dando saltitos; dijo que había encontrado huellas dejadas por los grandes *edri'han-uok* y que, por lo tanto, éstos habían descubierto un paso para atravesar la falla... ¿o acaso eran otros? Moh'hr le preguntó si había ido hasta allí a lomos del *edri'han-uok* más grande; Nar-iaw meneó la cabeza, hizo el signo que decía «sí», eso es lo que había hecho, y sus ojos brillaban, tenía la boca abierta, las comisuras de los labios levantadas expresando alegría. Acto seguido se acostó, y un instante después respiraba tranquilamente, con el ojo cerrado. Pasó un rato, con el murmullo del río de fondo, antes de que Moh'hr se acercara y preguntara en un susurro:

—*¿Edri'han-uok?*

Neh-Ishri'n' le sostuvo la mirada sin comprender, sin responder. Moh'hr gruñó y retrocedió hasta su sitio, donde permaneció largo rato con los ojos abiertos observando al anciano, que roncaba.

Caminaron por el borde de la falla, con el precipicio y el sol en el lado de la mano que golpea, siguiendo la dirección del agua del río. No encontraron el paso que había mencionado Nar-iaw, por donde, según él, los *edri'han-uok* habían cruzado, pero antes de que las sombras fueran las más cortas del día, bajo la densa luz, Moh'hr se adentró en una pendiente suave formada por un desprendimiento. Las montañas dejadas atrás habían recuperado su aspecto aplastado, sus lomos gibosos superpuestos unos a otros. Temblaban. Más allá, la humareda de *mohgr'ffhui* se veía de nuevo en el cielo, donde se unía al flujo de las nubes, se mezclaba con él como el agua de un río pequeño se incorpora a la de uno más grande. Cuando el sol estaba en el punto más alto llegaron a la estrecha garganta. No lejos de allí, en las piedras desnudas de la ribera, varios *tohr'us nakoa* de cuello pelado daban cuenta de una presa escondida en alguna anfractuosidad. El ruido del agua saltarina ahogaba cualquier palabra que no se dijera a gritos, como las de Nar-iaw señalando la presencia de los pájaros comedores de carne, que Moh'hr y Neh-Ishri'n' no oyeron (o fingieron no oír: ambos habían visto a los *tohr'us nakoa*, pero sólo los miraron de pasada).

Cruzaron sin dificultad saltando de piedra en piedra, sin que hubiera necesidad de ayudar a Nar-iaw. La anchura del río era escasa. Escalar el otro lado llevó más tiempo, pero no resultó tan difícil como el descenso, serpenteando de un nivel de la pared al otro. Se dejaron caer el pelo sobre los ojos para protegerse de la luz deslumbradora, que empezó a darles de plano desde antes de llegar a la mitad superior de la roca; Nar-iaw tuvo que conformarse con parpadear muy deprisa con el ojo útil.

En la cima, el grupo hizo una breve pausa. Pero el cielo se había puesto de nuevo a rugir; Moh'hr y Nar-iaw contemplaban la extensión de la meseta como si tuvieran que resistirse a la atracción de su horizonte sombreado por los árboles. Neh-Ishri'n' era la única que no parecía impaciente por reanudar la marcha. Cojeaba; tenía hinchado un tobillo como consecuencia de un tropezón con una piedra y se lo estaba envolviendo con el trozo de piel mojada, que ataba con tallos de hojas reblandecidos. No la esperaron mientras confeccionaba el vendaje; se encontraban ya lejos cuando ella se puso en pie.

La lluvia los obligó a detenerse al pie de una torrentera terrosa durante una parte de la segunda mitad del día. Después comenzaron de nuevo a buscar, pero los chaparrones habían borrado todas las huellas, antiguas o recientes, con excepción de los enormes montones de boñigos de *edri'han-uok* que bandadas bulliciosas de pájaros habían descubierto indefectiblemente antes que ellos; cada vez que veía uno de esos montones, Nar-iaw reía y se agitaba, escrutando la lejanía de calor trémulo con la esperanza de detectar la presencia de los grandes animales.

Moh'hr sabía que las huellas de Ni-ei no resistían la violencia de *to-nikhr's* y que sólo la encontraría con ayuda de la vista.

Al finalizar el día no habían visto ni a la pequeña mujer ni ningún gran *edri'han-uok*, pese a que Nar-iaw se había esforzado en imitar su grito innumerables veces, sembrando la confusión entre los pájaros picoteadores de excrementos y haciendo que se dispersaran.

Pero encontraron a un hombre sentado en el borde de la tierra llana, bajo un árbol *du* de troncos erguidos como los dedos de una mano.

Primero vieron a los *'riekek*, que al acercarse ellos huyeron a través de la maleza, uno tras otro, como sombras sucias, profiriendo gritos sordos de cólera por haber sido importunados cuando acechaban. A continuación lo vieron a él, y entonces comprendieron la presencia de los *'riekek*.

Estaba sentado sobre la piedra, inmóvil, como un trozo del tronco de árbol al pie del cual apareció ante sus ojos.

Esperaron a una distancia prudencial. La luz se tornaba densa, como si la tierra en la que se hundía se hubiera elevado al mismo tiempo hacia ella, mezclada por el soplo vagabundo del suave viento. Pero no tenían nada que temer de él. Estaba solo y no se movía, no tenía bastón para golpear ni hizo ningún gesto cuando los gritos de los *'riekek* irritados se elevaron entre los arbustos, ni tampoco lo hizo cuando Moh'hr, y luego Neh-Ishri'n' y Nar-iaw, manifestaron su presencia y se acercaron. Él los miró.

Era más viejo que Nar-iaw. Ya no tenía pelo en la

cara, tan sólo algunos mechones, como hierba raquítica y seca, bajo el cuello. Bajo la piel, la carne había sido consumida por una larga presencia y ya no ocultaba el relieve de los huesos. El olor penetrante de lo que había salido de su vientre y resbalaba por la piedra, entre sus piernas, flotaba a su alrededor. Las moscas corrían por sus muslos y su pecho, que apenas se elevaba, por su rostro redondo de rasgos hundidos. No expresó nada; los miraba, un reflejo del suave color fatigado del sol en su mirada perdida.

Sólo tenía una mano. El otro brazo terminaba bajo la articulación del codo en un muñón deformado por las cicatrices. Al lado de la mano, sobre la piedra, unos trozos de frutos redondos como huevos... y ni un solo árbol portador de esos frutos visible en los alrededores inmediatos. Tal vez el viejo *loa-nak* venía de muy lejos. No decía nada, no manifestaba nada, aparte de la satisfacción, en el fondo de los ojos, de verlos junto a él (y quizá de haber alejado a los *'riekek* por un tiempo).

Se apartaron un poco de su olor y de las moscas zumbadoras, se sentaron a unos pasos. Con la piedra *dzia* de Nar-iaw, Neh-Ishri'n' cortó unos trozos de tronco del árbol *du* y se los comieron. Moh'hr masticó un bocado, lo escupió en su mano y se lo ofreció al viejo *loa-nak*. Apenas hubo penetrado el sol en la tierra, el otro extremo del cielo se iluminó, a través de las ramas de los árboles, de un color pálido y sonrosado, como si demasiado rojo aplastado en un lado se desbordara por el otro. El viejo sentado sobre la piedra levantó su única mano, con los dedos temblorosos, y Moh'hr depositó la carne masticada del árbol *du* en la palma ahuecada.

—*R'euh. Oh'k r'euh* —dijo Moh'hr haciendo el gesto de comer, hacia la boca, y el gesto de lo que es bueno para el vientre.

El viejo indicó con la cabeza que entendía. Sus labios se abrieron y dejaron salir una palabra:

—*Du.*

¡Conocía, como Moh'hr y los *Loa*, el nombre del árbol, y sabía que se podía comer!

—¡*Du!* —exclamó Moh'hr—. ¡*Ak'du!* ¡*R'euh du!* ¡*Oh'k r'euh du!*

Neh-Ishri'n' y Nar-iaw se acercaron. El viejo sentado sobre la piedra volvió a mover la cabeza y dijo, agitando la mano en la que tenía la pulpa del árbol *du* todavía tendida hacia Moh'hr:

—*Loa.*

Moh'hr se estremeció y dejó escapar un débil grito de sorpresa. Tras el asombro inicial, se golpeó el tórax y luego señaló a Neh-Ishri'n' y a Nar-iaw, aprobando:

—¡*Loa! Loa... Moh'hr. Nar-iaw. Neh-Ishri'n'*. ¡*Loa!*

—*Booh* —dijo el viejo sentado sobre la piedra, alzando el brazo sin mano y golpeándose el muslo con el muñón informe—. *Booh. Noto.*

—¡*Booh!* —exclamó Moh'hr.

—*Noto* —dijo el anciano.

—¡*Booh!* ¡*Booh!* —exclamó de nuevo Moh'hr con voz sorda, repitiendo la palabra, poniendo por testigos a sus compañeros.

El *Booh* movía la cabeza afirmativamente, sus ojos brillaban. La mano que contenía el bocado de árbol masticado había vuelto a caer sobre su muslo, como si le faltara fuerza para levantarla hasta la boca; a no ser que ya no se le ocurriese, que ni siquiera tuviera ganas de hacerlo.

¡Los *Booh* que no habían ido a orillas del lago para las largas lluvias, tal como hacían habitualmente, estaban allí! ¡Las largas lluvias esperadas estaban allí, los *Booh* estaban allí! Había uno, allí, al que los suyos habían dejado atrás y que aún no había abandonado del todo su cuerpo para siempre, que conocía el nombre de los *Loa*, y la palabra de los *Loa* para designar el árbol *du*... Los ojos de Neh-Ishri'n' y los de Moh'hr se humedecieron, las comisuras de sus labios estaban levantadas; Nar-iaw profería gritos de satisfacción.

Se apiñaron alrededor del viejo, le tocaron los hombros y la cabeza, el pecho... Entre el revoltijo de arrugas de su cara redonda, las comisuras de sus labios también estaban alzadas. Moh'hr le ayudó a acercar la mano a la boca, pero él no quiso comer. Habló deprisa, atropelladamente, y después de un rato de esfuerzos infructuosos, al ver que no le entendían, se quedó en silencio. Moh'hr preguntó dónde estaban los *Booh*, de dónde venían, adónde iban, y si el grupo era todavía un grupo fuerte. Pronunciaba las palabras despacio y con claridad delante del *Booh*, con la cara muy cerca de la suya. De vez en cuando, el anciano respondía.

Los *Booh* eran todavía un grupo fuerte. Se dirigían al lago, con las largas lluvias que habían esperado y que ahora estaban allí. Venían de muy lejos, de lugares donde la tierra estaba seca y cuarteada en los ríos, donde la orilla de los lagos era cada vez más ancha, donde los animales estaban flacos. Él se llamaba Noto; era un nombre a punto de acabar..., él ya no vería el lago: esperaba allí, sentado sobre la piedra, el momento de abandonar el cuerpo. Nar-iaw preguntó con gestos si los *Booh* habían visto a los grandes *edri'han-uok* y el viejo respondió afirmativamente, lo que hizo brillar más el ojo de Nar-iaw durante un breve instante.

El *Booh* no apartaba la mirada de Moh'hr y meneaba la cabeza. Añadió algunas palabras, esbozó gestos con la mano cerrada sobre la pulpa masticada. Moh'hr no comprendía muchas de las palabras que decía el *Booh*, o éste las pronunciaba en voz demasiado baja para permitirle reconocer sus imágenes; las palabras *Loa* que pronunciaba de vez en cuando iban precedidas de largos silencios, pero parecía decidido a decirlas a pesar de la dificultad. Algunas de las palabras dispersas se reunieron en fragmentos de imágenes tras los párpados de

Moh'hr y le comunicaron que en el lugar de donde venían los *Booh* había varias *mohgr'ffhui* escupidoras de humo, pero la mayoría permanecía callada. Después de que Moh'hr hubiera manifestado que comprendía, el viejo *Booh* se calló. Su mirada hundida seguía brillando. La mano, todavía cerrada, había comenzado a temblar sobre su muslo fláccido.

Moh'hr se apartó. Neh-Ishri'n' se acuclilló a su lado, con los brazos apoyados en las rodillas. Intentaba captar su mirada.

Nar-iaw se había quedado junto al viejo *Booh*, como si esperara el momento en que éste se pondría a hablarle de los grandes *edri'han-uok*. Luego Neh-Ishri'n' se alejó de Moh'hr y golpeó la tierra con las manos y los pies, a unos pasos, antes de tumbarse.

Moh'hr no cerró los ojos. Las imágenes captadas con ayuda de las palabras del viejo *Booh* daban vueltas dentro de él. Las veía, pero no entendía la razón por la que el viejo las había dicho, como si supiera que Moh'hr se dirigía hacia la más grande de las montañas, en el origen de las nubes.

Nar-iaw se puso a hablar de los tiempos en que los grandes *edri'han-uok* atravesaban los territorios de los *Loa*. La luna estaba ya muy alta cuando se calló. Permaneció en cuclillas ante el *Booh*, sin moverse; se oía su respiración fuerte, difícil, que a veces parecía interrumpirse. Tras largo rato de inmovilidad, el anciano sentado sobre la piedra se llevó por fin a la boca la mano llena de pulpa y empezó a masticar lentamente, haciendo largas pausas. En un momento dado pareció tender la mano hacia Nar-iaw, ofrecer el puñado de pulpa para compartirlo —o quizás era un gesto incompleto para expresar otra cosa, o ni siquiera un verdadero gesto—, pero eso no cambió ni la inmovilidad y el silencio de Nar-iaw ni su respiración entrecortada.

Moh'hr se deslizó de nuevo hasta donde se encontraba sentado el anciano y encontró de inmediato su mirada brillante de luna.

—*Moh'hr* —dijo en voz baja pero audible, tocándose el pecho—. *Moh'hr mohgr'ffhui...*

El viejo asintió con la cabeza. A sus labios, casi inmóviles, afloró el nombre de Moh'hr varias veces para indicar que lo sabía, que lo había entendido. Con los dedos separados hizo el gesto del grupo; el resto de pulpa de árbol *du* cayó sobre la piedra, entre sus piernas.

—*Moh'hr Loa. Mohgr'ffhui... Moh-ohr's* —dijo.

Sí, lo sabía.

Moh'hr sintió como si el cráneo se le secara. Abrió la boca, de su garganta atenazada brotó un débil gemido, y la cerró prestamente para impedir que escapara de ella lo que no debía escapar.

—*Iaaw moh-ohr's* —susurró el anciano, pronunciando entre las palabras *Loa* la que no era ni *Loa* ni *Booh*.

Él no había visto nunca la gran montaña escupidora de humo y luz ardiente que se convierte en piedra negra.

Moh'hr esperó.

El viejo *Booh* no añadió nada más.

Entonces Moh'hr dijo con la voz quebrada, elevando el tono al final de la palabra para preguntar:

—¿*Ohr'sh*?

El anciano hizo con los dedos manchados el gesto de lo que fluye de la montaña. A Moh'hr se le había llenado la boca de agua, y tragó ruidosamente.

—¿*Ni-ei*? —dijo ante el rostro redondo, surcado de arrugas entrecruzadas.

Hizo el gesto que expresaba *neh* y el anciano asintió.

—*Booh* —dijo.

Moh'hr preguntó dónde estaban los *Booh*:

—¿*Booh atanik-to-nik-nik*?

—*Atanik-to-nik-nik* —dijo Noto.

Sus ojos hundidos en el cráneo seguían brillando de la misma forma, como destellos vacilantes.

Moh'hr miró a Nar-iaw, pero el ojo de éste estaba cerrado. Retrocedió hasta donde había dejado el bastón un momento antes y lo cogió. Neh-Ishri'n', que se había levantado, lo llamó:

—¿*Moh'hr*?

—*Ni-ei* —dijo él.

La mujer abrió los ojos con incredulidad e hizo un gesto negativo con la cabeza.

—¡*Ni-ei!* —repitió violentamente Moh'hr.

Acto seguido se puso en marcha.

Las palabras pronunciadas por el anciano sentado sobre la piedra no venían de los otros territorios invisibles a los que hubiera podido ir. Eran palabras sólidas, y entre ellas estaba la que sólo existía en la boca de Moh'hr y en la de Ni-ei. Si el anciano conocía esa palabra era porque la había oído de boca de Ni-ei... o de boca de alguien a quien Ni-ei se la había dicho.

Ohr'sh: el fuego.

13

Ahora Moh'hr avanzaba lentamente.

Al principio había corrido dando zancadas cortas y procurando que la sombra marcada por la luna permaneciera siempre en el lado de la mano que golpea, a fin de seguir la dirección correcta. Pero enseguida había notado pesadez en las piernas y dolor en las plantas de los pies. La longitud de sus pasos se había reducido progresivamente, y tropezaba a menudo.

El viento, que soplaba con más fuerza, se deslizaba sobre sus hombros. Cuando las nubes ocultaron la luz redonda y plena de *jui-orhg*, engullendo las sombras que le indicaban el camino correcto, la única referencia que le quedó a Moh'hr fue el viento a su espalda. Se detuvo una vez al oír que el grito de la fiera se elevaba súbitamente de la noche concentrada. Dentro de su cuerpo, la sangre se transformó en polvo. Mientras escuchaba, inmóvil, la respiración contenida, su piel absorbió el sudor frío. Su fuerza interior palpitaba en el pecho y hasta en el vientre. Esperaba otro grito del animal... que no se produjo. Pero sin duda era el grito del *sh'ohr*: tras los ojos de Moh'hr, la imagen adquiría cada vez más nitidez e intensidad.

Se percató de la presencia de Neh-Ishri'n' un poco más tarde, cuando ya había vuelto a ponerse en marcha.

Se encontraba lejos; la vio salir de un grupo de altas zarzas con el tronco corto y reconoció de inmediato su andar renqueante. Estaba sola. Si Nar-iaw la seguía, no se hallaba al alcance de la vista. Moh'hr continuó avanzando de espaldas a los dedos del viento y a la pequeña mujer de cabellos rojos; no volvió a girarse para comprobar si seguía tras él.

Sintió como si sus piernas hubiesen desaparecido. Dio unos pasos más y cayó bruscamente de rodillas. Un chispazo atravesó el anquilosamiento que trababa sus pasos. Los ojos, cerrados ya antes de tocar tierra, apenas le pestañearon al producirse el choque, y en el rostro tan sólo se reflejaba el efecto de un espasmo. Permaneció así, tal como se había desplomado. La espalda rígida como consecuencia de las punzadas, los hombros caídos. No soltó el bastón, del que se había desprendido el trozo de piel protectora enrollada en torno a la punta.

Cuando abrió los ojos volvía a haber luz a su alrededor, por doquier; caía de las nubes que llenaban todo el cielo. El sol manifestaba su presencia únicamente por hilos finos que colgaban, muy espaciados, de las fisuras abiertas en el galopar compacto de la horda de altas humaredas. En la tierra, el viento seguía soplando, aunque no muy fuerte, en varias direcciones cruzadas, levantaba arena y la hacía girar sobre las estrías del suelo; a veces caía exactamente al mismo tiempo que el pesado polvo.

Moh'hr se puso de lado; tuvo que estirarse con precaución, lentamente, como lo hacen los *nakoa* antes de poder ordenar a su cuerpo que se levante, antes, sobre todo, de que su cuerpo obedezca la orden. Todos sus músculos tenían la dureza de la madera, y se arriesgaba a partirlos si los forzaba a realizar un esfuerzo brutal. Neh-Ishri'n' esperaba agachada a unos pasos, sujetándose las piernas con los brazos, el rostro apenas visible tras los mechones enmarañados que azotaba el viento, la mirada a la altura de las rodillas, el bastón a sus pies. Una vez que Moh'hr se hubo puesto en pie, ella se levantó también con movimientos apenas menos torpes, y como él no la miraba atrajo su atención emitiendo un sonido gutural. Moh'hr vio que llevaba alrededor del cuello, colgando entre los pechos, la piedra *dzia* de Nar-iaw en su trenzado de hierbas.

Neh-Ishri'n' cogió la piedra, pasó el trenzado por encima de su cabeza y se la tendió a Moh'hr.

—*Nar-iaw dzia Moh'hr* —dijo.

Él miró la piedra *dzia* en la mano tendida. La ligera brisa movía el extremo del trenzado.

—*Nar-iaw dzia Moh'hr* —repitió Neh-Ishri'n'.

Moh'hr cogió la piedra. Se la acercó a la nariz: la presencia de Nar-iaw estaba en las fibras trenzadas y ennegrecidas por muchos sudores. Neh-Ishri'n' hizo el gesto de colgarse la piedra al cuello.

—*Nar-iaw, dwi-nar-iaw Booh* —dijo—. *Iaw han* —añadió, tocándose las piernas.

Nar-iaw se había quedado con el viejo *Booh*; no quería seguir andando. Le daba su piedra a Moh'hr. Y Moh'hr, al mirar la piedra entre sus dedos, veía la imagen del último suspiro del *xkigli* en la superficie de la arena. Se pasó la atadura trenzada alrededor del cuello.

Dobló una pierna. La otra. Y luego un segundo paso, y otro más. Y luego los siguientes. Era evidente que no le preocupaba si Neh-Ishri'n' lo seguía o no. Cuando percibió detrás de él sus pasos renqueantes sobre la tierra y las piedras, su expresión endurecida no cambió, ni tampoco su mirada. Observaba el suelo en busca de una huella o miraba lo más lejos que podía, buscando la presencia de los *Booh* con los que estaba Ni-ei, de los *Booh* con los que se había encontrado.

Bajo las nubes que tapaban el sol y quebraban su luz no había sombras; y sin embargo, no tardó en notarse el peso del calor, no un calor asfixiante, sino pegajoso, que hacía difícil respirar.

Si los *Booh* habían dejado huellas a partir del lugar donde se había quedado el viejo de una sola mano, el viento que siguió a la lluvia, y después la noche, las habían borrado. Moh'hr había podido alejarse de ellos un poco o mucho, era imposible saberlo; para ir a *atanikto-nik-nik*, el lugar al que se dirigían los *Booh*, según había dicho el anciano, había muchos caminos posibles.

Él no sabía si Ni-ei aún estaba con ellos por voluntad propia o si la habían obligado.

Ni-ei los había encontrado y había permanecido con ellos el tiempo suficiente para intercambiar palabras. Los *Booh* sabían muchas cosas y tal vez conocían su lenguaje, en el que se llamaba *nam* tanto a los *Loa* como a los *Booh*. Ella había dicho las palabras *Loa* que él le había enseñado. Había pasado suficiente tiempo con ellos para decirles esa palabra que era como un solo dedo de su mano y un solo dedo de la mano de Moh'hr. Después de haber dicho todas esas palabras, incluida la que únicamente ella y él podían oír y ver, ¿por qué iba a haber seguido caminando con los *Booh* hacia el lugar del que huía, donde se había enfrentado a los *Nak-Booh-Loa* en el río? ¿Por qué iba a estar todavía con los *Booh* si ellos no le habían impedido dejarlos? Y si los había dejado, si no se lo habían impedido, entonces se encontraba en un sitio que desde luego no era aquel hacia donde él se dirigía.

En la mitad de esa parte del día, antes de que el sol llegara a su punto más alto, Moh'hr encontró el rastro.

Primero la marca de una ramita partida, blanca como un hueso, a la altura de una mano, luego una ramita en el suelo, partida y abandonada sin más, como ningún *nakoa* lo haría, y más allá unas huellas de pasos que atravesaban una pequeña torrentera de tierra reblandecida por la lluvia.

Profirió un gruñido de satisfacción y se inclinó sobre las huellas. Varios *loa-nak* —los *Booh* que buscaba, sin duda alguna— habían pasado por allí. Todas las huellas eran prácticamente del mismo tamaño, pero en algunas la parte anterior del pie estaba más hundida en la tierra que en las demás, como si uno de los *Booh* pesara más. No vio las huellas más pequeñas de Ni-ei.

Más adelante era todavía más evidente: los *Booh* se habían detenido allí en el transcurso de la noche anterior, cuando Moh'hr encontró al viejo sentado sobre la piedra. Se habían acostado en el hueco de un pequeño talud, parcialmente derrumbado bajo el peso de un árbol que las súbitas y violentas lluvias habían zarandeado. Unas hierbas y plantas rasas arrancadas en los alrededores les habían servido de lecho; habían comido pequeños animales de cola frágil de los que Moh'hr encontró algunas patas, un *'n'arsha* del que encontró el hueso de la cola, y un *nanakoa* de las arenas del que encontró las plumas y la cabeza sin pico; para abrir, despellejar y comerse los diferentes animales habían utilizado lascas hechas con piedras encontradas allí mismo. Unas ramas bajas del árbol inclinado habían sido partidas, así como otras más pequeñas de los arbustos cercanos; tan sólo quedaban restos de corteza entre los fragmentos de piedra friable. El grupo era bastante superior a los dedos de una mano; casi dos manos, por lo que Moh'hr pudo deducir de los rastros. Había huellas de pies más estrechas y menudas, de *uesh* muy pequeños, y otras que tanto podían pertenecer a *uesh* como a Ni-ei.

Entre las huellas que se alejaban del lugar donde habían pasado la noche aparecían, profundamente marcadas, las del *Booh* más pesado que los demás.

Moh'hr siguió las huellas mientras éstas existieron, no mucho tiempo. Cuando desaparecieron del peñasco emergente, en las piedras redondas y la fina capa de tierra, Moh'hr continuó andando en la dirección que parecían seguir. No se equivocaba, y durante algún tiempo encontró rastros dispersos antes de que desaparecieran por completo de su camino. Detrás de él, a escasa distancia, caminaba Neh-Ishri'n', sin preocuparse de las huellas ni de ninguna otra cosa que no fuera estar allí, con Moh'hr. Ni siquiera cogía ya de los arbustos semillas para comer, como hacía antes. Andaba cuando él andaba, se detenía cuando él se detenía, reanudaba la marcha cuando él reanudaba la marcha. Sin decir palabra, como si de tanto hablar habitualmente hubiera agotado la provisión de palabras que llevaba en su interior. De vez en cuando se agachaba para apretar el trozo de piel que envolvía su tobillo hinchado, y mientras lo hacía su mirada no cesaba de ir y venir con inquietud de la ocupación de sus dedos a la creciente distancia que la separaba de Moh'hr, distancia que se esforzaba en reducir lo antes posible corriendo, lo que debido a su cojera inevitablemente aflojaba de nuevo el trozo de piel recién anudado.

La lluvia cayó con una súbita brutalidad tan sólo comparable a su brevedad. Los pájaros que se dirigieron hacia los árboles apenas se habían posado en las ramas, replegando las alas y encogiendo el cuello, cuando el aguacero finalizó y el sol atravesó las nubes por primera vez ese día. Los pájaros se sacudieron y reemprendieron sus vuelos rasantes para atrapar en las charcas y los cursos de agua a cualquier bicho que el chaparrón hubiera hecho salir de la tierra. El diluvio se alejaba al paso saltarín de un *xkigli*, perseguido por los colores irisados y fugaces que emanaban del sol, y borraba a su paso los árboles, la tierra elevada de las colinas hasta el vientre de las nubes, que reaparecían inmediatamente después cargados de destellos de luz. Luego, antes de que los cabellos de Moh'hr y de Neh-Ishri'n' se secaran, el sol quedó de nuevo encerrado.

No encontró a los *Booh*.

Cayeron otros chaparrones similares: comenzaban repentinamente y se alejaban a toda velocidad, borrando cada vez un poco más las huellas que habían resistido a los anteriores, de forma que Moh'hr ni siquiera intentaba ya localizarlas y mantenía la mirada permanentemente dirigida al frente.

La lluvia brillante y gris que se alejaba dejó a la vista, más allá de un vasto espacio casi desnudo de la meseta, a la manada indolente de los *edri'han-uok* entre las siluetas amenazadoras de los árboles dispersos. Y en el centro de ese espacio despejado, al pie de un árbol que se alzaba como el último superviviente de un grupo cuyos numerosos esqueletos despedazados sembraban los alrededores, la presencia menuda, tremendamente menuda en aquel entorno de desolación.

Moh'hr la reconoció al instante por la mata enmarañada y clara de pelo. Apenas dedicó una rápida mirada a los lejanos *edri'han-uok*. Una vez superado el efecto paralizador de la sorpresa inicial, echó a correr.

Sí, era ella.

Ni-ei lo había visto llegar y se había incorporado apoyándose, no en su bastón, sino en un trozo de rama. Cuando lo reconoció, y reconoció a la mujer de cabellos rojos como la tierra siguiéndole los pasos, sus ojos se agrandaron y, por un instante, dudó si la imagen surgida del paso de la lluvia se encontraba realmente ante sus ojos o bien detrás, dentro de ella. En su rostro apareció una expresión de alegría. Intentó levantarse, pero el esfuerzo exigido era demasiado grande para las fuerzas que le quedaban.

Moh'hr se desplomó junto a ella. Él tampoco parecía saber si ella era algo más que una imagen dentro de sus ojos, y también su rostro, cuando lo supo, se iluminó. Se había quedado sin respiración, los latidos le golpeaban el pecho desordenada y violentamente.

—*Moh'hr*... —dijo ella.

Él comprendió por qué habían partido ramas en el lugar ocupado por los *Booh* la noche anterior: estaban sujetas alrededor de una pierna de Ni-ei, desde el pie hasta la cadera, con ataduras de corteza trenzada. La piel del muslo hinchado, visible bajo las ligaduras entrecruzadas, estaba brillante, oscurecida, manchada de tierra y de sangre. Desde la rodilla hasta el tobillo, la pierna estaba envuelta, bajo el entablillado, con hojas cortadas y machacadas. Otro trenzado mantenía un emplasto idéntico, de musgo y hojas, sobre su vientre, a la altura de la protuberancia de carne retorcida que constituye la marca de la llegada al territorio de los hombres a través del vientre de la mujer.

Moh'hr la miraba. Alargó una mano y le tocó la rodilla de la pierna libre. Ella movía la cabeza para mantener el pelo apartado, a fin de verlo y de dejarse ver; agua que no era la de la lluvia inundaba sus ojos, rodaba por sus mejillas y por las comisuras alzadas de sus labios trémulos. Soltó la rama partida en la que se apoyaba y puso la mano sobre la de Moh'hr. Tenía las yemas de los dedos despellejadas.

—*Moh'hr, Ni-ei* —dijo Moh'hr. Después, señalando la pierna sujeta con las ramas, añadió—: *¿Booh?*

Ella hizo el signo para decir lo que no es. Cerró los ojos y dejó caer la cabeza hacia atrás contra el tronco rugoso del árbol; las comisuras de sus labios seguían alzadas, las lágrimas continuaban brotando de sus ojos. Luego irguió la cabeza y miró a Moh'hr.

—*¿Moh'hr?* —dijo, haciendo el signo que indicaba el lugar donde se encontraban.

Parecía seguir sin saber si él estaba realmente allí, ante ella, con la mano sobre su rodilla, si ella tenía realmente los dedos sobre los suyos.

—*Moh'hr hr aatanik Ni-ei* —dijo Moh'hr.

Él la había buscado, había mirado mucho tiempo a lo lejos para encontrarla.

—*Ohr'sh*... —dijo.

Ni-ei asintió con la cabeza y cerró los ojos.

—*Ohr'sh*... —susurró.

Neh-Ishri'n' se reunió con ellos, aunque se detuvo a una distancia de varios pasos; se acuclilló y permaneció en esa posición incluso después de que Ni-ei manifestara su satisfacción al verla. Se hubiera dicho que temía acercarse más y esperaba que Moh'hr la invitase a hacerlo, que le dedicase una mirada, pero él actuaba como si ignorara su presencia. Neh-Ishri'n' permaneció inmóvil mientras ellos hablaban; escuchó, al igual que Moh'hr, las palabras y los gestos de Ni-ei contando que había caído por las piedras durante el descenso de la falla, y que había regresado a su cuerpo después de haber estado ausente de él cierto tiempo —hasta la noche—, que había conseguido subir de nuevo, que a continuación se había arrastrado tras haberse sujetado lo mejor posible, con una rama seca, la pierna lesionada.

—¿*Booh*? —dijo Moh'hr.

Ni-ei había regresado por segunda vez a su cuerpo. Los *Booh* la habían encontrado.

Ella sabía quiénes eran porque Moh'hr había pronunciado palabras referentes a ellos; conocía palabras *Loa* para hablar con los *Booh*, que también poseían palabras *Loa*. Eran numerosos, altos, tan altos como aquellos del río con los que había luchado, tan altos como Moh'hr, y parecían fuertes; el grupo estaba formado por pequeños que iban en brazos de algunas *ei*, *ni-nam* que caminaban solos, y casi tantas *ei* como *nam*. La habían escuchado decir hacia dónde caminaba, se lo habían hecho repetir una y otra vez, cosa que visiblemente les divertía mucho y provocaba numerosos comentarios entre ellos, con sus palabras.

Los *Booh* se habían ocupado de ella; la habían llevado con ellos, pese a que Ni-ei había intentado hacerles comprender su intención de proseguir su marcha por delante de las nubes. Varios se habían turnado para llevarla cargada a la espalda. Le habían inmovilizado la pierna con ayuda de ramas partidas y de ataduras trenzadas con cortezas. Ella no quería ir con ellos. Pero no le hacían ningún daño, al contrario, actuaban así para evitar que la devorase una fiera de grandes dientes; no comprendían que contaba con la protección del *sh'ohr* negro.

Finalmente, cuando los *Booh* se dieron cuenta de que no era más que un pesado fardo y de que ni siquiera se sentía satisfecha de lo que hacían por ella, pues únicamente le preocupaban las nubes y la montaña que las escupía, la dejaron al pie de ese árbol, de la misma forma que antes habían dejado al viejo que no quería seguir caminando y prefería abandonar su cuerpo.

Ni-ei dijo todo esto. Cuando miraba a Neh-Ishri'n', ésta desviaba los ojos.

Los *Booh* le habían dejado cosas para comer: bayas y flores duras dentro de la piel de un *nakoa* sin patas. Ella no las había tocado. Tenía la piel impregnada de sudor, como si el sol estuviera muy alto y calentase mucho; los labios, secos y agrietados, se le pegaban cuando los mantenía cerrados un rato.

Moh'hr acercó la mano a la pierna sujeta con los trozos de rama, pero ella le impidió tocarla. En cambio, le dejó levantar el emplasto de musgo y hojas trituradas que llevaba sobre el vientre, mirar el profundo desgarrón de las carnes, abierto en el interior viscoso que se adivinaba a través del musgo adherido a la sangre coagulada. Él se limitó a mirar; luego colocó de nuevo las hojas sobre el corte. Ni-ei buscó sus ojos; en el brillo de los suyos había miedo.

Moh'hr cogió unas bayas y unas flores chafadas y las acercó a la boca de Ni-ei, pero ella se negó a abrir los labios y ladeó la cabeza.

—*Iaaw* —dijo débilmente, utilizando la palabra *Loa*.

Él dejó las bayas y las flores en la piel del sin patas. El sol agujereaba las nubes a zarpazos y luego se retiraba. En lo alto del cielo giraban pájaros malos en un vuelo circular y deslizante.

Las ramas frondosas del árbol estaban demasiado arriba. La única vegetación eran unos cuantos arbustos bajos, cubiertos de espinas y de pequeñas flores rojas. Los otros árboles habían caído hacía tiempo, y las ramas rotas dejaban al descubierto los huesos surcados de cortes y fisuras entre el revoltijo de jirones de corteza colgantes. Moh'hr cogió unas ramas, arrancó unos trozos de corteza y, con todo ello, construyó un refugio precario sobre Ni-ei, introduciendo piedras en la base de los pedazos de madera que había apoyado unos en otros y unido con filamentos de corteza.

Era un refugio muy frágil que el aguacero siguiente atravesó enseguida, pero aun así Ni-ei, con los ojos cerrados y temblando bajo la lluvia que azotaba su piel ardiente, parecía aliviada, muy satisfecha de las ramas entrecruzadas encima de ella. Moh'hr permanecía al lado; la lluvia le caía directamente sobre la cabeza y dejaba al descubierto la piel más clara del cráneo, bajo los cabellos; le azotaba los hombros y la espalda encorvada, se le metía en los ojos y en la boca, cuyo labio inferior adelantaba para beber.

Neh-Ishri'n' no se había movido; seguía en cuclillas en el mismo sitio desde su llegada. Había mirado trajinar a Moh'hr cuando recogía las ramas para construir con ellas el refugio sobre Ni-ei y no le había ayudado, no había despegado las nalgas de los talones ni descruzado los brazos de delante de las piernas. No había cesado de seguir con los ojos cada uno de sus movimientos, como si lo único que quisiera fuese una palabra, una mirada de Moh'hr que la obligara a ayudarlo, cuando él no tenía ni esa palabra ni esa mirada, se bastaba para hacer lo que hacía, ni siquiera la veía, ni siquiera sabía que estaba allí y esperaba, esperaba desde el instante en que había dejado el bastón y se había puesto en cuclillas.

Aquella lluvia duró más tiempo. Luego las nubes se abrieron y la luz roja hizo su aparición.

Los *edri'han-uok* se habían acercado. Moh'hr los había visto en los otros territorios; había visto a Nar-iaw a lomos de uno de ellos. Eran más que los dedos de una mano, uno de ellos menos de la mitad de grande que los demás. Movían sus enormes orejas y cogían las ramas más altas de los árboles utilizando el extremo de su largo hocico como si fuera una mano.

Moh'hr miró a los *edri'han-uok*. No les tenía miedo a pesar de su enorme tamaño; un *loa* en posición erguida podía pasar entre sus patas sin tocarles el vientre. Llevaba en su interior todas las imágenes de *edri'han-uok* descritas por Nar-iaw. Los miraba acercarse tranquilamente. Eran *edri'han-uok* similares a las imágenes de Nar-iaw, con los colmillos curvados hacia el cielo, por fuera de la boca, y no hacia la tierra y por dentro de la boca. Los más grandes y los más pesados. Los que Nar-iaw quería ver desde que había descubierto sus huellas, los que sin lugar a dudas seguía esperando sentado sobre la piedra con el viejo *Booh*. ¿Se dirigirían los *edri'han-uok* hacia ellos?

Moh'hr le contó a Ni-ei el episodio de Nar-iaw y los *edri'han-uok*. Quería ver levantarse las comisuras de sus labios y desaparecer el miedo de sus ojos entornados, que ella abrió bruscamente al decir Moh'hr que había visto al viejo *Loa* a lomos del gran *edri'han-uok*.

—¡*Iw'!* —afirmó Moh'hr enérgicamente.

Neh-Ishri'n' emitió un ruido gutural espasmódico.

Moh'hr explicó con gestos, moviendo todo el cuerpo, que Nar-iaw iba a lomos del gran *edri'han-uok*. Dijo que Nar-iaw estaba con los grandes *edri'han-uok* como los dedos juntos de una mano, exactamente igual que estaba Ni-ei con el *sh'ohr* y él, Moh'hr, con la luz viva del cielo encolerizado.

Dijo que eran fuertes y que Nar-iaw le había enseñado cómo proseguir la marcha: los *edri'han-uok* irían hasta ellos, Ni-ei y él montarían sobre su lomo, y los *edri'han-uok* los llevarían hacia la gran montaña. Nar-iaw los había llamado y ellos habían acudido. Al igual que Nar-iaw le había dado a Moh'hr la piedra *dzia*, le daba los grandes *edri'han-uok*.

Moh'hr dijo esto. Y después de haberlo dicho, se quedó en silencio. Ella había cerrado los ojos; su pecho subía y bajaba a un ritmo regular, produciendo un leve crepitar acompasado.

La tierra, expuesta al calor rojo, humeaba. Los pájaros *tohrus nakoa* volaban más bajo, pero Moh'hr ni siquiera los miraba; él había volado sobre los hombros blancos del más grande, que hablaba a todos los *tohrus nakoa*, no les temía. Los gritos de los *edri'han-uok*, como desgarramientos, llegaban hasta ellos.

Moh'hr esperaba la noche.

Cogió el bastón y se levantó. Se quedó un momento de pie, con el bastón en la mano por encima del rudimentario refugio de ramas secas que cubría parcialmente a Ni-ei, y luego se decidió. Desmontó la construcción y dejó las ramas a ambos lados de la mujer, que no había abierto los ojos y cuya respiración regular continuaba haciendo subir y bajar su pecho, acompañada del débil ruido semejante al crepitar de un *nakoa-n'n'* que salía de su garganta, entre los labios entreabiertos. A continuación se alejó en dirección a los *edri'han-uok*.

Caminaba como su sombra de luna. El círculo de luz arrojaba una claridad cortante; la transparencia deslumbradora de la piel de su vientre revelaba la presencia sombría de las nubes engullidas.

Hasta antes del anochecer, los *edri'han-uok* se habían acercado progresivamente; luego habían tomado la dirección de la fuente de las nubes, donde en algún lugar de la meseta se encontraba Nar-iaw con el viejo *Booh* que esperaba abandonar su cuerpo. Moh'hr no sabía si Nar-iaw también había dejado de andar en espera de abandonar su cuerpo o porque quería ver pasar de nuevo a los grandes animales. Sentía un deseo confuso de que fuera por esta última razón, ya que aún había fuerza en Nar-iaw, que no era como el viejo *Booh*, que tenía sus manos y sus pies, que simplemente debía caminar más despacio que Moh'hr.

Se dirigía hacia los *edri'han-uok*, cuya manada escindida formaba ahora varios grupos que se alejaban. Avanzaba sin protegerse. El viento le llevaba el penetrante olor de los grandes animales. De repente, sin que ningún indicio previo hubiera permitido preverlo, uno de los *edri'han-uok* del último grupo dio media vuelta y fue directo hacia Moh'hr, a quien el estupor dejó paralizado.

En el tiempo en que contuvo la respiración y sintió un violento latido en su pecho, Moh'hr vio encaminarse hacia él al gigantesco animal, todavía lejos, a una distancia de varios tiros de bastón, pero que aun así parecía llenar toda la noche, sin prisa, balanceando su largo hocico, haciendo crujir ramas secas a su paso, con las orejas separadas; luego el *edri'han-uok* se detuvo y los latidos se sosegaron en el pecho de Moh'hr, que no conseguía saber si el gran *edri'han-uok* había decidido repentinamente no seguir prestándole atención o si en ningún momento lo había visto, si siempre había ignorado su presencia. El *edri'han-uok* se acercó a un árbol; Moh'hr sabía lo que iba a hacer, tenía ante sus ojos las imágenes que la mujer *Nak-Booh-Loa* le había ofrecido cuando se dirigió a él en los otros territorios, después de que el río azotado por la luz cegadora se la llevara, o las que Nar-iaw había descrito tantas veces; en cualquier caso, eran imágenes que estaban dentro de él. El *edri'han-uok* era casi tan alto como el árbol junto al que se había parado. Empezó por arrancar unas ramas con su largo hocico, se las llevó a la boca y se las comió. Luego apoyó la frente en el tronco y empujó. Todo el árbol se estremeció. Se oía la respiración fuerte del *edri'han-uok*. Colocó sus largos colmillos macizos y curvados a ambos lados del tronco y lo abrazó con su largo hocico. Empujó y tiró. Tras varios empujones, el tronco cedió y se partió de abajo arriba sin que las dos partes se desprendieran, obligando al *edri'han-uok* a separarlas con los colmillos.

Moh'hr, de pie, petrificado, sintiendo potentes latidos en el pecho, observaba.

El crujido del árbol sobresaltó a Neh-Ishri'n'. Al levantar la mirada, vio al *edri'han-uok* desgarrar el tronco partido, que se abrió, liberando un haz de entrañas de madera, rígidas y blancas bajo la luna. La silueta de Moh'hr parecía surgir de la tierra, como una especie de improbable raíz erguida sobre las piedras, con el viento soplando delante y detrás de él.

Dirigió su atención a Ni-ei, cuyos ojos, muy abiertos, la miraban fijamente. Ella no quería.

Cogió la rama con las dos manos, la colocó atravesada sobre el cuello de la pequeña mujer y apretó con todas sus fuerzas. Los brazos de Ni-ei se alzaron como troncos flexibles que se yerguen tras haber sido curvados, una de sus manos se agarró a los cabellos de Neh-Ishri'n', que gritó de dolor y se arqueó más, apoyó las rodillas a uno y otro lado de la rama, con la cabeza de Ni-ei entre sus muslos, bajo su vientre, y el cuello aplastado emitió un tenue crujido al mismo tiempo que sonaba, más seco, el de la rama, y el aliento escapado de la boca muy abierta se deslizó por el vientre de Neh-Ishri'n', que seguía apretando; apretó profiriendo un rugido rabioso mientras el brazo que golpea de Ni-ei caía y tocaba su pecho produciendo un ruido de deslizamiento, apretó y se echó atrás, retirando una mano de la rama partida mientras la otra mano de Ni-ei aferrada a los cabellos rojos, obligaba a Neh-Ishri'n' a sacudir enérgicamente la cabeza, y cedía por fin o, más exactamente, caía con los cabellos arrancados entre los dedos. Neh-Ishri'n' retrocedió, de rodillas, sin aliento. Se detuvo a un largo de sombra de distancia. Recogió su bastón y lo apretó con ambas manos contra su cuerpo.

No se alejó más de lo que ocupa una sombra no muy larga, cada vez más corta bajo la luna ascendente.

El *edri'han-uok* se comió todo el árbol.

Cuando hubo terminado, sólo quedaba el tocón de raíces extraído del suelo y prolongado por un largo y afilado fragmento de tronco que, por una u otra razón, no tocó. Entonces se alejó con andares bamboleantes y pesados.

Moh'hr lo siguió.

Los otros *edri'han-uok* de la manada habían desaparecido en la noche. El que se había comido el árbol en solitario no intentó darles alcance, no se alejó mucho. Dobló las patas y, balanceándose, se tumbó de lado. A Moh'hr le pareció notar el temblor producido por la caída en el suelo, bajo sus pies. Entre las imágenes descritas por Nar-iaw, ninguna mostraba a un gran *edri'han-uok* tendido de costado. Siguió avanzando hacia el animal.

Avanzó. Tenía el pecho palpitante y la boca seca. No podía detenerse ni volver sobre sus pasos. Avanzó hasta que el cuerpo del gran animal le tapó todo el cielo. El olor penetrante le irritaba la nariz, y el vientre del *edri'han-uok*, allá arriba, subía y bajaba al ritmo de los ronquidos terribles que llenaban la noche serena.

Moh'hr podía alargar la mano. Podía tocarlo, poner los dedos sobre la piel cuarteada y cubierta de costras terrosas. Él también era inmenso, solo y de pie al lado del animal, que lo había dejado acercarse, que lo dejaba estar allí mientras él había partido a los otros territorios, donde están todos aquellos que van también a la superficie de la tierra. Estaba de pie al lado del gran *edri'han-uok* que roncaba tumbado, podía tocarlo.

Pero no lo hizo.

Retrocedió.

Luego echó a correr.

Ella estaba tendida boca arriba entre las ramas grises dispersas, con los brazos estirados a lo largo del cuerpo. Moh'hr dijo su nombre, lo repitió gritando, bramando. Moh'hr pronunció su nombre como un terrible rugido, pero ella no se movía, no oía, su boca deformada sobre el cuello aplastado no decía nada, sus ojos muy abiertos a la luz de la luna no veían nada. La tocó; aún estaba tibia. La empujó con la palma de las manos, luego con el dorso..., no oponía resistencia. La llamó repetidamente con la voz quebrada, debilitada, pronunció el nombre de Ni-ei en un susurro, tal como ella había sido, en su lenguaje, la que no es con los demás, en cuyo pecho ya no latía nada.

Él había sido fuerte como la luz del cielo encolerizado, un día a orillas del río.

Él había sido fuerte como la noche hacía unos instantes, de pie, sin miedo, al lado del gran *edri'han-uok* tumbado.

Asió las manos de Ni-ei y las colocó, una después de la otra, sobre su vientre. Entre los dedos de la mano que golpea asomaban los mechones tiesos de cabellos rojos arrancados.

Moh'hr se puso lentamente en pie y gritó el nombre del *sh'ohr*, que rebotó en la noche pálida y azulada, lejos, rozando la tierra y corriendo entre las hierbas, deslizándose por las fisuras y las anfractuosidades, penetrando en las madrigueras, abriendo los ojos de todos los bichos enterrados, avanzando apresuradamente a través de la maleza, lejos, escalando las pendientes, descendiendo por los barrancos, lejos, hasta los ríos que se adentran en los lagos de aguas serenas, haciendo que los ojos abiertos de los *nakoa* de la noche se abrieran más aún, haciendo que se abrieran los ojos cerrados de los del día, lejos, el nombre del *sh'ohr*, que atravesó sin interrumpirlos los ronquidos potentes del gran *edri'hanuok*, sin molestarlo, el nombre del *sh'ohr*, que protegía a la pequeña mujer, lejos, lejos, por doquier.

El nombre del *sh'ohr*, a cuya llamada nada ni nadie respondió.

Entonces Moh'hr se acercó a Neh-Ishri'n', que seguía de rodillas. Alzó el bastón con el que nunca había golpeado para no deteriorar la extraña punta que nunca supo cómo había sido tallada. La punta entró sin dificultad en el vientre de Neh-Ishri'n' y salió por la parte inferior de su espalda. Moh'hr retiró el bastón y retrocedió para evitar la caída del cuerpo rodando hacia delante. Tras inmovilizarla con el pie, colocó la punta del bastón sobre el cuello desnudo y lo clavó. La mantuvo en el suelo apretando. Apartando sus manos, que intentaban aferrarse al bastón, se abalanzó sobre su vientre, hincando en él las rodillas. Arrancó la piedra *dzia* que llevaba colgada al cuello y la desprendió del trenzado de nervaduras y hierbas. Y cortó. Sin esperar. Cortó con la piedra desde el orificio practicado en el vientre con el bastón hasta los pechos salpicados, y lo que late seguía palpitando en el pecho de Neh-Ishri'n' cuando Moh'hr lo arrancó con las manos, seguía palpitando en su mano cuando cortó los vínculos de carne que lo retenían dentro del cuerpo abierto, humeante de calor liberado. Moh'hr se precipitó hacia Ni-ei llevando en una mano lo que ya palpitaba con menos fuerza, quizá ya ninguna, y en la otra la piedra *dzia*.

Llegó otro día. Antes, unos *'riekek* gritaron más allá de los árboles más lejanos. Moh'hr abrió los ojos, de regreso de los otros territorios donde no había visto nada, y su cuerpo se estremeció.

Los *edri'han-uok* habían partido.

La luz rozaba el suelo, estirando sombras sin fin, bajo las corrientes de altas humaredas que atravesaban el cielo y venían de lo lejos.

Miró a Ni-ei, y ya no era ella. Tenía ante los ojos la imagen de su boca con las comisuras alzadas. Colocó los jirones de corteza sobre el torso abierto entre los huesos, bajo el pecho, al fondo del cual ya no latía nada, nada había querido volver a latir. La carne inerte arrebatada a Neh-Ishri'n' estaba en el suelo, contra el hombro hundido de Ni-ei.

Se alejó. Luego se detuvo, volvió sobre sus pasos, recogió el bastón y la piedra *dzia*. Se alejó de nuevo, abandonó el lugar cubierto de troncos y ramas por los que la sangre de los árboles no corría desde hacía tiempo, no volvería a correr. Bajo el primer árbol frondoso, se agachó. Su vientre gorgoteaba. Contempló la tierra que se extendía sin límites, más allá de lo que alcanzaba su vista, y aun así continuaba..., él lo sabía porque se había desplazado por encima.

Miró la tierra y las montañas oscuras, y el cielo, y veía todo aquello que no tenía nombre, en la tierra y en el cielo, como una carga que soportaban sus ojos, sus hombros, la sangre que latía dentro de él.

Había llevado el nombre de Moh'hr y respondido al nombre de Moh'hr, «el que mira la montaña lejana».

Todavía oía la voz de Ni-ei pronunciar su nombre a su oído.

—*Ohr'sh*... —susurró sin mover apenas los labios, lo justo para que la palabra se tendiera en su oído y lo apaciguara.

Moh'hr miró descender a los grandes pájaros.

Caminaba tirando de su sombra, su sombra inmensa y él minúsculo. Caminaba. Un paso y luego otro paso, una piedra *dzia* brillante de sangre seca colgada al cuello, un bastón sucio y despuntado en la mano, de espaldas a las montañas oscuras de las que ascendían las nubes, caminaba hacia *atanik-to-nik-nik*, el gran lago, que es el lugar donde están los *Loa*.